Knaur.

Knaur.

Im Knaur Taschenbuch sind bereits folgende Titel des Autors erschienen:

Das achte Opfer
Das Syndikat der Spinne
Der Finger Gottes
Der Jäger
Die Bankerin
Jung, blond, tot
Kaltes Blut
Letale Dosis
Das Verlies
Mord auf Raten
Teuflische Versprechen

Über den Autor:

Andreas Franz wurde in Quedlinburg geboren. Er hat als Übersetzer für Englisch und Französisch gearbeitet und war jahrelang als Schlagzeuger tätig. Seine große Passion aber ist das Schreiben. Seine Maxime: »Die Leser fesseln und trotzdem (vielleicht) zum Nachdenken anregen (aber nie den Zeigefinger erheben!).« Andreas Franz ist verheiratet und hat fünf Kinder. Wenn Sie mehr über den Autor erfahren wollen, besuchen Sie ihn im Internet: www. andreas-franz.org

Andreas Franz

Tod eines Lehrers

Roman

Knaur Taschenbuchverlag

Besuchen Sie uns im Internet:
www.droemer-knaur.de

Vollständige Taschenbuchausgabe
September 2005 Knaur Taschenbuch.

Ein Unternehmen der Droemerschen Verlagsanstalt
Th. Knaur Nachf. GmbH & Co. KG, München

Redaktion: Dr. Gisela Menza
Umschlaggestaltung: ZERO Werbeagentur, München
Umschlagabbildung: FinePic, München
Satz: Ventura Publisher im Verlag
Druck und Bindung: Clausen & Bosse, Leck
Printed in Germany
ISBN-13: 978-3-426-63185-0
ISBN-10: 3-426-63185-7

2 4 5 3 1

Für alle Kinder.

Möge ihnen die Liebe und Zuwendung
zuteil werden, die sie verdienen.
In ihren Händen liegt die Zukunft dieser Welt.
Und für alle Erwachsenen, auf dass sie die Kinder
so behandeln, wie es ihnen gebührt,
denn sie können sich nicht wehren.
Zerstört nicht das wertvollste Geschenk.

Dienstag, 11. Februar, 23.05 Uhr

Rudolf Schirner hatte sich bereits seine Schuhe angezogen, wartete auf Wickerts obligatorisches Abschlusswort »Das Wetter« und sah sich als letzten Teil der Tagesthemen noch den Wetterbericht an, der auch für die nächsten Tage fast arktische, trockene Kälte mit viel Sonnenschein und sternenklare Nächte prognostizierte. Henry, sein Golden Retriever, lag neben dem Sessel, die Ohren gespitzt. Der Hund wusste, es war nur eine Frage von Minuten, bis sie ihr abendliches Ritual beginnen würden, er wartete nur noch auf die Schlussmelodie der Nachrichtensendung. Sie würden ziemlich genau eine Dreiviertelstunde laufen, hinüber zum Wald, und wie meist im Winter würden sie auch heute Nacht keinem Menschen mehr begegnen, denn in dieser Gegend ließ man mit Einbruch der Dunkelheit die Rollläden herunter, schloss die Haustüren ab und setzte sich vor den Fernseher oder las oder machte irgendetwas anderes, etwas, das man gerne in solchen Winternächten tat.

»Auf geht's, mein Lieber.« Schirner gab Henry einen leichten Klaps auf den Rücken. »Dann wollen wir mal.« Er schaltete mit der Fernbedienung den Fernsehapparat aus und erhob sich. Die Tischlampe ließ er brennen. Henry wedelte aufgeregt mit dem Schwanz und blickte seinen Herrn erwartungsvoll an.

»Ist ja gut, wir gehen gleich. Aber erst zieh ich mir meinen Mantel und meinen Schal an, draußen ist es nämlich noch immer ziemlich kalt«, sagte Schirner liebevoll. Seine Frau Helga und sein Sohn Thomas schliefen längst, Carmen, die zwanzigjährige Tochter, studierte seit Oktober in Frankfurt, wo sie sich kurz vor

Weihnachten gegen seinen Willen eine Wohnung genommen hatte und jetzt nur am Wochenende, an Feiertagen oder zu bestimmten Anlässen wie Geburtstagen nach Hause kam, obwohl sie gerade einmal eine gute halbe Stunde entfernt wohnte. Er hatte mit Engelszungen auf sie eingeredet, aber Carmen wollte sich nicht umstimmen lassen. Frankfurt, die Stadt des Lasters und der Verbrechen, so hatte er argumentiert, sei nichts für eine junge Frau, die praktisch auf dem Land groß geworden sei, denn als solches empfand er die geborgene Umgebung von Langen, wo er selbst schon seine Kindheit verbracht hatte und wo seine Wurzeln lagen. Doch alle Argumente hatten nichts geholfen, sie hatte dagegengehalten, dass es für alle besser sei, wenn sie in Ruhe studieren könne, wenn nicht der Krach lauter Musik aus Thomas' Zimmer komme oder ihre Mutter frage, ob sie dies oder jenes erledigen könne.

Es war ein zeitaufwendiges Studium. Sie war im zweiten Semester, dreimal in der Woche hielt sie sich bis mindestens zwanzig Uhr in der Uni auf, manchmal sogar länger. Sie studierte Theologie, wozu auch die Fächer Latein, Altgriechisch und Hebräisch gehörten. Und Rudolf Schirner war, auch wenn er es nie zugeben würde, auf eine gewisse Weise stolz, eine Tochter zu haben, die sich nicht für einen dieser, wie er es nannte, profanen Studiengänge wie BWL oder Soziologie entschieden hatte, obgleich er es gerne gesehen hätte, wenn sie in seine Fußstapfen getreten wäre, um später als Lehrerin zu arbeiten. Doch ihr großes Ziel war es, eines Tages eine Gemeinde zu übernehmen und jeden Sonntag von der Kanzel zu predigen und sich um die großen und kleinen Sorgen und Nöte der Mitglieder zu kümmern. Sie schlug aus der Art, und er hatte keine Erklärung, warum es ausgerechnet Theologie sein musste, wo doch sonst keiner in der Familie mit Religion viel am Hut hatte. Aber Carmen war schon immer eine Einzelgängerin gewesen. Sie hatte bereits als Kind und Jugendliche die Bibel mehrfach geradezu verschlungen, war eifrig in die Kirche gegangen, hatte ihre Freizeit fast vollständig in den Dienst der Gemeindearbeit gestellt, und überhaupt schien Gott und die ihn umgebende mystische Aura, wie Rudolf Schirner es etwas abfällig bezeichnete, eine für ihn unerklärliche Faszination auf seine Tochter auszuüben. Jetzt lebte sie zusammen mit einer Kommilitonin in einer erstaunlich preiswerten, aber schmucken Zweizimmerwohnung in Uni-Nähe, telefonierte einmal täglich kurz mit ihrer Mutter, um ihr mitzuteilen, dass es ihr gut gehe, aber ansonsten sah und hörte man recht wenig von ihr.

Rudolf Schirner, fünfzig Jahre alt und einszweiundachtzig groß, dessen blondes, streng zurückgekämmtes Haar inzwischen licht geworden war, legte einen dicken Schal um seinen Hals, zog sich seinen Mantel über und leinte Henry an. Er liebte seinen Hund und die morgendlichen und nächtlichen Spaziergänge, während deren er sich entweder auf den Tag vorbereiten oder nach getaner Arbeit abschalten konnte.

Er zog leise die Tür hinter sich ins Schloss, nicht ohne vorher die Außenbeleuchtung angemacht zu haben, trat durch das Gartentor auf den Bürgersteig, ging vom Rotkehlchenweg hundert Meter geradeaus, bis er zur Hauptstraße kam, überquerte diese und bog nach weiteren fünfzig Metern rechts in den Wald ab, der linker Hand zum größten Teil zum Schloss Wolfsgarten gehörte und von einem scheinbar endlosen Zaun umgeben war. Die ersten Meter waren übersichtlich, doch nach gut hundertfünfzig Metern kamen die dicht an dicht stehenden Bäume, dazwischen über die Jahrzehnte und Jahrhunderte entstandenes Unterholz und zwei kleinere, weniger gut begehbare Wege, die nach rechts abzweigten.

Die Temperatur war auf minus zwölf Grad gesunken, ein eisiger, böiger Wind, der aus allen Richtungen zu kommen schien, fegte übers Land, der Himmel war sternenklar, noch drei Tage bis Vollmond, der schon jetzt nur noch eine kaum erkennbare dunkle Kontur an der äußersten linken Seite aufwies. Alles war gefroren, der harte Boden knirschte leise unter seinen Schuhen. Er musste mehrfach kurz anhalten, damit Henry seine üblichen Markierungen machen konnte. Seit er hier wohnte, verging kein Abend, an dem er nicht mit dem Hund diese Strecke lief. Er tat dies mit ausgreifenden Schritten, seine Art, sich fit zu halten. Während der ersten Minuten ließ er den Tag Revue passieren und dachte auch an morgen, wenn er sechs Stunden am Stück unterrichten musste. Sein Beruf machte ihm Spaß, der Umgang mit den Jugendlichen und jungen Erwachsenen, die an seiner Schule zum Glück noch so etwas wie Anstand und Respekt vor den Lehrern bewiesen. Seit fünfundzwanzig Jahren war er an der Schule, seit vierzehn Jahren Oberstudienrat, im fünften Jahr hintereinander Vertrauenslehrer, und vor drei Jahren wurde er zum stellvertretenden Direktor ernannt. Er unterrichtete Mathematik, Physik und Ethik, wobei sein Ethikkurs wesentlich stärker frequentiert war als der zeitgleich stattfindende Religionsunterricht seines Kollegen Baumann, der sich zwar redlich bemühte, es aber nicht schaffte, den beinahe erwachsenen Jugendlichen Gott und alles, was damit zusammenhing, wirklich nahe zu bringen. Für Schirner selbst war Gott nur eine Fiktion, etwas, das sich die Menschen im Laufe der Jahrtausende zusammengebastelt hatten, woran sie sich klammern konnten, das nicht greifbar war, weil es nicht aus Materie bestand, wovon sie sich aber erhofften, Es oder Er würde ihnen in Zeiten der größten Not beistehen. Schirner tat dies als Blödsinn ab, für ihn gab es keinen Gott, keinen Christus, zumindest nicht so, wie in der Bibel beschrieben und in späteren Zeiten glorifiziert. Er glaubte auch nicht an ein Jenseits, ein Leben nach dem Tod oder Wiedergeburt. Für ihn, einen überzeugten Existenzialisten und Atheisten, wurde man geboren, lebte und starb, um irgendwann zu Asche zu zerfallen. Seine Tochter Carmen dagegen war fest von der Existenz Gottes überzeugt, und er würde einen Teufel tun, sie davon abzubringen. Er hatte versucht ihr klar zu machen, dass es unmöglich ein Wesen geben könne, das zum einen im ganzen Universum und zum andern in jedem Einzelnen existierte. Das sei mathematisch und physikalisch schlicht unmöglich. Sein Versuch war fehlgeschlagen, und jetzt sollte sie ihren eigenen Weg gehen, und sicher würde sie eines Tages jene bittere Erfahrung machen, die ihr zeigte, dass sie nichts als einer Fata Morgana nachgelaufen war.

Er ging seit zehn Minuten mit leicht gesenktem Kopf in Gedanken versunken durch die mondhelle Nacht, Henry blieb zum x-ten Mal stehen, um das Bein zu heben, als Schirner eine dunkle Gestalt erblickte, die plötzlich aus dem zweiten Weg rechts um die Ecke kam. Schirner zog die Stirn in Falten und kniff die Augen zusammen – nur sehr selten traf er um diese Zeit noch einen andern Menschen an –, doch er hatte keine Angst, denn dies war eine sichere Gegend mit anständigen Bewohnern, und so gutmütig Henry auch war, so argwöhnisch verhielt er sich Fremden gegenüber. Die Gestalt kam näher, Schirner erkannte die Person, die leichte Anspannung wich, und ein Lächeln zeichnete sich auf seinem Gesicht ab.

»Hallo«, sagte er freundlich, »so spät noch unterwegs?«

»Ich konnte nicht schlafen. Noch 'ne Runde mit Henry drehen?«

»Wie jeden Abend. Ganz schön kalt, was?«

»Hm. Wenigstens ist es eine trockene Kälte, und damit verschwindet hoffentlich endlich mal das Ungeziefer. Ich muss jetzt aber los, mein Bett ruft. Schönen Abend noch«, sagte die ganz in Schwarz gekleidete Person, die von Henry, der an einem Baum schnüffelte, erst freudig begrüßt und jetzt nur noch nebenbei wahrgenommen wurde, ging weiter, blieb aber einen Moment später stehen, drehte sich um, kam noch einmal auf Schirner zu und sagte: »Ich hab was vergessen. Nur eine Frage …«

»Ja, was …«

Zu mehr kam Schirner nicht, er sah nicht den blitzschnell geführten Stoß kommen, die lange silberne Klinge, die ihn unvermittelt in den Bauch traf, immer und immer wieder. Er hatte die Augen weit aufgerissen, ein Stich nach dem andern drang in seinen Bauch und seine Brust. Ihm wurde schwindlig, er hatte das

Gefühl, als würde er von allen Seiten attackiert, aber er nahm nur dieses eine Messer wahr. Alles um ihn herum verschwamm, er sank zu Boden, Blut rann aus seinem Mund, er bäumte sich noch dreimal auf, bis ein langes Zucken durch seinen Körper raste und auch dieses letzte Lebenszeichen aufhörte und Schirner mit gebrochenen Augen dalag.

Henry jaulte kurz auf und leckte dann über das tote Gesicht seines Herrn, bis ihm ein paarmal freundschaftlich auf die Schulter geklopft und er weggeführt wurde. »Komm, wir rennen ein bisschen, damit uns warm wird. Es ist wirklich schweinekalt.«

Mittwoch, 6.24 Uhr

Peter Brandt, Hauptkommissar bei der Mordkommission Offenbach, zuständig für den Bereich Südosthessen, der von Bad Orb, Schlüchtern über Seligenstadt bis hinunter nach Langen reichte, wurde vom Telefon geweckt. Er blickte mit verschlafenen Augen zur Uhr, stieß einen derben Fluch aus, nahm den Hörer vom Apparat auf seinem Nachtschrank und meldete sich mit einem mürrischen und knappen »Ja?«.

»Hier Krüger, KDD. Schwing dich aus den Federn, Alter, es gibt Arbeit.«

»So früh? Was zum Teufel ...«

»Ein Toter in Langen, auf einem Waldweg in der Nähe vom Schloss Wolfsgarten. Wurde vor einer guten halben Stunde gefunden. Soll ziemlich übel aussehen. Schau ihn dir an. Ein Streifenwagen steht an der Straße, damit du's nicht verfehlst.«

»Wer ist vor Ort?«

»Im Moment nur Kollegen aus Langen. Ich hab denen schon gesagt, dass du in spätestens einer halben Stunde dort bist.«

»Bist du wahnsinnig?! Wie soll ich das in einer halben Stunde schaffen? Meinst du vielleicht, ich warte nur drauf, dass mitten in der Nacht jemand umgebracht wird? Ich bin in einer Stunde dort, richte denen das aus. Und die sollen nichts anrühren.«

»Okay, aber beeil dich.«

Krüger beendete einfach das Gespräch, Brandt brummte ein leises »Arschloch«, legte den Hörer zurück und setzte sich auf. Im Flur brannte bereits Licht. Er ging nur mit einem T-Shirt und einer Boxershorts bekleidet zum Badezimmer, doch die Tür war abgeschlossen. Brandt war einssiebzig groß oder klein, wie immer man es betrachtete, leicht untersetzt und doch muskulös, hatte volles dunkles, von vielen grauen Strähnen durchzogenes Haar und ein kantiges, leicht gebräuntes Gesicht mit einem markant hervorstehenden Kinn.

»Wer ist da drin?«, fragte er.

»Ich.«

»Sarah, bitte, lass mich ausnahmsweise zuerst rein.«

»Ich muss mich für die Schule fertig machen!«

»He, liebes Töchterchen, ich muss in fünf Minuten los, ein dringender Fall. Also mach schon auf.«

Sie öffnete die Tür und stand im Nachthemd vor ihm und sah ihn mit gekräuselter Stirn an, ein Zeichen ihrer Ungehaltenheit. Sarah war vierzehn und lebte seit der Scheidung von seiner Frau vor einem Jahr zusammen mit ihrer zwölfjährigen Schwester Michelle bei ihm, weil die Mädchen das so gewollt hatten. Ihre Mutter hatte zwar alle Hebel in Bewegung gesetzt, sie bei sich behalten zu können, doch als die Familienrichterin erfuhr, dass sie vorhatte, mit ihrem neuen Lover, einem stinkreichen Kunsthändler, eventuell nach Spanien zu ziehen und die Mädchen in ein Internat abzuschieben, wurde der Antrag auf alleiniges Sorgerecht abgeschmettert und dem Wunsch von Sarah und Michelle entsprochen, bei ihm zu wohnen. Als Brandt herausbekam, dass seine Frau nach dem schmutzigen Scheidungskrieg ihm die Töchter aus reiner Bosheit entziehen wollte, wurde er zum ersten Mal in seinem Leben richtig wütend. Niemals hätte er zugelassen, dass Sarah und Michelle in ein Internat abgegeben wurden, wo er sie maximal einmal im Monat für ein Wochenende hätte sehen können. Ein Internat war für ihn ein elitäres Gefängnis, in das reiche Leute ihre verwöhnten Kinder schickten.

Seine Ex hatte zwar Berufung eingelegt, indem sie die Begründung vorbrachte, er sei gar nicht in der Lage, gut für die Mädchen zu sorgen, da sein Beruf als Polizist mit den ungeregelten Arbeitszeiten das nicht zulasse, aber er führte als Gegenargument an, dass seine Eltern in der Buchhügelallee, die nur fünf Minuten zu Fuß von seiner Wohnung in der Elisabethenstraße entfernt war, wohnten und noch sehr rüstig waren und sich um Sarah und Michelle kümmern würden, wenn er einmal nicht zur Verfügung stand. Und das taten sie auch. Die Mädchen schliefen hin und wieder bei den Großeltern, meist jedoch in den eigenen Betten, weil Peter Brandt es fast immer schaffte, rechtzeitig zu Hause zu sein. Nach der Schule gingen die beiden in der Regel zu ihren Großeltern – außer wenn Brandt dienstfrei hatte –, aßen dort zu Mittag, machten ihre Hausaufgaben, trafen sich mit Freundinnen und wurden abends von ihrem Vater abgeholt. Sie führten ein relativ ruhiges Leben, jedenfalls ruhiger als zu den Zeiten, als ihre Mutter noch zur Familie gehörte, und sosehr Brandt die Trennung anfangs geschmerzt hatte, so wohler und befreiter fühlte er sich von Monat zu Monat.

»Wo musst du denn jetzt schon hin?«, fragte sie mürrisch. »Beeil dich bloß, ich verpass sonst meinen Bus.«

»Guten Morgen, liebste Sarah. Es gibt da einen Toten in Langen. Ich bin in fünf Minuten wieder draußen, und dann kannst du dich weiter deiner Schönheit widmen.« Er grinste, gab ihr einen Kuss auf die Stirn, drängte sich an ihr vorbei, erledigte seine Morgentoilette, wusch sich die Hände und das Gesicht, rasieren würde er sich erst am Abend. »Kannst du mir bitte zwei Toasts reinstecken?«

»Hm.«

Michelle kam verschlafen aus ihrem Zimmer, murmelte ein

»Guten Morgen« und begab sich schnurstracks zum Gästeklo. Michelle hatte langes blondes Haar und war ihrer Mutter wie aus dem Gesicht geschnitten, was kein Nachteil war, ganz im Gegenteil, doch glücklicherweise zeigte sie bis jetzt nicht deren Allüren. Sarah hingegen war ein eher südländischer Typ und sah seiner Mutter sehr ähnlich, einer Italienerin, die allerdings schon seit fast fünfzig Jahren in Deutschland lebte. Während Michelle ein ruhiges und sanftes Wesen hatte, war Sarah manchmal recht zickig und aufbrausend, aber ihr Beleidigtsein oder ihre Wut hielt meist nur wenige Minuten. Es reichte schon, sie in den Arm zu nehmen und ihr ein paar nette Worte zuzuflüstern, um ihre schlechte Laune zu vertreiben.

Peter Brandt liebte seine Töchter über alles. Sie waren seit der Scheidung sein Lebensinhalt geworden, und er tat alles, um ihnen ein guter Vater zu sein. Auch wenn sein Beruf ihm häufig zu wenig Zeit für sie ließ, widmete er die wenige Zeit ganz und gar ihnen. Sie gingen ins Kino, ließen sich Pizza kommen, unterhielten sich über die Schule, und manchmal machten sie auch einfach nur Blödsinn.

Er brauchte keine fünf Minuten im Bad. Als er herauskam, sagte Sarah: »Wird es heute spät?«

Brandt schüttelte den Kopf und meinte: »Kann ich mir nicht vorstellen. Ich bin bestimmt nicht später als sechs wieder zu Hause. Und falls doch, sag ich Bescheid. Hast du mir die Toasts gemacht?«

»Klar doch, liebster Papa«, antwortete sie grinsend und verschwand wieder im Bad. »Was ist eigentlich mit der Daunenjacke?«, rief sie aus dem Bad.

»Welche Daunenjacke?«

Die Tür ging erneut auf, und Sarah steckte den Kopf heraus. »Ich hab dir doch schon am Wochenende gezeigt, dass meine im Arsch ist …«

»Sarah, bitte, nicht diese Ausdrücke«, sagte er mahnend. »Ja, ich kann mich vage erinnern. Wann wollen wir die kaufen?«

»Ich kann auch allein los, ich weiß ja, welche ich will.«

»Aha. Und welche?«

»Helly Hansen. Tragen fast alle in meiner Klasse.«

»Was heißt, fast alle? Zwei, drei?«

»O Mann, krieg ich die jetzt oder nicht?«

»Wie viel?«

»Hundertfünfzig«, antwortete sie leise.

»Hundertfünfzig Euro! Weißt du eigentlich, wie viel Geld das ist? Es gibt doch sicher auch Daunenjacken, die genauso warm sind, aber nicht mal die Hälfte kosten.«

»Die hält aber länger und sieht absolut geil aus. Bitte, bitte, bitte.«

Brandt atmete einmal tief durch. »Okay, ausnahmsweise. Aber ich hab jetzt kein Geld hier. Du kannst sie dir morgen kaufen.«

»Danke«, sagte sie strahlend und machte die Tür wieder zu. Und von drinnen: »Du bist und bleibst eben der beste Papa der Welt.«

Ja, ja, dachte er grinsend, solange die Kohle stimmt, ist man immer der beste Papa der Welt.

Sie hatte die Toasts bereits mit Schinken belegt, und das Glas Orangensaft stand neben dem Teller. Er aß im Stehen und gab, bevor er das Haus verließ, Michelle noch einen Kuss. Sarah war noch im Bad.

»Krieg ich auch so 'ne Jacke?«, fragte sie wie nebenbei und sah ihn an, wie eine Tochter ihren Vater eben ansah, wenn sie unbedingt etwas wollte. »In meiner Klasse haben auch die meisten 'ne Helly Hansen.«

»Ihr macht mich arm, wisst ihr das?«, seufzte er auf. »Irgendwann werden wir in einem Kellerloch hausen, ohne Strom, ohne Wasser, die Ratten werden an unsern Füßen nagen, und das alles nur, weil wir kein Geld mehr haben …«

»Sarah kriegt eine.«

»Okay, ausnahmsweise. Außerdem muss man ja bei der Kälte

was Anständiges zum Anziehen haben. Ihr geht morgen zusammen los, und wehe, ihr kommt nicht mit einer Helly Hansen zurück oder wie immer das heißt. Und jetzt tschüs.«

Draußen schlug ihm der schon seit Tagen eisige böige Wind entgegen. Er war froh, unter die fellgefütterte Lederjacke noch einen Pullover angezogen zu haben. Um sechs Uhr dreiundfünfzig stieg er in seinen neuen Alfa 147 und raste los.

Mittwoch, 6.30 Uhr

Helga Schirner wachte wie jeden Morgen pünktlich um halb sieben auf, streckte sich, öffnete als Erstes das Fenster, atmete genau fünfmal tief ein und aus und schloss es wieder. Sie ging ins Bad, setzte die Badekappe auf und stellte sich unter die Dusche. Dann trocknete sie sich ab, zog frische Unterwäsche an und den Morgenmantel darüber. Sie hatte wie immer tief und fest geschlafen und fühlte sich nun ausgeruht und bereit für den Tag. Sie begab sich ins Erdgeschoss, sah die Tischlampe im Wohnzimmer brennen, schüttelte den Kopf und schaltete sie aus. »Was für eine Stromverschwendung«, schimpfte sie leise und ging in die Küche, um das Frühstück für ihren Mann und ihren Sohn Thomas zu bereiten. Sie deckte den Tisch, holte Toast, Grahambrot, Butter, Marmelade und Honig aus dem Schrank, gab sechs gehäufte Löffel Kaffee und eine winzige Prise Salz in den Filter und stellte die Kaffeemaschine an. Dann machte sie das Radio an, und während sie leise einen Schlager aus den siebziger Jahren mitsang, hörte sie Geräusche aus dem ersten Stock und wie die Badezimmertür abgeschlossen wurde.

Um zehn nach sieben kam Thomas die Treppe heruntergetrampelt, wie er das immer zu tun pflegte, murmelte ein verschlafenes »Morgen« und setzte sich an den Tisch.

»Warum musst du eigentlich immer so trampeln? Kannst du

nicht wie ein gesitteter Mensch gehen?«, sagte sie mit vorwurfsvoller Stimme.

Thomas Schirner, vierzehn Jahre alt, sah seine Mutter nicht einmal an und erwiderte auch nichts. Es war das typische morgendliche Ritual, sie moserte und er schwieg.

»Hat dein Vater heute später Schule?«, fragte Helga Schirner.

»Woher soll ich das denn wissen?«

»Er scheint lange wach gewesen zu sein, hat mal wieder das Licht im Wohnzimmer brennen lassen. Na ja, dann muss er heute wohl erst später los. Du hast sieben Stunden?«

»Wenn nichts ausfällt.«

»Schläft Henry wieder bei deinem Vater?«

»Mama, warum fragst du mich das?«, sagte Thomas genervt. »Schau doch selbst nach.«

»Mein kleiner Morgenmuffel. Schlecht geschlafen, was? Du solltest eben in Zukunft früher zu Bett gehen, dann bist du morgens auch schneller wach.«

»Mama, bitte …«

»Ist ja schon gut. Was willst du mit in die Schule haben?«

»Weiß nicht. Mach mir einfach wie immer zwei Brote und eine Banane.«

Um kurz vor halb acht verließ Thomas das Haus. Helga Schirner ging bis zur Treppe, warf einen Blick nach oben und überlegte, ob sie nach ihrem Mann sehen sollte. Sie schüttelte den Kopf und dachte: Er ist für sein Leben selbst verantwortlich, und wenn er zu spät kommt, dann hat er eben Pech gehabt. Sie räumte das benutzte Geschirr in die Spülmaschine, aß eine Scheibe Grahambrot mit Butter und Schnittlauch und trank dazu eine Tasse Kaffee mit wenig Milch und ohne Zucker. Um fünf nach acht klingelte es an der Tür. Sie runzelte die Stirn und fragte sich, wer das um diese frühe Stunde sein konnte. Als sie durch den Spion schaute, sah sie einen unbekannten Mann. Sie legte die Sicherungskette vor und machte die Tür einen Spaltbreit auf.

Mittwoch, 7.21 Uhr

Es begann allmählich hell zu werden, Schaulustige hatten sich zum Glück noch nicht eingefunden. Am Tatort waren zwei Streifenwagen und vier Schutzpolizisten sowie fünf Beamte von der Spurensicherung, ein Notarzt und der Fotograf. Und Dieter Greulich, ein Kollege von der Mordkommission, Anfang dreißig und von der Sorte, die einem den ganzen Tag vermiesen können. Brandt wunderte sich, ihn hier zu sehen, und fragte sich, von wem er wohl die Information über den Mord erhalten hatte. Brandt kam mit jedem im Kommissariat gut aus, nur Greulich, dessen Name offenbar Programm war, war für ihn ein rotes Tuch. Obwohl erst seit einem Jahr bei der Kripo, wusste er alles besser und versuchte sich bei den Kollegen und vor allem bei der seit Januar in Offenbach tätigen Staatsanwältin Elvira Klein einzuschleimen, offensichtlich besessen von dem Gedanken, es so schnell wie möglich zum Hauptkommissar und leitenden Ermittler zu bringen. Greulich war das genaue Gegenteil von Brandt, ein Heißsporn, jähzornig, hinterhältig und bisweilen brutal, weshalb ihn Bernhard Spitzer, der Kommissariatsleiter, bereits einmal verwarnt hatte, nachdem er einen Verdächtigen während des Verhörs geschlagen hatte. Brandt versuchte die Anwesenheit von Greulich zu ignorieren, was natürlich nicht gelang, aber er würde sich seine ohnehin nur mittelmäßige Laune nicht noch mehr verderben lassen. Er wies sich wortlos gegenüber einem uniformierten Beamten aus, ging unter der Absperrung durch und auf den Toten zu. Er warf einen kurzen Blick auf ihn und fragte einen der Beamten: »Wer hat ihn gefunden?«

»Ein Jogger. Sitzt im Streifenwagen. Ihr Kollege war schon bei ihm.«

»Mein Gott, wer joggt denn bei dieser Saukälte so früh am Morgen? Was soll's, wie heißt der gute Mann?«

»Wer, der Tote oder der …«

»Der Tote natürlich.«

»Rudolf Schirner. Wohnt gleich dort drüben in der Siedlung im Rotkehlchenweg.«

»Und woher wissen Sie das? Haben Sie ihn doch angerührt?«

»Nein, hab ich nicht, seine Brieftasche liegt neben ihm.«

»Wurde irgendwas am Tatort oder an der Leiche verändert?«

»Nein. Ich hatte selbstverständlich Handschuhe an, als ich die Brieftasche angefasst habe. Ich habe sonst wirklich nichts angerührt«, beteuerte den Angesprochene.

»Also kein Raubmord«, murmelte Brandt und fuhr sich mit einer Hand übers unrasierte Kinn.

»Das kann ich nicht sagen. In seiner Brieftasche war nur sein Ausweis, aber kein Geld, keine Kreditkarten und so weiter. Und ein Portemonnaie hatte er auch nicht. Könnte schon sein, dass man ihn ausgeraubt hat …«

»Und warum hat man ihm den Ausweis gelassen?«

»Vielleicht wollte uns der Täter helfen, damit wir ihn gleich identifizieren können«, erwiderte der Beamte lakonisch und mit dieser Prise Ironie, die Brandt gefiel. Er musste unwillkürlich grinsen.

»Wurden die Angehörigen schon verständigt?«

»Nein, wir wollten auf Sie warten. Außerdem wissen wir ja nicht mal, ob er überhaupt welche hat.«

»So wie der angezogen ist, hat er welche. Der hat eine Frau, die ihm die Hemden bügelt, den Anzug in die Reinigung bringt und die Schuhe putzt.«

»Und woher wollen Sie das wissen?«, fragte der Beamte erstaunt.

»Berufserfahrung. Alleinstehende schauen anders aus«, bemerkte Brandt trocken.

Greulich stellte sich neben Brandt und sagte: »Sieht ganz nach einem Ritualmord aus.«

»Aha. Und wie kommen Sie darauf?«

»Die vielen Einstiche, der abgeschnittene Pimmel. Das ist für mich ganz eindeutig ein Ritual, das der Täter vollzogen hat.«

»Und was glauben Sie, wer dahinter steckt? Satanisten, Teufelsanbeter, Hexen?«, fragte Brandt eher ironisch, was Greulich jedoch nicht zu bemerken schien.

»Wir müssen es rausfinden.«

»Schön, dann machen Sie sich schon mal an der Arbeit. Fahren Sie ins Präsidium, und ziehen Sie sich alle Vorgänge raus, die mit Ritualdelikten im Rhein-Main-Gebiet der letzten fünf, nein, besser zehn Jahre zu tun haben. Dazu suchen Sie sämtliche einschlägig vorbestraften Satanisten, Okkultisten … Sie wissen schon, Sie sind ja ein Fachmann.« Und als Greulich nicht gleich ging: »Ist noch was? Wir wollen den Fall doch so schnell wie möglich lösen. Und kein Wort an die Presse.«

»Bin schon unterwegs.«

»Moment noch. Was hat eigentlich der Jogger gesagt?«

»Nicht viel. Er dreht hier jeden Morgen ab Viertel vor sechs seine Runden. Ist übrigens ein Spieler von der Eintracht.«

»Auch das noch«, entfuhr es Brandt. »Haben Sie seine Personalien aufgenommen?«

»Natürlich. Hier«, antwortete Greulich und reichte Brandt einen Zettel.

»Bender. Der Junge ist viel zu schade für die Eintracht. Perlen vor die Säue geworfen.«

Greulich erwiderte nichts darauf, setzte sich in seinen Wagen und brauste davon, Brandt schaute ihm nach, bis er das Aufleuchten der Bremslichter an der Kreuzung sah, froh, ihn los zu sein. Er beugte sich über den Toten. Das Gesicht war von der Kälte blau angelaufen, die Gelenke starr, die Augen weit aufgerissen, das Entsetzen noch deutlich zu erkennen. Seine Hose war offen und blutdurchtränkt, seine Genitalien abgeschnitten. Brandt warf nur einen kurzen Blick darauf, winkte den Arzt zu sich heran und fragte: »Wie lange ist er schon tot?«

»Das ist bei der Kälte schwer zu sagen. Das müssen schon Ihre

Gerichtsmediziner rausfinden. Ich weiß eigentlich gar nicht, was ich hier soll.«

»Wenigstens ungefähr.«

»Irgendwann heute Nacht. Der Typ ist zu 'nem Eisblock gefroren, wir hatten letzte Nacht so um die minus fünfzehn Grad.«

»Also gut«, sagte Brandt und bedeutete dem Fotografen und einem Beamten der Spurensicherung, näher zu treten, »mach deine Fotos und dann überlass der Spurensicherung das Feld. Ich erwarte bis heute Abend die ersten Resultate. Und ich werde mich jetzt mal mit dem Eintrachtler unterhalten und danach Frau Schirner einen Besuch abstatten. Und veranlasst, dass der Tote zur Sievers gebracht wird.«

Der junge Mann saß im Streifenwagen und sah Brandt an.

»Hallo, Herr Bender«, sagte Brandt. »Sie haben also den Toten entdeckt. Wann genau war das?«

»Ich hab nicht auf die Uhr geguckt, aber so gegen sechs.«

»Laufen Sie wirklich jeden Morgen in aller Herrgottsfrühe hier rum?«

»Jeden Morgen. Ich muss mich fit halten, war lange verletzt. Und die Eintracht braucht mich wieder«, sagte er nicht ohne Stolz.

Hoffentlich schafft ihr den Aufstieg nicht, dachte Brandt, sprach es aber nicht aus. »Haben Sie ihn angerührt oder irgendwas verändert?«

»Scheiße, nein! Ich hab zum Glück mein Handy dabeigehabt und gleich die Polizei gerufen.«

»Und Sie sind auch sonst niemandem begegnet?«

»Nein, ich war ganz allein.«

»Okay, meine Kollegen nehmen Ihre Aussage noch zu Protokoll, dann können Sie gehen. Und viel Glück für den Rest der Saison. Ich glaube aber eher, dass Mainz es packt«, konnte sich Brandt doch nicht verkneifen zu sagen. »Ach ja, noch was – die Presse wird Ihnen Fragen stellen. Ich würde es sehr begrüßen, wenn Sie keine Details schildern. Sie wissen ja, wie diese Heinis sind.«

»Kein Wort. Und wir steigen doch auf.«

Brandt grinste Bender an, stieg wieder aus, ließ sich von einem der Schutzpolizisten erklären, wie er am schnellsten in den Rotkehlchenweg kam, und machte sich auf den Weg. Um fünf nach acht klingelte er an der Tür des Einfamilienhauses. Auf einem kitschigen Schild stand »Herzlich willkommen«.

Brandt hörte, wie von innen die Sicherungskette vorgelegt und die Tür einen Spaltbreit geöffnet wurde. Er hielt seinen Ausweis hoch und sagte: »Mein Name ist Brandt, Kripo Offenbach. Dürfte ich bitte kurz reinkommen?«

»Kriminalpolizei? Kann ich bitte noch einmal Ihren Ausweis sehen?«

Brandt hielt ihn erneut hoch, Helga Schirner warf einen langen Blick darauf, entriegelte die Kette und machte die Tür auf.

»Was wollen Sie von mir? Hat mein Sohn etwas angestellt, oder ist etwas mit meiner Tochter?«, fragte sie mit diesem speziellen Ausdruck in den Augen, den Brandt schon von einigen anderen Angehörigen kannte, denen er eine Todesnachricht überbringen musste. Ein Ausdruck, der aus Angst und einer bösen Ahnung bestand.

»Nein«, antwortete Brandt und trat in die warme Wohnung ein. »Können wir uns setzen?«

»Bitte, hier im Wohnzimmer«, sagte Helga Schirner, ging vor Brandt in das mit antiken Möbeln ausgestattete Zimmer und bat ihn, Platz zu nehmen.

»Frau Schirner, ich muss Ihnen leider mitteilen, dass Ihr Mann tot ist.« Er beobachtete die Reaktion der Frau, die bis eben gestanden hatte, sich jetzt aber langsam hinsetzte und Brandt ungläubig anstarrte, ein Blick, der Bände sprach.

»Was sagen Sie da? Mein Mann ist tot? Das kann nicht sein, er ist doch oben und schläft noch.«

»Sind Sie da sicher?«

Helga Schirner schluckte schwer und schüttelte den Kopf. »Nein«, sagte sie kaum hörbar, »bin ich nicht. Ich habe mich schon gewundert, dass er nicht zum Frühstück runtergekommen ist, aber ich dachte, er hätte vielleicht später Schule.«

»Ihr Mann ist Lehrer?«

»Ja. Wo ist mein Mann jetzt?«

»Auf dem Weg in die Rechtsmedizin. Sind Sie in der Lage, mir ein paar Fragen zu beantworten?«

Helga Schirner nickte. Sie saß aufrecht da, die Beine eng aneinander gelegt, die Hände gefaltet. Ihre Mundwinkel zuckten, Tränen liefen ihr übers Gesicht.

»Wann haben Sie Ihren Mann zuletzt gesehen?«

»Gestern Abend. Ich gehe jeden Abend um zehn zu Bett, er sieht sich immer noch die Tagesthemen an und dreht danach mit dem Hund die übliche Runde.«

»Und als Sie heute früh aufgestanden sind, ist Ihnen da nicht aufgefallen, dass seine Seite leer ist?«

Sie sah Brandt an, als hätte sie die Frage nicht richtig verstanden, bevor sie antwortete: »Wir haben schon seit einigen Jahren getrennte Schlafzimmer. Ich brauche meinen Schlaf, und er geht nie vor Mitternacht ins Bett. Das hat mich gestört und … Wie ist er gestorben?«

»Er wurde umgebracht.«

»Umgebracht? Mein Gott! Wie wurde er …?«

»Wie es aussieht, wurde er erstochen. Sie sagen, dass er mit dem Hund draußen war. Ich habe aber keinen Hund gesehen.«

»Henry, ein Golden Retriever. Er hätte niemals zugelassen, dass meinem Mann etwas angetan wird.«

»Ist Henry ein friedlicher Hund?«

»Er ist nicht bösartig, doch Fremden gegenüber ist er erst mal distanziert und beobachtet sie. Aber er hat noch nie zugebissen.«

»Dann ist er also doch ein friedlicher Hund.«

»Ja.«

»Hatte Ihr Mann Feinde?«

»Nicht dass ich wüsste. Mein Gott, was soll jetzt bloß werden? Wie soll ich das nur den Kindern erklären? Rudolf ist tot? Ich hab doch für ihn noch den Frühstückstisch gedeckt«, sagte sie und brach unvermittelt in Tränen aus. »Und ich habe immer gedacht, warum nimmt er diesen finsteren Weg. Tagsüber ist es dort ja ganz schön, aber nachts würde ich nie … Mein Gott, mein Gott, mein Gott! Wie soll das bloß weitergehen?«

»Brauchen Sie einen Arzt?«, fragte Brandt behutsam.

»Ich weiß nicht. Rudolf war doch so ein gutmütiger Mann. Er war bei allen beliebt und hat geholfen, wo er nur konnte. Ich begreife das alles nicht. Warum er? Warum ausgerechnet er? Er hat doch keiner Fliege was zuleide getan, war immer freundlich und hat keinem etwas Böses gewollt. Sie können fragen, wen Sie wollen, Sie werden immer die gleiche Antwort bekommen. Er war doch nur ein Lehrer. Wir haben keine Reichtümer und auch mit keinem unserer Nachbarn Streit gehabt …«

»In welcher Schule hat Ihr Mann unterrichtet?«

»Im Georg-Büchner-Gymnasium, in der Oberstufe. Ich halt das nicht aus, ich glaube, ich drehe durch. Ich muss in der Schule anrufen und Bescheid geben, dass mein Mann heute nicht kommt«, sagte sie mit verwirrtem Blick, sprang auf und wollte bereits zum Telefonhörer greifen, doch Brandts Stimme hielt sie zurück.

»Nein, nein, das brauchen Sie nicht, das übernehmen wir schon. Haben Sie einen Hausarzt?«

»Ja, Dr. Müller«, sagte sie unter Tränen.

»Ich würde es für gut halten, wenn er herkommt und Ihnen etwas zur Beruhigung gibt. Haben Sie seine Nummer griffbereit?«

»Auf dem Telefontisch das braune Register«, sagte sie mit tonloser Stimme.

Brandt suchte die Nummer heraus und rief in der Praxis an. Er ließ sich mit dem Arzt verbinden und bat ihn, so schnell wie möglich vorbeizukommen.

»Er wird gleich hier sein. Ich möchte Ihnen aber trotzdem noch eine Frage stellen. Hat sich Ihr Mann in letzter Zeit auffällig verhalten oder war er anders als sonst?«

Helga Schirner schüttelte den Kopf. »Nein, das hätte ich gemerkt.«

»Und es gab auch keine besonderen Vorfälle wie anonyme Anrufe oder sonstige Drohungen?«

»Nein, wenn ich es doch sage. Es war alles wie immer. Ich kann das alles nicht begreifen.«

»Hat Ihr Mann immer seine Brieftasche und sein Portemonnaie bei sich gehabt, wenn er das Haus verließ?«

»Ja, ich denke schon.«

»Hatte er Kreditkarten oder größere Mengen Bargeld bei sich?«

»Er hatte nur eine EC-Karte und eine Eurocard. Und Bargeld selten mehr als fünfzig oder sechzig Euro.«

Dr. Müller kam nur zehn Minuten nach dem Anruf. Brandt schilderte ihm in kurzen Worten, was vorgefallen war, der Arzt, der die Schirners offenbar schon lange kannte, sprach mit Helga Schirner, die aber seine Worte kaum noch wahrzunehmen schien. Er zog eine Spritze mit einem Beruhigungsmittel auf und injizierte die Flüssigkeit in die Armvene, was sie sich widerstandslos gefallen ließ. Er wartete noch fünf Minuten, bis das Mittel wirkte und Helga Schirner die Augen zufielen und sie gleichmäßig atmete.

»Was haben Sie ihr gegeben?«, fragte Brandt.

»Das Übliche in solchen Fällen, zehn Milligramm Valium. Das wird aber nicht lange vorhalten. Am besten wäre es, sie hätte jemanden, der sich um sie kümmert.«

»Kennen Sie denn jemanden?«

»Sie hat einen vierzehnjährigen Sohn und eine Tochter, Carmen, die in Frankfurt studiert und wohnt. Ich nehme an, dass die Nummer im persönlichen Telefonbuch steht.«

»Danke, ich werde versuchen sie zu erreichen.«

Dr. Müller packte seine Tasche zusammen und fuhr zurück in die Praxis. Peter Brandt fand die Nummer von Carmen Schirner in dem kleinen Telefonbuch. Ein Blick auf die Uhr, zehn vor neun. Vielleicht habe ich Glück und erwische sie noch zu Hause, dachte er, ansonsten probiere ich es auf ihrem Handy.

Er war erleichtert, als sie schon nach dem zweiten Klingeln abnahm. Er schilderte ihr kurz, was geschehen war, und sie versprach, sich sofort auf den Weg zu machen. Brandt blieb noch ein paar Minuten bei Helga Schirner, die die Augen wieder halb geöffnet hatte und ihn wie in Trance ansah. Er hatte in den vergangenen zwanzig Jahren schon etliche Todesnachrichten überbringen müssen, aber es war jedes Mal wieder anders, jedes Mal wieder neu, doch immer unangenehm.

Er zog leise die Tür hinter sich zu und begab sich noch einmal zum Tatort, wo die Spurensicherung eifrig bei der Arbeit war.

»Und, wie schaut's aus?«, fragte Brandt.

»Also wenn du so was wie Sohlenabdrücke erwartest, bei dem knüppelharten Boden keine Chance. Ich glaub, das hier ist alles umsonst.«

»Und Schirner ist in der Rechtsmedizin?«

»Ist vorhin abgeholt worden.«

»Ich zieh Leine. Und friert euch nicht den Arsch ab.«

»Scherzkeks.«

Peter Brandt fuhr ins Präsidium, wo er bereits von seinem Chef und besten Freund Bernhard Spitzer erwartet wurde. Sie waren vor gut fünfundzwanzig Jahren zusammen zur Polizei gekommen, hatten auf demselben Revier Dienst geschoben, hatten gleichzeitig die Polizeischule besucht. Der Unterschied war nur, dass Spitzer sich im Büro am wohlsten fühlte, während Brandt es nur widerwillig betrat.

Mittwoch, 9.50 Uhr

Und?«, wurde er von Spitzer empfangen, der hinter seinem Schreibtisch saß, eine dampfende Tasse Kaffee vor sich.

»Ich brauch jetzt auch erst mal einen Kaffee«, sagte Brandt, holte seine Tasse, schenkte sich ein und setzte sich Spitzer gegenüber.

»Wieso hast du Greulich hergeschickt, damit der alle Akten durchwühlt, die mit Satanisten und so 'nem Kram zu tun haben?«, fragte Spitzer grinsend, da er die Antwort schon kannte.

»Weil er was zu tun braucht. Ritualmord! Das war kein Ritualmord, Schirner wurde kaltblütig abgestochen.« Er nippte an seinem heißen Kaffee und wärmte sich an der Tasse die Hände.

»Und warum kann es deiner Meinung nach kein Ritualmord sein?«

»Weil der Täter eben auf bestimmte Rituale verzichtet hat. Der hat ihn nur kastriert, die Teile aber nicht mitgenommen.« Er zuckte mit den Schultern und fuhr sich übers Kinn. »Ich habe es in meiner Laufbahn zweimal mit Ritualmorden zu tun gehabt, und da sahen die Opfer ganz anders aus. Außerdem lassen Ritualmörder, wie gesagt, meistens die Teile nicht beim Opfer, sondern nehmen sie entweder als Souvenir mit oder essen sie. Ist auch egal. Der Typ ist Lehrer, das heißt, er war Lehrer, und ich denke, wir sollten uns zunächst mal in der Schule umhorchen. Seine Frau beschreibt ihn als überaus beliebt, freundlich und so weiter. Aber für meine Begriffe steckt mehr dahinter als nur ein simpler Mord, auch wenn Raubmord nicht ganz ausgeschlossen werden kann, weil in seiner Brieftasche nur sein Personalausweis war und auch sein Portemonnaie fehlt. Irgendwie habe ich das Gefühl, dass dieser Mord geplant war. Dafür spricht auch, dass der Hund verschwunden ist.«

»Welcher Hund?«

»Schirner ist jeden Abend nach den Tagesthemen noch eine Runde mit ihm gelaufen. Und wie seine Frau sagt, hat er dabei immer denselben Weg genommen. Es könnte also sein, dass jemand auf ihn gewartet hat. Jemand, der genau wusste, dass Schirner um eine bestimmte Uhrzeit dort vorbeikommen würde. Aber angeblich hatte er keine Feinde und hat sich in letzter Zeit auch nicht auffällig verhalten. Ich hab seine Frau alles gefragt, was ich in dem Moment fragen konnte. Dazu eben die Sache mit dem Hund. Offensichtlich ist er verschwunden. Ich nehme fast an, der Täter hat ihn mitgenommen, sonst wäre er wohl nach Hause gelaufen. Aber da er Fremden gegenüber angeblich misstrauisch ist, muss es jemand sein, den er kennt und der ihm vertraut ist. Oder er wurde ebenfalls getötet und woanders abgelegt. Was soll's, das Puzzle werden wir auch noch zusammensetzen.« Er hielt inne und sagte nach einem Moment des Nachdenkens: »Wenn ich in die Schule fahr, will ich mit Nicole zusammenarbeiten. Als ich Greulich heute Morgen gesehen habe, ist mir schon wieder die Galle hochgekommen.«

»Du kannst Nicole haben. Hast du schon eine Vermutung, wo du ansetzen könntest?«

»He, wie lange kennen wir uns jetzt? Ich bin kein Hellseher und auch kein Prophet. Das wird ein hartes Stück Arbeit. Wir müssen ein Motiv finden, denn irgendwer muss Schirner auf den Tod gehasst haben. Im wahrsten Sinn des Wortes.«

Brandt griff zum Telefon und tippte die Nummer der Rechtsmedizin in Frankfurt ein, wohin alle ungeklärten Todesfälle aus dem Zuständigkeitsbereich der Offenbacher Kripo gebracht wurden. Dr. Andrea Sievers meldete sich, eine gerade mal zweiunddreißigjährige Pathologin, die Brandt schon von dem Tag vor gut drei Jahren an leiden mochte, als sie vom Chef als die neue Mitarbeiterin vorgestellt worden war, vielleicht, weil sie den gleichen morbiden Humor hatten, vielleicht aber auch, weil sie anders war als die Frauen, die er kannte, ohne dass er dieses Anders hätte definieren können. »Peter hier, hi, ich wollte nur mal fragen, ob du schon den Eisblock auf den Tisch gekriegt hast.«

»Aber sicher doch, der Eisblock taut grade auf. Was willst du denn wissen?«

»Zum Beispiel, wie oft zugestochen und was für eine Klinge benutzt wurde.«

»Willst du Vermutungen oder Ergebnisse haben?«, fragte Andrea Sievers. »Wir haben's gerade mal geschafft, ihm die Klamotten auszuziehen, und jetzt fangen wir ganz langsam an zu zählen. Aber du kannst ja rüberkommen und mithelfen.«

»Bin schon unterwegs.« Er legte auf und sagte zu Spitzer: »Ich mach mich ab in die Pathologie und nehm Nicole gleich mit. Danach schauen wir uns mal in der Schule des werten Herrn Schirner um.«

Peter Brandt ging in das Büro nebenan, wo Nicole Eberl am Computer saß. Sie blickte auf und sagte: »Guten Morgen. Du siehst müde aus. Schlecht geschlafen?«

»Haha. Wie würdest du dich wohl fühlen, wenn du mitten im schönsten Traum aus dem Bett geklingelt wirst? Du kannst deinen PC übrigens ausmachen, wir fahren in die Rechtsmedizin und anschließend in die Schule.«

»Schule?«

»Schirner war Lehrer. Seine Frau kann sich so gar nicht vorstellen, wer ihn umgebracht haben könnte. Sie hat das ganze Programm vom tollen Ehemann runtergespult. Aber sie haben in getrennten Betten geschlafen, und bei so was klingeln bei mir gleich alle Glocken. Wenn sich zwei Menschen lieben, dann schläft man auch in einem Bett. Klingt vielleicht altmodisch, aber so bin ich nun mal.«

»Ich kenne einige Ehepaare, die getrennt schlafen und sich trotzdem blendend verstehen.«

»Und fremd bumsen.«

»Alter Zyniker.«

Nicole Eberl, achtunddreißig Jahre alt, verheiratet, ein Kind, fuhr den PC runter, kam hinter ihrem Schreibtisch hervor und zog sich ihre Daunenjacke über. Sie war etwas kleiner als Brandt, hatte kurzes dunkelblondes Haar und freundliche blaue Augen. Sie war sehr schlank, fast androgyn, keine Schönheit, aber beileibe nicht unansehnlich, die meisten würden sagen, markant. Ihre Gesichtszüge waren eher herb, die Hände ähnelten Männerhänden. Das Wichtigste für Brandt aber war, sie gehörte zu den liebenswürdigsten Menschen, die er jemals kennen gelernt hatte. Ihr Mann war Architekt, der von zu Hause aus arbeitete und mit dem sich Brandt ebenfalls gut verstand. In ihrer Freizeit verfasste sie Kurzgeschichten und Kinderbücher, von denen drei bereits veröffentlicht wurden, für das letzte hatte sie sogar einen Preis erhalten, und sie konnte fast so gut kochen wie Brandts Mutter. Ihre Ehe war kinderlos geblieben, weil ihr Mann zeugungsunfähig war, aber vor zehn Jahren hatten sie ein Mädchen aus Indien adoptiert, das sich prachtvoll entwickelte und irgendwann eine richtige Schönheit sein würde. Das Mädchen war mittlerweile dreizehn und schon jetzt ein echter Hingucker, weil sie älter und reifer wirkte als die meisten andern in ihrem Alter. Älter und reifer als Sarah, die eher wie eine Zwölfjährige aussah.

»Ich bin fertig«, sagte sie, warf einen letzten Blick zurück, um sich zu vergewissern, dass auch alles an seinem Platz war. Sie war die personifizierte Ordnungsliebe und hielt im Gegensatz zu Brandt ihren Schreibtisch stets aufgeräumt. Seit über zehn Jahren arbeiteten sie zusammen. Mittlerweile hatte sie es zur Oberkommissarin gebracht, und spätestens mit vierzig würde sie zur Hauptkommissarin befördert werden. Sie hatte eine sanfte, gutmütige Art und war im Kommissariat der ruhende Pol. Selbst in den hektischsten Situationen behielt sie den Überblick und schaffte es, auch mit den miesesten Zeitgenossen zurechtzukommen, indem sie immer freundlich war und jeden gleich behandelte. Selbst Greulich hatte gegen ihren Charme keine Chance. Für Brandt war sie genau das Gegenteil von diesem Schleimer und Kriecher, dessen Mobbingaktivitäten er aufmerksam verfolgte. Noch hielten sich diese in Grenzen, aber dennoch würde er ihm bei Gelegenheit eine Lektion erteilen.

»Was hast du denn mit Greulich vor?«, fragte sie auf dem Weg zum Auto. »Der ist ja wie wild am Recherchieren.«

»Ich will ihn einfach nur aus dem Weg haben. Er ist überzeugt, dass es ein Ritualmord ist, und diese Überzeugung kann ich dem armen Jungen doch unmöglich zerstören. Ich hab ihm lediglich gesagt, er soll alles, was mit Satanisten, Hexen und so weiter zu tun hat, raussuchen und sich nach auffällig gewordenen Personen umsehen. Damit ist er erst mal beschäftigt. Er soll die Akten der letzten zehn Jahre bearbeiten.«

»Er ist schon ein Typ, der es einem schwer macht, ihn gern zu haben.«

»Den Kerl werde ich in meinem ganzen Leben nicht gern haben. Dieses Arschloch geht mir einfach nur tierisch auf den Senkel. Ich begreife gar nicht, wieso Bernie ihn überhaupt noch in unserer Abteilung arbeiten lässt.«

»Wie oft soll ich dir das noch sagen, der Junge hat Rückendeckung von ganz oben. Und ich wette mit dir, die Klein weiß längst über den Fall Bescheid, zumindest hat unser lieber junger Kollege vorhin schon telefoniert, vorher aber seine Tür zugemacht. Ich hab zwar nur ein paar Wortfetzen mitbekommen, aber ich könnte mir schon vorstellen, dass es die Klein war.«

»Dieser kleine stinkende Bastard!«, fluchte Brandt. »Seit der in unserer Abteilung ist, läuft nichts mehr so rund wie früher. Ich fühl mich ehrlich gesagt nicht mehr sonderlich wohl. Manchmal würde ich am liebsten den ganzen Kram hinschmeißen.«

»Jetzt mach's aber mal halblang! Du wirst dich doch von so einem wie ihm nicht unterkriegen lassen. Wenn nicht anders, drehen wir das so, dass er irgendwann freiwillig geht.«

»Das schaffen wir nie. Bernie müsste sich was einfallen lassen …«

»Aber solange sich unser junger Kollege nichts Gravierendes zuschulden kommen lässt, so lange sind Bernie die Hände gebunden.«

»Aber ich garantiere dir, wenn der noch einmal hinter meinem Rücken etwas veranstaltet, knall ich ihm eins vor die Birne, und dann ist es mir scheißegal, ob die werte Frau Staatsanwältin mir was reinwürgt. Die Staatsanwaltschaft zu informieren ist die Aufgabe von Bernie oder mir. Irgendwann krall ich ihn mir wirklich, und dann gnade ihm Gott.«

»Ausgerechnet du«, sagte sie mit einem Lachen, das weder spöttisch noch verletzend war, weshalb er ihr auch nicht böse sein konnte, und setzte sich auf den Beifahrersitz. »Er ist jung und unerfahren …«

»Nee, nee, das zieht bei mir nicht. Der ist gerade mal dreißig, war vier Jahre beim Bund und meint die Weisheit mit Löffeln gefressen zu haben. Merkst du eigentlich gar nicht, was der vorhat?«

»Was denn?«, fragte sie mit Unschuldsmiene.

»Der will uns alle gegeneinander ausspielen, so was lernt man beim Bund. Und jetzt ist Schluss mit dem Thema, sonst gerate ich noch mehr in Rage.«

Auf der Fahrt in die Rechtsmedizin unterhielten sie sich über Brandts Töchter Sarah und Michelle, über die Katze, die sich Michelle so sehnlichst wünschte, und über die schulischen Leistungen der Mädchen.

Nicole Eberl kannte die ganze Ehegeschichte von Brandt, sie hatte mitbekommen, wie er seine Frau kennen gelernt und schon nach zwei Monaten geheiratet hatte, doch die Ehe stand von Anfang an unter keinem guten Stern. Seine Frau war eine rast- und ruhelose Person, die das wenige Geld mit vollen Händen ausgegeben und sich ein ums andere Mal darüber beschwert hatte, dass Brandt nicht mehr unternahm, um auf der Karriereleiter weiter nach oben zu klettern, obwohl sie genau wusste, dass es nur sehr wenige Stufen bei der Polizei gab. Über A 12 kamen die wenigsten hinaus, manche schafften es auch bis A 13, aber selbst mit dieser Gehaltsklasse waren keine Reichtümer anzuhäufen. Doch Brandt war zufrieden mit seinem Leben und hatte geglaubt, mit der Geburt von Sarah und zwei Jahre später von Michelle würde sich alles zum Guten wenden, aber genau das Gegenteil war eingetreten. Sechs Jahre lang kriselte es in der Ehe, bis sie vor zweieinhalb Jahren eines Tages einfach weg war. Sie hatte ihre Sachen gepackt, die Mädchen zusammen mit ihrem Geliebten, den sie schon seit mehr als zwei Jahren hatte und von dem Peter

Brandt nicht den Hauch einer Ahnung gehabt hatte, von der Schule abgeholt und war erst einmal untergetaucht. Und das war der Moment gewesen, als Brandt zu kämpfen begann. Und jetzt, nachdem alles gerichtlich geregelt war, war er glücklich, vor allem, wenn er sah, wie gut sich Sarah und Michelle entwickelten. Nicole Eberl mochte Brandt und seine ruhige, manchmal brummige Art.

»Sarah hat mich gefragt, ob sie eine Helly noch was Jacke bekommt.«

»Helly Hansen«, sagte Eberl und deutete auf den Schriftzug auf ihrer Jacke. »Bei dem Wetter geradezu ideal. Und?«

»Ist das eigentlich bei allen Mädchen so, dass sie irgendwann nur noch auf die Marke gucken?«

»Bei den meisten. Daran wirst du dich gewöhnen müssen. Mit dem Alter steigen die Ansprüche. Und Sarah ist immerhin vierzehn.«

»Als ich vierzehn war …«

»Ja, ja, als du vierzehn warst, da hast du die Klamotten von deinem Bruder aufgetragen …«

»Ich hab keinen Bruder.«

»Du darfst das nicht vergleichen. Wir sind beide eine andere Generation. Heutzutage zählen eben Markenklamotten.«

»Hundertfünfzig Euro für eine Jacke, die in einem Jahr schon wieder out ist! Und Michelle will natürlich auch eine.«

»Frag doch deine Ex, ob sie die Jacken spendiert, Geld genug hat sie doch.«

»Das wäre so ziemlich das Letzte, was ich tun würde. Nee, nee, die bekommen ihre Jacken von mir. Ich wollte nur mal deine Meinung dazu hören. Sind die wirklich so warm?«

»Sind ganz okay, gibt aber auch preiswertere, die genauso warm halten. Kauf sie ihnen, und du hast erst mal Ruhe, und vor allem hast du die beiden glücklich gemacht.«

»Ich hab's ihnen ja schon versprochen.«

Brandt fand eine Parklücke in der Paul-Ehrlich-Straße. Sie betraten das alte Gemäuer des Instituts für Rechtsmedizin. Schon auf der Treppe ins Untergeschoss strömte ihnen der typische Geruch von Verwesung und aufgeschnittenen Leichen entgegen, ein Geruch, der sich in sämtlichen Ritzen des alten Gebäudes festgesetzt hatte. Brandt und Eberl zogen sich grüne Kittel und Latexhandschuhe an und begegneten kurz darauf Prof. Bock, der ihnen sagte, wo seine Kollegin Andrea Sievers zu finden sei.

»Hi, da sind wir«, begrüßte Brandt die junge Ärztin, die sich einige Notizen machte, aber sofort den Block und den Stift beiseite legte. Sie war nur knapp über einssechzig, zierlich, hatte, so viel man unter dem weit geschnittenen grünen Anzug erkennen konnte (Brandt hatte sie noch nie anders gesehen), eine ansehnliche Figur und ein hübsches, ebenmäßiges Gesicht mit Augen, die immer dann aufblitzten, wenn sie Brandt sah. Sie hatte bis zu den Schultern reichendes hellbraunes Haar, das hinten zu einem Zopf gebunden war, und fein geschwungene Lippen, doch das Schönste an ihr war ihr Lachen, bei dem sich niedliche Grübchen neben den Mundwinkeln bildeten.

»Auch hi. Seine Farbe verändert sich allmählich. Wenn der sich jetzt im Spiegel sehen könnte«, sagte sie mit jenem makabren Humor, der anscheinend allen Pathologen in die Wiege gelegt war, und zündete sich eine Zigarette an.

»Doch ansonsten ist er ganz gut in Schuss, oder?«, meinte Nicole Eberl.

»Kann ich erst beurteilen, wenn ich ihn aufgemacht habe. Aber das abgeschnittene Stück Männlichkeit, das ihr da mitgeschickt habt ... Ich hab schon Besseres zu Gesicht bekommen. Letztens hatte ich einen hier, mein lieber Scholli, da wären neunundneunzig Prozent aller Männer vor Neid erblasst und die meisten Frauen ... Na ja, ihr seid einen Tick zu spät, wir sind mit dem Zählen schon fertig.«

»Und, wie viele habt ihr gezählt?«

»Dreiundachtzig.«

»Aber hallo, da muss einer ja einen ganz schönen Brass auf

den lieben Herrn gehabt haben. Bist du sicher, dass ihr euch nicht verzählt habt? Ich sehe doch auf den ersten Blick, dass …«

»Kannst gleich aufhören«, wurde er von Andrea Sievers unterbrochen. »Vorne sind's neunundreißig, hinten vierundvierzig.«

Brandt zog die Stirn in Falten. »Der hat auch von hinten was abgekriegt?«

»Von vorne und von hinten.«

»Moment, das würde ja heißen, dass wir es mit zwei Tätern zu tun haben.«

»Kann, muss aber nicht. Wir hatten hier schon mal so einen Fall, wo eine Frau ihren Mann regelrecht massakriert hat, während er schlief. Im Todeskampf hat er sich gedreht, und da hat sie von hinten weitergemacht. Sie hat so lange auf ihn eingestochen, bis ihr die Puste ausging. Aber vielleicht kriegen wir anhand der Einstichkanäle mehr raus. Wenn zum Beispiel einer der Täter sehr groß und der andere kleiner war, dann verlaufen die Kanäle bei dem Größeren von oben nach unten oder ziemlich grade, beim Kleineren aber von unten nach oben, da Schirner ja selbst über einsachtzig ist. Er wurde auf dem Rücken liegend gefunden, da ist es natürlich auch möglich, dass die ersten vierundvierzig Stiche von hinten geführt wurden, dann hat man ihn umgedreht und noch mal von vorne eins draufgesetzt. Übrigens waren über sechzig der Stiche tödlich. Der Typ ist ziemlich ausgeblutet. Auch möglich, dass von vorne und hinten …«

»Sonst noch irgendwas?«

»Noch nicht. Wir schnippeln ihn jetzt auf. Ihr könnt ja hier bleiben und das Ergebnis gleich mitnehmen«, sagte sie grinsend, weil sie wusste, wie sehr Brandt sich davor ekelte, und drückte die ausgerauchte Zigarette in einem kleinen Aschenbecher aus. Brandt hatte sich schon vor Jahren das Rauchen abgewöhnt, aber in dieser Umgebung empfand er jeden Geruch, der nicht von den Leichen kam, als Balsam für seine Nase.

»Nee, danke«, sagte Brandt und schüttelte den Kopf. »Schände du weiter deine Leichen, wir haben noch was anderes zu tun. Wir sehen uns.«

»Kann ich dich mal kurz unter vier Augen sprechen? Nur ganz kurz.«

»Klar.«

Andrea Sievers ging mit Brandt in einen Nebenraum und sagte leise und mit einem beinahe unwiderstehlichen Augenaufschlag: »Wann löst du eigentlich dein Versprechen endlich ein? Ich meine, wann gehen wir essen? Ich dachte so an Freitag, danach kommt ein langes Wochenende. Und du hast doch bestimmt auch keine Bereitschaft, oder?«

»Doch, ich hab bis Freitag Bereitschaft. Aber ich ruf dich heute noch an, ob's klappt. Bis dann und ciao.«

»Du rufst ja doch nicht an, Feigling.«

»Okay, okay, am Freitag. Und du darfst sogar das Lokal bestimmen.«

»Lokal«, sagte sie abfällig. »Restaurant, wenn schon, denn schon. So richtig schön mit Wein und guter Musik. Ich kenne da einen hervorragenden Laden in Sachsenhausen.«

»In Offenbach kann man auch gut essen«, entgegnete Brandt grinsend.

»Aber das, was ich meine, liegt nicht weit von meiner Wohnung entfernt«, sagte sie mit neckischem Augenaufschlag. »Überleg's dir, aber nicht zu lange.«

»Rufst du mich heute Nachmittag an und sagst mir, ob wir's mit zwei Tätern zu tun haben?«

»Natürlich. Und ich freu mich auf Freitag.«

Brandt und Eberl hängten die grünen Kittel an den Haken. Mit einem Augenzwinkern sagte sie: »Läuft da etwa was zwischen dir und Andrea?«

»Blödsinn, das ist nur ...«

»Mein Gott, die steht total auf dich, merkst du das gar nicht? Und sie sieht auch noch gut aus. Und sie ist dreizehn Jahre jünger als du. Und ...«

»Willst du mir jetzt ihre ganzen Vorzüge aufzählen? Ich habe zwei Töchter und …«

»Und was? Sie weiß das, aber es macht ihr offensichtlich nichts aus. Du bist jetzt seit über einem Jahr geschieden, du brauchst keinen Trauerflor mehr zu tragen. Ich als Frau sehe jedenfalls, dass du da eine echte Chance hast. Lass sie dir nicht entgehen.«

»Du hast ja Recht. Aber trotzdem, ich weiß ja nicht, wie Sarah und Michelle darauf reagieren würden.«

»Die wollten doch unbedingt zu dir. Trauern sie ihrer Mutter arg hinterher?«

»Nicht sehr.«

»Also, was hindert dich dran, es wenigstens zu versuchen? Außerdem passt ihr beide äußerlich echt gut zusammen, und das meine ich ernst. Und ihr habt eins gemeinsam – ihr seid beide geschieden. Gib dir endlich einen Ruck. Ein Mann wie du sollte nicht die ganze Zeit allein sein.«

»Mal sehen«, brummte er.

»Oder stehst du etwa mehr auf unsere schöne Staatsanwältin?«

»Die Klein? Aber sonst geht's dir noch danke?! Die soll mir bloß gestohlen bleiben. Erst kommt sie aus Frankfurt und verpestet uns die Luft, und dann mischt sie sich auch noch permanent in laufende Ermittlungen ein. Die und Greulich würde ich am liebsten auf den Mond schießen, ohne Rückfahrkarte. Möchte wetten, dass wir noch heute was von ihr hören. Wie kommen Sie mit Ihren Ermittlungen voran? Bitte, machen Sie ein bisschen mehr Druck, sonst muss ich die Kollegen vom LKA hinzuziehen«, äffte er sie nach und fügte hinzu: »Warum nicht gleich das BKA oder Europol oder das FBI!«

»Reg dich wieder ab. Die Klein ist auch nur ein Mensch …«

»Und was für einer! Die hat mehr Haare auf den Zähnen als ein Gorilla am ganzen Körper. Und jetzt Schluss damit, ich muss mich auf den Fall konzentrieren.«

Mittwoch, 11.35 Uhr

Georg-Büchner-Gymnasium. Peter Brandt und Nicole Eberl begaben sich ins Sekretariat, wiesen sich aus und baten darum, den Direktor sprechen zu dürfen. Die Sekretärin sagte, er unterrichte gerade, weil einige Lehrer krankheitsbedingt ausgefallen seien, doch Brandt bestand darauf, dass er aus der Klasse geholt wurde. Die kleine pummelige Frau sah Brandt für einen Moment unsicher an und fragte: »Ist irgendetwas passiert?«

»Das würden wir gerne mit Herrn Drescher persönlich besprechen. Wenn Sie ihn jetzt bitte holen wollen.«

Sie warteten fünf Minuten, bis sie mit einem etwa fünfzigjährigen, sehr jugendlich wirkenden Mann zurückkam, der offensichtlich wenig Verständnis zeigte, seinen Unterricht unterbrechen zu müssen. Er trug einen grauen Anzug, darunter ein blaues Hemd und eine ebenfalls blau karierte Krawatte. Brandt wunderte sich, hatte er doch seit der Einschulung seiner Töchter die jeweiligen Lehrer immer nur in Jeans oder Cordhosen und Pullis oder Flanellhemden angetroffen.

»Drescher«, stellte er sich vor und reichte erst Eberl, dann Brandt die Hand. »Was kann ich für Sie tun?«

»Wir würden uns gerne ungestört mit Ihnen unterhalten. Am besten in Ihrem Büro.«

»Wenn Sie mir bitte folgen wollen, es ist gleich hier vorne.« Er instruierte seine Sekretärin, in den nächsten Minuten nicht gestört zu werden, und machte die Tür hinter sich zu. Er bat die Beamten, Platz zu nehmen, er selbst setzte sich hinter seinen Schreibtisch.

»Herr Drescher, wir sind gekommen, um Ihnen mitzuteilen, dass einer Ihrer Lehrer, Herr Schirner, heute Nacht einem Verbrechen zum Opfer gefallen ist.«

»Bitte was? Schirner?« Drescher sah Brandt mit diesem ungläubigen Wollen-Sie-mich-auf-den-Arm-nehmen-Blick an, während er sich nach vorn beugte, die Hände gefaltet. »Was ist passiert?«

»Das wissen wir selbst noch nicht genau. Er wurde heute Morgen unweit seiner Wohnung gefunden.«

»Das darf doch nicht wahr sein! Ausgerechnet Schirner, einer unserer besten und beliebtesten Lehrer. Deswegen ist er also heute nicht zum Unterricht erschienen. Ich habe mich schon gewundert, denn das ist so überhaupt nicht seine Art, einfach unentschuldigt fernzubleiben. Er ist die Zuverlässigkeit in Person. Seit fast fünfundzwanzig Jahren ist er hier an der Schule, und er war seit drei Jahren mein Stellvertreter. Sein Tod ist ein herber Schlag für die ganze Schule. Er wird nur schwer, ich wage sogar zu behaupten, gar nicht zu ersetzen sein. Herr Schirner war noch ein Lehrer vom alten Schlag, für den sein Beruf gleichzeitig Berufung war. Er genoss sowohl bei den Kollegen als auch bei den Schülern große Beliebtheit, weshalb er auch seit fünf Jahren Vertrauenslehrer ist.« Er lehnte sich zurück, holte tief Luft und fuhr fort: »Diese Nachricht muss ich wirklich erst einmal verkraften. Da denkt man immer, so etwas könnte hier nicht passieren, und dann …«

»Bei aller Beliebtheit, gab es eventuell auch Personen, die ihm nicht so wohl gesonnen waren?«, fragte Brandt.

Drescher schüttelte den Kopf. »Nein, da fällt mir beim besten Willen keiner ein. Wissen Sie, Schirner ist der dienstälteste Lehrer an dieser Schule. Viele kommen, viele gehen. Ich selbst bin auch erst seit sechs Jahren hier, und ich kann nur Positives über ihn berichten. Er wird uns allen sehr fehlen.«

»Dennoch müssen wir den gesamten Lehrkörper befragen und auch die Schüler, die er zuletzt unterrichtet hat. Von seiner Frau wissen wir, dass er Mathematik, Physik und Ethik unterrichtet hat. Ist das korrekt?«

»Ja. Das mag zwar eine seltsame Kombination sein, aber es war ihm wichtig, den Heranwachsenden ethische und moralische Werte zu vermitteln, die in unserer heutigen Welt anscheinend kaum noch zählen. Als er letzten Herbst seinen Fünfzigsten feierte, haben ihm die Schüler einen riesigen Fresskorb und eine Schallplatte geschenkt, nach der er schon seit Jahren vergeblich gesucht hatte. Daran können Sie in etwa ermessen, welchen Stellenwert er bei den Schülern eingenommen hat. Er war nicht nur ein Lehrer, er war ein Vater und ein Menschenfreund.«

»Und doch muss es jemanden geben, der ihn gehasst hat. Manche Menschen tragen viele Mäntel und kennen sich in der Garderobe gut aus«, bemerkte Brandt trocken.

»Ich verstehe nicht, was Sie meinen«, sagte Drescher mit hochgezogenen Augenbrauen.

»Unwichtig. Ihnen fällt also von den Schülern oder Lehrern keiner ein, der mit Schirner nicht so gut zurechtkam? Oder anders ausgedrückt – es muss doch auch Schüler oder ehemalige Schüler geben, die ihn nicht mochten.«

»Ich kann Ihnen da leider nicht weiterhelfen, denn Herr Schirner war durch die Bank weg beliebt, auch wenn Ihnen das vielleicht nicht passt. Aber natürlich gibt es auch hin und wieder Schüler, die sich ungerecht behandelt fühlen, wir Lehrer sind schließlich auch nur Menschen, aber deshalb begeht man nicht gleich einen Mord.«

»Zu allen Zeiten haben Menschen schon aus scheinbar nichtigen Gründen einen Mord oder sogar mehrere begangen. Und was Schulen angeht, ich brauche da nur an Erfurt zu erinnern.«

»Ich bitte Sie«, entrüstete sich Drescher, »Erfurt war eine ganz andere Geschichte, mit einem völlig anderen Hintergrund.«

»Schau mer mal. Wir würden gerne so bald wie möglich mit unserer Befragung beginnen. Wann ist die nächste Pause?«

»Viertel nach zwölf.«

»Gut. Schicken Sie alle Schüler nach Hause, außer die der Oberstufe. Wie viele Klassen hat Herr Schirner unterrichtet?«

»Da müsste ich nachsehen, Moment.« Er warf einen Blick auf einen überdimensionalen Stundenplan, der an der Wand hing, und meinte: »In der Elf Mathe und Ethik, in der Zwölf je einen

Kurs Mathe, Physik und Ethik, in der Dreizehn ebenfalls Mathe, Physik und Ethik. Die in der Zwölf und Dreizehn waren allesamt Leistungskurse.«

»Er war doch sicher auch Klassenlehrer, oder?«

»Ja, die 11a. Ab der Zwölf gibt es keinen Klassenlehrer mehr, dort gibt es Kurse, und die Lehrer nennt man Tutoren.«

»Auch gut. Dann würden wir uns gerne erst mit den Schülern der 11a unterhalten. Die anderen nehmen wir uns in den nächsten Tagen vor.«

»Selbstverständlich. Ich werde das sofort veranlassen.«

»Wie viele Kurse hat er denn insgesamt unterrichtet oder abgehalten oder wie sagt man da?«

»Sechs Kurse, das habe ich doch eben aufgezählt.«

»Und wie viele Schüler sind in jedem dieser Kurse?«

»Das hängt ganz davon ab, wie viele sich eingetragen haben. In Mathematik und Physik sind es in der Regel nicht so viele, aber bei Schirner war das anders, sein Leistungskurs Mathematik war mit neunzehn Schülern überdurchschnittlich gut besucht, in Physik hatte er zwölf und in Ethik vierundzwanzig Schüler.«

»Die Lehrer sollen sich noch etwas gedulden, die Befragung der Schüler dauert nur ein paar Minuten. Bevor Sie sie aber bitten, hab ich noch eine Frage. Gibt es Kollegen, die ein besonders gutes Verhältnis zu Herrn Schirner hatten?«

»Lassen Sie mich es so formulieren – ich kenne keinen Kollegen, der kein gutes Verhältnis zu Herrn Schirner hatte.«

»Damit haben Sie aber meine Frage nicht beantwortet.«

»Also gut, wenn Sie es genau wissen wollen, sein bester Freund war Herr Teichmann. Er unterrichtet Deutsch, Englisch und Erdkunde. Dann sind da noch Frau Russler, Sport, Englisch und Deutsch, Herr Baumann, Kunst und Religion, Frau Engler, Geschichte, Biologie und Chemie, und Frau Denzel, Latein und Französisch. Frau Russler ist gleichzeitig Vertrauenslehrerin.«

Brandt hatte sich die Namen notiert und fragte: »Es gibt zwei Vertrauenslehrer?«

Drescher verzog den Mund zu einem gequälten Lächeln ob dieser in seinen Augen überflüssigen Frage. »Man braucht immer einen Mann und eine Frau als Vertrauenslehrer. Oder glauben Sie, eine Schülerin von siebzehn Jahren würde sich mit typisch weiblichen Problemen gerne einem Mann anvertrauen?«

»Und was ist mit Ihnen, ich meine, waren Sie und Herr Schirner befreundet?«

»Nein, uns verband keine tiefe Freundschaft, wir waren Kollegen. Das heißt jedoch nicht, dass ich Herrn Schirner nicht mochte, ganz im Gegenteil. Aber wenn Sie es genau wissen wollen, ich habe ihn seinerzeit als stellvertretenden Direktor vorgeschlagen, weil mich seine Fähigkeiten so überzeugt haben. Und da ich die Schule nächstes Jahr verlassen werde, habe ich mich sogar dafür eingesetzt, dass er mein Nachfolger wird. Die Zusage dafür kam vorgestern auf meinen Schreibtisch. Ich wollte es ihm am Freitag feierlich im Kreis der Kollegen mitteilen. Tja, und nun kann ich diesen Schrieb zerreißen.«

»Gab es denn keinen Neid unter den Kollegen? Ich meine, Sie sprechen von ihm wie von einem Heiligen, da muss sich doch der eine oder andere ein wenig oder sogar sehr benachteiligt gefühlt haben. Oder laufen hier lauter Heilige rum?«

»Wir sind kein Kloster, nur eine Schule«, entgegnete Drescher leicht pikiert. »Aber wir genießen einen exzellenten Ruf, und die meisten Gymnasien im Rhein-Main-Gebiet würden wer weiß was darum geben, könnten sie auch nur annähernd unser Niveau erreichen. Wir sind keine Eliteschule, wir haben nur ein sehr gutes Konzept, dessen Leitsatz ist, dass alle an einem Strang ziehen, Schüler und Lehrer.«

»Und warum wollen Sie dann diese Schule verlassen?«

»Ich gehe für fünf Jahre in die USA, um in Yale Deutsch zu unterrichten«, antwortete Drescher. »Sie kennen doch sicherlich Yale?«

»Ich war nie dort. Ist das was Besonderes?«, fragte Brandt, der den Namen der Universität sehr wohl kannte, aber bei derart dummen und überheblichen Fragen wie der von Drescher den Unwissenden zu spielen pflegte. Es waren diese Kleinigkeiten, die Menschen für Brandt unsympathisch machten.

»Es ist eine *der* Elite-Universitäten. Mir ist ein Lehrstuhl für Deutsch angeboten worden, und ich habe natürlich sofort zugesagt. Präsident George W. Bush war übrigens auch in Yale.«

»Hat ihm aber offensichtlich nicht viel gebracht«, entgegnete Brandt lakonisch, woraufhin Eberl belustigt den Kopf senkte. »Aber gut, bevor wir zu weit ausschweifen, informieren Sie bitte die 11a und alle Oberstufenlehrer, damit wir pünktlich mit unserer Befragung beginnen können. Viel Zeit bleibt Ihnen dazu nämlich nicht mehr.«

»Ich werde im Sekretariat Bescheid geben, dass die Lehrer und Schüler entsprechend informiert werden. Wenn Sie mich bitte für einen Moment entschuldigen wollen.«

Als er draußen war, sagte Brandt: »Was hältst du von dem Typ?«

Nicole Eberl grinste ihn an und flüsterte: »Er ist ein überhebliches Arschloch, um deine Terminologie zu gebrauchen. Yale! Und weiter, wen interessiert's? Soll er doch machen, was er will.«

»Ganz meine Meinung. Präsident George W. Bush war übrigens auch in Yale! Wenn in Yale lauter solche Deppen rumlaufen, dann danke.« Er hielt inne und fuhr kurz darauf ebenso leise fort: »Und außerdem geht mir diese Lobhudelei auf den Sack. Schirner war wohl so was wie ein Übermensch. Aber ich habe bis heute komischerweise noch keinen Übermenschen getroffen, und auch keinen, der keine Leiche im Keller hatte. Da massakriert ihn jemand im wahrsten Sinn des Wortes, kastriert ihn, und da soll nichts weiter dahinter stecken? Wer's glaubt!«

Er hatte kaum zu Ende gesprochen, als Drescher wieder hereinkam.

»Ich muss Ihnen leider mitteilen, dass die Schüler der Elf bereits vor einer halben Stunde nach Hause gegangen sind. Ich habe allerdings gebeten, die drei Kurse der Zwölf zu informieren, sich in einem Klassenraum einzufinden. Die Lehrer werden ebenfalls gerade in Kenntnis gesetzt. Wenn Sie möchten, können Sie schon mitkommen, damit ich Ihnen den Klassenraum zeigen kann.«

Brandt und Eberl erhoben sich und folgten Drescher in den zweiten Stock.

»Also, wenn …«

»Schon gut, wir übernehmen alles Weitere«, wurde Drescher von Brandt unterbrochen. Er und Nicole Eberl begaben sich in den Raum. Brandt bat die Lehrer, die sich ebenfalls eingefunden hatten, sich im Lehrerzimmer zur Verfügung zu halten. Er wollte mit den Schülern allein sprechen. Einige saßen auf den Tischen, andere standen am Fenster, nur wenige waren auf ihren Plätzen. Insgesamt waren einundzwanzig Schüler anwesend.

»Ich bin Hauptkommissar Brandt von der Kripo Offenbach, das ist meine Kollegin Oberkommissarin Eberl. Um es kurz zu machen, Herr Schirner, der ja Ihr Tutor war, wurde heute Nacht Opfer eines Gewaltverbrechens.«

Ein Raunen ging durch die Klasse, ein paar Schüler starrten ihn ungläubig an, andere murmelten etwas vor sich hin, zwei Mädchen schrien kurz auf.

»Ich kann mir denken, dass es, nach dem, was ich über Herrn Schirner gehört habe, für die meisten von Ihnen ein großer Schock sein muss. Trotzdem möchte ich Sie fragen, ob irgendeiner von Ihnen mir vielleicht sagen kann, ob Herr Schirner Feinde hatte, unter den Schülern meine ich.«

Kopfschütteln. Ein junger Mann postierte sich demonstrativ vor die andern und antwortete mit fester Stimme: »Herr Schirner war ein guter, um nicht zu sagen ein ausgezeichneter Lehrer. Ich kann mir nicht vorstellen, dass es irgendjemanden gegeben haben soll, der ihm feindlich gesonnen sein könnte.«

»Sehr gewählt ausgedrückt«, bemerkte Brandt, »aber ich möchte trotzdem von jedem Einzelnen hier in diesem Raum den Namen, die Anschrift und die Telefonnummer haben, damit wir gegebenenfalls unter vier Augen miteinander sprechen können. Es gibt doch sicherlich den einen oder andern, der heute nicht zum Unterricht erschienen ist. Auch deren Namen brauche ich. Am besten tragen Sie sich alle auf einem Blatt Papier ein, das erleichtert uns die Arbeit.«

»Wer ist denn heute nicht gekommen?«, fragte der selbst ernannte Sprecher und warf einen Blick in die Runde. »Mike Neumann, Cornelia Müller und Alessandro Massimo. Die sind aber schon seit einigen Tagen krank gemeldet.«

»Und sonst fehlt keiner? Nur die drei?«

»Nein. Wir sind insgesamt vierundzwanzig Schüler, und drei fehlen. Sie können ja selbst durchzählen, wenn Sie wollen.«

»Ich denke, das wird nicht nötig sein«, meinte Brandt. »Dürfte ich bitte Ihren Namen erfahren, Herr Klassensprecher?«

»Jens Sittler. Aber ich bin kein Klassensprecher.«

»Herr Sittler, wenn ich jetzt meine Fragen stelle, möchte ich Sie bitten, still zu sein, außer ich frage Sie direkt.«

»Wie ist Herr Schirner denn umgekommen?«, wollte ein anderer Schüler wissen.

»Diese Frage darf ich Ihnen leider nicht beantworten. Aber vielleicht können Sie mir ja sagen, ob Herr Schirner irgendwelche Feinde hatte, Herr …?«

»Bauer, Thomas Bauer. Ich kann mich Jens nur anschließen, mir fällt beim besten Willen keiner ein.«

»Und was ist mit Ihnen?«, fragte Brandt eine junge Dame, die auf der Tischkante saß und die ganze Zeit zu Boden blickte und sich auch jetzt nicht angesprochen fühlte, weil sie mit ihren Gedanken weit weg zu sein schien. Erst als Brandt sich vor sie stellte und seine Frage wiederholte, schaute sie auf und schüttelte den Kopf. Sie war ungeschminkt, doch sie zählte zu dem seltenen Typ Frau, der Make-up nicht nötig hatte, es hätte dieses hübsche, zarte Gesicht mit der makellosen Haut nur verunstaltet. Sie hatte sehr volles, von Natur lockiges rötlich braunes Haar, das sie so gut es ging zurückgekämmt und hinten zusammengebunden hatte. Ihre Augen hatten etwas Melancholisches, als sie Brandt ansah.

»Was für ein Mensch war Herr Schirner? War er nett, zugänglich, streng, vielleicht manchmal auch hart?«

Sie zuckte mit den Schultern und verzog die Mundwinkel. »Er war ganz okay.«

»Ganz okay hört sich aber nicht sehr begeistert an. Ganz okay hört sich an wie mal so, mal so. Hatte er irgendwelche Macken, die Sie nicht mochten, Frau …?«

»Kerstin Abele«, kam es leise über ihre Lippen. »Nein, er war ein guter Lehrer«, fuhr sie fort, zurückhaltend, den Blick wieder gesenkt.

»Herr Brandt«, meldete sich jetzt erneut Jens Sittler zu Wort, »jeder Mensch hat irgendwelche Macken. Aber Herr Schirner war ein ausgezeichneter Lehrer, und das wird Ihnen jeder hier im Raum bestätigen können. Ist es nicht so?«, fragte er und sah die anderen Schüler an, von denen einige mit dem Kopf nickten, andere geistesabwesend wirkten, fast wie gelähmt.

»In welchen Fächern hat er Sie unterrichtet?«, wollte Nicole Eberl wissen.

»Mathe, Physik und Ethik.«

»Und Sie alle hier in dieser Klasse kamen gut mit ihm aus?«, fragte sie in die Runde.

»Ist die Frage an mich gerichtet?«, sagte Jens Sittler und stellte sich aufrecht hin.

»Wenn Ihre Mitschüler damit einverstanden sind, dass Sie für sie sprechen«, antwortete Nicole Eberl mit diesem Lächeln, dem keiner gewachsen war. Ein Lächeln, das freundlich, höflich, nett, liebenswürdig, aber auch das genaue Gegenteil bedeuten konnte, wie jetzt. Sittler merkte, dass ihm eine Frau gegenüberstand, die trotz ihrer zierlichen Erscheinung über eine enorme Durchsetzungsfähigkeit verfügte. »Ansonsten würde ich es gerne von jedem Einzelnen persönlich erfahren.«

Als sich keiner zu Wort meldete, sagte Sittler: »Er war der mit Abstand beliebteste Lehrer an dieser Schule, da können Sie jeden fragen. Er hat alle Schüler gleich behandelt, und zwar alle gleich fair. Zu ihm konnte man mit fast jedem Problem kommen, und er hat zugehört. Und sollten Sie denken, dass irgendeiner von uns etwas mit dem Mord zu tun hat, dann können Sie das gleich vergessen, denn in diesem Raum gibt es keinen, der Herrn Schirner so etwas angetan hätte.«

»Sie preschen aber ganz schön vor, Herr Sittler.« Und an die ganze Klasse gewandt: »Um das klarzustellen, ich verdächtige niemanden von Ihnen, ich stelle nur Fragen, um etwas über den Lehrer und die Person Schirner zu erfahren. Gibt es denn in diesem Raum keinen, der ein Problem mit ihm hatte? Ich meine, Mathe und Physik liegt beileibe nicht jedem, und jetzt, das Abitur vor Augen …«

»Ungefähr die Hälfte der ehemaligen elften Klassen hat Physik abgewählt. Und sollte einer doch Physik oder Mathe Leistung belegt haben und nicht richtig mitkommen, dann helfen die Starken den Schwachen. So ist das nun mal bei uns. Und Herr Schirner hat in den letzten beiden Jahren keinen unter fünf Punkte rutschen lassen, das weiß ich von Schülern, die sich gerade auf die Abiprüfung vorbereiten. Das spricht doch auch für ihn, oder?«

»Kann, muss aber nicht. Wie ist das eigentlich mit den andern Lehrern? Kommen Sie mit denen auch so gut aus?«, fragte Brandt.

»Es gibt schon Unterschiede, aber wenn man sich bemüht, kann man mit jedem auskommen. Es ist alles eine Frage der Einstellung«, antwortete eine junge Dame forsch, die ganz offenbar großen Wert auf ihr Äußeres legte. Ihre Augen blitzten spöttisch auf, als sie Brandt mit keckem Blick ansah. Sie war das genaue Gegenteil von Kerstin Abele. Ihr Gesicht sah aus, als käme sie gerade von einem Schminkkurs, wo sie Modell gesessen hatte, ihre Kleidung kaufte sie mit Sicherheit nicht bei C&A. Sie saß neben Kerstin Abele auf dem Tisch, die den Kopf zur Seite wandte und ihre Klassenkameradin anschaute. »Ich heiße übrigens Silvia Esslinger.«

»Haben Sie das von Herrn Schirner gelernt?«

»Was?«

»Das mit dem jedem auskommen.«

»Wir haben eine Menge von ihm gelernt. Das war ja das Besondere an ihm, dass er in einem schlechten Schüler nicht gleich einen schlechten Menschen oder Versager gesehen hat, sondern jemanden, der eben zum Beispiel mit Mathe nicht so zurechtkam, dafür aber auf andern Gebieten seine Stärken hatte. Und da wir alle auch Ethik bei ihm hatten, haben wir viel über das Leben und über den Umgang mit andern gelernt. Er war nicht nur ein Lehrer, er war wie ein Vater für uns – was man weiß Gott nicht von jedem Vater behaupten kann.«

»Wie meinen Sie das?«

»Nur so, ist nicht wichtig.«

»Haben Sie Probleme mit Ihren Eltern?«

»Und wenn?«

»Dann war Herr Schirner ja der Richtige, bei dem man sich ausheulen konnte. Wie ein Vater eben. Waren Sie am Ende auch noch per Du mit ihm?«, fragte Eberl ironisch.

»Natürlich nicht«, antwortete Silvia Esslinger. »Aber einige von uns kommen aus einem so genannten guten Elternhaus, wo viel Wert auf Bildung gelegt wird. Und Herr Schirner hat eben geholfen, wo er nur konnte.«

»Er war auch Vertrauenslehrer, wie wir erfahren haben. Was bespricht man denn so mit einem Vertrauenslehrer?«

»Vertrauliche Dinge.« Silvia Esslinger stellte sich spöttisch lächelnd hin und lehnte sich in lasziver Pose an den Tisch. Sie war etwa einssiebzig groß, hatte schulterlanges hellblondes Haar und große braune Augen, die ihr das gewisse Etwas verliehen. »Wie schon gesagt, es gab fast nichts, über das man nicht mit ihm reden konnte. Und wenn wir nicht weiterwussten, er hatte immer eine Lösung parat. Er hat sogar einmal im vergangenen Sommer kurz vor den Ferien die ganze Klasse zu sich nach Hause eingeladen, wo wir ein Grillfest veranstalteten.«

»Wie lange haben Sie Herrn Schirner denn schon als … Tutor?«

»Seit der Elf, er war der Klassenlehrer von einigen von uns. Und er sollte uns eigentlich auch bis zum Abi begleiten.«

Jens Sittler reichte Brandt das Blatt Papier mit den Adressen und Telefonnummern der Schüler. Brandt warf einen Blick darauf, nickte, faltete es und steckte es in die Jackentasche.

»Okay, das war's fürs Erste. Wir werden uns aber ganz sicher noch mit dem einen oder andern von Ihnen unterhalten. Ich denke, Sie können jetzt nach Hause gehen.«

Als sie auf dem Flur waren, klingelte das Handy von Brandt. Bernhard Spitzer.

»Ja?«

»Nur ganz schnell, der Hund ist wieder aufgetaucht. Er war in der Nähe des Tierheims in Langen angebunden. Eine Anwohnerin hat jedoch erst nach zwei Stunden die Besitzer des Tierheims informiert, nachdem sie gemerkt hat, dass niemand den Hund abholen kam. Und weil er eine Hundemarke trägt, haben diese natürlich gleich die Polizei verständigt.«

»Aber sonst geht's ihm gut?«

»Völlig durchgefroren, ist aber schon wieder zu Hause.«

»Warum hat ihn der Täter dort angebunden?«

»Find's raus, du leitest die Ermittlungen«, sagte Spitzer. »Ach ja, unsere liebe Frau Staatsanwältin möchte dich unbedingt sprechen, heute noch. Du sollst in ihr Büro kommen.«

»Wieso das denn?«

»Geht um den Mord. Ich hab ihr gesagt, dass du …«

»Idiot! Du hättest sie auch abwimmeln können.«

»Ging nicht. Außerdem kennst du die bisherigen Fakten besser als ich«, sagte Spitzer und legte einfach auf.

»Was war das eben?«, fragte Nicole Eberl.

»Der Hund ist wieder da. Der Täter hat ihn in der Nähe des Tierheims angebunden. Jetzt möchte ich mal zu gerne wissen, was das soll. Schirner wird bestialisch abgeschlachtet, aber den Hund lässt man am Leben. Dabei müsste der Täter doch wissen, dass gerade der Hund uns auf seine Spur führen kann.«

»Hund und Täter kennen sich, sonst wäre der Hund nicht so einfach mitgegangen, sondern bei seinem Herrchen geblieben.«

»Aber warum dieser Aufwand? Er hätte den Hund doch genauso gut bei Schirner lassen können«, sagte Brandt. »Na ja, auf jeden Fall haben wir's mit jemandem zu tun, der mehr ein Herz für Tiere als für Menschen hat«, fügte er trocken hinzu.

»Er muss sich irgendwas dabei gedacht haben. Und was war das mit dem Abwimmeln?«

»Die Klein will mich heute noch sprechen. Weiß der Geier, was die schon wieder von mir will.«

»Vielleicht steht sie auf dich, du hast es nur noch nicht bemerkt«, sagte Eberl grinsend.

»Haha, sehr witzig. Komm, knöpfen wir uns die Lehrer beziehungsweise die Tutoren vor.«

Mittwoch, 13.00 Uhr

Die Tutoren oder wie immer man sie auch nannte, Brandt war es jedenfalls ziemlich egal, hatten sich im Lehrerzimmer versammelt und führten eine angeregte Diskussion über die Ermordung von Schirner, die abrupt endete, als Brandt und Eberl den Raum betraten.

»Werte Kollegen, das sind die Beamten der Kriminalpolizei, die Ihnen ein paar Fragen stellen werden«, sagte Drescher.

»Danke. Nun, wie Sie schon vernommen haben, wurde Herr Schirner letzte Nacht Opfer eines Kapitalverbrechens. Wir haben bereits einiges über ihn gehört und würden gerne wissen, wie Ihr Verhältnis zu ihm war. Deshalb auch als Erstes die Frage, ob irgendeiner von Ihnen uns sagen kann, ob Herr Schirner Feinde hatte.«

Kopfschütteln, Murmeln. Brandt hatte nichts anderes erwartet.

»Rudolf, ich meine Herr Schirner, hatte keine Feinde«, sagte ein Mann mit vollem grauem Haar, dessen Alter nur schwer zu schätzen war. Vielleicht um die fünfundvierzig, dachte Brandt. Seine Stimme zitterte, während er sprach. Er machte den Eindruck, als hätte er Mühe, die Fassung zu bewahren. Sein Blick war wirr, er schien durch Brandt hindurchzuschauen, seine Bewegungen waren fahrig, er wirkte überaus nervös.

»Herr ...?«

»Teichmann, Eberhard Teichmann. Ich war mit Herrn Schirner seit vielen Jahren befreundet. Er wäre so ziemlich der Letzte gewesen, der Feinde gehabt hätte. Wie ist er überhaupt gestorben?«

»Tut mir Leid, aber Details kann ich Ihnen aus ermittlungstaktischen Gründen nicht nennen.«

»Ja, aber auf was hatte es der Täter abgesehen? War es ein Raubmord?«

»Im Augenblick deutet vieles darauf hin«, antwortete Brandt diplomatisch, um gleich darauf das Thema zu wechseln. »Wir haben schon von den Schülern der 12a alle Adressen und Telefonnummern, ich möchte aber auch Sie bitten, uns Ihre jeweiligen Namen und Adressen sowie Telefonnummern aufzuschreiben.«

»Wozu brauchen Sie das?«, fragte Teichmann, während Drescher den Raum verließ und kaum zwei Minuten später mit einem Ausdruck zurückkam und diesen wortlos Brandt reichte. Er nickte Drescher zu, überflog kurz die Namensliste und antwortete dabei: »Weil wir mit jedem von Ihnen gerne persönlich sprechen würden.«

»Glauben Sie etwa, den Täter hier in der Schule zu finden?«, fragte Teichmann und lachte höhnisch auf. »Vergessen Sie's, hier laufen keine Mörder rum.«

»Nicht so voreilig. Ihnen sollte eigentlich bekannt sein, dass in jedem von uns ein verkappter Mörder steckt. Zum Glück lassen nur die wenigsten das Monster auch raus.«

»Ich persönlich verbürge mich für alle meine Kollegen und …«

»Herr Teichmann, Ihr Engagement in allen Ehren, aber manch einer ist durch eine Bürgschaft schon in den Ruin getrieben worden. Es geht nicht immer so glimpflich ab wie bei Schiller. Lassen Sie uns in aller Ruhe unsere Arbeit machen, und zeigen Sie sich einfach kooperativ, umso schneller werden wir den Mörder fassen. Wer von Ihnen hatte denn ein besonders gutes Verhältnis zu Herrn Schirner, außer Herr Teichmann?«, fragte Brandt, obwohl er die anderen Namen bereits kannte.

Ein großgewachsener, asketisch wirkender Mann von undefinierbarem Alter, Brandt schätzte ihn auf zwischen Mitte dreißig und Mitte vierzig, trat vor. »Ich war mit ihm befreundet oder was man so Freundschaft nennt. Mein Name ist Frank Baumann, und ich unterrichte Religion und Kunst. Wir haben zwar des Öfteren heiße Diskussionen geführt, weil Herr Schirner nicht an Gott glaubte, sondern ein Existenzialist nach Sartre war, aber wir waren uns nie böse, im Gegenteil, er hat seinen Standpunkt vertreten und ich meinen, den er durchaus respektiert hat. Mit ihm zu diskutieren war jedes Mal ein Vergnügen. Mehr kann ich dazu nicht sagen.«

»Wo waren Sie gestern so zwischen dreiundzwanzig Uhr und Mitternacht?«

»Ich war zu Hause. Meine Frau und meine Schwiegermutter werden das bestätigen können, denn wir haben bis nach Mitternacht zusammengesessen und uns unterhalten.«

»Danke. Ich habe dann noch den Namen von Frau Anja Russler.«

»Das bin ich«, sagte eine junge Frau, die die Dreißig kaum überschritten zu haben schien. Sie war mittelgroß und zierlich, hatte kurze dunkelblonde Haare, grüne Augen und einen vollen Mund. Sie machte auf Brandt sofort einen angenehmen, sympathischen Eindruck, und er ließ sich stets von diesem ersten Sekundeneindruck leiten und war bisher noch nie enttäuscht worden. »Ich unterrichte Sport, Englisch und Deutsch. Ich war gestern Abend ebenfalls zu Hause, habe aber leider keine Zeugen, weil ich momentan allein lebe. Ich bin um zehn zu Bett gegangen, habe noch gelesen und bin so gegen elf eingeschlafen.«

Brandt musste unwillkürlich lächeln und sagte: »War das Buch so langweilig?«

»Nein, das nicht, ich war nur müde«, erwiderte sie ebenfalls lächelnd, wobei sich zarte Grübchen um die Mundwinkel bildeten.

»Sie waren auch mit Herrn Schirner befreundet?«

»Nein, so kann man das nicht nennen. Es war im Prinzip nicht anders als bei Herrn Baumann. Wir haben uns einige Male gut unterhalten, es gab auch keine Reibungspunkte. Aber ich verstehe mich mit den meisten meiner Kollegen gut. Außerdem würde, wenn ich mit Herrn Schirner befreundet gewesen wäre, jeder doch gleich denken, dass …« Sie stockte und sah in die Runde. Ihr war ganz offensichtlich nicht wohl in diesem Moment, da alle Blicke auf sie gerichtet waren und jeder scheinbar danach gierte, etwas Sensationelles zu hören.

»Dass was?«, fragte Brandt.

»Wir waren nicht befreundet, zumindest nicht so, wie Sie vielleicht denken«, antwortete Anja Russler kurz angebunden, aber nicht unfreundlich.

Brandt spürte den Blick von Nicole Eberl, die sich offenbar ihre eigenen Gedanken machte. Auch er hatte ein seltsames Gefühl in der Magengegend, das ihm sagte, dass die junge Frau einiges verschwieg oder zumindest im Kreis ihrer Kollegen nicht sagen wollte. Er wollte sie im Augenblick auch nicht weiter bedrängen, wodurch sie sich möglicherweise bloßgestellt fühlte, sondern sie entweder heute Abend noch oder morgen unter vier Augen befragen, was er auch mit Teichmann, Baumann, Frau Engler und Frau Denzel machen würde.

»Sie können gar nicht wissen, was ich denke, aber es ist ganz sicher nicht das, was Sie vermuten.« Er machte eine kurze Pause und sagte dann: »Frau Sabine Engler?«

Es schien, als hätte sie bereits darauf gewartet, aufgerufen zu werden. Brandt schätzte sie auf Anfang bis Mitte fünfzig. Sie war klein und ziemlich übergewichtig, was sie jedoch durch eine vorteilhafte Kleidung gut zu kaschieren verstand. Sie trat einen Schritt vor und sagte: »Ich war gestern Abend mit meinem Mann im Kino, wir sind um halb elf nach Hause gekommen. Ich habe noch gebadet und bin vor Mitternacht zu Bett gegangen. Wir sind mit Herrn Schirner und seiner Frau relativ gut befreundet, haben uns aber in der letzten Zeit nur selten privat gesehen, weil ich längere Zeit krank gewesen bin.«

»Frau Katharina Denzel?«

Eine etwa Mittdreißigerin mit halblangem braunem Haar trat hervor. Sie war über einssiebzig groß, schlank und sehr wohl proportioniert. Sie trug eine hellblaue Jeans, weiße Turnschuhe und eine blaue Bluse, eine herbe Schönheit, wie Brandt feststellte. Ihre Augen strahlten ein gewisses Feuer aus, auch wenn es in diesem Moment auf Sparflamme brannte. Eine Frau, der Männer bestimmt mehr als nur einen Blick hinterherwarfen.

»Sie wurden uns ebenfalls als gute Bekannte von Herrn Schirner genannt. Ist das richtig?«

»Ja«, antwortete sie. »Aber wie schon bei den andern befragten Kollegen war es einfach nur so, dass wir uns gut verstanden haben. Und zu meinem Alibi – ich war gestern Abend zu einem Diavortrag über die Südsee und hinterher noch in einer Bar, um etwas zu trinken. Sonst noch etwas?«

»Vielleicht ganz allgemein. Wenn ich Sie recht verstehe, dann war Herr Schirner ein überaus beliebter und angesehener Mann an dieser Schule. Trotzdem will mir nicht ganz in den Kopf, dass es niemanden gegeben haben soll, der ihn nicht mochte. Alles, was wir bis jetzt über ihn gehört haben, sowohl von den Schülern als auch von den Lehrern, erweckt in mir den Eindruck, dass Herr Schirner so was wie ein Heiliger war. Ich muss Ihnen aber ganz ehrlich sagen, dass mir das ein bisschen sehr merkwürdig vorkommt.«

»Sie wollen auf Gedeih und Verderb eine dunkle Stelle in seinem Leben finden«, sagte Teichmann mit sich beinahe überschlagender Stimme, »aber diese Mühe können Sie sich sparen. Herr Schirner war ein Ausnahmepädagoge, der nicht nur hier an der Schule seinen Dienst gewissenhaft verrichtet, sondern auch außerhalb Seminare abgehalten hat, zum Beispiel über den Wert der Familie, die Entwicklung und Förderung von Kindern und die Probleme, die Kinder und Jugendliche in der Pubertät haben. Und ich denke, er war nicht umsonst Vertrauenslehrer.«

»Also gut«, sagte Brandt und legte seine Visitenkarte auf den Tisch. »Wer immer mir etwas mitzuteilen hat, was zur Aufklärung des Falles beitragen könnte, ich bin rund um die Uhr zu erreichen. Und ich garantiere, dass sämtliche Informationen absolut vertraulich behandelt werden. Wussten Sie eigentlich, dass Herr Schirner jeden Abend mit dem Hund noch mal raus ist?«

Einige nickten, andere schüttelten den Kopf.

»Und welchen Weg hat er genommen?«

»Er ist immer rüber zum Schloss Wolfsgarten«, sagte Anja Russler. »Aber das wissen Sie doch schon längst, oder?«

»Natürlich. Ach ja, bevor ich's vergesse – kannten Sie alle den Hund von Herrn Schirner?«

»Ja, sicher«, antwortete Anja Russler. »Ich glaube, es gibt kaum einen hier, der Henry nicht kannte. Ist er auch tot?«

»Nein, aber er scheint mit dem Täter einfach mitgegangen zu sein. Der- oder diejenige hat den Hund in der Nähe des Tierheims angebunden, wo er vor kurzem gefunden wurde. Mit einem Fremden wäre er mit Sicherheit nicht mitgegangen. Und jetzt wünsche ich noch einen schönen Tag.«

»Den werden wir angesichts dieser Tragödie ganz sicher nicht haben«, stieß Teichmann, der immer noch sehr aufgebracht war, hervor, nahm seine Tasche und stürmte aus dem Raum.

»Das Ganze hat Herrn Teichmann ziemlich mitgenommen«,

sagte Drescher. »Was irgendwie verständlich ist, schließlich waren er und Herr Schirner beste Freunde. Es tut mir Leid, dass wir Ihnen nicht weiterhelfen konnten, aber glauben Sie mir, Sie verschwenden nur Ihre Zeit, wenn Sie hier nach dem Täter suchen.«

»Was glauben Sie, wie viel Zeit wir schon verschwendet haben, um einen Mörder zu finden«, erwiderte Brandt lapidar. »Wie sieht das eigentlich aus, findet morgen der Unterricht wie gewohnt statt?«

Drescher nickte. »Natürlich. Die Dreizehn steckt mitten in den Abi-Vorbereitungen. So tragisch der Vorfall ist, wir können jetzt nicht einfach die Schule bis auf weiteres schließen.«

»Dann schauen wir morgen noch mal vorbei und werden uns mit dem einen oder andern Lehrer unter vier Augen unterhalten.«

Zusammen mit Nicole Eberl verließ Brandt die Schule. Auf dem Weg zum Auto sagte sie: »Und, was denkst du?«

»Was soll ich schon denken? Das ist mir alles viel zu glatt.«

»Und Raubmord schließt du völlig aus?«

»Die sollen ruhig glauben, dass es Raubmord war, aber dazu passt nicht sein abgeschnittener Schniedel. Ich kenne jedenfalls keinen einzigen Fall, in dem ein Raubmörder sein Opfer auch noch derart verstümmelt, es sei denn, der Mord ist in einer Wohnung geschehen und der Mörder ist ein ausgemachter Sadist. Nee, da steckt eine ganze Menge mehr dahinter, ich frag mich nur, was. Und jetzt rück schon raus mit der Sprache, welche Personen sind dir besonders aufgefallen?«

Nicole Eberl zuckte mit den Schultern, holte ihren Notizblock hervor und meinte nach einem Blick darauf: »Bei den Schülern dieser Jens Sittler, äußerst unsympathisch, und das eine Mädchen, Moment, Kerstin Abele. Und bei den Lehrern Teichmann, Denzel und Russler. Aber um ehrlich zu sein, die Zeit war einfach zu kurz, um wirklich einen Eindruck zu gewinnen.«

»Lass uns noch mal einen Abstecher zu den Schirners machen, die Tochter müsste längst da sein. Und danach werde ich mich bei unserer Staatsanwältin melden. Oh happy day!«

Mittwoch, 14.30 Uhr

Carmen Schirner öffnete die Tür und musterte die Beamten kurz und eindringlich. Sie war eine ansehnliche junge Dame, mit einem markanten Gesicht, in dem das Auffälligste die großen blauen Augen und die hervorstehenden Wangenknochen waren. Sie hatte ihre braunen Haare zu einem Zopf geflochten und ließ Brandt und Eberl an sich vorbei ins Haus treten.

»Sie sind die Tochter?«, fragte Brandt vorsichtshalber.

»Ja. Meine Mutter ist völlig durcheinander, und mein Bruder hat sich in seinem Zimmer verkrochen. Haben Sie schon etwas Neues herausgefunden?«

»Nein, bis jetzt nicht. Wir waren in der Schule und haben mit einigen Leuten dort gesprochen. Wie geht es Ihnen denn?«

»Gehen wir ins Wohnzimmer, dort sind wir ungestört. Ich habe meiner Mutter gesagt, sie soll sich hinlegen. Ich hoffe, sie hält sich dran. Das war ein echtes Drama, als ich nach Hause gekommen bin.«

»Aber Sie sind okay?«, fragte Brandt noch einmal.

»Irgendwer muss sich ja erst mal um alles hier kümmern. Ich kann das noch immer nicht begreifen. Warum ausgerechnet mein Vater? Ich bete, dass Sie dieses Schwein bald finden, das uns das angetan hat.«

»Wir tun unser Bestes«, entgegnete Brandt und setzte sich neben Nicole Eberl auf die Couch. »Sie studieren in Frankfurt, wie uns gesagt wurde, und wohnen dort auch. Hat das einen besonderen Grund? Ich meine, Frankfurt ist nur einen Katzensprung von Langen entfernt.«

»Ich brauche einfach meine Ruhe. Zweimal in der Woche bin ich bis abends um acht in der Uni, und dann noch nach Hause zu fahren ist mir einfach zu stressig.«

»Was studieren Sie denn?«

»Theologie.«

»Da haben Sie aber noch eine Menge vor sich«, bemerkte Nicole Eberl voller Respekt.

»Schon, aber es macht Spaß. Wollen Sie mit meiner Mutter sprechen?«

»Nein, nein, wir wollten uns kurz mit Ihnen unterhalten. Was wir bis jetzt über Ihren Vater gehört haben, hilft uns nicht viel weiter.«

»Ich kann mir schon vorstellen, was man Ihnen erzählt hat«, sagte Carmen Schirner. »Sicher nur Gutes.«

»Ganz genau. Deshalb wollten wir Sie fragen, ob er denn überhaupt keine Fehler oder Schwächen hatte.«

»Jeder Mensch hat Fehler und Schwächen, sonst wären wir keine Menschen, sondern Maschinen. Aber er war schon etwas Besonderes. Jetzt denken Sie vielleicht, ich als Tochter muss ja so reden, aber es ist die Wahrheit. Als ich ihm damals sagte, ich würde Theologie studieren, ist er fast an die Decke gegangen. Es hat mich eine ganze Menge Überredungskunst gekostet, ihn davon zu überzeugen, dass es für mich das Beste ist. Ich wollte das schon, als ich vierzehn oder fünfzehn war. Jetzt bin ich fast einundzwanzig und habe gerade mein zweites Semester angefangen.«

»Haben Sie sich oft mit ihm gestritten?«

»Nein, ganz im Gegenteil, wir haben uns sehr gut verstanden. Und ich höre sehr wohl den Unterton aus Ihrer Frage. Und sicherlich werden Sie wissen wollen, wo ich gestern Abend war, stimmt's?«

»Eigentlich nicht, aber wenn Sie's mir verraten möchten«, sagte Brandt lächelnd, um so besseren Zugang zu ihr zu finden.

»Ich war in meiner Wohnung und habe bis heute früh um zwei gelernt. Ich bin halb tot in mein Bett gefallen.«

»Leben Sie allein?«

»Nein, ich teile mir die Wohnung mit einer Kommilitonin.«

»Wo ist eigentlich der Hund?«, fragte Nicole Eberl.

»Henry ist oben bei meinem Bruder. Der arme Kerl muss sich

erst mal erholen. Es grenzt schon fast an Zynismus, dass mein Vater tot ist und der Hund lebt.«

»Wie hat Ihr Bruder es denn aufgenommen?«

»Er hat bis jetzt nicht mit mir darüber gesprochen. Ich glaube, das ist der Schock. Er hat es gehört und ist gleich in sein Zimmer verschwunden. Ich nehme an, er liegt auf seinem Bett, die Kopfhörer auf und hört Heavy Metal. Das macht er immer, wenn er mit einer Situation überfordert ist. Mehr kann ich Ihnen nicht sagen.«

»Gibt es denn irgendjemanden, den Sie verdächtigen, etwas mit dem Verbrechen an Ihrem Vater zu tun zu haben?«

Carmen Schirner zuckte mit den Schultern und sah Brandt ratlos an. »Beim besten Willen nicht. Mein Vater hatte keine Feinde, er war sogar sehr angesehen. Hier in der Nachbarschaft gibt es einige, die ihn mit Herr Professor angeredet haben, dabei hat er nicht einmal einen Doktortitel. Aber er war eine Autorität, wenn auch eine stille.«

»Und was ist mit Neidern?«

»Wer hätte ihm was neiden sollen?«, fragte sie zurück. »Er war seit fünfundzwanzig Jahren an der Schule, er hat unglaublich viel dort bewirkt, aber er hat nie die andern spüren lassen, dass er eventuell etwas Besseres war. Und außerdem hat er keine Reichtümer angehäuft, ein Lehrer verdient nicht gerade die Welt.«

»War er denn etwas Besseres?«

»Nein, war er nicht. Er war nur anders.«

»Inwiefern anders?«

»Er ist nicht mit dem Strom geschwommen, sondern hat es geschafft, dass die andern ihm folgen. Und die meisten haben das nicht einmal gemerkt. Dass das Georg-Büchner-Gymnasium einen so guten Ruf genießt, ist nicht zuletzt meinem Vater zu verdanken.«

»Waren Sie auch auf dieser Schule?«

»Ja.«

»Aber Ihr Vater war nie Ihr Lehrer, oder?«

»Nein, das wäre ganz ausgeschlossen gewesen. Ich hätte es auch nie gewollt. Und wie Sie sehen, habe ich es auch ohne ihn geschafft.«

»Wie meinen Sie das?«, fragte Brandt stirnrunzelnd.

»Nicht, wie Sie denken. Er hat mir natürlich geholfen, wenn ich in Mathe oder Physik Probleme hatte, aber eben so, wie ein Vater seiner Tochter hilft. Nicht mehr und nicht weniger. Das sind eben die Privilegien einer Lehrerstochter.«

»Werden Sie die nächsten Tage hier bleiben?«

»Wohl oder übel. Ich kann meine Mutter in ihrem Zustand unmöglich allein lassen.«

»Haben Sie sonst noch Verwandte?«

»Meine Großeltern mütterlicherseits, aber die leben seit zehn oder elf Jahren in Spanien, um dort ihren Lebensabend zu verbringen. Und dann habe ich noch einen Onkel väterlicherseits, der aber schon vor dreißig Jahren nach Südafrika ausgewandert ist. Zu ihm haben wir überhaupt keinen Kontakt. Ansonsten gibt es keine Verwandten mehr.«

»Eine Frage noch – kennen Sie den Weg, den Ihr Vater immer nachts mit dem Hund gelaufen ist?«

»Natürlich kenne ich den Weg. Ich bin selbst etliche Male mit Henry dort langgegangen, wenn ich abschalten wollte.«

»Und andere Personen wussten auch davon?«

»Ich glaube, es gibt kaum einen in der Nachbarschaft, der das nicht wusste. Er hat das bei Wind und Wetter gemacht.«

»Ja, Frau Schirner, dann mal vielen Dank, und richten Sie bitte Ihrer Mutter aus, dass wir morgen noch einmal vorbeischauen. Ich hoffe, es geht ihr dann wieder etwas besser.«

»Mach ich.«

»Wiedersehen.«

»Tschüs.«

Carmen Schirner blieb in der Tür stehen, bis Brandt und Eberl in ihren Dienstwagen eingestiegen waren. Sie wartete, bis der

Motor angelassen wurde, und ging wieder ins Haus. Sie ließ sich in den Sessel fallen, schloss für einen Moment die Augen und spürte ihr Herz bis in die Schläfen pochen. Dann holte sie aus ihrer Handtasche eine Schachtel Zigaretten, nahm eine Marlboro heraus und zündete sie an. Im Haus herrschte zwar Rauchverbot, doch das scherte sie jetzt wenig. Sie brauchte etwas, um ihre Nerven zu beruhigen. Nachdem sie zu Ende geraucht hatte, stand sie auf, lauschte, ob auch alles ruhig war, ging in den Keller, wo ihr Vater sich bereits vor Jahren ein Büro eingerichtet hatte, sein Refugium, wie er es nannte, steckte den Schlüssel in die rechte Tür des alten Schreibtischs, öffnete sie, nahm eine Mappe heraus und blätterte darin. Als sie Geräusche von oben vernahm, legte sie die Mappe schnell wieder zurück, verschloss den Schreibtisch und verließ das Zimmer. Während sie nach oben ging, kam ihre Mutter die Treppe vom ersten Stock herunter. Sie war blass, die Augen gerötet. Sie schien nicht einmal zu bemerken, dass im Haus geraucht worden war.

»Warum ist er einfach so gegangen?«, sagte sie mit schwerer Stimme und Tränen in den Augen. »Warum einfach so? Wir konnten nicht einmal mehr miteinander reden.«

»Du kannst doch nichts dafür«, sagte Carmen Schirner und nahm ihre Mutter in den Arm, um sie zu trösten.

»Doch. Es ist auch meine Schuld, dass das alles passiert ist.«

»Nein, Mutti, ist es nicht. Keiner hat Schuld außer derjenige, der ihm das angetan hat. Und denk dran, er hatte ein gutes Leben.«

»Aber nicht mit mir. Ich war keine gute Ehefrau für ihn, er hatte etwas Besseres verdient, das ist mir heute klar geworden.«

»Mutti, komm, das bringt doch nichts. Du warst eine gute Ehefrau und auch Mutter und …«

»Kind, ob ich eine gute Ehefrau war oder nicht, kannst du doch gar nicht beurteilen. Ich war nie so für ihn da, wie ich es hätte sein sollen. Ich habe immer nur an mich gedacht.«

»Das stimmt nicht. Du hast dir nichts vorzuwerfen.«

Helga Schirner löste sich aus der Umarmung und schnäuzte sich. Sie schüttelte den Kopf, stellte sich ans Fenster und schaute hinaus. Die tief stehende Sonne schien von einem klaren blauen Himmel, aber sie hatte gegen die Kälte, die alles hatte erstarren lassen, keine Chance.

»Wir haben in der letzten Zeit kaum noch miteinander geredet. Dabei wollte ich ihm eigentlich so viel sagen. Es tut mir alles so furchtbar Leid, du kannst dir gar nicht vorstellen, wie Leid es mir tut. Wie lange bleibst du denn hier?«

»So lange du willst. Ich werde diese Woche meine Vorlesungen und Kurse ausfallen lassen. Ich versäume nichts weiter.«

»Ich habe deinen Vater geliebt, weiß Gott, ich habe ihn geliebt. Aber jemanden zu lieben und es ihm auch zu zeigen, das ist das Schwere an der Liebe und am Leben. Ich habe es ihm nicht mehr gezeigt, schon seit Jahren habe ich es ihm nicht mehr gezeigt. Und jetzt ist es zu spät. Ich werde mir das nie verzeihen können. Niemals.«

»Jetzt gib dir nicht die Schuld an dem, was …«

»Du brauchst gar nicht zu versuchen mich zu trösten, denn ich kenne meine Fehler. Aber wie gesagt, es ist zu spät, sie wieder gutzumachen. Es ist alles zu spät. Magst du mir ein Glas Wein einschenken?«

»Ich weiß nicht, ob das so gut ist«, sagte Carmen zweifelnd. »Du hast Medikamente genommen.«

»Bitte! Oder muss ich es selbst tun? Du rauchst, oder glaubst du, ich würde nicht merken, dass du im Haus geraucht hast?«, fuhr sie ihre Tochter unwirsch an.

»Schon gut.« Carmen holte aus dem Schrank zwei Gläser und aus dem Keller eine Flasche Rotwein. Sie entkorkte sie und schenkte beide Gläser halb voll. Ihre Mutter trank ihres in einem Zug leer und schenkte sich noch zweimal nach. Sie setzte sich auf die Couch und ließ sich zurückfallen, die Augen geschlossen. Carmen nahm neben ihr Platz und legte ihre Hand auf die ihrer Mutter.

»Es wird alles gut. Papa ist jetzt in einer besseren Welt. Ihr werdet euch wiedersehen.«

»Wenn du es sagst.«

»Ich weiß es. Und jetzt ruh dich aus. Und bitte keinen Alkohol mehr.«

»Tu mir einen Gefallen, mach mir keine Vorschriften, zumindest nicht heute. Ich möchte heute einfach nur verdrängen und vergessen. Nur heute.«

»Ich kann es dir nicht verbieten. Ich geh mal hoch nach Thomas schauen.«

»Tu das.«

Carmen Schirner erhob sich und ging nach oben. Thomas und Henry lagen auf dem Bett, der Fernseher und die Stereoanlage liefen gleichzeitig, Thomas hatte Kopfhörer auf, die er abnahm, als seine Schwester ins Zimmer trat.

»Ich wollte nur mal sehen, wie's dir geht«, sagte Carmen.

»Geht so.«

»Kann ich was für dich tun?«

»Nee, ich will allein sein.«

»Okay. Aber wenn was ist, sag Bescheid.«

»Hm.«

Carmen Schirner betrat leise das Schlafzimmer ihres Vaters und machte die Tür hinter sich zu. Sie ließ ihren Blick durchs Zimmer schweifen. Das Bett war noch gemacht, vor dem Nachtschrank stand eine ungeöffnete Flasche Bier, die er wie immer vor dem Einschlafen trinken wollte. Sie setzte sich auf die Bettkante und dachte nach.

Mittwoch, 15.45 Uhr

Staatsanwaltschaft Offenbach. Peter Brandt klopfte an die Tür mit dem Schild »Elvira Klein, Staatsanwältin« und trat ohne Aufforderung ein. Sie saß hinter ihrem Schreibtisch und telefonierte, runzelte die Stirn, als sie Brandt erblickte, und bedeutete ihm mit einer Handbewegung, sich zu setzen. Auf dem Schreibtisch waren ein paar Akten, die FAZ und das Handelsblatt sowie ein Bild ihrer Eltern. Sie verabschiedete sich von ihrem Gesprächspartner und legte auf.

»Danke, dass Sie gekommen sind«, sagte sie, und er hatte das Gefühl, als meinte sie in Wirklichkeit: Ihr Glück, dass Sie meinem Befehl gehorcht haben. »Ich habe erfahren, was passiert ist. Das ist auch der Grund, weshalb ich Sie hergebeten habe. Ich möchte Sie bitten, den Fall Schirner so sorgfältig wie nur irgend möglich zu bearbeiten. Sorgfältiger als jeden andern Fall.«

»Wir arbeiten immer sorgfältig«, entgegnete er provozierend lässig. »Unsere Aufklärungsquote liegt bei über neunzig Prozent, das können Sie gerne nachkontrollieren.«

Elvira Klein stand auf, stellte sich mit dem Rücken ans Fenster und sah Brandt direkt an. Sie war groß gewachsen, sehr schlank, hatte halblanges blondes Haar und einen forschenden Blick aus stahlblauen Augen, dem Brandt jedoch standhielt. Alle nannten sie die schöne Staatsanwältin, und sie war schön, was Brandt auch zugab. Sie hatte ein ausgesprochen hübsches und ausdrucksvolles Gesicht, lange Beine und eine makellose Figur. Aber es war ihre Art, die Brandt nicht zusagte. Schon beim ersten Aufeinandertreffen, als sie sich vorstellte, empfand er so etwas wie eine riesige Barriere zwischen ihnen. Er wusste sofort, dass die Zusammenarbeit mit ihr nicht leicht sein würde. Sie war besserwisserisch, mischte sich gerne in laufende Ermittlungen ein, obwohl dies gar nicht zu ihren Aufgaben gehörte – und sie verstand sich mit Greulich. Außerdem kam sie aus Frankfurt, fuhr ein sündhaft teures Mercedes Coupé, das ihr mit Sicherheit ihr reicher Daddy, ein angesehener Anwalt, spendiert hatte, und lief in Kleidern rum, die sich ein Normalsterblicher niemals leisten konnte. Sie war zweiunddreißig und schon jetzt auf dem besten Weg zur Oberstaatsanwältin, wenn nicht irgendjemand ihrer

Karrieregeilheit Einhalt gebot. Brandt mochte sie nicht, und sie mochte Brandt nicht. Und jetzt saß er hier, obgleich er eigentlich Besseres zu tun hatte.

»Ich kenne die Zahlen, die Frankfurter Kollegen arbeiten auf dem gleichen Niveau. Aber ich will jetzt nicht über Zahlen mit Ihnen reden, sondern über den aktuellen Fall. Haben Sie schon einen Verdächtigen?«

»Frau Klein, wir arbeiten seit ungefähr zehn Stunden an dem Fall, und bei dem Beruf, den Herr Schirner ausgeübt hat, kommen Hunderte von Personen als Tatverdächtige infrage. Wieso sind Sie eigentlich so erpicht darauf, dass dieser Fall so besonders behandelt wird?«

Elvira Klein löste sich vom Fenster und setzte sich wieder. Sie legte die Hände aneinander, die Fingerspitzen berührten die Nase.

»Weil ich Herrn Schirner kannte.«

Brandt kniff die Augen zusammen und beugte sich nach vorn, die Ellbogen auf dem Schreibtisch, die Hände gefaltet.

»Sie kannten Schirner? Woher, wenn ich fragen darf?«

»Er war mein Lehrer.«

»Aber Sie kommen doch aus Frankfurt. Wieso …«

»Ich lebe jetzt in Frankfurt, aber ich bin in Langen geboren und dort auch zur Schule gegangen. Unter anderem auf das Georg-Büchner-Gymnasium. Meine Eltern wohnen übrigens immer noch in Langen, falls Sie das auch interessiert«, sagte sie in diesem ihr eigenen Ton, der Brandt innerlich auf die Palme trieb. Er ließ es sich jedoch nicht anmerken. Im Laufe der Jahre hatte er gelernt, seine Emotionen unter Kontrolle zu halten.

»Sie hatten Schirner in der Oberstufe?«

»Er unterrichtet ausschließlich die Oberstufe, wie Sie sicherlich längst wissen. Ich hatte ihn in Mathe und Ethik. Vielleicht verstehen Sie jetzt, weshalb ich so darauf dränge, dass …«

Brandt hob die Hand und unterbrach sie: »Erzählen Sie mir etwas über Schirner, denn bisher habe ich nur Lobeshymnen gehört. Vielleicht haben Sie ja ausnahmsweise etwas anderes auf Lager.«

»Tut mir Leid, aber da muss ich passen. Er war der beste Lehrer, den ich je hatte. Immer korrekt, immer …«

»… immer fair, immer loyal und so weiter und so fort«, fiel ihr Brandt erneut ins Wort. »Das habe ich mir schon den ganzen Tag anhören müssen. Aber dieser Mord muss einen Hintergrund haben …«

»Zweifeln Sie etwa an der Integrität von Herrn Schirner?«, fragte Elvira Klein scharf.

»Im Augenblick stelle ich mir nur Fragen. Zum Beispiel die, warum ein so integrer, korrekter, fairer Mann wie Schirner mit dreiundachtzig Messerstichen massakriert wurde. Warum hat man ihm die Genitalien abgeschnitten, und zwar unfachmännisch? Und warum erzählt mir keiner etwas über die Schwächen dieses so großartigen Mannes? Oder vielmehr, warum will mir keiner etwas über seine Schwächen erzählen?«

»Ich denke, es war ein Ritualmord«, sagte Elvira Klein mit hochgezogenen Brauen, ohne auf die letzte Bemerkung von Brandt einzugehen.

Brandt lachte auf und erwiderte: »Glauben Sie noch an den Weihnachtsmann?«

»Was soll diese Frage?«

»Würde ich an den Weihnachtsmann glauben, würde ich hier von einem Ritualmord ausgehen. Wir ermitteln in alle Richtungen, wie das so üblich ist. Außerdem stammt diese Theorie von Herrn Greulich, von dem Sie das ja wohl auch haben.«

»Aber es ist nicht Ihre Theorie, wenn ich Sie richtig verstehe.«

»Ich habe keine Theorie, ich habe lediglich begründete Zweifel.«

»Was für Zweifel? Oder ist das so geheim, dass Sie mir nichts darüber erzählen möchten?«, fragte sie spöttisch.

»Sie werden es erfahren, sobald ich mehr weiß. Sollte es wider Erwarten doch ein Ritualmord gewesen sein, so wird mein werter Kollege Herr Greulich das sicher herausfinden. Und Sie werden dann bestimmt die Erste sein, die es erfährt. Sie kommen doch mit Greulich ganz gut aus, er wird sich schon mit Ihnen in Verbindung setzen. Sonst noch was?«

Elvira Klein lächelte süffisant und fuhr sich mit der Zunge über die Lippen. »Hören Sie, Greulichs Meinung interessiert mich nicht. Er ist jung und unerfahren.« Jung und unerfahren, dachte Brandt, das musst ausgerechnet du sagen. »Ich würde es begrüßen, wenn Sie als leitender Ermittler mich auf dem Laufenden halten würden. Es sei denn, es macht Ihnen zu viel Mühe. Und ich erwarte bald erste Ergebnisse. Es dürfte schließlich nicht allzu schwer sein, in einem vergleichsweise kleinen Ort wie Langen einen brutalen Mörder zu finden.«

»Schirner wurde nachts umgebracht, es war saukalt, und es gab keine Zeugen. Und wenn die Leute weiterhin so mauern, wird es sogar verdammt schwer werden, den Täter zu finden. Aber vielleicht helfen Sie mir ja, zum Beispiel indem Sie mir sagen, ob Sie auch andere Lehrer hatten, die heute noch an der Schule sind. Es ist ja erst ein paar Jährchen her, dass Sie dort waren.«

»Ich bitte Sie, Herr Brandt, nicht auf die Tour …«

»Frau Klein, auch wenn Sie Staatsanwältin sind, so haben Sie trotzdem kein Recht, mir vorzuschreiben, was ich zu tun habe, und vor allem, in welcher Zeit. Also, was ist, wollen Sie mir nun helfen, oder muss ich alles allein rauskriegen?«

Elvira Klein überlegte und sagte dann: »Ich weiß nicht, welche von meinen Lehrern noch an der Schule sind, schließlich habe ich mein Abitur vor dreizehn Jahren gemacht. Nennen Sie mir ein paar Namen.«

»Frau Denzel, Herr Baumann, Frau Engler, Frau Russler, Herr Teichmann … Ich habe eine Liste mit sämtlichen Namen des Lehrkörpers.«

»Vermuten Sie den Täter etwa unter ihnen?«, fragte sie wieder mit diesem spöttischen Lächeln.

»Kennen Sie jetzt eine dieser Personen oder nicht?«, antwortete Brandt mit einer Gegenfrage.

»Herr Baumann kam damals neu an die Schule. Er hat Religion unterrichtet. Aber da ich mit Religion nichts anfangen kann, habe ich mich für Ethik entschieden, eine Wahl, die ich nie bereut habe. Frau Engler hatte ich in Geschichte Leistungskurs und Herrn Teichmann in Deutsch und Englisch. Er war noch ziemlich jung, so um die dreißig. Frau Russler und Frau Denzel kenne ich nicht. Wie kommen Sie ausgerechnet auf diese fünf Namen?«

»Weil diese Leute angeblich engeren Kontakt zu Schirner hatten. Teichmann war sogar sein bester Freund. Eigentlich waren sie alle sehr gut mit Schirner bekannt.«

»Dann fragen Sie sie doch. Wie gesagt, es sind dreizehn Jahre vergangen, seit ich auf der Schule war.«

»Ich habe vorhin schon kurz mit ihnen gesprochen, und irgendwie werde ich das Gefühl nicht los, dass mir etwas verheimlicht wird.«

»Was sollte man Ihnen denn verheimlichen? Dass Schirner ein dunkles Geheimnis hütete und er dafür so furchtbar bestraft wurde?«

»Wer weiß. Aber ich sehe, es hat keinen Sinn. Wenn Sie mich bitte entschuldigen wollen, ich muss zurück ins Büro.« Brandt erhob sich und ging zur Tür, doch Elvira Klein hielt ihn zurück.

»Warten Sie. Angenommen, es war kein Ritualmord, was war es dann? Ein Raubmord?«

Brandt atmete einmal kräftig durch und sagte: »Kann sein, ist aber eher unwahrscheinlich. Ein Raubmörder sticht höchstens drei- oder viermal zu, schnappt sich die Brieftasche oder das Portemonnaie und haut ab. Und vermutlich würde er den Hund auch gleich noch mit erledigen und sich nicht die Mühe machen, ihn in der Nähe des Tierheims anzubinden. Können Sie mir jetzt folgen?«

»Ich könnte mich ja mal umhören«, erwiderte Elvira Klein.

»Dafür sind wir zuständig. Vor allem kennen einige der Lehrer Sie noch. Überlassen Sie mir die Ermittlungen, Sie werden schon rechtzeitig über aktuelle Ergebnisse informiert. Ich muss jetzt wirklich los, ich warte nämlich auf den Bericht der Rechtsmedizin und der Spurensicherung. Vielleicht gibt's ja Fingerabdrücke auf der Brieftasche. Ach ja, eine Frage habe ich doch noch: War das auch schon zu Ihrer Zeit so, dass auf die Georg-Büchner-Schule eher wohlhabende Schüler gehen?«

»Warum schon wieder diese Anzüglichkeit?«

»Das ist nicht anzüglich gemeint, sondern sehr ernst. Als ich vorhin dort war, habe ich zum einen kaum einen Ausländer gesehen, und zum andern hatte ich bei den meisten Schülern den Eindruck, als kämen sie aus gut situierten Elternhäusern. Wird dort selektiert?«

»Ob dort selektiert wird, kann ich nicht sagen, doch es stimmt schon, auch damals stammten die meisten meiner Mitschüler aus einem guten Elternhaus. Aber welchen Unterschied macht das? Ist das verboten?«

»Nein, ich habe mich nur gewundert.«

»Sagen Sie, Herr Brandt, wie schaffen Sie das eigentlich, dieser Beruf und dazu noch allein erziehender Vater von zwei Töchtern?«, fragte sie mit wieder diesem süffisanten Lächeln. »Wird das auf Dauer nicht ein bisschen zu viel?«

»Zu viel?«

»Nun, das ist doch eine enorme Belastung, oder irre ich mich da?«

»Für Sie wäre es mit Sicherheit eine«, antwortete er nur und ging hinaus, ohne die Tür hinter sich zuzumachen. Er grinste, als er den Flur entlangging, denn er stellte sich das Gesicht von Elvira Klein auf seine letzte Bemerkung hin vor. Zimtzicke, dachte er und fuhr ins Präsidium. Auf dem Weg dorthin klingelte sein Handy. Es war Sarah. Sie wollte wissen, wann er kommen und sie abholen würde. Er antwortete, er könne es nicht genau sagen, aber sicher nicht später als sechs.

Im Büro wurde er von Bernhard Spitzer empfangen, der ihn gleich zu sich bat.

»Wie ist es bei der Klein gelaufen?«, fragte Spitzer.

»Wusstest du, dass sie Schirner kannte?«, sagte Brandt, während er sich eine Tasse Kaffee einschenkte. »Diese blöde Kuh! Ich könnte ihr den Hals umdrehen.«

»Jetzt mal ganz sachte. Woher kennt sie ihn?«

»Sie kommt aus Langen und ist dort auf die Schule gegangen. Sie hat Schirner als Lehrer gehabt.« Brandt setzte sich und lehnte sich zurück. »Und jetzt will sie natürlich so schnell wie möglich Ergebnisse sehen. Ich hab sie gebeten, mir etwas über Schirner zu erzählen, und was bekomme ich von ihr zu hören – die gleiche Scheiße wie von den andern. He, Schirner ist eiskalt abgemurkst worden. Und diese Tat war von langer Hand geplant, da verwette ich mein nächstes Gehalt drauf. Der Kerl muss 'ne fette Leiche im Keller liegen haben, ich frag mich nur, wo die ist und wer davon wusste. Hast du schon was von der Rechtsmedizin und der Spurensicherung gehört?«

»Hier.« Spitzer schob die Akte über den Tisch. »Ist aber nicht sehr aussagekräftig. Keine Fingerabdrücke auf der Brieftasche, außer die von Schirner. Ansonsten Fehlanzeige. Rechtsmedizin ebenfalls nicht mehr als das, was du wahrscheinlich schon heute Vormittag erfahren hast.«

»Steht da nichts drin von zwei Tätern?«

»Wieso von zwei Tätern?«, fragte Spitzer erstaunt.

»Na ja, Schirner hatte doch vorne und hinten Einstiche. Könnte ja immerhin sein, dass wir es mit zwei Tätern zu tun haben.«

»Ruf die Sievers an.«

Brandt griff zum Hörer und tippte die Nummer ein, in der Hoffnung, Andrea Sievers noch zu erreichen. Er hatte Glück.

»Hi, ich bin's, Peter. Danke für den vorläufigen Bericht. Hast du mal geschaut, ob es einer oder zwei waren?«

»Ich wollte zwar gerade meine heiligen Hallen verlassen, aber um's kurz zu machen, es wurde ein und dieselbe Klinge benutzt.

Die meisten Einstiche erfolgten, als Schirner schon am Boden gelegen haben muss. Deshalb geben die Stichkanäle auch keine Auskunft. Sie verlaufen in alle Richtungen …«

»Augenblick. Kann es nicht trotzdem sein, dass es zwei Täter waren, die beide das gleiche Messer benutzten?«

»Das gleiche Messer?«

»Na ja, zwei Leute kaufen sich das gleiche Messer, der eine sticht von vorne zu, der andere von hinten. Jetzt kapiert?«

»Nichts ist unmöglich«, flötete sie in den Hörer. »Wir sehen uns übermorgen beim lauschigen Abendessen. Tschüüüs.«

Andrea Sievers legte einfach auf. Brandt lächelte still vor sich hin.

»Was ist los?«, fragte Spitzer neugierig.

»Nichts weiter«, erwiderte Brandt und legte den Hörer auf die Einheit.

»Du magst sie, stimmt's? Komm, ich seh's dir doch an.«

»Und wenn? Mein Gott, die Frau ist dreizehn Jahre jünger als ich und …«

»Scheiß drauf! Ich würd wer weiß was drum geben, wenn mich eine dreizehn Jahre Jüngere anbaggern würde. Vor allem, wenn sie so aussieht wie die Sievers.«

»Du bist glücklich verheiratet, du darfst an so was nicht einmal denken«, bemerkte Brandt grinsend.

»Ich bin seit zwanzig Jahren verheiratet, was glaubst du, an was man da so alles denkt.«

»Und ich habe immer geglaubt, ihr versteht euch so gut.«

»Tun wir ja auch, doch irgendwann kommt bei jedem der Alltagstrott. Aber darüber reden wir mal bei einem gepflegten Bier. Hast du heute noch was vor, was den Fall betrifft?«

Brandt schüttelte den Kopf. »Ich denk nicht. Obwohl, es gibt da ein paar Leute, denen ich gerne noch ein paar Fragen stellen würde, aber das hebe ich mir für morgen auf.«

»Willst du das allein machen?«

»Wäre mir lieber.«

»Von mir aus, du lässt dir ja sowieso keine Vorschriften machen.« Spitzer warf einen Blick auf die Uhr, Viertel vor sechs, und sagte: »Dann lass uns gehen, der Tag war lang.« Er stand auf, nahm seine Jacke vom Haken und zog sie über.

»Ich mach mir nur noch schnell ein paar Notizen.«

»Was geistert in deinem Schädel rum?«

Brandt schüttelte kaum merklich den Kopf und antwortete: »Ich weiß es selber nicht, aber das mit dem Hund ist so merkwürdig. Welcher Hund geht einfach so mit jemandem mit, der gerade sein Herrchen umgebracht hat? Der Täter kennt den Hund und der Hund den Täter. Die beiden müssen sogar ziemlich vertraut miteinander sein, sonst hätte der Hund angeschlagen oder sich zumindest neben Schirner gelegt und Totenwache gehalten. Aber er ist mitgegangen. Von den Lehrern kennt angeblich jeder den Hund, die Frage ist nur, wie gut sie ihn kennen. Ein vollkommen Fremder kann als Täter ausgeschlossen werden. Es muss jemand aus dem engeren Freundes- oder Bekanntenkreis sein. Aber bis jetzt hab ich noch keinen, dem ich ein Motiv unterschieben könnte, weil bis jetzt jeder Schirner über den grünen Klee gelobt hat.«

»Vielleicht denkst du einfach in die falsche Richtung«, sagte Spitzer und setzte sich wieder. »Nimm doch mal an, es stimmt alles, was man dir über ihn erzählt hat. Vielleicht war Schirner ja wirklich der Supermann, als den ihn alle hinstellen. Was, wenn er irgendetwas über jemanden herausgefunden hat, das er eigentlich gar nicht wissen durfte, und deshalb sterben musste? Ist nur so 'ne Idee von mir.«

Brandt fuhr sich über das stopplige Kinn, überlegte und nickte. »Klingt plausibel. Es könnte immerhin sein, dass ihm ein Schüler oder eine Schülerin etwas anvertraut hat, das so heiß war, dass er allein für dieses Wissen umgebracht wurde … Aber warum dann die vielen Einstiche und der abgeschnittene Pimmel?«

»Ablenkung.«

»Aber dann muss entweder ein Schüler oder ein Lehrer eine

Riesensauerei begangen haben. Und derjenige hat erfahren … Nein, Schirner hat vielleicht sogar versucht mit demjenigen zu reden, der andere hat sich einsichtig gezeigt und … Verflucht, irgendwie macht das keinen wirklichen Sinn.«

»Und wenn Schirner den andern erpresst hat?«, sagte Spitzer.

»Das würde dann aber in krassem Widerspruch zu dem Ehrenmann stehen. Außerdem, wenn es ein Kollege war, was hätte Schirner von ihm erpressen sollen? Lehrer sind genauso arme Schweine wie wir.«

»Und wenn es ein Schüler war?«

»Möglich ist alles, aber ich halte es für beinahe ausgeschlossen. Geh du nach Hause, ich muss mir ein paar Sachen aufschreiben und aufzeichnen. Und morgen leg ich dann richtig los. Ach ja, was auch gegen einen Raubmord spricht – die Gegend, wo's passiert ist. Welcher Raubmörder wartet nachts bei eisiger Kälte an einer absolut einsamen Stelle auf ein potenzielles Opfer, das aller Wahrscheinlichkeit nach kein oder nur wenig Geld bei sich hat? Dort geht nachts kein Mensch spazieren, schon gar nicht in diesen Tagen.«

»Hast du noch was auf Lager?«

»Reicht das nicht? Für mich steht jedenfalls fest, dass Täter und Opfer sich gekannt haben. Und der Täter muss über den Tagesablauf von Schirner bestens informiert gewesen sein. Der hat da vermutlich nur ein paar Minuten gestanden und auf Schirner gewartet.«

»Dann mal viel Spaß. Aber mach nicht mehr zu lange, du hast auch noch eine Familie.«

»Keine Angst.«

»Mach's gut und bis morgen.«

»Hm.«

Brandt erhob sich jetzt ebenfalls und ging in sein Büro, nahm einen Block und einen Stift und schrieb alles auf, was ihm zu diesem Tag und zu den ersten oberflächlichen Befragungen einfiel. Um halb sieben machte er sich auf den Weg zu seinen Eltern, um

Sarah und Michelle abzuholen. Auf der Fahrt dorthin dachte er daran, dass er noch eine Maschine Wäsche waschen und anschließend in den Trockner werfen musste. Er würde für sich und die Mädchen Pizza kommen lassen, und beim Essen würden sie vielleicht fernsehen und sich ein wenig unterhalten. Eigentlich war er müde und hätte sich nichts sehnlicher gewünscht, als einfach nur heimzukommen und ins Bett zu gehen. Aber es würde mit Sicherheit wieder Mitternacht werden, bevor er zum Schlafen kam.

Mittwoch, 16.30 Uhr

Eberhard Teichmann hatte auf dem Nachhauseweg an einer Kneipe Halt gemacht, sich zwei Bier und zwei Korn bestellt und sie innerhalb von wenigen Minuten getrunken. Die Übelkeit, die er seit der Nachricht vom Tod seines besten Freundes verspürt hatte, wurde vom Alkohol allmählich fortgespült, das innere Zittern ebbte ab. Nach einem dritten Bier fuhr er zu seinem Haus, in dem sich auch die Praxis seiner Frau befand. Sie war fünfunddreißig, praktische Ärztin und Ärztin für Naturheilkunde. Er hatte sie vor acht Jahren kennen gelernt, nur vier Monate nachdem sie aus Minsk nach Deutschland gekommen war. Es war Liebe auf den ersten Blick gewesen, auch wenn sich diese Liebe an einem außergewöhnlichen Ort entwickelte – in einem Bordell, wo Natalia als Luxushure arbeitete. Ihr war es ergangen wie so vielen anderen Frauen, die kurz nach der Wende aus den baltischen Staaten, aus Weißrussland, Russland, der Ukraine oder anderen osteuropäischen Ländern gekommen waren und immer noch kamen und die auf die falschen Versprechungen dubioser Menschenhändler hereinfielen, die ihnen eine goldene Zukunft im Westen versprachen. Unter ihnen befanden sich Lehrerinnen, Unidozentinnen, Studentinnen, Ärztinnen, die meisten hatten eine exzellente Ausbildung genossen. Viele von den Frauen, die in dem Bordell gearbeitet hatten, waren Akademikerinnen. Er hatte damals einen Großteil seines Ersparten zusammengekratzt – fünfzigtausend Mark –, um sie von dem Betreiber des Bordells, der gleichzeitig ihr Zuhälter war, freizukaufen. Nur einen Monat später hatten sie geheiratet, sie absolvierte ein Zusatzstudium, das es ihr ermöglichte, auch in Deutschland als Ärztin zu praktizieren, und mittlerweile verdiente sie ein Vielfaches von dem, was er als Lehrer monatlich auf sein Konto überwiesen bekam. Er liebte sie immer noch, aber insgeheim wurmte es ihn, dass sie so erfolgreich und er nur ein vergleichsweise kleiner Beamter war. Sie sprach perfekt deutsch, wenn auch mit diesem unvergleichlichen russischen Akzent, der in seinen Ohren so ungemein erotisch klang. Sie war eine rassige Schönheit mit halblangen schwarzen Haaren und ozeanblauen Augen, sanft geschwungenen Lippen und einer Haut mit einem leichten Braunton. Er wusste, es gab viele Männer, die sich nichts sehnlicher wünschten, als einmal mit dieser Frau eine Nacht zu verbringen. Vor nicht allzu langer Zeit hatte er den Verdacht, sie könnte etwas mit einem andern haben, aber dieser Verdacht war zum Glück unbegründet gewesen. Ihre Ehe war bis jetzt kinderlos geblieben, und wie es schien, würde es in diesem Haus auch nie Kinder geben, weil Natalia offensichtlich keine wollte. Er hatte in den letzten Jahren oft versucht sie umzustimmen, aber der Beruf war ihr Ein und Alles, und in diesem von ihr gewählten Leben war kein Platz für Kinder. Sie hätte Abstriche machen, vielleicht sogar die Praxis schließen müssen, und das brachte sie nicht übers Herz.

Er schaute kurz ins Wartezimmer. Eine Patientin wartete darauf, therapiert zu werden. Teichmann warf der Sprechstundenhilfe ein Hallo zu und begab sich in den ersten Stock. Natalia hatte die Praxis sogar am Mittwochnachmittag geöffnet, während alle andern Ärzte zuhatten. Mittwochs hielt sie ausschließlich therapeutische Sitzungen ab, obgleich sie das nicht nötig gehabt hätte.

Dina, eine Irish-Setter-Hündin, kam auf ihn zugerannt, sprang an ihm hoch, leckte sein Gesicht und drückte damit ihre Freude aus, ihn wiederzusehen. Sie wedelte aufgeregt mit dem Schwanz, und Teichmann kraulte gedankenverloren ihren Nacken und tätschelte ihr ein paarmal den Rücken. Er warf seine Aktentasche aufs Sofa, blieb einen Moment unschlüssig in der Mitte des Zimmers stehen, sah nach, ob Dina noch genügend Wasser hatte, dann stellte er sich ans Fenster und schaute hinaus auf die eisige Landschaft. Seine Gedanken kreisten in einem fort um seinen Freund Schirner. Seit fast zwanzig Jahren waren sie befreundet, waren durch dick und dünn gegangen, hatte Schirner ihn beraten, als er im Zweifel war, ob er Natalia aus dem Bordell freikaufen sollte oder nicht. Schirner sagte, nachdem er sie einmal gesehen hatte, er würde keinen Moment zögern, und irgendwie glaubte Teichmann immer noch, dass Schirner mit ihr geschlafen hatte, aber sie hatten nie darüber gesprochen. Und jetzt war Schirner tot. Einfach so.

Er drehte sich um und ging zum Schrank, öffnete das Barfach, holte eine Flasche Wodka heraus, schenkte ein Glas halb voll ein und trank es in einem Zug leer. Er wollte sich betrinken, doch heute verfehlte der Alkohol seine Wirkung. Wer war der Wahnsinnige, der seinen einzigen und besten Freund umgebracht hatte?

Raubmord hatte der Kommissar gesagt. Es war ihm wohl nur so rausgerutscht.

Ihre Häuser lagen bloß drei Gehminuten auseinander. Jeden Morgen vor der Schule gingen sie mit den Hunden raus, Schirner in Richtung Schloss, Teichmann zum Kiosk, um Brötchen und die Zeitung zu holen. Wenn sie auch sonst unzertrennliche Freunde waren, mit Schirner zu laufen war kein Vergnügen, denn was er gemacht hatte, waren keine Spaziergänge. Er lief in einem Tempo, mit dem Teichmann nicht mithalten konnte und wollte.

Ein Spaziergang bedeutete für ihn, gemütlich zu gehen und nicht zu rennen. Auch abends ging jeder für sich allein, weil Teichmann selten später als um dreiundzwanzig Uhr zu Bett ging, während Schirner um diese Zeit erst losmarschierte. Er drehte seine Runden mit Dina immer schon um neun, badete danach und legte sich schlafen.

Er nahm die Flasche und das Glas, setzte sich in seinen Ledersessel, lehnte den Kopf zurück und schloss die Augen. Dina legte sich zu seinen Füßen, wie sie das immer machte, wenn Teichmann in seinem Sessel saß. Die vorübergehend verschwundene Übelkeit machte sich wieder bemerkbar. Teichmann stellte die Flasche mit dem Glas auf den Tisch und ging ins Bad, wo er sich übergab. Er hatte seit dem Morgen nichts gegessen und zu viel getrunken, und da er ohnehin seit zwei Jahren Magenprobleme hatte, war dieses Erbrechen die logische Konsequenz seines übermäßigen Alkoholkonsums. Er würgte noch ein paarmal, wusch sich die Hände und das Gesicht mit kaltem Wasser, besah sich im Spiegel und sagte leise zu sich selbst: »Arschloch, gottverdammtes Arschloch.« Ein Blick auf die Uhr, zehn nach fünf. Er hörte, wie die Tür aufging und Natalia hereinkam. Sie gab ihm einen Kuss auf den Mund, rümpfte die Nase und sagte: »Wo warst du so lange? Ich war vorhin schon mal oben und habe mich gewundert, dass du nicht da bist. Außerdem, wie siehst du eigentlich aus? Geht's dir nicht gut? Hast du wieder getrunken?«

»Ich bin okay«, antwortete er mit einem versuchten Lächeln, das gründlich misslang.

»Ich habe unten noch Patienten, es wird bestimmt sechs, bis ich fertig bin, aber …«

»Rudolf ist tot«, sagte Teichmann leise und ließ sich in den Sessel fallen.

»Bitte was? Was ist passiert?«

»Er wurde letzte Nacht ermordet. Irgendjemand hat ihn kaltblütig abgestochen wie einen räudigen Köter. Ich wollte mich besaufen, aber es klappt nicht.«

»Soll ich dir etwas zur Beruhigung geben?«

»Nein. Nachher, wenn ich mit Dina rausgehe, werde ich mich schon beruhigen.«

»Wo hat man ihn umgebracht?«

»Drüben im Wald. Die Polizei sagt, es war ein Raubmord. Dabei hatte Rudolf doch wahrlich keine Reichtümer angehäuft. Aber heutzutage morden diese Typen ja schon für ein paar Mark oder Euro. Was ist das bloß für eine verkommene Gesellschaft, in der wir leben?«

»Das tut mir Leid, das tut mir so unendlich Leid. Ich beeil mich und mach spätestens um sechs zu. Und dann sprechen wir, wenn du willst.«

»Worüber denn? Über Rudolf? Oder etwa über uns?«

»Nicht schon wieder. Wir führen doch eine gute Ehe …«

»Eine gute Ehe? Das Haus ist leer. Nur wir zwei und Dina. Du weißt genau, was mir fehlt.«

»Natürlich weiß ich das. Und du wirst es bekommen«, sagte sie leise und mit diesem Lächeln, in das Teichmann sich einst verliebt hatte und das er immer noch liebte.

»Ach ja, wann denn?«, seufzte er auf. »Deine biologische Uhr tickt und tickt, und irgendwann wird es zu spät sein.«

Sie setzte sich auf die Sessellehne und streichelte ihm über den Kopf. »In etwa acht Monaten.«

Einen Moment lang herrschte Stille. Dina sah die beiden von unten herauf an, als hätte sie verstanden, was Natalia gerade gesagt hatte. Teichmann wandte seinen Kopf und sagte: »Du bist schwanger? Ist das wahr oder …«

»Damit macht man keinen Spaß. Ja, ich bin schwanger. Ich weiß es seit gestern. Meine Periode ist seit zwei Wochen überfällig, und da habe ich einen Test gemacht. Du wirst Vater.«

Teichmann stiegen Tränen in die Augen. Er nahm Natalia in den Arm und drückte sie an sich. »Mein Gott, diese Nachricht ausgerechnet heute. Da könnte ich die ganze Welt verfluchen und jetzt … Ich freue mich so sehr, das kannst du gar nicht glauben.«

»Doch. Ich habe schon vor drei Monaten die Pille abgesetzt, ohne es dir zu sagen. Und es hat geklappt.«

»Und die Praxis?«

»Ich werde das Kind bekommen und wieder arbeiten. Nicht mehr so viel wie jetzt, aber ganz ohne Arbeit kann ich nicht leben, das weißt du. Doch darüber unterhalten wir uns ein andermal. Ich muss wieder runter.« Sie lächelte ihn an und streichelte sein Gesicht. »Und bitte, trink nichts mehr, es bekommt deinem Magen nicht, und Rudolf wird dadurch auch nicht wieder lebendig.«

»Keinen Schluck, versprochen. Ich liebe dich.«

»Ich weiß. Bis nachher, und ruh dich ein bisschen aus.«

»Ich werde Vater, ich werde auf meine alten Tage noch Vater!«, jubelte er.

»Du bist fünfundvierzig und kein alter Mann«, sagte sie und schloss die Tür hinter sich.

Teichmann atmete ein paarmal tief durch. Das Schwindelgefühl und die Übelkeit waren mit der Nachricht wie verflogen. Er kniete sich vor Dina hin, streichelte ihr über das seidig glänzende rotbraune Fell und sagte: »Hast du das gehört, mein Mädchen, ich werde Vater. Jippiiieee, jetzt kommt Leben in die Bude!«

Er ging in die Küche, wusch sich die Hände und machte sich eine Scheibe Brot mit Käse. Seine Hände zitterten, als er das Brot zum Mund führte. Alles in ihm war in Aufruhr – hier der Tod von Schirner, dort die Nachricht, die sein ganzes zukünftiges Leben verändern würde. Er war traurig und glücklich zugleich. Es ist meine Familie, nur die zählt jetzt noch, dachte er. Rudolf, du wirst immer mein bester Freund bleiben, und wo du jetzt auch sein magst, ich werde dich nie vergessen.

Erst jetzt merkte er, wie ausgehungert er war, schmierte sich noch eine Scheibe Brot und trank ein Glas Wasser dazu. Um zehn nach sechs kam Natalia hoch und sagte: »Für heute bin ich fertig. Was wollen wir essen? Ich habe nämlich einen Mordshunger.«

»Wie wär's, wenn wir zur Feier des Tages zum Inder gehen?«

»Eine hervorragende Idee. Bestellst du uns einen Tisch, ich muss duschen und mich umziehen. Am besten für halb neun, wenn das für dich nicht zu spät ist.«

»Heute ist mir nichts zu spät.« Er griff zum Telefon, reservierte einen Tisch und stellte sich danach zu Natalia unter die Dusche. »Was für ein Tag«, sagte er. »Was für ein beschissener und schöner Tag.«

Sie liebten sich unter dem laufenden Wasser, trockneten sich anschließend ab und zogen sich an. Um zwanzig nach acht verließen sie die Wohnung und fuhren zu dem indischen Restaurant in der Innenstadt.

Mittwoch, 18.45 Uhr

Peter Brandt machte sich auf den Weg zu seiner Bank, sah sich erst den Kontostand an, der seine Laune nicht gerade besserte, hob vierhundert Euro ab und fuhr weiter zum Haus seiner Eltern. Er klingelte zweimal kurz hintereinander, der Türsummer ertönte leise.

»Na, Junge, wie war dein Tag?«, fragte seine Mutter Emilia, eine resolute Mittsechzigerin, und ließ ihn an sich vorbei ins Haus treten. »Möchtest du mit uns essen? Ich habe eine Reispfanne mit Scampi und Hühnerfleisch gemacht.«

»Gerne«, antwortete Brandt. Seine Eltern aßen immer abends warm. Das hatten sie weiter so gehalten wie zu der Zeit, als Erwin Brandt, sein Vater, noch bei der Polizei im Innendienst im Dezernat für Sittendelikte, Menschenhandel und Prostitution gearbeitet und es dort ebenfalls zum Hauptkommissar gebracht hatte. Er hatte zu den wenigen mit einer geregelten Arbeitszeit gehört, Ausnahmen kamen fast nie vor, und die warme Mahlzeit wurde abends um sieben eingenommen. Seit drei Jahren war er im Ruhestand, aber fit wie ein Turnschuh, wie Peter Brandt sagte. Immer noch riefen regelmäßig alte Kollegen bei ihm an, um Rat von ihm einzuholen.

Er joggte trotz seiner achtundsechzig Jahre jeden Morgen eine Stunde durch den Park, schrieb an einem Buch, das aber nie veröffentlicht werden würde – er tat es nur für sich, um all die Erlebnisse seines langen Lebens niederzuschreiben –, las sehr viel, beschäftigte sich seit mittlerweile dreißig Jahren mit seiner stetig anwachsenden Münzsammlung, trank vor dem Zu-Bett-Gehen wie schon seit vierzig oder mehr Jahren ein Glas Milch mit Honig und brauchte nicht länger als fünf Stunden Schlaf, denn Schlaf, so hatte er einmal gesagt, sei nur Zeitvergeudung. Er war es, der Peter Brandt zum eingefleischten Fan der Offenbacher Kickers gemacht hatte, indem er ihn, als er noch ein kleiner Junge war, regelmäßig zu den Heimspielen auf den Bieberer Berg mitschleppte. Peter Brandt erinnerte sich noch wehmütig an die glorreichen Zeiten, als sein geliebter OFC noch in der Bundesliga spielte, an die fantastischen Spiele gegen den Erzfeind Eintracht Frankfurt oder gegen die Lederhosen aus München, die nicht weniger verhasst waren, oder die Spiele gegen Mönchengladbach, von denen er vor allem zwei nie vergessen würde, die der OFC jeweils 4:3 gewonnen hatte. Wenn er neben dem OFC überhaupt einer Mannschaft Hochachtung zollte, dann Borussia Mönchengladbach. Aber seit einigen Jahren spielten die Kickers in der Regionalliga, und wenn sie nicht aufpassten, würden sie möglicherweise in der nächsten Saison gar in der Oberliga spielen. Trotzdem hörte seine Liebe zu dem Verein, mit dem er groß geworden war, nicht auf. Soweit es seine Zeit zuließ, besuchte er die Heimspiele, aber er ärgerte sich nicht mehr wie früher über ein verlorenes Spiel, hatte er doch gelernt, dass es Wichtigeres im Leben gab als Fußball.

Der Tisch war bereits gedeckt, es duftete köstlich nach südländischer Küche. Sarah und Michelle saßen mit ihrem Großvater vor dem Fernseher, er ging zu ihnen und gab seinen Töchtern einen Kuss auf die Wange.

»Viel Arbeit gehabt?«, erkundigte sich sein Vater.

»Frag lieber nicht. Bin seit halb sieben auf den Beinen.«

»Was Besonderes?«

»Ein Toter in Langen. Die ganze Sache ist ziemlich undurchsichtig. Ich muss eine Nacht drüber schlafen und dann weitersehen.«

»Mord?«

»Und was für einer. Der ist regelrecht hingerichtet worden. Aber das erzähl ich dir lieber unter vier Augen.«

»Essen ist fertig«, rief Emilia aus der Küche. »Avanti, avanti, sonst wird alles kalt. Und kalte Reispfanne schmeckt nicht.«

Erwin Brandt machte den Fernseher aus und schälte sich aus seinem Sessel.

»Auf geht's, Mädels, essen.«

Sie unterhielten sich während der Mahlzeit über alles Mögliche. Emilia Brandt gab wie so oft einige Anekdoten aus früheren Zeiten zum Besten, sie lachten ein paarmal, und Peter Brandts vorhin noch so getrübte Laune wich von Minute zu Minute. Er fühlte sich in der Umgebung seiner Eltern noch immer so wohl wie eh und je, und daran würde sich auch nie etwas ändern. Nach dem Essen zog er sich mit seinem Vater in dessen kleines Zimmer zurück, sie tranken jeder eine Flasche Bier, während Peter Brandt ein paar Einzelheiten des Mordes schilderte. Sein Vater hörte geduldig und vor allem neugierig zu, überlegte und sagte nach einer Weile: »Ich stimme dir vollkommen zu, der Mörder muss im Umfeld der Schule zu finden sein. Du hast sicherlich Recht, dieser Schirner ist nicht so sauber, wie er beschrieben wird. Mehr kann ich dir dazu auch nicht sagen.«

»Brauchst du auch nicht. Wir werden das Rätsel schon noch lösen.«

»Du wirst das Rätsel lösen. Und wenn du Rat oder Hilfe brauchst, ich stehe dir jederzeit gerne zur Verfügung.«

»Danke, aber ich schaff das schon allein.«

Um zwanzig Uhr verabschiedete er sich und dankte noch einmal für die Mahlzeit, wodurch er sich den Anruf beim Pizzaservice gespart hatte. Auf der Fahrt nach Hause hörten sie laute Musik aus dem Radio, Sarah und Michelle verbrachten noch eine gute Stunde in ihren Zimmern, während ihr Vater eine Maschine Wäsche wusch, die Küche und das Wohnzimmer aufräumte und dabei eine CD von Enya hörte, die er aber nach dem zweiten Lied ausmachte, weil sie ihm zu langweilig war. Stattdessen legte er die größten Hits der Eagles ein. Er konnte fast jedes Lied mitsingen. Nachdem er die Wäsche in den Trockner gesteckt hatte, rief er Sarah und Michelle zu sich, holte sein Portemonnaie aus der Hosentasche und legte dreihundert Euro auf den Tisch.

»Das ist für die Jacken«, sagte er. »Ihr geht morgen Nachmittag zusammen in die Stadt und anschließend direkt zu Oma und Opa.«

»Danke«, sagte Sarah und umarmte ihren Vater, während Michelle ihm einen lieben Blick zuwarf.

»So, und jetzt ab ins Bett, es ist schon gleich zehn. Gute Nacht.«

»Nacht.« Sarah.

»Nacht.« Michelle.

Nachdem die Mädchen zu Bett gegangen waren, setzte er sich ins Wohnzimmer, genoss die Stille und dachte nach. Der Anblick des toten Schirner ließ ihn nicht los, wie er dagelegen hatte, zu Eis erstarrt, von unzähligen Messerstichen zerfetzt. In welchem Umfeld war der Täter zu suchen, und was steckte hinter dieser Wahnsinnstat? Doch wie oft hatte er es schon mit Verbrechen an ehrbaren Bürgern zu tun gehabt, die wegen einer Lappalie sterben mussten. Und dann war da noch der Hund, der durchgefroren, aber unversehrt in Nähe des Tierheims aufgefunden worden war. Nein, grübeln bringt nichts, dachte er, legte sich um halb zwölf hin und schlief sofort ein.

Mittwoch, 20.30 Uhr

Sie hatten einen ruhigen Tisch zugewiesen bekommen. Eine groß gewachsene, sehr schlanke, schöne und anmutige

Inderin in einem leuchtend grünen, mit feinen Ornamenten versehenen Seidenkleid brachte ihnen die Speisekarte. Alles an ihr drückte Stolz, doch keine Überheblichkeit aus, ihr Gang, ihre Bewegungen, ihre Augen, die Art, wie sie sprach. Sie hatte langes schwarzes Haar, das zu einem kunstvollen Zopf geflochten war, beinahe magische dunkle Augen und einen zu ihrem ganzen Erscheinungsbild passenden nicht zu vollen Mund, dessen Lippen mit einem dezenten Stift nachgezogen waren. Teichmann war schon einige Male mit Natalia in diesem Restaurant gewesen, und jedes Mal aufs Neue war er fasziniert von dieser jungen Frau, die er auf höchstens dreißig schätzte. Natalia war schon etwas Besonderes, doch diese Frau betrachtete er fast wie ein Kunstwerk, unantastbar und kühl, und vielleicht war es genau das, was ihn so beeindruckte.

»Darf ich Ihnen etwas zu trinken bringen?«, fragte sie, wobei ein Lächeln, das so dezent und gleichzeitig so unnahbar war, ihre Lippen umspielte.

»Wir hätten gerne Früchtetee, und zwar den des Hauses«, antwortete Teichmann und sah die neben ihm stehende Schönheit kurz an, auch wenn er ihr gerne einen längeren Blick zugeworfen hätte. Sie nickte kaum merklich mit dem Kopf und begab sich wieder zurück an die Theke.

»Dein Blick spricht Bände, mein Lieber«, sagte Natalia und sah ihren Mann leicht spöttisch an. »Diese Frau hat es dir wohl angetan, was?«

»Ja, das gebe ich zu, aber nicht, wie du vielleicht denkst. Sie strahlt etwas aus, das nicht zu beschreiben ist«, erwiderte er leise, sodass die Gäste an den Nachbartischen nichts von dem Gespräch mitbekamen.

Natalia beugte sich nach vorn und sagte ebenso leise: »Was ist denn so besonders an ihr?«

»Ich kann es nicht beschreiben. Sie strahlt Stolz, Würde, irgendwie etwas Geheimnisvolles aus. Ich könnte sie nur mit einem Edelstein vergleichen, der hinter einer dicken Glaswand liegt und den keiner jemals berühren darf, weil derjenige, der ihn berührt, sonst sein Leben verliert.«

»Das hört sich ja richtig poetisch an«, meinte Natalia. »Was siehst du noch in ihr?«

»Wenn ich jetzt ein Schriftsteller wäre, würde ich vielleicht denken, dass sie aus einem sehr vornehmen Haus kommt, mit vielen Dienern, eine exzellente Ausbildung genossen hat und nur in den besten Kreisen verkehrte. Dann ist irgendwann etwas passiert, vielleicht wurde … Ach was, ich fantasiere und will dich nicht langweilen.«

»Nein, nein, mach weiter, ich höre dir gerne zu.«

»Vielleicht wurde ihre Familie vertrieben oder ermordet, und sie muss jetzt hier in diesem Restaurant ihren Unterhalt verdienen. Wer weiß?«

»Sie ist wirklich schön. Würdest du mit ihr schlafen wollen?«

»Was soll diese Frage …«

»Beantworte sie einfach nur. Würdest du gerne mit ihr schlafen? Sie ist bestimmt eine der schönsten Frauen, die es gibt. Und ich kann mir vorstellen, dass jeder Mann davon träumt, einmal mit einer solchen Frau …«

»Jetzt ist aber gut«, wurde sie von Teichmann unwirsch unterbrochen. »Du weißt genau, dass ich das niemals tun würde. Und nach der unglaublichen Nachricht von vorhin würde ich nicht einmal im Traum daran denken, mit einer andern Frau etwas anzufangen. Ich werde nicht einmal mehr einer nachschauen.«

Natalia lächelte beinahe mystisch und sagte: »Auch nicht deinen jungen knackigen Schülerinnen?«

»Was soll diese Frage? Als wenn ich mir aus diesem jungen Gemüse etwas machen würde. Wie kommst du überhaupt auf so einen Unsinn?« Er wurde immer aufgebrachter und mahnte sich zur Ruhe.

»Nur so«, antwortete Natalia schulterzuckend und spielte mit dem Untersetzer. »Ich würde jetzt gerne eine Zigarette rauchen.«

»Aber du hast doch schon vor Jahren damit aufgehört. Wieso ausgerechnet jetzt, wo du schwanger bist?«, fragte Teichmann sichtlich überrascht.

»Vielleicht gerade deswegen. Man bekommt die unmöglichsten Gelüste, wenn man schwanger ist. Aber du hast wohl Recht, ich sollte nicht wieder damit anfangen. Lass uns über etwas anderes reden, nicht über andere Frauen, das vertrage ich im Moment nicht so gut.«

»Entschuldige mal, du hast damit angefangen.«

»Siehst du, du kennst die Frauen eben noch immer nicht. Du hättest gar nicht erst darauf eingehen sollen. Sag, wie war das heute, als die Polizei in der Schule war. Was haben die gefragt?«

»Den üblichen Kram. Ob Rudolf Feinde hatte und so weiter.«

»Hatte er denn welche?«, sagte sie und spielte noch immer mit dem Untersetzer. Die schöne Inderin kam an den Tisch und brachte den Tee, der duftete wie kein anderer.

»Haben Sie schon gewählt?«, fragte sie mit sanfter, dunkler Stimme, die perfekt mit ihrer Erscheinung harmonierte.

»Nein, wir sind noch am Aussuchen«, erwiderte Teichmann. Dann antwortete er auf Natalias Frage. »Um Himmels willen, nein, wo denkst du hin. Er war bei allen beliebt, zumindest bei allen, die ich kenne. Ich glaube, ich werde nie verstehen, warum er sterben musste. Ich bin froh und dankbar, sein Freund gewesen zu sein.«

»Und du glaubst nicht, dass es jemand aus der Schule gewesen sein könnte?«

»Mein Gott, woher soll ich das denn wissen?! Natürlich kann es jemand aus der Schule gewesen sein, aber ich halte das für ziemlich ausgeschlossen. Seine Kurse waren die am bestbesuchten, vor allem Ethik. Nur Anja und ich haben ähnlich viele Schüler in unseren Kursen.«

»Anja?«

»Frau Russler.«

»Ach so. Duzt ihr euch eigentlich alle in der Schule?«

»Mit den meisten Kollegen bin ich per Du. Aber das ist an Schulen ziemlich normal. Bei euch in Weißrussland nicht?«

»Nein.« Sie machte eine Pause, spielte mit der Serviette und sagte: »Du hast mich übrigens nie gefragt, was ich von Rudolf gehalten habe.«

»Hätte ich das tun sollen?«

»Vielleicht«, antwortete sie vielsagend lächelnd.

»Und, was hast du von ihm gehalten?«

»Rudolf war ein zuvorkommender Mann, aber er war ein Fassadenmensch. Er war nicht wirklich so, wie er sich gegeben hat. Ich bin jetzt ganz ehrlich, ich war nie gern in seiner Nähe.«

Teichmann zog die Stirn in Falten, schüttelte den Kopf und meinte: »Sag mal, was ist auf einmal mit dir los? Warum bist du heute Abend so komisch? Erst das mit der Kellnerin …«

»Sie ist keine Kellnerin, und das weißt du.«

»Nein, woher sollte ich das wissen?!«

»Ihr gehört dieses Restaurant. Sie führt es zusammen mit ihrem Vater und ihrem Bruder. Sie ist ledig und wurde im Januar vierunddreißig Jahre alt.«

»Na und?«

»Ich wollte es dir nur sagen, sie ist meine Patientin.«

Teichmann wurde rot, was jedoch bei dem diffusen Licht für Natalia nicht zu erkennen war, denn er fühlte sich ertappt, meinte, dass Natalia bis in sein tiefstes Inneres blicken konnte. Es war nicht zum ersten Mal, dass sie Dinge von sich gab, die ihn erstaunten und wütend machten, weil er nicht wollte, dass sie seine intimsten Gedanken las.

»Das kann ich doch nicht ahnen. Aber wenn sie deine Patientin ist, wieso tut sie dann so, als würde sie dich nicht kennen?«

»Das ist ein Teil ihrer Kultur. Wenn sie zu mir kommt, unterhalten wir uns manchmal sehr nett. Und du kannst mir glauben, sie ist eine äußerst gebildete Frau. Du hattest übrigens Recht, sie stammt aus einem sehr vornehmen Haus.«

»Ich begreife das alles hier nicht mehr. Was ist bloß los? Mir ist allmählich der Appetit vergangen. Erst diese Frau, von der ich so nebenbei erfahre, dass sie deine Patientin ist, dann das mit meinen Schülerinnen und jetzt auch noch Rudolf. Was habe ich dir getan?«

»Nichts. Ich habe dir nur meine Meinung über Rudolf gesagt.«

»Und wieso war er deiner Meinung nach ein Fassadenmensch?«

»Er hat vorgegeben, jemand zu sein, der er nicht war. Rudolf hat nur im Laufe der Jahre gelernt, seine Fähigkeiten einzusetzen, und das mit Bravour. Aber hinter seiner Fassade sah es nicht gut aus.«

»Wie habe ich das zu verstehen?«

»Du kennst ihn viel, viel länger als ich, du müsstest es eigentlich wissen.«

»Nein, ich weiß gar nichts mehr. Was hast du denn hinter seiner angeblichen Fassade gesehen?«

»Das erzähle ich dir ein andermal. Ich möchte mich entschuldigen, ich wollte dir den Abend nicht verderben. Komm, lass uns bestellen und uns über etwas anderes unterhalten. Von mir aus über das Wetter.« Sie legte ihre Hände auf seine und sah ihn versöhnlich aus ihren ozeanblauen Augen an, ein Blick, dem Teichmann nicht widerstehen konnte. »Nehmen wir unser übliches Gericht?«

»Von mir aus.« Er winkte die schöne Inderin heran, gab die Bestellung auf und sah ihr dabei direkt in die Augen. Sie hielt seinem Blick stand, ohne eine Miene zu verziehen.

Nachdem sie gegangen war, sagte Natalia: »Du hast sie sehr lange angeschaut. Wieso?«

»Unwichtig. Verrat mir eines – wie kannst du in die Menschen hineinblicken? Was ist das für eine Fähigkeit?«

»Ich habe sie von meiner Mutter geerbt. Und die von ihrer Mutter und so weiter. Ich sehe einen Menschen und kann dir innerhalb von ein paar Sekunden sagen, wie es in ihm ausschaut.

Mir bleibt nichts verborgen. Nur wenige haben eine Mauer um sich gebaut, wo mir das nicht gelingt.«

»Machst du das bei jedem?«, fragte Teichmann vorsichtig.

»Nur bei denen ich es will. Oder sagen wir es so, nur bei denen, bei denen ich merke, dass sie etwas zu verbergen haben.«

»Und was ist mit mir?«

»Was soll mit dir sein? Du bist mein Mann, und ich würde niemals versuchen, deine geheimsten Gedanken zu erkunden.«

»Aber bei Rudolf hast du es gemacht. Sag mir jetzt, was du gesehen hast.«

»Er war ein sehr frustrierter Mann, er hat es aber keinem gezeigt.«

»Rudolf und frustriert? Weswegen hätte er frustriert sein sollen? Er hatte eine tolle Familie, er war beliebt …«

»Ich habe dir nur gesagt, was ich gesehen habe. Ich denke, er hat gespürt, dass zwischen uns eine Barriere ist. Deswegen war er auch nicht mein Patient.«

»Nein, warum auch, schließlich ist Dr. Müller schon seit ewigen Zeiten der Hausarzt der Schirners.«

»Carmen ist aber meine Patientin. Und jetzt lass uns bitte damit aufhören. Weißt du, keiner von uns zeigt sich den andern so, wie er wirklich ist. Jeder hat ein geheimes Zimmer, zu dem kein anderer Zutritt hat. Du hast es, ich habe es, wie gesagt, jeder hat so ein Zimmer. Mach dir keine Gedanken darüber.«

»Aber wieso warst du nicht gerne in Rudolfs Nähe? Ich dachte immer, wir und seine Familie wären die besten Freunde.«

»Mit Helga hätte ich mich niemals anfreunden können. Sie lebt in einer anderen Welt, und diese Welt möchte ich gar nicht erst kennen lernen. Über was spricht sie denn, wenn wir bei ihnen sind oder sie bei uns? Über das Haus, den Garten, die Wohnung, die Kinder, das Wetter. Und alles muss perfekt sauber sein, alles muss eine heile Welt darstellen. Sie ist eine arme Frau, denn sie ist innerlich tot. Ein Mensch, der immer nur nach Ritualen lebt, ist tot. Das ist wie bei einem Zombie. Da ist keine Lebensfreude mehr, keine Energie, kein Elan, keine Spontaneität, nur noch blanke Routine. Aber irgendwann war sie einmal anders. Sie wurde nicht so geboren, sie ist im Laufe der Jahre so geworden. Ich wette mit dir, Rudolf und sie hatten schon seit vielen Jahren keinen Sex mehr. Dass sie jetzt die ganze Zeit nur putzt, kocht und wäscht ist ihre Ersatzbefriedigung, doch dass sie so ist, ist nicht allein ihre Schuld.«

»Aber sie scheint doch in ihrer Welt glücklich zu sein. Warum sollte man sie da rausholen?«

»Wer sagt denn, dass man sie da rausholen soll? Sie muss den Anfang machen, und jetzt, wo Rudolf tot ist, wacht sie vielleicht endlich auf. Warst du eigentlich schon bei ihr?«

»Nein, das wollte ich heute noch nicht. Morgen werde ich mal bei ihr vorbeischauen und ihr mein Beileid ausdrücken. Ich nehme an, dass Carmen sich um sie kümmern wird.«

Das Essen kam, und während sie langsam aßen, unterhielten sie sich über die bevorstehenden Wochen und Monate, wie die Zeit nach der Geburt des Babys aussehen würde.

Gegen zweiundzwanzig Uhr verließen sie das Restaurant und fuhren nach Hause. Auf der Fahrt sprachen sie kein Wort, jeder hing seinen Gedanken nach. Sie wurden bereits von Dina erwartet, die schon sehnlichst auf den allabendlichen Spaziergang wartete. Natalia begab sich nach oben, entkleidete sich und sagte zu ihrem Mann, er solle heute nicht so lange draußen bleiben, sie warte auf ihn.

Mittwoch, 22.15 Uhr

Eberhard Teichmann ging den Weg, den nicht einmal vierundzwanzig Stunden zuvor sein Freund Rudolf Schirner genommen hatte und den auch er mit verbundenen Augen hätte gehen können, schließlich lebte er seit über dreißig Jahren in Langen. Er war in Darmstadt geboren, doch als er dreizehn war, kaufte sein Vater ein Haus, in dem sie bis vor zehn Jahren wohnten. Sein Vater hatte im Laufe seines sechzigjährigen Lebens viele Häuser gekauft und gebaut, doch als er sich vor zehn Jahren in einem Anfall tiefster Depression in seinem Arbeitszimmer erhängte, hatte er, ein notorischer Spieler, fast sein gesamtes Vermögen und alle Häuser bis auf zwei verloren, was schließlich der Grund für seinen Freitod war. Teichmanns Mutter hatte sich auf und davon gemacht, als er zwanzig war und gerade mit seinem Studium begonnen hatte, und er wusste bis heute nicht, wo sie sich aufhielt, ja, ob sie überhaupt noch lebte. Teichmann verkaufte eines der Häuser, die sein Vater ihm wenige Minuten vor seinem Tod schriftlich vermacht hatte, und baute dafür ein neues nur einen Steinwurf von dem Haus der Schirners entfernt. Das andere war noch ein Jahr lang bewohnt, aber die Mieter hatten es in einem derart desolaten Zustand hinterlassen, dass es sich nicht lohnte, es noch einmal zu vermieten, da die Renovierungskosten viel zu hoch gewesen wären.

Es war noch kälter geworden, der Boden steinhart gefroren, und obwohl Teichmann einen dicken Pullover und eine Daunenjacke trug, war ihm kalt. Ein böiger Wind fegte durch die Bäume des sonst nachts so finsteren Weges, der zum Glück vom Mondlicht – morgen war Vollmond – erhellt wurde. Selbst Dina schien sich wie bereits in den vergangenen zwei Wochen bei den arktischen Temperaturen nicht sonderlich wohl zu fühlen. Zum ersten Mal beschlich ihn Unbehagen und ein Gefühl von Angst, obgleich er Dina bei sich hatte. Doch sie war selbst wildfremden Menschen gegenüber zutraulich und würde ihm bei einem Überfall kaum zur Seite stehen. Aber Teichmann wollte nie ein bissiges Monster haben. Das Einzige, was er Dina beigebracht hatte, war, auf die Kommandos »Hier!« und »Sitz!« zu hören, ansonsten ließ er sie einfach gewähren. Sie war gerade drei geworden. Er hatte sie im Alter von acht Wochen von einem Züchter gekauft, nachdem er einen Monat lang um seinen damals an Altersschwäche gestorbenen Hund getrauert hatte. Sie war verspielt und steckte voller Lebensfreude, und er hoffte, sie würde ihm noch viele Jahre erhalten bleiben. Nach einer Viertelstunde machten sie kehrt, den Wind jetzt im Rücken. Teichmann schossen unendlich viele Gedanken durch den Kopf, düstere Gedanken. Es muss alles anders werden, dachte er, es muss verdammt noch mal alles anders werden. Natalia hat Recht, sie hat anscheinend immer Recht.

Zu Hause angekommen, ging er ins Bad, zog sich aus, wusch sich die Hände und das Gesicht und putzte die Zähne. Natalia lag bereits im Bett und las in einem Buch. Er wollte sich gerade zu ihr legen, als das Telefon klingelte. Teichmann warf seiner Frau einen verwunderten Blick zu, denn normalerweise rief um diese Zeit keiner mehr an. Er ging auf den Flur und nahm ab.

»Ja?«, meldete er sich barsch.

Er hörte nur, wie jemand atmete und wenig später auflegte. Teichmann hielt den Hörer einen Moment in der Hand, legte ihn schließlich auf die Einheit, blieb kurz stehen und fuhr sich mit einer Hand durchs Haar. Da war wieder dieses Zittern, das er bereits am Nachmittag und beim Spaziergang mit Dina verspürt hatte – Angst und Unbehagen.

»Wer war das?«, rief Natalia aus dem Schlafzimmer.

»Wahrscheinlich falsch verbunden. Hat jedenfalls nichts gesagt, sondern gleich wieder aufgelegt.«

Teichmann verharrte noch einen Moment neben dem Telefon, zog den Stecker aus der Buchse und ging dann durchs ganze Haus und kontrollierte, ob auch alle Rollläden heruntergelassen, die Fenster zu und die Türen abgeschlossen waren. Ich werde mein Leben ändern, dachte er und schloss für einen Moment die Augen. Ich muss mein Leben ändern. Verdammt, Rudolf, warum bist du nicht mehr da?! Aber vielleicht ist es ganz gut, dass du nicht mehr unter uns bist. Es ist gut so, es ist einfach besser. Nur so kann ich mein Leben ändern.

»Was hast du denn noch so lange gemacht?«, fragte Natalia und blickte von ihrem Buch auf.

»Nichts weiter«, log er. »Ich musste nur noch mal aufs Klo und hab ein Glas Wasser getrunken. Das Essen war ziemlich scharf.«

Sie legte das Buch auf den Nachtschrank, löschte ihre Lampe und drehte sich zu ihm hin. »Ich möchte in deinem Arm einschlafen. Mir ist kalt.«

»Dann komm her – Mama«, sagte er grinsend, etwas, das er selten tat. Teichmann war ein eher ernster Mensch, der außer einem Lächeln nur selten emotionale Regungen zeigte. »Ab wann kann man eigentlich etwas fühlen?«

»Du meinst, ab wann du etwas fühlen kannst. Das dauert noch. So fünf Monate etwa.«

»Und du wirst dich auch schonen?«, fragte er besorgt, während sie in seinem Arm lag und sich an ihn schmiegte. »Könntest du die Praxis nicht wenigstens am Mittwochnachmittag schließen?«

»Eberhard, darüber haben wir uns doch schon etliche Male unterhalten. Auch wenn ich schwanger bin, ich bin nicht zerbrechlich. Ich weiß genau, wie viel ich mir zumuten kann. Außerdem kann ich die Therapien nicht einfach abbrechen, die Patienten brauchen mich. So, und jetzt lass uns schlafen, der Wecker klingelt in nicht einmal sieben Stunden.«

»Was wünschst du dir eigentlich?«, fragte er. »Einen Jungen oder ein Mädchen?«

»Ich bitte dich, nicht jetzt. Es ist mir völlig egal, was es wird. Ehrlich.«

»Mir doch auch. Ich freu mich nur so.«

»Ja, aber jetzt will ich schlafen, ich hatte einen anstrengenden Tag. Gute Nacht.«

»Schlaf schön, mein Engel«, sagte er zum ersten Mal seit vielen Monaten wieder zu ihr. Er lag noch lange wach, die Gedanken ließen ihn nicht zur Ruhe kommen, wie kleine Teufel geisterten sie in seinem Kopf herum. Das letzte Mal schaute er um halb zwei zum Wecker. Kurz danach schlief auch er endlich ein.

Donnerstag, 7.30 Uhr

Peter Brandt war seit halb sechs wach. Bevor die Mädchen das Bad belagerten, hatte er schnell geduscht, sich die Haare gewaschen und rasiert und war gerade rechtzeitig fertig, als Sarah um Punkt fünf nach sechs aus ihrem Zimmer kam. Sie schlich mit einem kaum hörbaren »Hallo« an ihm vorbei. Morgens war nicht ihre Zeit für viele Worte. Pubertät. Er beobachtete, wie aus dem eben noch kleinen niedlichen Mädchen allmählich eine Frau mit Rundungen wurde. Er genoss das Vertrauen, das sie ihm entgegenbrachte, dass er es war, mit dem sie vor einem halben Jahr über ihre erste Periode gesprochen hatte. Ihr war es so elend gegangen und sie wurde von solchen Krämpfen geplagt, dass sie zwei Stunden in seinem Arm gelegen hatte, schutzbedürftig und ängstlich, weil etwas in ihrem Körper vorging, das sie nicht begriff, obwohl sie schon viele Male mit ihrer Mutter und einer Freundin darüber gesprochen hatte.

Aber die Morgenmuffelei dauerte immer nur bis zu dem Moment, bis sie das Haus verließ, und es gab Zeiten, in denen sie so viel und so schnell plapperte, dass er oftmals nicht verstand, was sie sagte, weil zu viele Informationen auf einmal auf ihn einprasselten.

Er machte das Frühstück, deckte den Tisch, um kurz nach sieben waren alle drei in der Küche und begannen zu essen. Sie besprachen dabei den vor ihnen liegenden Tag. Brandt sagte, es könne unter Umständen wieder etwas später werden, aber er gebe rechtzeitig Bescheid. Um halb acht verließen sie gemeinsam die Wohnung, er setzte die Mädchen an der Schule ab und fuhr weiter zum Präsidium. Spitzer und Greulich waren bereits in ihren Büros, Greulich noch immer eifrig damit beschäftigt, Daten über Satanisten und Okkultisten zu sammeln und zu vergleichen.

»Und, schon fündig geworden?«, fragte Brandt mit ernster Miene, bemüht, nicht laut loszulachen.

»Sind einige interessante Leute darunter«, meinte Greulich. »Könnte sein, dass einer von ihnen unser Mann ist.«

»Und was ist mit Frauen?«

»Sind auch welche dabei.«

»Dann klappern Sie heute alle ab, vorausgesetzt, die sitzen nicht ein. Aber das brauche ich Ihnen ja nicht großartig zu erklären.«

»Die Knackis habe ich schon aussortiert.«

Brandt ging zu Spitzer, machte die Tür hinter sich zu und setzte sich.

»Wie sieht dein Tag heute aus?«, fragte Spitzer, nachdem sie sich begrüßt hatten.

»Bei der Witwe vorbeischauen, dann weiter in die Schule und noch mal einige Schüler und Lehrer befragen. Aber diesmal einzeln.«

»Aber nicht allein, oder?«, fragte Spitzer zweifelnd.

»Quatsch, ich nehm Nicole mit.«

»Und du bist überzeugt, dass der oder die Mörder im Bereich der Schule zu finden sind?«

»Wenn du mir einen anderen Ansatzpunkt geben kannst, bitte. Aber mein Gefühl sagt mir einfach, dass Schirner ein Doppelleben geführt hat, doch frag mich bitte nicht, woher dieses Gefühl kommt. Keiner wird so grausam umgebracht, wenn da nicht eine gewaltige Portion Wut oder gar Hass dahinter steckt. Ich bitte dich nur um einen Gefallen, halt mir Greulich vom Hals.«

»Kannst dich drauf verlassen.«

Nicole Eberl warf einen Blick ins Büro und trat auf eine Handbewegung von Spitzer hin ein.

»Gut, dass du da bist. Peter und du, ihr habt einen langen Tag vor euch. Und jetzt macht euch auf die Socken und seht zu, dass ihr den Fall so schnell wie möglich klärt.«

»Aye, aye, Captain«, sagte Brandt und gab Nicole Eberl ein Zeichen, ihm zu folgen.

»Wohin zuerst?«, fragte sie.

»Frau Schirner. Ich brauch mehr Informationen über ihren Mann.«

»Was für Informationen denn?«

»Irgendetwas, das mit seiner Vergangenheit zu tun hat. Irgendetwas, das stinkt.«

»Und du meinst, sie würde dir das sagen?«

»Ich muss es zumindest probieren. Vielleicht wäre es sogar besser, wenn du mit ihr sprechen würdest. Du bist immerhin eine Frau.«

»Schön, dass dir das auch auffällt.«

Donnerstag, 7.30 Uhr

Georg-Büchner-Gymnasium, Parkplatz. Teichmann wartete schon seit halb acht in seinem Wagen, in dem die Standheizung lief. Er hatte ihr eine SMS geschrieben und sie gebeten, sie noch vor dem Unterricht zu sprechen. Sie kam um zwanzig vor acht, stieg aus und begab sich Richtung Sporthalle. Er folgte ihr so unauffällig wie möglich. Sie ging zum Hintereingang und blieb vor der Tür stehen.

»Was gibt's so Dringendes?«, fragte sie und sah ihm in die Augen. Ihr Blick war so eisig wie der Wind.

»Wir müssen aufhören«, sagte er geradeheraus. »Es kann so nicht weitergehen, schon gar nicht nach Rudolfs Tod.«

»Ist das alles?«

»Ist das etwa nicht genug?«

»Warum so plötzlich? Hat deine Frau was spitzgekriegt? Oder bekommst du auf einmal Nervenflattern?«

»Nein, es sind rein persönliche Gründe. Ich bitte dich inständig, der Polizei nichts von uns zu sagen. Wir könnten beide in Teufels Küche kommen.«

»Wir?«, fragte sie spöttisch. »Du meinst, du könntest in Teufels Küche kommen. Die Polizei kriegt heraus, was zwischen uns gelaufen ist, die erzählen es deinem reizenden Frauchen, und sie lässt dich fallen wie eine heiße Kartoffel. Aber soll ich dir was sagen, ich hatte sowieso vor, diesen Mist zu beenden. Und du brauchst auch keine Angst zu haben, dass deine heiß geliebte Frau etwas davon erfährt. Ich bin für meine Verschwiegenheit geradezu berühmt, das solltest du eigentlich wissen. Und so toll war das auch wieder nicht mit dir. Ehrlich.«

»Willst du mich verletzen?«

»Verdreh nicht die Tatsachen. Du verletzt die Menschen. Ich kenne deine Frau und habe mich die ganze Zeit über gefragt, warum du etwas mit mir angefangen hast. Ich gebe zu, ich war nicht ganz unbeteiligt, aber die Initiative ging ganz klar von dir aus. Und bitte, erzähl mir nicht, dass dein jetziger Entschluss einzig und allein etwas mit Rudolfs Tod zu tun hat oder mit der Polizei. Was steckt wirklich dahinter?«

»Das kann ich dir nicht sagen.«

»Kannst du nicht oder willst du nicht?« Sie sah ihn durchdringend an, doch er schwieg. »Deinem Schweigen entnehme ich, dass du nicht willst. Aber gut, ich werde es schon noch herausfinden.«

»Mein Gott, wenn du's unbedingt wissen musst – Natalia ist schwanger. Sie hat es mir gestern gesagt.«

»Wow, was für ein exzellentes Timing. Der eine gibt den Löffel ab, der andere wird Vater. Gratuliere, hätte ich dir auf deine alten Tage gar nicht zugetraut«, sagte sie mit noch mehr Spott in der Stimme. Sie warf einen Blick auf die Uhr: »Ich muss in die Klasse, wir unterhalten uns später weiter. Es gibt da einige Dinge, die noch zu klären sind.«

»Was gibt's da noch zu klären? Wir hatten eine Affäre oder auf Deutsch ein Liebesabenteuer. Und Abenteuer dauern nun mal nicht ewig. Und wir hatten ausgemacht, dass keiner dem andern Steine in den Weg legt, wenn es vorbei ist.«

»Du hast Recht, das hatten wir ausgemacht. Und keine Angst,

weder die Polizei noch deine Frau wird jemals etwas davon erfahren. Und noch etwas – du bist nur ein sehr durchschnittlicher Liebhaber. Ich frage mich, ob du zu Hause auch so langweilig bist. Na ja, was soll's, wir sind ab sofort eben nur noch Kollegen. Bis dann.«

Teichmann war nervös, was seinem Gegenüber nicht verborgen blieb. »Und was wolltest du mit mir noch klären?«, fragte er.

»Vergiss es, unwichtig. Und freu dich, dass du endlich Papi wirst und eine Aufgabe in deinem Leben hast. Ich hoffe, du erfüllst wenigstens die ordentlich.«

»Was soll das nun schon wieder heißen?«

»Nichts weiter, nur eine kleine Spitze zum Abschluss. Mach's gut, Liebster.«

»Warte, nur noch eine Frage. Hast du letzte Nacht bei mir angerufen und gleich wieder aufgelegt?«

»Nein, warum?«

»Nur so. Es war ein anonymer Anrufer.«

»Und, was hat er gesagt?«

»Nichts, gar nichts. Er hat nur geatmet.«

»Vielleicht war es eine andere Geliebte von dir«, erwiderte sie, die Mundwinkel spöttisch nach unten gezogen.

Nach diesen Worten ließ sie Teichmann einfach stehen und ging mit schnellen Schritten auf das Schulgebäude zu. Er wartete noch zwei Minuten, bevor auch er sich auf den Weg zu seinem Klassenzimmer machte.

Donnerstag, 8.35 Uhr

Carmen Schirner öffnete die Tür und bat die Beamten ins Haus. Thomas kam die Treppe herunter und warf ihnen nur einen kurzen Blick zu. Er wirkte übernächtigt. Der süßliche Duft von Räucherkerzen hing schwer in der Luft.

»Wir sind noch mal gekommen, um uns mit Ihrer Mutter zu unterhalten. Wir würden das gerne ungestört tun«, sagte Brandt.

»Natürlich. Wundern Sie sich bitte nicht über den Geruch, ich musste die Räucherstäbchen anmachen, weil ich verbotenerweise im Haus geraucht habe«, erklärte sie und verdrehte die Augen. »Ich sehe aber nicht ein, bei der Kälte nach draußen zu gehen.«

»Ich mag den Duft«, sagte Brandt. »Patchuli?«

»Erraten«, antwortete sie charmant lächelnd.

Helga Schirner kam um die Ecke, zog ihre Schürze aus und hängte sie über einen extra dafür vorgesehenen Haken. »Ich habe gehört, dass Sie zu mir wollen. Ich musste nur schnell die Spülmaschine einräumen, jetzt stehe ich Ihnen aber zur Verfügung. Lass uns bitte allein, Carmen.«

Nachdem Carmen gegangen war, fragte Helga Schirner: »Haben Sie schon etwas herausgefunden?« Ihre Stimme klang sicher, ihr Blick war klar, sie schien sich erstaunlich schnell von dem Schock erholt zu haben. Oder aber es ist alles nur gespielt, dachte Brandt.

»Leider nicht«, antwortete Nicole Eberl. »Deshalb sind wir auch hier. Wir würden gerne noch mehr über Ihren Mann erfahren. Sie haben uns zwar gestern schon einiges über ihn gesagt, aber das hilft uns nicht viel weiter, denn wie es aussieht, wurde er gezielt als Opfer ausgesucht.«

»Ich verstehe nicht ganz, was Sie meinen.«

»Ich will noch einmal die Frage stellen, ob Ihr Mann nicht vielleicht doch Feinde hatte, wobei einer eigentlich schon reicht.«

»Nein!«, antwortete sie schroff. »Rudolf hatte keine Feinde, nicht einen einzigen!«

»Was hat Ihr Mann gemacht, wenn er nicht in der Schule oder zu Hause war? Hatte er Hobbys?«

»Mein Mann war immer entweder in der Schule oder zu Hause. Und Hobbys«, sie zuckte mit den Schultern, »mein Gott, er hat wahnsinnig viel gelesen oder ist mit dem Hund spazieren gegangen.«

»Ihr Eheleben war intakt?«, fragte Eberl.

»Wir haben eine sehr glückliche Ehe geführt, wenn Sie das wissen wollen«, antwortete Helga Schirner kühl. »Oder glauben Sie, wir wären sonst fast fünfundzwanzig Jahre verheiratet gewesen?«

»Manche Leute lassen sich auch nach dreißig oder vierzig Jahren noch scheiden«, entgegnete Eberl lapidar. »Ihr Mann war nachts immer zu Hause?«

»Natürlich! Wo hätte er denn sonst sein sollen?!«, erwiderte sie aufgebracht. »Außer, wenn er mit dem Hund draußen war.«

»Haben Sie einen festen Schlaf?«, mischte sich jetzt Brandt ein. »Sie hatten immerhin getrennte Schlafzimmer.«

»Ich weiß nicht, was das alles soll, aber Rudolf hat abends mit dem Hund eine Runde gedreht und ist danach ins Bett gegangen. Was hätte er denn sonst noch mitten in der Nacht machen sollen? Sein Beruf war aufreibend genug, da brauchte er seinen Schlaf. Außerdem kommt es nicht darauf an, ob man getrennte Schlafzimmer hat, sondern ob man sich versteht. Und Rudolf und ich, wir haben uns blind verstanden.«

»Herr Teichmann war doch sein bester Freund. Waren die beiden oft zusammen?«

»Sie haben sich des Öfteren getroffen, entweder hier bei uns oder bei Herrn Teichmann. Manchmal war auch Frau Teichmann mit dabei. Und jetzt möchte ich Sie bitten zu gehen, denn ich glaube, ich habe Ihnen nichts weiter zu sagen. Außerdem habe ich noch eine Menge zu tun. Ich muss die Fenster putzen, saugen, Staub wischen, Wäsche waschen, bügeln, was eben so alles in einem Haushalt anfällt.«

»Sie haben doch Ihre Tochter als Unterstützung«, bemerkte Brandt. Warum zählt die alles auf, was sie zu tun hat?, fragte er sich.

»Carmen wird noch für den Rest der Woche hier bleiben und

dann wieder nach Frankfurt gehen. Sie kümmert sich um die Organisation der Beerdigung, ich muss das Haus in Ordnung halten. Wenn es sonst nichts weiter gibt, würde ich gerne mit meiner Arbeit fortfahren.«

»Also gut, aber sollte Ihnen trotzdem noch etwas einfallen, hier ist meine Karte. Ich bin jederzeit erreichbar.« Er legte seine Visitenkarte auf den Tisch. Helga Schirner warf nicht einmal einen Blick darauf. Auf dem Weg zur Tür wandte sich Brandt noch einmal um und sagte: »Eine Frage noch, Frau Schirner – hatte Ihr Mann ein Arbeitszimmer?«

»Mein Mann hatte selbstverständlich einen Raum, wo er ungestört zum Beispiel Schularbeiten korrigieren konnte. Warum wollen Sie das wissen?«

»Dürfen wir diesen Raum einmal sehen?«

»Wenn es unbedingt sein muss. Aber verändern Sie bitte nichts, es war sein Zimmer, und ich möchte es zu seinem Gedenken so belassen, wie er es zuletzt gesehen hat. Es ist im Keller, ich begleite Sie.«

Die Stufen, die hinab in den Keller führten, waren mit Teppichboden belegt, die Wände mit Raufaser tapeziert und weiß angestrichen. Keine Spinnweben, kein Fussel auf dem Boden, selbst hier wirkte alles beklemmend steril, im Gegensatz zu Brandts Keller, in dem alles Gerümpel verstaut war, für das er in der Wohnung keinen Platz fand. Ich müsste mal wieder da unten aufräumen, dachte er. Die Türen zum Heizungskeller, zur Waschküche und zu zwei anderen Räumen waren geschlossen. Helga Schirner bewegte sich auf eine direkt vor ihnen liegende zu. »Hier ist das Arbeitszimmer meines Mannes. Und wie gesagt, Sie lassen alles so, wie es ist.«

»Sicher«, erwiderte Brandt und betrat mit Nicole Eberl das Zimmer. Es schien der einzige Raum in diesem Haus zu sein, der nicht diese Unpersönlichkeit und Kälte ausstrahlte, ein kleines Fenster ließ nur einen Hauch von Licht herein. Das Zimmer war erstaunlich groß, mit einer niedrigen Decke, in die zehn Halogenbirnen eingelassen waren. Helga Schirner blieb im Türrahmen stehen, die Arme vor der Brust verschränkt. Ihr Blick drückte Misstrauen aus, aber keine sonstigen Emotionen. Auf dem antiken Schreibtisch waren drei volle Ablagekörbe, eine Unterlage, ein Stiftehalter, ein Bild von Henry in einem goldenen Rahmen und eine grüne Leselampe, wie man sie oft in Bibliotheken fand. In der rechten Ecke stand ein weiterer Tisch mit einem modernen PC mit Internetzugang, einem Telefon und einem Faxgerät, daneben ein mahagonifarbener Aktenschrank. Dann waren da noch ein zum Schreibtisch passender alter Chefsessel aus braunem Leder und vor dem PC ein brauner Bürostuhl. Eine Regalwand mit zahlreichen Sach- und Fachbüchern zu allen möglichen Themen befand sich an der linken Wand, ein kleiner Kühlschrank surrte leise vor sich hin. Brandt warf einen kurzen Blick hinein, doch er enthielt nichts außer ein paar Flaschen Bier und Cola und eine noch halb volle Flasche Wodka. An einer Wand hing eine überdimensionale Weltkarte, an einer andern ein paar Landschaftsaufnahmen. Erst jetzt bemerkte Brandt, dass der Schreibtisch keine Schubfächer hatte, sondern zwei Türen, die abgeschlossen waren.

»Gibt es einen Schlüssel für den Schreibtisch?«, fragte er.

»Sicher gibt es den, aber was wollen Sie damit? Ich habe doch ausdrücklich darum gebeten, dass nichts angefasst wird.«

»Haben Sie eine Erklärung, warum Ihr Mann den Schreibtisch abgeschlossen hat?«

»Nein, habe ich nicht. Aber er wird wohl seine Gründe dafür gehabt haben. Ich kann Ihnen leider nicht helfen, denn ich weiß nicht, wo der Schlüssel ist.«

»Ich weiß, wo der Schlüssel ist«, sagte Carmen Schirner, die lautlos die Treppe heruntergekommen war und plötzlich hinter ihrer Mutter stand, die sich erschrocken umdrehte. »Er liegt in der obersten Schublade des PC-Tisches.«

»Danke«, sagte Brandt, zog die Schublade heraus, nahm den Schlüssel und hielt ihn hoch. »Der hier?«

»Ja.«

»Woher weißt du, wo …«

»Papa hat's mir mal gesagt. Der hat da drin keine Geheimnisse, nur Unterlagen. Aber du kennst ihn doch, er ist ein Pedant. Bei ihm muss alles seine Ordnung haben, wie bei dir, nur eben ein bisschen anders.«

Der Schlüssel passte für beide Türen. Brandt warf Nicole Eberl einen eindeutigen Blick zu, nahm einen der Aktenordner heraus und blätterte kurz darin.

»Ist okay, hier sind nur Rechnungsordner und Verwaltungskram. Danke, dass Sie uns geholfen haben«, sagte er zu Carmen Schirner. »Ich würde gerne noch einen Blick in den Aktenschrank werfen.«

»Der Schlüssel ist auch in der Schublade«, entgegnete Carmen.

Brandt schloss auf und zog ein Schubfach nach dem andern heraus. In dreien befanden sich lauter beschriftete Hängeordner, das unterste Fach war leer.

»In den Ordnern hat er alles aufbewahrt, was mit der Schule zusammenhängt«, erklärte Carmen und stellte sich zu Brandt. »Und wenn er bis zu seiner Pension weiter …« Sie hielt inne, ihre Mundwinkel zuckten verdächtig, aber sie hatte sich schnell wieder unter Kontrolle. »Na ja, dann wäre auch das unterste Fach voll gewesen.«

»Wozu hat Ihr Vater einen PC gebraucht?«

»Wer braucht heutzutage keinen?«, fragte sie zurück. »Für einen Lehrer ist ein PC ein wahrer Segen. Mein Vater hat seine Klausuren damit vorbereitet, und er hat an einem Buch geschrieben.«

»Was für ein Buch?«

»Eine Familiengeschichte, genau genommen seine Familiengeschichte. Und dafür auch der Internetanschluss, weil er viel recherchieren musste. Denn mein Vater stammt aus einem sehr alten Adelsgeschlecht, auch wenn der Name längst nicht mehr darauf hindeutet. Aber die Genealogie ist faszinierend, er ist schon bis 1445 gekommen.«

»Und um was für ein Adelsgeschlecht handelt es sich, wenn ich fragen darf?«

»Von Schirnow. Seine Vorfahren kommen ursprünglich aus Pommern. Weil es aber einige Juden in der Linie gab, die im 17. Jahrhundert gerade dort zum Teil heftigen Verfolgungen ausgesetzt waren, hat mein Urgroßvater oder Ururgroßvater den Namen in Schirner ändern lassen und den ganzen Adelskram quasi unter der Hand weitergeführt. Die Schirners oder von Schirnows besitzen auch heute noch oder besser gesagt wieder ausgedehnte Landflächen und Gutshöfe in Pommern. Aber glauben Sie bloß nicht, dass sie reich sind. Die Zeiten sind vorbei.«

»Adlige Juden?«, fragte Nicole Eberl zweifelnd.

»Einer hat vor vier- oder fünfhundert Jahren eine Jüdin geheiratet, sie haben acht Kinder bekommen und dadurch ist natürlich die gesamte Familie verunreinigt worden, wie ein guter Arier sagen würde. Dann kam eine Pestepidemie, und die Juden wurden wieder einmal dafür verantwortlich gemacht. Aber die unmittelbaren Nachkommen, ich meine die Blutlinie, haben natürlich auch jüdisches Blut in den Adern gehabt. Wenn man's genau betrachtet, fließt in meinen Adern auch noch ein winziger Teil jüdisches Blut. Glücklicherweise haben die Nazis nie etwas davon mitbekommen, sonst würde es uns heute nicht geben.«

»Interessant. Und darüber wollte er ein Buch schreiben?«

»Ja. Er hat mir erzählt, dass es unzählige Familien in Deutschland gibt, die, ohne es zu wissen oder auch nur zu ahnen, einen jüdischen Vorfahren haben. Er wollte damit wohl die Menschen sensibilisieren in der Form, dass er gesagt hat: Wer mit dem Finger auf Juden zeigt, sollte erst einmal in seiner eigenen Familie schauen, ob es da nicht auch jüdische Vorfahren gibt. Eigentlich wäre es ein sehr positives Buch geworden, das viele aufgerüttelt hätte.«

»Woher weißt du das alles, Kind?«, fragte Helga Schirner erstaunt, aber auch mit einem säuerlichen Gesichtsausdruck.

»Weil Papa mit mir darüber gesprochen hat.«

»Und warum nicht mit mir?«

»Was weiß ich, er wird schon seine Gründe gehabt haben. Aber das interessiert die Polizei bestimmt nicht. Ich habe Ihnen jedenfalls alles erzählt, was ich weiß.«

»Wir sind Ihnen sehr dankbar. Wir gehen dann mal. Und sollten wir Unordnung gemacht haben, dann bitten wir das zu entschuldigen, es soll nicht wieder vorkommen.«

Helga Schirner schluckte schwer, machte die Tür wieder zu, schloss ab und wollte den Schlüssel in die Hosentasche stecken, als Carmen sagte: »Gib mir den Schlüssel, bitte. Er hätte es so gewollt.«

»Woher willst du das wissen?«, wurde sie von ihrer Mutter angefaucht.

»Ich weiß es, und das reicht.«

»Nein. Er war mein Mann, und dieses Zimmer wird kein Mensch jemals mehr betreten! Ich bin ab jetzt hier für alles zuständig. Und wenn ich alles sage, dann meine ich das auch so.«

»Wie du willst«, entgegnete Carmen nur und ging hinter den Beamten die Treppe hinauf, während ihre Mutter unten blieb und ihnen nachsah.

»Das ist meine Mutter«, sagte sie leise. »Jetzt haben Sie sie richtig kennen gelernt. Aber was auch immer Sie von ihr denken, sie ist eine gute Mutter, nur eben ein bisschen eigen. Ihr Problem ist, dass sie mit meinem Vater intellektuell nie mithalten konnte, obwohl sie nicht dumm ist. Aber sie hat sich nie für das interessiert, was er gemacht hat. Sie haben ja gemerkt, sie wusste bis eben nicht einmal etwas von der Familienchronik und dass er an einem Buch gearbeitet hat.«

»Danke, dass Sie uns geholfen haben.«

»Warten Sie, ich komme mit nach draußen. Ich brauch ein

bisschen frische Luft, und vor allem will ich eine rauchen.« Sie zündete sich an der Haustür eine Zigarette an und begleitete Brandt und Eberl zum Auto.

»Sagen Sie, wusste außer Ihnen noch jemand von dem Vorhaben Ihres Vaters?«

»Sie meinen das mit dem Buch?«

»Hm.«

»Nein. Er hat es mir einmal im Vertrauen erzählt und mich gebeten, es für mich zu behalten.«

»Und Herr Teichmann?«

Carmen zuckte mit den Schultern. »Keine Ahnung. Es könnte natürlich sein, er war schließlich sein bester Freund. Aber selbst wenn, Sie glauben doch nicht, dass das der Grund für seinen Tod sein könnte, oder?«

»Nein, eigentlich nicht. Nochmals danke und hoffentlich ... Na ja, Ihre Mutter scheint ganz schön sauer zu sein.«

»Wegen eben?«, fragte Carmen und lachte leise auf. »Sie wird kein Wort mehr darüber verlieren, denn das würde ja bedeuten, dass sie sich mit ein paar Wahrheiten auseinander setzen müsste, die sie nicht sehen will. Sie ist die drei Affen in einer Person – nichts sehen, nichts hören, nichts sagen. Ich hab sie trotzdem lieb, schließlich ist sie meine Mutter. Ich geh jetzt besser wieder rein, mir frieren langsam die Pfoten ab.«

Brandt sah zum Haus und erkannte das Gesicht von Helga Schirner hinter dem Vorhang. »Eine Frage hätte ich doch noch. War die Ehe Ihrer Eltern so glücklich, wie Ihre Mutter das behauptet?«

Carmen zögerte mit der Antwort und schüttelte kaum merklich den Kopf. »Glück ist immer eine Frage der Definition. Was ist Glück? Jeder betrachtet es aus seiner Sichtweise, und die ist sehr subjektiv. Schauen Sie sich meine Mutter an, sie ist glücklich in ihrer kleinen Welt. Sie tut niemandem etwas Böses, im Gegenteil. Ob mein Vater glücklich war? Ich will ganz ehrlich sein, er war es vielleicht bedingt. Aber Sie haben nach der Ehe gefragt –

nein, das war alles nur Fassade. Ich weiß nicht, wann meine Mutter angefangen hat sich zu verändern, aber es muss irgendwann kurz nach Thomas' Geburt gewesen sein. Von einem Eheleben konnte man bei meinen Eltern schon lange nicht mehr sprechen. Mein Vater ist oder besser gesagt war ein sehr intellektueller Mensch, während meine Mutter eher einfach gestrickt ist, obwohl sie Kunst studiert hat. Ich weiß nicht, was mit ihr los ist, warum sie sich so hängen lässt. Der Tod meines Vaters scheint sie nicht einmal sonderlich zu berühren. Sie hat zum Beispiel schon heute Morgen um sieben angefangen das Haus durchzusaugen. Und das wird sie auch heute Abend noch einmal machen, schließlich könnte selbst der kleinste Krümel die heile, saubere Welt verunreinigen. Verstehen Sie jetzt, warum ich so schnell wie möglich ausziehen wollte? Ich konnte ab dem Moment frei durchatmen, als ich hier wegkam. Wenn aber noch irgendwas sein sollte, dann rufen Sie mich bitte auf meinem Handy an. Haben Sie was zu schreiben?«

»Ich bin bereit«, sagte Brandt und tippte die Nummer gleich in sein Adressbuch des Handys ein. »Und jetzt rein mit Ihnen, sonst holen Sie sich noch was weg. Tschüs.«

»Tschüs.«

Wieder im Auto, sagte Brandt: »Gefällt mir, das Mädel. So jung, steht aber trotzdem schon mit beiden Beinen fest auf dem Boden. Aber ihre Mutter … Mit der würde ich es keine zehn Minuten aushalten. Ich muss die Fenster putzen! Wer zum Teufel putzt bei der Kälte die Fenster?! Ich mach das zweimal im Jahr, aber die Schirner wahrscheinlich jeden Tag. Und zweimal am Tag saugen! Nicht mal meine Mutter würde auf so 'ne bekloppte Idee kommen.«

»Peter, die Schirner leidet vermutlich an einem Reinlichkeitswahn, das ist eine Persönlichkeitsstörung. Ihr ganzes Leben spielt sich in den eigenen vier Wänden ab. Dort sieht sie ihre Aufgabe und ihren Lebenssinn, dort kann sie schalten und walten, wie sie möchte, dort pfuscht ihr keiner ins Handwerk.«

»Aber sie hat studiert ...«

»Und? Wie viele Studierte kennst du, die nicht ganz richtig ticken? Ich eine ganze Menge. Und die Schirner ist noch harmlos. Ich könnte mir vorstellen, sie verlässt das Haus nur, um einzukaufen. Die Wohnung ist fast so steril wie in einem Operationssaal. Das sagt doch alles über sie aus. Und solche Frauen sind auch sexuell alles andere als aktiv. Für sie ist das wahrscheinlich auch mit Schmutz verbunden, deshalb die getrennten Schlafzimmer. Die hat ihren Mann mit Sicherheit schon seit Jahren nicht mehr rangelassen.«

»Heißt das, du vermutest, dass Schirner was nebenbei laufen gehabt hat?«

»Ich habe die Frau heute zum ersten Mal gesehen, aber ich halte es für durchaus möglich. Die lebt in ihrer kleinen Welt, wie die Tochter so schön gesagt hat, und hat panische Angst davor, sie zu verlassen. Der Tod ihres Mannes schockt sie nicht sonderlich, sie kann ja in dem Haus bleiben. Da wird auch nie wieder ein anderer Mann einziehen.«

»Aber sie sagt doch, er war immer zu Hause.«

»Glaubst du ihr etwa alles? Diese Frau will oder muss ihre heile Welt bewahren, auch jetzt. Ihre Putzwut ist zwanghaft und alles andere, was mit ihrem Leben zu tun hat, vermutlich auch. Nur nicht den Namen und guten Ruf ihres Mannes beschmutzen, dafür würde sie auch lügen. Denn wenn zum Beispiel die Nachbarn erfahren sollten, dass er eine andere hatte, würde ihre heile Welt wie ein Kartenhaus zusammenfallen. Nein, nein, mein Lieber, die will so weiterleben wie bisher.«

»Okay, aber wenn er eine Geliebte hatte, dann doch wohl am ehesten jemanden aus der Schule, oder?«

»Anzunehmen. Fragt sich nur, wer die Unbekannte ist ... Wenn es denn eine Unbekannte gibt, denn bisher spekulieren wir nur. Aber fühlen wir doch mal den werten Kolleginnen auf den Zahn, vielleicht verplappert sich ja eine der Damen. Und es sind einige recht Gutaussehende darunter.«

Donnerstag, 9.30 Uhr

Georg-Büchner-Gymnasium, große Pause. Brandt und Eberl begaben sich direkt zum Lehrerzimmer, wo sich die meisten der Lehrer, außer jenen, die Pausenaufsicht hatten, aufhielten. Das Hauptgesprächsthema war natürlich der sinnlose Tod von Rudolf Schirner. Anja Russler saß zusammen mit Katharina Denzel und Sabine Engler an einem Tisch und aß ein Brot, Teichmann und ein anderer Lehrer, den Brandt bisher nicht kannte, unterhielten sich wie die meisten der Anwesenden. Als die Beamten den großen Raum betraten, verstummten einige der Gespräche sofort, und nach wenigen Sekunden herrschte vollkommene Stille. Alle Augen waren auf die Kommissare gerichtet.

»Herr Brandt«, sagte Direktor Drescher und kam auf ihn zu, »was können wir für Sie tun? Haben Sie schon eine heiße Spur?«

»Nein, meine Kollegin und ich sind gekommen, um uns mit einigen von Ihnen zu unterhalten. Die Frage ist, inwieweit dies möglich ist. Allerdings möchte ich Sie wissen lassen, dass wir auf Ihre Kooperation angewiesen sind.«

»Inwiefern auf unsere Kooperation? Glauben Sie etwa immer noch, den Mörder hier zu finden? Das ist geradezu absurd! Aber bitte, tun Sie, was Sie für notwendig erachten, Sie haben die volle Unterstützung des Kollegiums, doch Sie vergeuden nur Ihre Zeit. Außerdem fängt der Unterricht in einer Viertelstunde wieder an.«

Brandt hob die Hand, um Dreschers Redefluss zu unterbrechen, und sagte: »Wir wollen Sie natürlich nicht vom Unterricht abhalten, dennoch würden wir …« Er stockte, als sich plötzlich alle Blicke zur Tür richteten, und wandte den Kopf – in ihm kochte es. Elvira Klein. Sie trat näher und blieb mitten im Raum stehen. Brandt und Eberl schien sie gar nicht wahrzunehmen.

»Frau …?«, sagte Drescher mit hochgezogenen Brauen.

»Klein. Ich war hier auf der Schule, unter anderem bei Herrn Teichmann und Herrn Schirner …«

»Frau Klein, natürlich«, sagte Teichmann mit einem seltenen Lächeln und reichte ihr die Hand. »Ich hätte Sie beinahe nicht erkannt.«

»Ich habe das von dem tragischen Tod von Herrn Schirner gehört und dachte mir, ich bin es ihm schuldig, mal an meiner alten Wirkungsstätte vorbeizuschauen. Es tut mir Leid, wenn ich störe, aber …«

»Frau Klein«, sagte Teichmann, »selbstverständlich erinnere ich mich an Sie, und natürlich auch an Ihren Vater. Aber Sie müssen verstehen, es ist eine lange Zeit vergangen seit damals.«

»Dreizehn Jahre, um genau zu sein. Ich wollte nur kurz herkommen und Ihnen allen mein Beileid ausdrücken. Ich war sehr gerne auf dieser Schule und habe Herrn Schirner sehr geschätzt und ihm vor allem viel zu verdanken. Ich will auch nicht lange stören.«

»Wir haben im Moment die Polizei im Haus, deshalb …«

»Kein Problem, ich wollte sowieso gleich wieder gehen. Moment«, sagte sie und sah zu dem Tisch, an dem Anja Russler saß. »Anja? Anja Köhler?«

Die Angesprochene erhob sich, kam auf Klein zu und nahm die ihr entgegengestreckte Hand. »Nicht mehr Köhler, ich heiße jetzt Russler. Ist lange her, seit wir uns das letzte Mal gesehen haben. Jetzt geht's nicht, du siehst ja selbst, was hier los ist. Aber wir können ja mal bei Gelegenheit einen Kaffee trinken gehen.«

»Klar doch. Du hast dich übrigens überhaupt nicht verändert. Du bist also Lehrerin geworden. Hätte ich nicht für möglich gehalten. Ich dachte immer, du würdest mal etwas Künstlerisches machen. Na gut, ich lass euch jetzt wieder allein mit der Polizei. Ich hoffe, die finden den Kerl bald, der … Es ist einfach unfassbar … Herr Teichmann, Anja, alles Gute, und wir sehen uns. Du stehst doch im Telefonbuch, oder?«

»Ja, ja.«

»Ich ruf dich an«, sagte Elvira Klein und an Brandt und Eberl gewandt: »Finden Sie den Mörder bitte schnell.« Nach diesen Worten begab sie sich wieder nach draußen.

»Wer war diese bezaubernde junge Dame?«, fragte Brandt und spielte den Ahnungslosen.

»Eine ehemalige Schülerin. Ihr Vater ist ein äußerst angesehener Anwalt in Frankfurt. Er hat eine Menge für die Schule getan.«

»Inwiefern?«

»Er hat die Schule großzügig unterstützt, aber ich denke, das hat mit dem Tod von Herrn Schirner nichts zu tun. Sie sehen ja, wie beliebt er war, wenn sogar eine ehemalige Schülerin aus bestem Haus vorbeischaut und …«

»Ja, ja, schon gut. Wir möchten noch einmal mit den Schülern von gestern sprechen. Welche Fächer werden in den nächsten zwei Stunden unterrichtet?«

»In der Zwölf?«

»Ja.«

»Ich habe einen Erdkunde-Leistungskurs, Frau Russler Englisch Grund, Frau Denzel Französisch Leistung und Frau Engler Geschichte, ebenfalls Leistung.«

»Gut, dann meine Frage an die Herrschaften. Haben Sie etwas dagegen, wenn wir, während Sie den Unterricht abhalten, nach und nach jeden Schüler einzeln befragen?«

Kopfschütteln.

»Ja, dann wollen wir mal. Ich muss aber erst noch mal kurz raus ans Auto, etwas holen. Finden die Kurse alle im zweiten Stock statt?«, fragte Brandt.

»Ja.«

»Geh du mit nach oben, ich komm gleich nach«, sagte er zu Nicole Eberl. Er lief mit ausgreifenden Schritten nach draußen und sah den Mercedes von Elvira Klein auf dem Parkplatz. Sie stand trotz der Kälte davor und schien ihn bereits zu erwarten.

»Was sollte das eben?«, fuhr er sie an. »Habe ich Ihnen

nicht gesagt, dass Sie sich aus unseren Ermittlungen raushalten sollen?«

»Jetzt mal piano. Erstens weiß keiner hier, dass ich von der Staatsanwaltschaft bin. Zweitens habe ich so getan, als würde ich Sie gar nicht kennen, sodass uns keiner miteinander in Verbindung bringen kann …«

»Das wäre ja noch schöner«, murmelte Brandt vor sich hin.

»Ich habe das sehr wohl vernommen. Und drittens, ich kann dieser Schule einen Besuch abstatten, wann immer ich will. Und außerdem war ich neugierig, welchen von meinen früheren Lehrern ich antreffen würde. Und siehe da, was erwartet mich – eine ehemalige Klassenkameradin, mit der ich zusammen das Abi gemacht habe, ist heute Lehrerin an dieser Schule. Anja Russler, ehemals Köhler. Sie ist also verheiratet …«

»Nein, ist sie nicht. Sie lebt allein, wahrscheinlich ist sie geschieden, vielleicht lebt sie auch nur getrennt von ihrem Mann, oder er ist von einer Dampfwalze überrollt worden …«

»Noch was?«, fragte Elvira Klein mit hochgezogenen Augenbrauen und einem spöttischen Zug um den Mund.

»Ich halte es für sehr gewagt, wenn Sie hier auftauchen. Machen Sie das bitte nicht noch einmal.«

»Ich hatte übrigens damit gerechnet, dass Sie rauskommen würden. Tun Sie mir einen Gefallen und beziehen Sie Greulich in Ihre Ermittlungsarbeit mit ein. Dieser Schwachsinn mit dem Ritualmord ist Zeit- und Personalverschwendung. So etwas können wir uns nicht leisten.«

»Ist das eine Bitte oder ein Befehl?«, fragte Brandt hart.

»Sehen Sie's, wie Sie wollen. Und ich erwarte wirklich bald erste Ergebnisse«, sagte sie und war schon im Begriff, einzusteigen, als Brandt sie zurückhielt.

»Was verstehen Sie unter ersten Ergebnissen? Soll ich Ihnen einen Täter auf einem goldenen Tablett präsentieren, wenn wir noch nicht einmal den Hauch einer Spur haben? Ist es das, was Sie erwarten?«

»Tun Sie einfach das, wofür Sie bezahlt werden. Schönen Tag noch.«

Leck mich am Arsch, dachte er und begab sich zurück in das Schulgebäude. Nicole Eberl wartete im zweiten Stock auf ihn, die Schüler waren bereits in den jeweiligen Klassen, die Türen geschlossen.

»Wo warst du?«

»Was glaubst du denn? Der Klein dreh ich noch mal den Hals um. Was will die eigentlich von uns?«

»Ärgern. Sieh's mal von der Seite – sie ist über dreißig, allein stehend und irgendwie frustriert. Die kann einfach nicht anders.«

»Und deshalb muss sie uns das Leben zur Hölle machen?! Sie will, erwartet, befiehlt, dass wir Greulich in die Ermittlungen mit einbeziehen.«

»Und weiter, du bist immer noch der Boss. Und wenn er dir querkommt, lässt du ihn eben auflaufen. Und jetzt hör auf mit diesem Kinderkram, wir haben Wichtigeres zu tun. Außerdem war ihr Auftritt doch gar nicht so schlecht. Zumindest hat sie sich nicht als Staatsanwältin zu erkennen gegeben. Wir müssen übrigens die Befragungen hier auf dem Flur durchführen, weil kein Raum frei ist. Ich geh da hinten in die Ecke und du bleibst hier.«

Sie holten einen Schüler nach dem andern aus dem jeweiligen Klassenraum, doch alles, was sie zu hören bekamen, waren die gleichen Lobeshymnen wie schon tags zuvor. Schirner, der beste Lehrer überhaupt. Über eine Stunde war vergangen, als Brandt Kerstin Abele zu sich bat. Er hatte sie noch gut in Erinnerung. Sie hatte auf dem Tisch gesessen und fast die ganze Zeit zu Boden geblickt. Heute war es nicht anders, nur dass es diesmal keinen Tisch gab, auf den sie sich setzen konnte, sondern nur einen Stuhl. Sie machte einen sehr ernsten und distanzierten Eindruck, als würde sie sich vor den nächsten Minuten fürchten.

»Frau Abele, darf ich fragen, wie alt Sie sind?«

»Neunzehn.«

»Sind Sie später eingeschult worden, oder mussten Sie eine Ehrenrunde drehen?«

»Ehrenrunde. Hab die Zehn vermasselt.«

»Und jetzt läuft's?«

»Ja, schon.«

»Und seit wann haben Sie Herrn Schirner als Lehrer gehabt?«

»Seit der Elf. Er war mein Klassenlehrer.«

»Haben Sie es ihm zu verdanken, dass Ihre Leistungen jetzt besser sind?«

»Er war ein guter Lehrer«, antwortete sie ausweichend.

»Sie hatten nie irgendwelche Probleme mit ihm?«

Kerstin Abele schüttelte den Kopf. »Nein. Ich habe sehr viel bei ihm gelernt.«

»Gibt es Schüler, die nicht so gut mit ihm konnten?«

»Weiß nicht, mir fällt keiner ein.«

»Was hat ihn denn so ausgezeichnet?«

»Es war einfach seine Art. Er hat den Stoff prima rübergebracht, sodass jeder es verstanden hat.«

»Welche Fächer hatten Sie bei ihm?«

»Mathe und Ethik. Physik hab ich abgewählt, weil ich damit nichts anfangen kann.«

»Mathe und Ethik Leistung?«

»Nein, nur Ethik Leistung, Mathe Grund.«

»Und welches Leistungsfach haben Sie noch?«

»Deutsch und Englisch.«

»Sie haben drei Leistungsfächer?«, fragte Brandt erstaunt. »Die meisten, mit denen ich bis jetzt gesprochen habe, haben nur zwei. Warum so viele?«

Kerstin Abele zuckte mit den Schultern und sagte: »Meine Eltern wollten das so. Vor allem mein Vater.«

»Aber Sie sind nicht glücklich damit, zumindest sehen Sie nicht so aus. Andererseits, Sie sind neunzehn und haben die freie Entscheidung.«

»Da kennen Sie aber meine Eltern schlecht. Na ja, ich werd's schon irgendwie schaffen.«

Sie klingt resigniert, dachte Brandt, und irgendwie tat sie ihm Leid, die ganze Haltung, der fehlende Blickkontakt, die leicht heruntergezogenen Mundwinkel. Er schwor sich, seine Töchter nie so unter Druck zu setzen.

»Darf ich fragen, was Ihr Vater macht?«

»Er ist Chefingenieur bei der Lufthansa, aber fragen Sie mich nicht nach Einzelheiten, es interessiert mich nämlich nicht. Er ist auf jeden Fall ein hohes Tier und verdient entsprechend Kohle. Und ich soll mal in seine Fußstapfen treten.«

»Aber Sie sind eine junge Frau …«

»Das interessiert den doch nicht! Ihm wäre es sowieso viel lieber gewesen, wenn ich ein Junge geworden wäre. Er sagt, Mädchen machen nur Ärger. Ist mir auch egal. Ansonsten ist er ganz okay.« Doch wie sie dieses »ansonsten ist er ganz okay« betonte, klang eher wie, »zum Teufel mit diesem Arschloch«.

»Ich kann Ihnen da leider nicht helfen. Bei wem haben Sie denn die andern Leistungskurse?«

»Deutsch bei Frau Russler und Englisch bei Herrn Teichmann.«

»Herr Schirner war Vertrauenslehrer. Haben Sie sich ihm jemals anvertraut?«

»Was meinen Sie mit anvertraut?«

»Dass Sie ihm zum Beispiel von dem häuslichen Druck berichtet haben.«

»Ich habe schon mal mit ihm gesprochen, aber nicht über das, was zu Hause so abgeht.«

»Und Sie können sich auch nicht vorstellen, dass jemand aus der Schule für den Mord an Herrn Schirner infrage kommt?«

»Nein.«

»Das war's schon, Sie können wieder in Ihre Klasse gehen. Und lassen Sie sich nicht unterkriegen, es kommt bald die

Zeit, wo Sie Ihre Entscheidungen ganz allein treffen werden. Machen Sie's gut, und schicken Sie mir bitte Frau Esslinger raus.«

Brandt sah Kerstin Abele nach, wie sie mit müden Schritten wieder im Klassenraum verschwand, und kurz darauf kam Silvia Esslinger heraus. Als sie Brandt erblickte, war sofort wieder dieses spöttische Aufblitzen in ihren Augen. Sie setzte sich neben ihn. Der Duft eines edlen Parfüms umwehte sie. Silvia trug heute einen Minirock und hohe Stiefel. Sie schlug die Beine übereinander, wodurch der Rock noch höher rutschte und noch mehr von den langen Oberschenkeln freigab. Laszivität und Koketterie pur. Sie verstand es hervorragend, ihre reichlich vorhandenen Reize einzusetzen, und spielte mit der Erotik.

»Sind Sie mit Frau Abele befreundet?«, fragte Brandt, der schon gestern diese Vermutung hegte und sie nun bestätigt haben wollte.

»Ja, warum?«

»Nur so. Ich möchte auch Sie fragen, wie alt Sie sind.«

»Achtzehn, ich werde im Mai neunzehn.«

»Also noch nicht hängen geblieben?«

»Doch, in der Zehn, genau wie Kerstin. Aber wir haben uns nicht abgesprochen, das ist einfach so passiert.«

»Wie lange kennen Sie sich schon?«

»Wer, Kerstin und ich?«

»Ja.«

»Seit dem Kindergarten. Wir wohnen in derselben Straße, nur ein paar Häuser auseinander. Unsere Eltern sind auch befreundet, falls Sie das interessiert.«

»Welche Kurse hatten Sie bei Herrn Schirner belegt?«

»Ethik Leistung und Mathe Grund.«

»Und die andern Leistungsfächer?«

»Deutsch und Englisch.«

»Aha, genau wie Ihre Freundin. Demnach haben Sie auch dieselben Lehrer?«

»Irgendwie logisch, oder? Wir machen auch sonst viel gemeinsam, falls Sie das auch interessiert.«

»Und sind Ihre Eltern auch so streng wie die von Frau Abele?«

»Was verstehen Sie unter streng? Unsere Eltern legen eben Wert auf eine gute Ausbildung, doch als streng würde ich meine nicht bezeichnen. Aber was haben meine Eltern mit dem Mord an Herrn Schirner zu tun?«

»Gar nichts, es war nur eine Frage. Ich nehme an, Sie sind mit Herrn Schirner ebenfalls bestens ausgekommen.«

»Klar, wer nicht? Schirner war der Größte«, sagte sie mit einem Augenaufschlag und in einem Ton, der Brandt irritierte und aufhorchen ließ.

»Er war der Größte? Er war doch nur ein Lehrer.«

»Trotzdem war er der Größte«, sagte sie mit gespielter Lässigkeit und veränderte ihre Haltung, indem sie jetzt das rechte über das linke Bein schlug und der Rock kaum noch ihre Scham verhüllte.

»Kann es sein, dass ich da eine Spur Zynismus aus Ihren Worten höre?«

»War's das?«, sagte sie, ohne seine Frage zu beantworten.

»Ich denke schon. Ihre Adresse und Telefonnummer habe ich ja. Es könnte sein, dass ich mich noch einmal mit Ihnen in Verbindung setze …«

»Warum? Ich hab Ihnen doch schon alles gesagt.«

»Solange ein Mordfall nicht geklärt ist, gibt es immer noch Fragen. Dann hab ich hier noch einen Gregor Auberg, wenn Sie mir den bitte rausschicken würden.«

Nach kaum zwei Stunden hatten Brandt und Eberl die Befragung der Schüler beendet und gingen wieder nach unten.

»Wie ist es bei dir gelaufen?«, fragte er.

»Null. Als hätten die sich alle abgesprochen. Aber vielleicht war Schirner ja tatsächlich so toll, und wir verrennen uns hier in was. Der Mord kann doch auch einen völlig anderen Hintergrund haben, oder?«

»Theoretisch ja, aber mein Bauch sagt mir, dass wir die Lösung hier in der Schule finden. Das ist alles so verdammt glatt, ich kann es nicht beschreiben, aber diese Antworten auf meine Fragen … Ganz gleich ob Lehrer oder Schüler, keiner hat was an Schirner auszusetzen. Doch ich kann mir beim besten Willen nicht vorstellen, dass hier alles eitel Sonnenschein ist. Es ist so verdammt glatt, zu glatt.«

»Womit hast du ein Problem? Dass es noch Schulen gibt, an denen man etwas lernt?«

»Blödsinn! Aber mal ehrlich, kommt dir das alles nicht auch ein bisschen sehr spanisch vor?«

»Schon, aber das muss doch nicht zwangsläufig heißen, dass hier ein Mörder rumläuft. Mir ist klar, dass Schirner einen Feind gehabt haben muss, sonst wäre er nicht so hingerichtet worden. Doch dieser Feind kann auch aus einem völlig anderen Umfeld stammen.«

»Und aus welchem? Schirner hatte angeblich keine Hobbys außer Lesen, mit dem Hund rauszugehen oder an seinem Buch zu schreiben. Wo sollen wir also den bösen Mann suchen, wenn nicht hier?«

»Ich weiß es doch auch nicht«, sagte Nicole Eberl schulterzuckend.

»Siehst du. Außerdem scheinen einige Schüler unter einem gewaltigen Druck zu stehen.«

»An welcher Schule ist das heutzutage nicht so? Das fängt doch schon in der Grundschule an.«

»Nein, das meine ich nicht. Kerstin Abele, die hat gestern auf dem Tisch gesessen und dauernd zu Boden geschaut. Vielleicht erinnerst du dich?«

»Ja.«

»Die hat mir gesagt, dass ihre Eltern ziemlichen Druck machen. Sie hat drei Leistungskurse belegt, obwohl sie in der Zehn schon mal hängen geblieben ist. Und bei ihrer Freundin Silvia Esslinger ist es genau das Gleiche, auch wenn sie's nicht zugeben will. Nur geht die mit dem Druck offenbar lockerer um.«

»Und?«

»Ich wollt's dir nur sagen. Die beiden kommen aus sehr guten Elternhäusern.«

»Schön. Aber das bringt uns auch nicht weiter.«

Brandt wollte gerade noch etwas hinzufügen, als ihnen eine der drei Sekretärinnen entgegenkam und ihm einen verschlossenen Umschlag gab.

»Ich habe schon auf Sie gewartet, wollte Sie aber nicht stören«, sagte sie. »Der lag vorhin auf meinem Tisch, Ihr Name steht drauf.«

»Wann haben Sie ihn bekommen, und von wem ist er?«

»Ich weiß es nicht, ich war eine ganze Weile am Kopierer, und im Sekretariat herrscht um diese Zeit ein ständiges Kommen und Gehen.«

»Danke«, sagte Brandt und wartete mit dem Öffnen des Umschlags, bis sie wieder allein waren. Er zog ein Blatt Papier heraus, überflog das Geschriebene und reichte es an Nicole Eberl weiter.

Sie sah Brandt an und meinte: »Was soll das heißen?«

»Das soll heißen, dass ich mit meiner Vermutung vielleicht doch nicht ganz Unrecht habe. ›Befassen Sie sich doch mal etwas eingehender mit Frau Russler.‹ Mit Maschine geschrieben, keine Unterschrift. Tja, dann bleibt mir wohl nichts anderes übrig, als der Freundin unserer Staatsanwältin heute Nachmittag mal einen kleinen Besuch abzustatten. Mal sehen, was sie uns bis jetzt verschwiegen hat.«

»Oder jemand will uns auf eine falsche Spur führen«, bemerkte Eberl.

»Glaub ich nicht. So was schreibt nur jemand, der über Insiderwissen verfügt. Hört sich hochtrabend an, was?«, sagte er grinsend.

»Viel Glück. Du willst das alleine machen?«

»Ja. Wir fahren jetzt erst mal zurück ins Präsidium, danach werde ich unsere Staatsanwältin ein bisschen über die Russler ausfragen.«

»Die riecht doch sofort den Braten.«

»Wieso sollte sie? Meine Fragen werden ganz unverbindlich sein, du kennst mich doch. Und das mit Greulich, ich meine, ich bitte dich nur ungern darum, das musst du mir glauben, aber vielleicht könntest du mit ihm einige der Schüler zu Hause aufsuchen und noch ein paar Fragen stellen und vor allem die Alibis überprüfen. Nur die Abele und die Esslinger, die überlass bitte mir.«

»Ich hätte sowieso nur die genommen, die ich auch vorhin befragt habe. Mach dir mal keine Gedanken, ich komme mit Greulich schon zurecht. Ich bin schließlich die Ranghöhere.«

»Du bist ein Schatz. Mir kribbelt's in den Fingern, ich spüre, dass wir allmählich hinter das geheimnisvolle Leben von Schirner kommen.«

»Meinst du, die Russler hat etwas mit seinem Tod zu tun?«

»Kann ich erst beurteilen, nachdem ich mit ihr gesprochen habe. Aber von meinem bisherigen Eindruck her würde ich eher sagen, nein. Komm, fahren wir, ich muss vor allem endlich was essen. Wie sieht's mit dir aus, ich lad dich ein.«

»Ich hab keinen Hunger.«

»Auch nicht auf Hamburger und Pommes? So 'nen richtig schönen fetten Hamburger mit richtig schönen fetten Pommes?«

»Überredet«, sagte Eberl verschämt lächelnd. Sie wirkte dabei wie eine junge Dame, die zum ersten Mal zum Tanz aufgefordert wird. »Und dazu einen richtig heißen Kaffee.«

»Na also, geht doch.«

Sie hielten an einer Imbissbude, aßen im Auto und kamen um dreizehn Uhr im Präsidium an. Brandt berichtete Spitzer in knappen Worten von den Befragungen, von dem unerwarteten Auftauchen von Elvira Klein in der Schule und zeigte ihm schließlich den anonymen Brief.

»Hm«, war der einzige Kommentar, den Spitzer dazu abgab. Dann legte er das Papier auf den Tisch und fuhr sich mit einer Hand durchs Haar.

»Mehr hast du nicht dazu zu sagen?«

»Was willst du hören? Es ist dein Fall, ich weiß nur das, was du mir erzählst, und das reicht mir. Du wirst das schon schaffen. Aber das mit der Klein würde ich mir noch mal überlegen. Ich bin da voll Nicoles Meinung, dass die Klein sofort merkt, wenn du …«

»Gar nichts wird die merken. Ich geh gleich mal rüber zu ihr, ein bisschen gute Luft machen, auch wenn's schwer fällt. Und sollten wir uns heute nicht mehr sehen …« Er winkte Spitzer zu und begab sich zur Staatsanwaltschaft. Diesmal wartete er höflich auf das Herein, nachdem er angeklopft hatte.

»Störe ich?«, fragte er und machte die Tür hinter sich zu.

»Im Moment ausnahmsweise nicht«, antwortete Elvira Klein und legte die Zeitung auf den Tisch. »Ich habe zwar gerade meine Mittagspause, aber ich nehme an, es ist wichtig, sonst wären Sie nicht hier.«

»Ich wollte mich nur wegen vorhin entschuldigen. Ich habe ja nicht wissen können, dass Sie Frau Russler kennen.«

»Ich habe selber nicht gewusst, dass sie jetzt als Lehrerin dort tätig ist. Was haben denn Ihre weiteren Ermittlungen ergeben?«

»Nichts von Bedeutung«, sagte Brandt und blieb stehen. »Wir haben bis jetzt nicht den geringsten Hinweis auf ein Motiv. Schirner scheint tatsächlich ein überaus integrer Mann gewesen zu sein.«

»Sag ich doch. Es gibt nicht viele Lehrer, an die ich mich erinnere, aber Schirner werde ich nie vergessen.«

»Waren Sie mit Frau Russler enger befreundet?«

»Wir waren sogar ziemlich gut befreundet. Wir haben gemeinsam die Oberstufe absolviert, aber nach dem Abi haben wir uns aus den Augen verloren, wie das eben so ist. Warum interessiert Sie das überhaupt?«

»Weil Sie sie gleich wiedererkannt haben.«

»Anja hat sich äußerlich kaum verändert. Ich weiß nicht, ob ich die andern alle wiedererkennen würde. Aber Sie sind doch sicherlich nicht gekommen, um sich mit mir über Frau Russler zu unterhalten«, sagte Elvira Klein mit misstrauischem Blick, lehnte sich zurück und wippte mit dem Sessel. »Wie wollen Sie weiter vorgehen?«

»Es wird eine sehr schwierige Kleinarbeit werden, wenn uns nicht Kommissar Zufall zu Hilfe kommt. Wir werden alle befragen, die in den letzten Wochen und Monaten mit Schirner zu tun hatten, und natürlich werden die Alibis der Schüler und Lehrer überprüft. Und wir werden seine Familie im Auge behalten.«

»Warum seine Familie?«

»Wenn jemand etwas über ihn sagen kann, dann wohl seine Frau und seine Kinder. Aber dazu will ich noch ein oder zwei Tage vergehen lassen, die haben den ersten Schock noch nicht überwunden«, log er.

»Haben Sie genügend Leute zur Verfügung?«

»Selbstverständlich. Frau Eberl, Herr Greulich und ich werden zusammenarbeiten. Und sollten alle Stricke reißen, bilden wir eine Soko.«

»Gut. Sie halten mich bitte ständig auf dem Laufenden, denn ich betrachte diesen Fall aus einem sehr persönlichen Blickwinkel, wenn Sie verstehen.« Sie hielt kurz inne, dann meinte sie: »Wenn es weiter nichts gibt, würde ich gerne die letzten Minuten meiner Mittagspause genießen, denn ich habe noch eine Menge zu tun.«

Das war eine unmissverständliche Aufforderung an Brandt, endlich zu verschwinden.

»Natürlich.«

Elvira Klein sah Brandt nach, bis er die Tür hinter sich zugemacht hatte, und kniff die Augen zusammen. Was wollte der eigentlich von mir?, dachte sie, schüttelte den Kopf und schlug die Zeitung wieder auf. Das Telefon klingelte, sie sah eine ihr bekannte Nummer auf dem Display und entschied sich, nicht abzunehmen. Es hatte schon gereicht, von Brandt gestört worden zu sein. Mittagspause.

Donnerstag, 14.45 Uhr

Brandt hatte sich den Auftritt bei Elvira Klein anders vorgestellt, doch als er den ersten Anflug von Misstrauen in ihren Augen aufblitzen sah, nahm er von seinem Plan Abstand, noch mehr Informationen über Anja Russler einzuholen. Eberl und Spitzer hatten doch Recht behalten, musste er sich eingestehen. Er fragte sich, warum die Klein so hart und so unnachgiebig war. Die schöne Staatsanwältin, intelligent, wortgewandt, doch leider setzte sie diese Wortgewandtheit zu häufig falsch ein, indem sie überaus spöttisch und auch verletzend sein konnte. Es war keine Liebe auf den ersten Blick zwischen ihm und Elvira Klein gewesen, und es würde auch nie eine Liebe werden, nicht auf den zweiten und auch nicht auf den tausendsten Blick. Ihre Wurzeln lagen in den so genannten besseren Kreisen, der Vater ein angesehener und reicher Anwalt, er hingegen stammte aus einer bürgerlichen Familie, mit einem simplen Polizisten als Vater und einer italienischen Mutter. Aber er war stolz auf seine Eltern, auf das, was sie ihm mit auf den Weg gegeben hatten, und dass sie auch heute noch immer für ihn da waren, wenn er ihre Hilfe brauchte.

Es waren kurze Gedanken, die durch seinen Kopf schossen, als er auf dem Weg zu Anja Russler war. Die Sonne schien wie schon seit Tagen von einem blassblauen Himmel, die Nächte waren sternenklar wie selten, die Kälte hatte die Herrschaft über die Natur übernommen, alles war gefroren, die Erde, die Bäume, selbst viele Wasserrohre waren eingefroren. Er hatte die Heizung auf die höchste Stufe gestellt, das Radio lief leise. Die Straßen waren wie immer um diese Zeit relativ leer. Erst in einer Stunde würden die Pendler, die zumeist in Frankfurt arbeiteten, zuhauf in ihre kleinen Städte und Dörfer im Umland zurückkehren.

Anja Russler wohnte in einem recht neuen Mehrparteienhaus in einer ebenso neuen Siedlung. Brandt hatte keine Mühe, einen Parkplatz zu finden. Er hoffte, sein Weg war nicht umsonst. Natürlich hätte er sie vorher über sein Kommen informieren können, aber er wollte sie überraschen, ihr keine Gelegenheit geben, sich Antworten auf mögliche Fragen zurechtzulegen. Er stieg aus – der eisige und böige Wind schien in dieser Ecke besonders eisig und böig zu sein –, schlug den Kragen seiner Jacke hoch und lief mit schnellen Schritten auf das Haus zu. Ihr Name stand neben der Klingel. Er drückte den Knopf, wartete und dachte schon, sein Weg wäre umsonst gewesen, als sich eine weibliche Stimme durch die Sprechanlage meldete.

»Frau Russler?«

»Ja.«

»Brandt, Kripo Offenbach. Ich hätte da noch ein paar Fragen.«

»Zweiter Stock, links.«

Er nahm jeweils zwei Stufen auf einmal. Anja Russler stand in der Tür und schien nicht sonderlich verwundert über sein Erscheinen zu sein.

»Entschuldigen Sie die Störung, aber …«

»Ich bin erst seit zehn Minuten daheim«, unterbrach sie ihn, »aber kommen Sie ruhig rein.« Sie hatte sich bereits umgezogen und trug jetzt eine leger geschnittene Jeans, ein flauschiges weißes Sweatshirt und an den Füßen dicke Wollsocken, die sie am unteren Ende der Wade umgekrempelt hatte. Es war angenehm warm, aber nicht zu warm, die Luft nicht so trocken wie bei ihm zu Hause. Zwei Duftlampen verbreiteten einen beinahe betörenden Duft. Anja Russler selbst sah jetzt wesentlich besser aus als in der Schule, etwas Magisches ging von ihr aus, etwas, das Brandt nicht beschreiben konnte.

»Sie wohnen allein?«

»Ja. Aber setzen Sie sich doch. Möchten Sie auch einen Tee?«

»Gerne.«

Sie ging in die Küche. Er schaute sich um, und was er sah, zeugte von gutem Geschmack. Die Wohnung war modern und nüchtern eingerichtet und strahlte trotzdem eine gemütliche Atmosphäre aus. Auf den hellgrauen Fliesen lagen scheinbar wahllos verteilt mehrere kleine Teppiche, die hellblaue Couchgarnitur passte zu der jungen Frau, genau wie die aus Kiefer gefertigte Essgruppe und der Schrank. An einer Wand war ein breites Bücherregal, zwei Bücher lagen auf dem Tisch, Kriminalromane.

Er hörte sie hantieren. Sie kam mit einem kleinen Honigtopf zurück, stellte ihn auf den Tisch und holte zwei Tassen aus dem Schrank. »Ich hoffe, Sie mögen Lapachotee.«

»Ich habe ihn noch nie getrunken.«

»Es dauert noch ungefähr fünf Minuten, bis er gezogen hat. Ich trinke jeden Tag zwei Tassen davon. Für die Inkas war Lapacho ein Heilmittel, sogar die Wikinger haben damit gehandelt.« Wieder was gelernt, dachte Brandt. Sie begab sich erneut in die Küche und kehrte kurz darauf mit einer Kanne zurück. Anja Russler setzte sich Brandt gegenüber in einen Sessel. »Was kann ich für Sie tun?«

»Was können Sie für mich tun? Ich hoffe, Sie können mir weiterhelfen, was den Tod von Herrn Schirner angeht.«

»Wieso ausgerechnet ich?«

»Um es kurz zu machen, das hier wurde heute im Sekretariat abgegeben«, erwiderte Brandt und reichte ihr den Zettel.

Sie las, schüttelte den Kopf und sagte: »Ich kann damit nichts anfangen.«

»Ich auch nicht, deshalb bin ich hier. Und ich glaube auch nicht, dass sich jemand einen üblen Scherz erlaubt hat.«

»Und wenn es doch nur ein übler Scherz ist?«

»Sie sind geschieden?«

»Wie kommen Sie darauf?«

»Diese Begegnung vorhin im Lehrerzimmer, als Sie mit Köhler angesprochen wurden. Deshalb vermute ich, dass Sie verheiratet waren und jetzt geschieden sind.«

»Ja, es stimmt, ich war verheiratet, aber nur etwas über ein Jahr. Ich habe zu spät erkannt, dass die so genannte Liebe keine Liebe war. Und bevor ich mich innerlich zerfleische … Na ja, ich habe ihm meine Gefühle mitgeteilt, wir haben uns scheiden lassen, obwohl ich jetzt in Saus und Braus leben könnte, denn er ist nicht unvermögend, aber wir sind immer noch Freunde.«

»Wie standen Sie denn zu Herrn Schirner?«

»Was meinen Sie damit, wie ich zu ihm gestanden habe?«

»Also gut, dann formuliere ich die Frage eben anders. Waren Sie nur Kollegen oder lief da mehr zwischen Ihnen?«

Sie beugte sich nach vorn, schenkte den Tee ein, gab in ihre Tasse einen Löffel Honig und rührte um. »Ich weiß nicht, ob Sie auch Honig möchten, aber er verfeinert den Geschmack.«

»Sie haben meine Frage nicht beantwortet.«

»Sie wollen also wissen, ob ich ein Verhältnis mit ihm hatte.« Sie nippte an dem noch heißen Tee und fuhr fort: »Früher oder später würden Sie's ja sowieso rausfinden. Ja, ich hatte ein Verhältnis mit ihm, aber das konnte ich doch unmöglich in der Schule vor all den andern sagen. Allerdings habe ich es im letzten Herbst beendet, und zwar am 12. Oktober gegen dreiundzwanzig Uhr. Sie werden sich jetzt fragen, woher ich das noch so genau weiß, aber es war ein denkwürdiger Abend. Details möchte ich Ihnen jedoch ersparen. Werde ich jetzt verdächtigt, ihn umgebracht zu haben?« Ihre Augen blitzten für einen Moment spöttisch auf, aber es hatte nichts Verletzendes.

»Ich verdächtige noch niemanden. Wie lange lief das zwischen Ihnen?«

»Ein knappes Jahr. Er hat wohl gemerkt, dass es mir nach meiner Scheidung nicht sonderlich gut ging, und ich war froh, jemanden zu haben, der mir zuhörte und auch sonst einiges gab. Und wenn Sie wissen wollen, ob ich diese Affäre bereue – nein, tue ich nicht. Er war verheiratet, und es war seine Entscheidung.«

»Was wissen Sie über seine Ehe? Er hat Ihnen doch sicherlich einiges darüber erzählt.«

Sie lächelte, als sie antwortete: »Ich habe seine Frau einmal kennen gelernt, und da wusste ich, dass zwischen den beiden nichts mehr lief. Absolut nichts. Sie haben sie doch auch gesehen und einen Eindruck von ihr gewonnen. Erst wollte ich es nicht glauben, wenn er erzählt hat, dass sie den ganzen Tag nur putzt und wäscht und bügelt, dass sie jeden Morgen, sieben Tage in der Woche, um genau dieselbe Uhrzeit aufsteht und jeden Abend um Punkt zehn im Bett liegt. Ich war dort gewesen, um mir ein paar Unterlagen abzuholen, und ich sage Ihnen, in diesem Haus hätte ich es keine fünf Minuten länger ausgehalten. Und er war fast fünfundzwanzig Jahre mit ihr verheiratet. Sie hatten keine gemeinsamen Interessen, er war ihr intellektuell haushoch überlegen, und da ist es doch irgendwie logisch, wenn er sich jemanden sucht, mit dem er wenigstens ab und zu mal reden kann.«

»Das konnte er doch auch mit seinem Freund, Herrn Teichmann.«

»Ertappt«, sagte sie und lächelte wieder so liebenswürdig. »Natürlich haben wir auch miteinander geschlafen, sonst wäre es ja keine Affäre gewesen. Er war ein sehr zärtlicher Mann.«

»Und warum haben Sie dann diese Beziehung beendet?«

»Irgendwer muss das rausgekriegt haben.«

»Jemand aus der Schule?«

»Anzunehmen. Jedenfalls habe ich das gemerkt und kurzerhand beschlossen, die Sache zu beenden.«

»Hätten Sie denn Schwierigkeiten bekommen können?«

»Ich gehöre nicht zu den Menschen, die gerne auf Konfrontationskurs gehen. Ich wollte einfach einen Streit mit seiner Frau vermeiden. Wissen Sie, wenn die in der Schule das spitzkriegen, ist es nicht weit, bis es auch seine Frau weiß. Außerdem glaube ich nicht, dass er sich wirklich von ihr trennen wollte, obwohl er es immer wieder betont hat.«

»Und wenn er sich von seiner Frau getrennt hätte?«

»Gute Frage. Nein, ich hätte ihn nicht geheiratet, ich hätte nicht einmal mit ihm zusammenleben wollen.«

»Und warum nicht?«

»Er war achtzehn Jahre älter und hatte seine Macken. Ich hätte ihm zum Beispiel nie die Unterhosen oder die Socken gebügelt, ich hätte ihm nie sein Leibgericht Rheinischer Sauerbraten kochen können. Er war es aber gewohnt, diese Dinge von seiner Frau zu bekommen. Er war nicht glücklich mit ihr, aber er konnte auch nicht ohne sie leben. Mich hatte er zum Reden und fürs Bett. Und mehr wollte ich auch nicht.«

»Nachdem Sie Schluss gemacht haben, gab es da keine Probleme, wenn Sie sich in der Schule über den Weg gelaufen sind?«

»Nein, überhaupt nicht. Er hat meine Entscheidung akzeptiert, und das war's.«

»Leben Sie wieder in einer Beziehung?«

Sie schüttelte den Kopf. »Nein, ich will vorläufig mit Männern nichts zu tun haben. Nennen Sie es von mir aus einen Selbstfindungstrip.«

»Haben Sie sich jemals gestritten?«

»Ich sagte Ihnen doch schon, dass ich Streit aus dem Weg gehe, sofern es sich machen lässt. Und bei Rudolf war es nicht anders. Nur einmal sind wir uns in die Haare geraten, aber das war in der Schule und liegt schon lange zurück.«

»Eine andere Frage – hatte Herr Schirner außer mit Ihnen noch weitere Affären?«

»Keine Ahnung, aber ich würde es nicht ausschließen. Zumindest kursieren Gerüchte.«

»Aha. Und was für Gerüchte?«

»Da soll noch was mit einer andern Kollegin gelaufen sein.«

»Vor oder nach Ihnen?«

»Schon wieder ertappt … Nach mir. Ich kann es aber nicht beweisen.«

»Und dürfte ich auch den Namen der potenziellen Liebschaft erfahren?«

»Es sind doch nur Gerüchte, und ich will keinem was anhängen, was nicht stimmt«, versuchte sie sich herauszuwinden, was Brandt aber ignorierte.

»Ich kann die betreffende Dame doch fragen, ohne Ihren Namen zu nennen. Es ist alles absolut vertraulich.«

»Und Sie versprechen, mich nicht zu erwähnen?«

»Sie können sich drauf verlassen.«

»Raten Sie. Sie haben jedenfalls schon mit ihr gesprochen.«

Brandt überlegte und sagte nach einer Weile: »Frau Denzel?«

»Bingo. Sie sieht ja auch nicht gerade schlecht aus, und sie ist ledig, während die meisten männlichen Kollegen verheiratet sind. Es heißt, sie soll schon mit mehreren was gehabt haben.«

»Schau, schau, es ist also doch nicht alles so perfekt an der Schule, wie man mir anfangs weismachen wollte.«

Anja Russler lachte auf, trank ihre Tasse aus und stellte sie auf den Tisch. »Was glauben Sie, wie viele meiner werten Kollegen und Kolleginnen es mit der ehelichen Treue nicht so ernst nehmen? Man muss nur genau hinschauen, und schon merkt man, dass da was läuft. Doch wir Lehrer sind auch nur Menschen.«

»Aber mit Gerüchten sind doch auch immer Namen verbunden.«

»Sie haben einen Namen, und das muss reichen, denn ich werde einen Teufel tun und jemanden anschwärzen. Die Denzel hatte was mit Schirner, wer noch was mit wem hat – sorry, aber ich verbrenne mir nicht den Mund. Außerdem denke ich, dass es die Angelegenheit eines jeden Einzelnen ist, was er tut, solange der Unterricht nicht darunter leidet. Und bisher kann ich nur sagen, dass ich froh bin, am Georg-Büchner-Gymnasium unterrichten zu dürfen.«

»Wie ist denn so die momentane Stimmung in der Schule? Vor allem unter den Lehrern.«

»Erstaunlich locker, auch wenn die meisten vorgeben, furchtbar traurig zu sein. Einige sind es bestimmt, aber das Gros heuchelt nur.«

»Und Sie?«

»Ich bin nicht so erschüttert, wie ich es vielleicht sein sollte. Ich frage mich vielmehr, wer so etwas tun konnte. Was geht in einem solchen Menschen vor, der einen andern, den er wahrscheinlich gar nicht kennt, einfach so umbringt? Was läuft da verkehrt?«

»Jeder Mordfall ist anders, und hinter jedem steckt ein anderes Motiv … Aber sagen Sie, ist das nicht schwer, von ehemaligen Lehrern mit einem Mal als Kollegin akzeptiert werden zu müssen? Ich meine, Sie waren vor gar nicht allzu langer Zeit noch die Schülerin von Herrn Schirner, und ein paar Jahre später …«

»Nein«, unterbrach sie Brandt, »ich hatte keinerlei Schwierigkeiten, was nicht zuletzt auch an Herrn Schirner lag. Ich hatte auch schon Herrn Teichmann und Frau Engler in der Oberstufe als Lehrer.«

»Seit wann unterrichten Sie dort?«

»Seit vier Jahren. Mit Beginn dieses Schuljahres wurde ich zur Vertrauenslehrerin gewählt, aber ich kämpfe immer noch darum, den Beamtenstatus zu bekommen. Ich will einfach diese Sicherheit haben.«

»Und wie stehen die Chancen?«

»Im Augenblick ganz gut.«

»Was ist eigentlich die Aufgabe einer Vertrauenslehrerin?«, wollte Brandt wissen.

»Die Schüler, in meinem Fall vornehmlich Schülerinnen, kommen mit allen möglichen Problemen zu mir. Stress mit den Eltern, Stress mit Lehrern, Stress mit dem Freund, im schlimmsten Fall, weil eine von ihnen schwanger ist und nicht weiß, was sie machen soll.«

»Gab es so etwas schon einmal? Ich frage nur, weil ich eine vierzehnjährige Tochter habe und für alle Eventualitäten gewappnet sein möchte.«

»Ich hatte gerade kürzlich einen solchen Fall. Siebzehn Jahre alt, hoch begabt, eine der besten Schülerinnen in der Klasse und dazu Eltern, die vor Stolz auf ihre tolle Tochter fast platzen. Ein One-Night-Stand nach einem Discobesuch, und zack, schon hat es peng gemacht. Sie hat abgetrieben, obwohl ich ihr nicht dazu geraten habe, vielleicht, weil ich selbst keine Kinder bekommen kann und mir eigentlich nichts sehnlicher wünsche, als eine Familie zu haben. Ich wollte immer drei Kinder, zwei Mädchen und einen Jungen«, sagte sie mit verklärtem und traurigem Blick zugleich. »Im Nachhinein denke ich aber, es war besser, dass sie sich dazu entschlossen hat. Sie wird in Zukunft jedenfalls besser aufpassen … Sie sollten Ihren Tee trinken, bevor er kalt wird.« Sie deutete auf die noch unberührte Tasse.

»Ah ja, hab ich über meiner Fragerei ganz vergessen. Mit Honig, haben Sie gesagt?«

»Sie können auch Zucker haben, aber ich bevorzuge Honig, weil er einfach gesünder ist.«

Brandt trank den nur noch lauwarmen Tee und nickte anerkennend. »Schmeckt hervorragend. Wie heißt der noch mal?«

»Lapacho. Aber nicht mehr als zwei Tassen pro Tag.«

»Werd ich mir merken. Eine andere Frage – Kerstin Abele und Silvia Esslinger sind doch auch Schülerinnen von Ihnen. Meine Kollegin und ich haben heute mit allen Schülern gesprochen, unter anderem auch mit Frau Abele und Frau Esslinger. Dabei hat vor allem Frau Abele nicht gerade den glücklichsten Eindruck gemacht.«

»Es sind junge Menschen, die noch auf der Suche sind. Mehr kann ich Ihnen nicht sagen.«

»Können oder wollen Sie nicht? Ich weiß von Frau Abele, dass sie zu Hause Probleme hat …«

»Herr Brandt, alles, was man mir als Vertrauenslehrerin anvertraut, unterliegt der Schweigepflicht. Wenn man Ihnen freiwillig Auskunft gibt, gut, wenn nicht, ich werde nichts sagen. Außerdem dürfen Sie nicht vergessen, dass der Verlust von Herrn

Schirner für alle ein Drama ist und viele Schüler sich jetzt fragen, wie es weitergehen wird. Er war ein Bilderbuchlehrer. Ich wünschte, es gäbe mehr von seiner Sorte, dann würde unser Bildungssystem nicht so kränkeln.«

»Was war denn das Besondere an seinen Unterrichtsmethoden?«

»Motivation. Schlicht und ergreifend Motivation. Er hat den Stoff so präsentiert, dass jeder zwangsläufig mitgerissen wurde. Das ist eine Fähigkeit, die leider nur wenige besitzen. Ich gebe mir jedenfalls die größte Mühe, seine Methoden zumindest ansatzweise anzuwenden.«

»Und es gibt niemanden, der mit ihm im Clinch lag? Schüler, Lehrer, vielleicht sogar Eltern?«

»Nicht dass ich wüsste. Natürlich gibt es Schüler, die auch mit dem besten Lehrer nicht zurechtkommen, aber ich könnte Ihnen keinen nennen, der deswegen einen Mord begehen würde. Außerdem kommt es auf unserer Schule so gut wie nie zu irgendwelchen gewalttätigen Auseinandersetzungen. Wie Sie vielleicht bemerkt haben, gibt es auch keine Graffitis oder andere Schmierereien an den Wänden.«

»Und unter den Kollegen ist auch keiner, der ihn nicht mochte? Ich kann mir diese absolute Harmonie einfach nicht vorstellen. Keinerlei Konflikte, keine Auseinandersetzungen, keine lauten Worte, nichts dergleichen?«

»Ich muss Sie enttäuschen, aber es ist so. Konflikte sind zwar nie ganz zu vermeiden, aber bei uns halten sie sich absolut im Rahmen. Du meine Güte, jeder von uns hat mal einen schlechten Tag. Man kommt mit schlechter Laune in die Schule, irgendeiner macht eine dumme Bemerkung, und schon gibt ein Wort das andere. Nur, reicht das für einen Mord? Ich fürchte, Sie werden woanders suchen müssen.«

»Okay, belassen wir's vorerst dabei. Vielen Dank für Ihre Offenheit und auch für den Tee. Ich werd mir gleich welchen besorgen.«

»Aber bitte nur aus dem Reformhaus. Auf keinen Fall Teebeutel. Im Reformhaus kann man in der Regel auch Literatur über Lapachotee kaufen. Sollten Sie auf jeden Fall tun und sich genau an die Anweisungen halten.«

Brandt reichte Anja Russler die Hand. Sie begleitete ihn zur Tür. Er blieb stehen und sagte: »Ich hätte doch noch eine Frage. Mir ist aufgefallen, dass nur sehr wenige Ausländer an Ihrer Schule sind. Hat das einen bestimmten Grund?«

»Nein, aber wir sind ein reines Gymnasium, und da ist der Ausländeranteil in der Regel geringer als an Gesamtschulen. Zu uns kann jeder kommen, der die nötigen Voraussetzungen mitbringt.«

»Tschüs und schönen Tag noch«, verabschiedete sich Brandt, stoppte aber mitten in der Bewegung und drehte sich noch mal um. »Diese junge Frau heute Vormittag, ich habe ihren Namen vergessen …«

»Elvira Klein. Was ist mit ihr?«

»Sind Sie befreundet oder …«

Anja Russler lachte warm auf, schüttelte den Kopf und antwortete: »Um Himmels willen, nein. Wir haben uns seit dem Abi nicht mehr gesehen, und das ist auch gut so. Ich weiß selber nicht, was sie in der Schule wollte. Wahrscheinlich war das mal wieder einer ihrer großen Auftritte, um sich in Erinnerung zu bringen. Ihr hat bisher wohl nur der passende Anlass gefehlt. Ich hatte nie einen Draht zu ihr, auch wenn sie vorhin so getan hat, als wären wir die besten Freundinnen. Ich glaube, keiner hat sie wirklich gemocht, weil sie jedem zeigen musste, dass sie etwas Besseres ist. Ihr Vater ist ein Promi-Anwalt, und mit ihr klarzukommen war fast unmöglich. Wenn es jemanden gibt, auf den der Begriff Zicke zutrifft, dann auf sie. Aber vielleicht hat sie sich ja auch geändert. Andererseits habe ich immer so getan, als würde ich auf ihrer Seite stehen.« Sie grinste und fuhr fort: »Hab ich vorhin nicht was von Heuchlern gesagt? Ich war auch so eine, wahrscheinlich bin ich's immer noch.«

»Jetzt bin ich aber endgültig weg, ich habe Ihre Zeit schon viel zu lange in Anspruch genommen. Bis dann.«

»Keine Ursache. Ich hoffe, ich habe Ihnen wenigstens ein bisschen helfen können.«

Peter Brandt setzte sich in den eiskalten Wagen, startete den Motor und fuhr zwei Straßen weiter, hielt an und tippte die Nummer von Nicole Eberl ein.

»Hi, ich bin's. Ich komme gerade von der Russler. Jetzt halt dich fest – sie hatte eine Affäre mit Schirner. Und die Denzel vermutlich auch. Mehr dazu nachher im Präsidium. Ich schau mal, ob ich die Denzel antreffe. Vielleicht bestätigt sie mir, dass sie eine Beziehung mit Schirner hatte. Wie kommt ihr voran?«

»Später«, sagte sie nur kurz angebunden und beendete das Gespräch.

Du klingst nicht gut, dachte Brandt und konnte sich den Grund dafür vorstellen. Was heißt später. Ich mach heute spätestens um sechs die Fliege. Bevor er weiterfuhr, rief er noch bei seinen Eltern an und sagte, er hole Sarah und Michelle um halb sieben ab. Dann zog er den Zettel mit den Namen, Adressen und Telefonnummern der Lehrer aus der Jackentasche, warf einen Blick darauf und tippte die Nummer von Katharina Denzel ein, die bereits nach dem ersten Läuten den Hörer abnahm, als hätte sie auf einen Anruf gewartet. Er meldete sich und sagte, er komme gleich vorbei, um ihr ein paar Fragen zu stellen. Sie erwiderte, sie sei eigentlich gerade auf dem Sprung, eine Freundin zu besuchen. Daraufhin bat er sie, sich noch ein wenig zu gedulden, er halte sie auch nicht lange auf.

Auf der Fahrt zu ihr musste er grinsen, als er daran dachte, was Anja Russler über Elvira Klein gesagt hatte. Du warst also immer schon ein kleines Miststück und hast dich bis heute nicht einen Deut geändert. Ganz im Gegenteil. Aber mal sehen, ob ich dir nicht doch noch beikomme. Und du hast mich angelogen, als du behauptet hast, du wärst mit Anja Russler gut befreundet gewesen. Doch vielleicht lügst du dir auch nur selbst in die Tasche, weil du wahrscheinlich in deinem ganzen Leben noch keine Freundin hattest.

Donnerstag, 16.05 Uhr

Katharina Denzel empfing Brandt mit kühler Distanziertheit. Der Duft von Shalimar umwehte sie. Er kannte diesen Duft zur Genüge von seiner Exfrau, doch jetzt mochte er ihn nicht mehr.

»Kommen Sie rein, aber ich habe wirklich nicht viel Zeit.«

»Die habe ich auch nicht, trotzdem muss ich sie mir nehmen«, entgegnete Brandt mit stoischer Ruhe und setzte sich unaufgefordert auf die Couch. Die Wohnung war elegant eingerichtet und passte zum äußeren Erscheinungsbild dieser attraktiven Frau. Er hatte im Laufe der Jahre bei der Polizei festgestellt, dass die Wohnungseinrichtung in der Regel ein Spiegel der Persönlichkeit des Besitzers war. Auch hier fühlte er sich darin bestätigt.

Katharina Denzel zündete sich eine Zigarette an und nahm ebenfalls Platz. »Was kann ich für Sie tun?«

»Ich hoffe, Sie können mir etwas über Herrn Schirner sagen. Wie Sie sich vorstellen können, sind die meisten in der Schule vor all den andern eher befangen, deshalb statte ich jedem Lehrer einen persönlichen Besuch ab.«

»Und was erhoffen Sie sich von mir zu erfahren?«

»Nun, zum Beispiel, was Sie über das Privatleben von Herrn Schirner wissen.«

»Machen Sie Witze? Glauben Sie vielleicht, ich kenne das Privatleben meiner Kollegen? Es gibt wahrlich Wichtigeres, als sich auch noch damit auseinander zu setzen.«

»Nein, ich mache keine Witze. Wie war denn Ihr Verhältnis zu ihm?«

»Was für ein Verhältnis? Wir haben zum Teil dieselben Schüler unterrichtet, mehr nicht.«

»Frau Denzel, hören wir auf, um den heißen Brei herumzureden. Mir ist zu Ohren gekommen, dass Sie und Herr Schirner mehr als nur beruflich miteinander zu tun hatten. Ist da was dran?«

Sie machte ein verächtliches Gesicht und sagte: »Wer behauptet das? Na ja, ich kann's mir schon denken.«

»Das glaube ich nicht. Beantworten Sie doch einfach nur meine Frage. Hatten Sie eine Affäre mit ihm?«

»Und wenn? Gehöre ich damit zu den üblichen Verdächtigen?«

»Sie und Herr Schirner hatten also eine Liebschaft. Wann fing das an und wann hörte es auf, oder war sein Tod das automatische Ende?«

»Ja.«

»Was ja?«

»Wir hatten private Kontakte, aber nur sporadisch.«

»Was heißt sporadisch? Jeden Tag, einmal in der Woche, einmal im Monat?«

»Zweimal in der Woche, immer dienstags und donnerstags. Es war rein sexueller Natur, er suchte seine Befriedigung, ich meine. Und ich muss zugeben, er war ein guter Liebhaber. Ich glaube, seine Frau weiß gar nicht, was ihr alles entgangen ist.«

»Sie kennen seine Frau?«

»Nur von seinen Schilderungen, die allerdings sehr glaubhaft waren. Und nachdem ich sie einmal vor dem Haus beobachtet habe … Mein Gott, Trudchen vom Lande ist dagegen eine Hure. Kein Wunder, dass er seinen Trieb woanders ausgelebt hat.«

»Und seit wann ging das?«

»Von Oktober bis Dienstag. Am Dienstag war er das letzte Mal bei mir.«

»Wann am Dienstag?«

»Wie immer zwischen sechzehn und achtzehn Uhr.«

»Hm, das heißt, Sie gehören außer seiner Familie zu den letzten Personen, die ihn lebend gesehen haben. Wirkte er vorgestern irgendwie nervöser als sonst, bedrückt oder ängstlich?«

»Nein, ganz und gar nicht. Wir haben miteinander geschlafen, und ein Mann, der unter starkem psychischem Druck steht, bringt's in der Regel nicht. Nein, er wirkte weder ängstlich noch nervös. Wir hatten uns für heute verabredet, aber da hat uns jemand einen Strich durch die Rechnung gemacht. Aber so ist halt das Leben – unkalkulierbar.«

»Sie sind nicht verheiratet oder in einer festen Beziehung?«

»Weder noch. Ich brauche meine Freiheit, und bis jetzt bin ich sehr gut damit gefahren. Da ist keiner, der mir vorschreibt, was ich zu tun und zu lassen habe, keiner, auf den ich Rücksicht nehmen muss … Übrigens, bevor ich's vergesse, ich war nicht die Einzige, mit der er was hatte. Fragen Sie doch mal Frau Russler, die kann Ihnen bestimmt eine Menge mehr über Rudolf erzählen«, sagte sie mit süffisantem Lächeln. »Er hat sich immer nur das beste Fleisch ausgesucht, ein Gourmet im wahrsten Sinne des Wortes. Er wusste eben, wo man besonders gut essen kann.«

»Sie mögen Frau Russler nicht?«

»Nicht mögen wäre zu viel gesagt. Wir gehen uns aus dem Weg, so weit das möglich ist. Ich habe aber nichts gegen sie persönlich, sie ist eine hervorragende Lehrkraft.«

»Wie lange sind Sie schon an der Schule?«

»Seit zwei Jahren. Davor habe ich in Frankfurt am Goethe-Gymnasium unterrichtet.«

»Und wie kam Ihre Liaison zustande?«

»Wir hatten eine Fortbildung, er hat mich zum Essen eingeladen, und ab da hat sich alles von allein entwickelt.«

»Hatte er Feinde innerhalb des Kollegiums? Ich meine, es kann doch sein, dass ein anderer Lehrer eifersüchtig oder neidisch auf ihn war, wenn es stimmt, was Sie mir erzählen.«

»Schon möglich, dass es den einen oder andern gibt, aber ich bin wahrlich keine Ausnahme, was die zwischenmenschlichen

Beziehungen unter den Lehrern betrifft, wenn Sie verstehen, was ich meine.«

»So etwas Ähnliches habe ich heute schon mal gehört. Hatten Sie außer mit Herrn Schirner noch mit einem oder mehreren Lehrern der Schule …«

»Nein«, antwortete sie, bevor er die Frage zu Ende stellen konnte. »Rudolf, Herr Schirner, war der Einzige. Ich bin keine Nymphomanin, falls Sie das denken sollten. Es war ein Abenteuer, auf das ich mich eingelassen habe, und ich habe es nicht bereut. Manch einer mag sagen: Wie kann die bloß mit einem verheirateten Mann, der dazu noch fünfzehn Jahre älter ist? Ich habe ihn nicht gezwungen, er hat den ersten Schritt gemacht. Und ich beteuere, es tut mir in der Seele weh, dass er tot ist. Er hat so etwas nicht verdient. Er war ein großartiger Mann und ein großartiger Mensch. Er hat es verstanden, auf Frauen einzugehen, eine Gabe, die nicht viele Männer besitzen. Sein Einfühlungsvermögen war geradezu grandios. Ich nehme an, seinem Charme konnte sich kaum eine Frau entziehen. Nur seine Frau hat offenbar nicht zu würdigen gewusst, was sie an ihm hatte. Wir haben uns einmal lange über seine Ehe unterhalten, und er hat mir gesagt, dass er seine Frau liebt, aber nicht mehr mit ihr leben kann. Er konnte auch nicht mehr mit ihr reden, es gab keine Unterhaltungen zwischen ihnen, obwohl sie eine hervorragende Ausbildung genossen hat. Aber irgendwann muss etwas passiert sein, das sie zu dem gemacht hat, was sie heute ist. Egal, er hat gesagt, er würde sich gerne von ihr trennen, aber ich weiß, er hätte es nie getan, weil er diese mütterliche Fürsorge brauchte. Dazu kommt, dass sie schon seit über acht Jahren nicht mehr mit ihm geschlafen hat, und das war für einen Mann wie ihn natürlich die Hölle. Also suchte er sich für die körperlichen Bedürfnisse einen Ersatz. Und einer davon war ich. Allerdings habe ich schon mit dem Gedanken gespielt, die Sache zu beenden.«

»Und warum?«

»Ich sagte doch schon, ich brauche meine Freiheit. Rudolf hat angefangen mich einzuengen. Wir hatten den Dienstag und Donnerstag als festen Termin für unsere Treffen, aber vor kurzem hat er gesagt, dass wir uns doch auch öfter treffen könnten. Das wollte ich aber nicht.«

»Verstehe. Ich lasse Ihnen meine Karte hier. Sollte Ihnen noch irgendetwas einfallen, rufen Sie mich bitte an, ich bin jederzeit zu erreichen. Und es wäre gut, wenn Sie unser Gespräch vertraulich behandeln würden.«

Zum ersten Mal lachte sie auf. »Glauben Sie vielleicht, ich gehe mit meinem Liebesleben hausieren? Einige in der Schule ahnen zwar, dass da was zwischen Rudolf und mir war, aber wissen tut's keiner, hoffe ich jedenfalls. Und das soll auch so bleiben. Noch sind es nur Gerüchte, doch die werden bald verstummen. Wie heißt es so schön – der Tod heilt alle Wunden. Entschuldigung, ich wollte nicht pietätlos erscheinen.«

»Keine Ursache, ich bin ganz andere Sachen gewohnt. Schönen Tag noch.«

»Ihnen auch. Und hoffentlich finden Sie den Killer bald. Ich drücke Ihnen beide Daumen.«

»Wir tun, was wir können. Und je mehr Hilfe und Informationen wir bekommen, desto eher werden wir den Fall lösen.«

Es war fast siebzehn Uhr, als Brandt sich auf die Rückfahrt ins Präsidium machte. Er ließ noch einmal die Aussagen von Anja Russler und Katharina Denzel Revue passieren und fand keine Ungereimtheiten. Die Antworten waren ziemlich identisch, wirkten aber nicht abgesprochen. Zwei Frauen im besten Alter hatte Schirner sich in den letzten anderthalb Jahren ausgesucht, doch wenn seine Frau sich ihm schon seit acht Jahren verweigert hatte, dann konnte er Schirner zum einen verstehen, zum andern musste es aber auch weitere Damen geben, bei denen er seine sexuellen Bedürfnisse in der Vergangenheit gestillt hatte. War es doch eine der Frauen? Oder eine, deren Liebe von Schirner verschmäht wurde, aus welchem Grund auch immer.

Vielleicht sogar die so unscheinbare Helga Schirner selbst? Nein, dachte Brandt nach einigem Überlegen, die Schirner wäre niemals zu einem Mord fähig, schon gar nicht an dem Mann, für den sie alles getan und geopfert hatte und der ein wesentlicher Teil ihres Lebensinhalts gewesen war. Noch war es ein wabernder Nebel, durch den er lief, aber das Bild, das er von Schirner gewann, nahm immer deutlichere Konturen an. Einen Heiligenschein trug er jedenfalls nicht. Die Lösung liegt in der Schule, dachte er, ich müsste mich da schon gewaltig täuschen.

Donnerstag, 17.35 Uhr

Polizeipräsidium Offenbach, Büro von Bernhard Spitzer. Lagebesprechung.

»Wer fängt an?«, fragte Spitzer.

Brandt gab Eberl ein Zeichen, und sie begann: »Herr Greulich und ich haben insgesamt zwölf Schüler gesprochen, die Kurse bei Schirner belegt hatten. Wir haben die Alibis überprüft, konnten aber keine Lücken feststellen, bis auf einen, dessen Eltern zurzeit in Urlaub sind und der sturmfreie Bude hat. Er sagt, er hat am Dienstagabend bis nach Mitternacht am Computer gesessen und ein neues Spiel ausprobiert. Natürlich hat er keine Zeugen dafür, aber ich denke trotzdem, dass er für den Mord nicht infrage kommt, auch wenn er von der Statur her durchaus dazu in der Lage wäre. Aber nur weil er allein zu Hause war, macht ihn das noch nicht verdächtig, vor allem weil er sehr glaubhaft versicherte, mit Schirner ausgezeichnet zurechtgekommen zu sein. Dazu kommt, dass er bei Schirner Ethik und Mathe Leistung belegt und in beiden Fächern vierzehn Punkte hatte, was mit einer Eins vergleichbar ist. Und auch alle andern Befragten scheinen kein Motiv zu haben. Wir setzen morgen unsere Befragungen fort. Mehr habe ich eigentlich nicht zu sagen.«

»Okay. Und was ist bei dir rausgekommen?«, wandte sich Spitzer an Brandt.

»Ebenfalls Fehlanzeige. Das ist mein ganzer Bericht. Es könnte sein, dass der Mörder aus einem völlig anderen Umfeld stammt, möglicherweise aus dem Freundes- oder Bekanntenkreis von Schirner.«

»Aber warum hat man ihn kastriert?«, fragte Greulich, dessen Gesichtsausdruck verriet, dass er zu merken schien, wie Brandt wichtige Informationen vor ihm zurückhielt. »Hinter einem solchen Vorgehen steckt doch in der Regel mehr, zumindest habe ich das auf der Polizeischule gelernt. Ich glaube immer noch, dass der Mord an Schirner der Auftakt zu einer Serie sein könnte, vorausgesetzt, es war kein Ritualmord.«

»Gut, aber wenn wir es mit einem Serienkiller zu tun haben, dann bleibt uns nichts anderes übrig, als abzuwarten«, sagte Spitzer, der Brandt einen kurzen, aber eindeutigen Blick zuwarf.

»Abwarten, bis er sich sein nächstes Opfer holt?« Greulich sprang auf und schüttelte verständnislos den Kopf.

»Was sonst? Oder haben Sie einen andern Vorschlag? Wir können nicht die gesamte Bevölkerung rund um die Uhr überwachen. Aber gut, ihr setzt morgen eure Ermittlungen fort, und dann sehen wir weiter. Vielleicht ergibt sich ja doch noch etwas. Dann machen wir für heute Schluss, es sei denn, es ist noch etwas Wichtiges zu besprechen.«

»Nein«, sagte Brandt, und Nicole Eberl schüttelte den Kopf. Greulich ging in sein Büro, fuhr den PC herunter und verabschiedete sich. Die andern drei wünschten ihm noch einen schönen Abend.

Brandt stellte sich ans Fenster und sah hinunter auf den Parkplatz und wartete, bis Greulich in seinen Wagen gestiegen und losgefahren war.

»Er ist weg«, sagte er und drehte sich um. »So, jetzt kommt mein Bericht. Unser lieber Herr Schirner war kein Unschuldslamm. Der hat die Damen des Lehrkörpers in den letzten Jahren reihenweise flachgelegt. Er hatte ein Verhältnis mit der Russler, das ein Jahr lang bis zum letzten Oktober dauerte. Kurz darauf hat er was mit der Denzel angefangen.«

»Das haben sie einfach so zugegeben?«, fragte Eberl zweifelnd.

»Was ist daran so Besonderes?«

»Du bist ein Mann, und einem Mann würde ich niemals so etwas sagen.«

»Sie haben's aber getan«, erwiderte er grinsend. »Ich hab eben Schlag bei den Frauen.« Er strich sich mit einer Hand durchs Haar und zeigte demonstrativ sein linkes Profil.

»Krieg dich wieder ein«, sagte Spitzer. »Was war noch?«

»Ich hab die Russler direkt darauf angesprochen. Sie hat mir dann gesagt, dass nach ihr die Denzel dran war. Und die hat's auch nicht abgestritten. Beide haben aber betont, dass Schirner seine sexuellen Bedürfnisse irgendwie stillen musste, denn zu Hause lief seit acht Jahren überhaupt nichts mehr, was in etwa mit dem übereinstimmt, was uns die Tochter erzählt hat.«

»Würdest du einer von ihnen zutrauen, etwas mit dem Mord zu tun zu haben?«, fragte Spitzer.

Brandt schüttelte den Kopf. »Nein, dazu waren sie mir gegenüber viel zu ehrlich. Sie hätten genauso gut abstreiten können, etwas mit ihm gehabt zu haben, und wir hätten's vielleicht auch niemals rausgekriegt. Aber wer immer Schirner auf dem Gewissen hat, es muss jemand sein, in dem sich eine Menge Hass aufgestaut hat. Und da kommen für mich mehrere Möglichkeiten in Betracht. Erstens eine Frau, deren Liebe von Schirner nicht erwidert wurde, die aber von seinen zahlreichen Affären wusste, oder zweitens ein gehörnter Ehemann, denn bis jetzt kenne ich nur zwei Frauen, mit denen er im Bett war. Mit wem er in den sechs oder sieben Jahren zuvor gebumst hat …« Brandt zuckte mit den Schultern.

»Oder ein Mann, der in eine der Frauen verliebt war, sagen wir die Denzel oder die Russler, und zu dem auch der Hund Zutrauen hatte«, meinte Nicole Eberl.

»Möglich ist alles, aber wisst ihr, was ich am ehesten vermute?«

»Nein«, Spitzer lehnte sich zurück und faltete die Hände über dem Bauch, »aber du wirst es uns bestimmt gleich verraten.«

»Die Handschrift sieht eher nach einer Frau als nach einem Mann aus.«

»Und wieso?«

»Na ja, ich hab lange überlegt, und mir ist kein Fall bekannt, in dem ein Mann einem andern sein bestes Stück abgeschnitten hat, nachdem er ihn umgebracht hat, außer es handelte sich um einen durchgeknallten Serienkiller à la Jeffrey Dahmer, aber der war schwul und extrem pervers. Damit wäre natürlich meine Theorie vom gehörnten Ehemann vom Tisch.«

»Es gibt schon solche Fälle, doch sie sind sehr, sehr selten«, meinte Spitzer und pendelte mit dem Kopf hin und her, wie er das immer machte, wenn er an etwas zweifelte.

»Eben. Und weil ich glaube, dass Schirner noch mit viel mehr Frauen gepennt hat, werde ich meine Ermittlungen vorwiegend auf die weibliche Klientel konzentrieren.«

»Und was ist mit seiner Ehefrau?«

»Abgehakt. Für die existieren die Begriffe Liebe und Hass nicht so wie bei den meisten andern Menschen. Ihre Liebe gilt dem Haus, der Wohnung, dem Garten und so weiter, und ich bin überzeugt, sie wusste von den Affären ihres Mannes und hat sie stillschweigend geduldet. Sie ist einfach nicht der Typ für einen Mord.«

»Wieso soll sie von den Eskapaden ihres Mannes gewusst haben?«

»Frauen spüren so was. Außerdem konnte die sich denken, dass ihr Mann seine Sexualität nicht aufgibt, nur weil sie es getan hat. So weit ging seine Liebe nun auch wieder nicht. Würde meine übrigens auch nicht gehen.«

»Und was wirst du der Klein sagen, wenn sie dich nach Ergebnissen fragt?«, wollte Nicole Eberl wissen. »Schließlich kennt sie die Russler, und wenn sie erfährt, dass die was mit Schirner hatte, dann gute Nacht.«

»Sie wird es nicht erfahren, zumindest vorläufig nicht. Aber das lasst mal schön meine Sorge sein. Der Mord steht und fällt für mich mit dem Motiv. Was hat Schirner angestellt, dass man ihn so zugerichtet hat? Für meine Begriffe sind seine außerehelichen Aktivitäten nicht der Grund oder zumindest nicht der Hauptgrund. Heute Morgen war seine Weste noch blütenweiß, da haben ihn alle noch in den höchsten Tönen gelobt, und heute Nachmittag sieht es schon ganz anders aus. Die Fassade bröckelt, und wer weiß, was noch alles zum Vorschein kommt.«

»Rache?«

»Aber wofür? Ich meine, wir könnten jetzt die ganze Nacht spekulieren, doch dazu habe ich ehrlich gesagt keine Lust, und vor allem hab ich zwei Töchter, die darauf warten, von mir abgeholt zu werden. Ich bin weg, morgen sehen wir weiter. Und wenn nicht anders, bilden wir eben eine Soko. Macht's gut, wir sehen uns«, sagte Brandt und wollte schon das Büro verlassen, als Nicole Eberls Stimme ihn zurückhielt.

»Hör mal, das mit Greulich kann nicht so weitergehen. Wir müssen ihn mehr in unsere Arbeit mit einbeziehen. Der war eben stinksauer, weil er gemerkt hat, dass wir ihn los sein wollten. In einer Außenseiterrolle fühlt sich keiner wohl ...«

»Die er sich selber zuzuschreiben hat«, bemerkte Brandt.

»Sicher, aber er ist noch jung und unerfahren. Wir sollten mit ihm reden und ihm klar machen, dass wir ein starkes Team sind und es auch bleiben wollen. Dazu gehört, dass er keine Alleingänge unternimmt wie zum Beispiel die Klein anzurufen, weil das nicht seine Aufgabe ist.«

»Entschuldige, aber du bist eine unverbesserliche Träumerin. Was der sich allein im letzten Jahr alles geleistet hat, dafür hätte er normalerweise mehr als nur eine Verwarnung kriegen müssen. Körperverletzung beim Verhör, Alleingänge hinter unserm Rücken, dreimal hat er vermeintlich Verdächtige bei denen zu

Hause vernommen, ohne uns vorher zu informieren, und so weiter und so fort«, sagte Brandt und sah dabei Spitzer mit hochgezogenen Brauen an, der nur mit den Schultern zuckte. »Ich trau ihm nicht, es sei denn, er überzeugt mich vom Gegenteil.«

»Ich könnte doch mal mit ihm reden und ihm unsere Situation erklären«, sagte Eberl.

»Das lässt du schön bleiben«, entgegnete Spitzer und verzog die Mundwinkel. Er hasste direkte Konfrontationen, eine der wenigen Eigenschaften, die Brandt an seinem Freund störte, denn als Chef musste er auch mal mit der Hand auf den Tisch hauen können. »Wenn einer mit ihm redet, dann ich. Ich habe mir das sowieso für die nächsten Tage vorgenommen. Um euch zu beruhigen, als ich gestern mit Ewald in der Kantine gesessen habe, bin ich auf Greulich zu sprechen gekommen, und siehe da, Ewald sucht dringend einen guten Mann, der auch mal zulangen kann, wenn ihr versteht. Und das Rauschgiftdezernat wäre in meinen Augen genau das Richtige für Greulich. Wie hat er sich denn heute benommen?«

Eberl antwortete: »Obwohl wir nur ein paar Schüler befragt haben, war sein Ton wieder ein paarmal ziemlich rüde. Ich musste ihn etliche Male bremsen.«

»Und das ist genau das, was wir nicht gebrauchen können«, sagte Brandt. »Sorry, doch an dem würden wir nie Freude haben. Aber gut«, fuhr er fort und sah Spitzer an, »sag ihm das von Ewald und warte seine Reaktion ab. Es gibt genügend gute Leute, die nur zu gerne bei uns anfangen würden. Und jetzt bin ich wirklich weg.«

Er kam um Viertel vor sieben bei seinen Eltern an, wo er von Sarah und Michelle bereits erwartet wurde. Sie hatten sich die Jacken gekauft, und Brandt musste sich eingestehen, dass sie gut aussahen, auch wenn er immer noch fand, dass dreihundert Euro übertrieben viel Geld war für ein bisschen Stoff.

Zu Hause angekommen, rief er bei seinem Stammitaliener an und bestellte drei Pizzas. Nach dem Essen spürte er körperlich den Stress des hinter ihm liegenden Tages. Er räumte noch oberflächlich auf, wartete, bis Sarah und Michelle im Bett waren, und setzte sich vor den Fernseher. Er trank zwei Gläser Mineralwasser, seine Augen wurden schwer, und er schlief auf der Couch ein. Gegen dreiundzwanzig Uhr wachte er wieder auf. Sein linker Arm war von der unnatürlichen Stellung eingeschlafen und schmerzte. Er schüttelte ihn ein paarmal und ging ins Bett, wo er krampfhaft versuchte einzuschlafen, doch je mehr er sich bemühte, desto wacher schien er zu werden. Er fluchte ein paarmal vor sich hin, stand auf, trank noch ein Glas Wasser, machte den Fernseher an und gleich wieder aus, legte sich hin und unternahm einen weiteren Versuch und befahl sich, ganz ruhig zu bleiben. Um fünf vor eins sah er zum letzten Mal zur Uhr, bevor er endlich einschlief.

Donnerstag, 21.10 Uhr

Eberhard Teichmann hatte um siebzehn Uhr begonnen das Abendessen für sich und seine Frau vorzubereiten. Es sollte fertig sein, wenn der letzte Patient so gegen achtzehn Uhr die Praxis verlassen hatte. Er war am Nachmittag einkaufen gewesen, hatte Hackfleisch und alle sonstigen Zutaten für Spaghetti Bolognese gekauft, eine Flasche Rotwein und weitere Lebensmittel, die über das Wochenende reichen würden. Natalia liebte seine Spaghetti, sie behauptete, kein Italiener könne sie so köstlich zubereiten wie er. Es waren einige Wochen vergangen, seit er das letzte Mal dieses Gericht gekocht hatte. Er wollte Natalia damit überraschen und ihr eine Freude bereiten. Er hatte den Tisch liebevoll gedeckt, zwei Kerzen aufgestellt und diese angezündet, als er sie zur Tür hereinkommen hörte. Im Hintergrund lief leise Musik eines Senders, der keine Nachrichten und auch keine Werbeunterbrechungen brachte, nur Musik. Dina lag in ihrer Ecke am Kamin. Er hatte ihr frisches Fleisch mitgebracht, und jetzt war sie satt und müde.

Natalia strahlte, als sie den Geruch des Essens wahrnahm und den gedeckten Tisch sah. Sie gab ihm einen flüchtigen Kuss auf den Mund.

»Das ist lieb von dir. Ob du es glaubst oder nicht, ich habe seit heute Mittag daran gedacht, wie schön es wäre, mal wieder Spaghetti à la Teichmann zu essen. Und jetzt komm ich rein und, voilà, was erwartet mich …«

»Du siehst erschöpft aus«, sagte er. »Möchtest du dich erst ein wenig ausruhen?«

»Nein, nein, ich mach mich nur schnell frisch und zieh mir etwas anderes an. Ich bin gleich zurück. Sind die Spaghetti schon im Wasser?«

»Das Wasser kocht zwar schon, aber ich wollte die Spaghetti erst reintun, wenn du da bist.«

»Dann mach schon mal.«

Natalia brauchte genau so lange, wie die Nudeln benötigten, um al dente zu sein. Teichmann kippte sie in das Nudelsieb, schreckte sie mit etwas kaltem Wasser ab und schüttete sie in eine vorgewärmte Schüssel, die er zusammen mit der Sauce auf den Tisch stellte. Natalia hatte sich auf ihren Platz gesetzt, ihre Augen leuchteten.

»Wie war dein Tag?«, fragte er, während er erst ihren und anschließend seinen Teller auffüllte.

»Nicht anders als sonst auch. Erzähl mir lieber, was bei dir war.«

»Die Polizei war wieder in der Schule, doch die haben, soweit ich mitbekommen habe, bis jetzt noch keine Spur, die zum Mörder von Rudolf führt. Aber eigentlich wollte ich heute nicht über dieses Thema mit dir reden.«

»Musst du auch nicht, ich kann mir vorstellen, dass es für dich sehr schwer ist, den besten Freund zu verlieren.« Sie machte eine Pause, er schenkte den Wein ein und setzte sich ihr gegenüber.

Sie nippte an dem Wein und fuhr fort: »Weißt du eigentlich, dass du mir nie erzählt hast, wie ihr euch kennen gelernt habt? Es würde mich schon interessieren, ich weiß sowieso viel zu wenig aus deinem Leben.«

»Mein Leben war so was von langweilig – bis ich dich getroffen habe. Aber gut, Rudolf war Lehrer am Georg-Büchner-Gymnasium, und ich hatte gerade die Uni beendet und habe mein Referendariat dort gemacht. Wir haben uns auf Anhieb gut verstanden. Ich blieb an der Schule. Na ja, eigentlich waren wir vom ersten Moment an Freunde. Viel mehr gibt es da nicht zu berichten.«

»Aber was habt ihr so alles gemacht? Ich meine, Rudolf war verheiratet und hatte Kinder, und du warst allein.«

»Ich war oft bei ihm zu Hause, oder wir sind in eine Bar gegangen oder haben dies und jenes unternommen – allein versteht sich. Tja, und dann bist du in mein Leben geplatzt.«

»Ja, es war schon seltsam, wie wir uns kennen gelernt haben. Hast du eigentlich vorher nie eine feste Beziehung gehabt? Du hast es mir nie gesagt. Bist du immer in diese Etablissements gegangen?«

»Ich habe immer auf eine Frau wie dich gewartet«, antwortete er zunächst ausweichend, denn sie hatten dieses Thema seit ihrer Hochzeit nicht angesprochen. Schließlich gab er zu: »Ja, ich war oft im Bordell, weil ich Schwierigkeiten hatte, Frauen anzusprechen. Wenn mir eine gefiel, war sie entweder verheiratet oder so abgehoben, dass ich mich einfach nicht mehr getraut habe. Bei dir war es anders.« Er hielt inne, trank einen Schluck von seinem Wein, sah Natalia an und sagte: »Du brauchst mir jetzt nicht zu antworten, aber was ich dich immer schon mal fragen wollte – hast du damals mit Rudolf … Na ja, du weißt schon.«

»Warum willst du das wissen?«

»Einfach so. Entschuldige, ich will keine Antwort von dir, das liegt schon zu lange zurück.«

»Doch, es ist vielleicht besser, wenn du es weißt. Rudolf war bei mir, wir haben uns unterhalten, aber er hat mich niemals angerührt. Er war dein Freund, und das wird er auch immer bleiben.«

»Danke.«

»Wofür? Dafür, dass ich dir eine Frage beantwortet habe, die du mir schon seit acht Jahren stellen willst? Meinst du, ich habe nicht gemerkt, wie dir diese Frage die ganze Zeit über auf der Seele gebrannt hat? Du hättest mich schon viel früher fragen können.«

»Lass uns das Thema wechseln …«

»Nein, nein, lass mich dir noch etwas sagen. Du bist ein guter Mann, aber du sprichst nie oder nur selten aus, was du wirklich denkst oder fühlst.«

»Das stimmt nicht, ich habe zum Beispiel oft genug gesagt, dass ich mir ein Kind von dir wünsche …«

»Das meine ich nicht. Ich meine es ganz generell. Ich weiß so wenig von dir, weil du dein Inneres verschließt. Du sagst, du liebst mich, und ich glaube dir das auch, sonst hättest du mich nicht aus diesem Hurenhaus geholt, aber manchmal habe ich das Gefühl, als würdest du mir etwas verheimlichen.«

»Schatz, glaub mir, ich verheimliche dir nichts, aber auch rein gar nichts. Ich habe dich vom ersten Moment an geliebt, als ich dich gesehen habe, und daran hat sich nie etwas geändert. Und nachdem du mir gestern eröffnet hast, dass du schwanger bist, du meine Güte, das war das schönste Geschenk, das du mir bereiten konntest. Ich habe schon nicht mehr daran geglaubt.«

»Das weiß ich doch. Aber dein Inneres ist verschlossen, und ich meine das nicht böse, wenn ich sage, dass ich dich nicht wirklich kenne. Warum sprichst du so selten mit mir über das, was dich bewegt? Ich bin deine Frau, und ich denke, zwischen Eheleuten sollte es keine Geheimnisse geben.«

Teichmann senkte den Blick. In ihm rumorte es, er war aufgewühlt von Natalias Worten, die wie Speerspitzen waren, auch wenn ihre Stimme nichts Vorwurfsvolles hatte.

»Geheimnisse, Geheimnisse!«, sagte er lauter als beabsichtigt. »Was für Geheimnisse sollte ich denn haben? Erzählst du mir vielleicht immer alles, was dich bewegt?«

»Warum fühlst du dich auf einmal so angegriffen? Habe ich etwa einen wunden Punkt getroffen? Schatz …«

»Lass mich! Ich hatte mir den Abend mit dir so schön vorgestellt, und jetzt … Das ist fast schon wieder wie gestern Abend im Restaurant. Hat das was mit deiner Schwangerschaft zu tun?«

»Was habe ich falsch gemacht?«, fragte sie und griff nach seiner Hand, doch er zog sie zurück.

»Nichts, gar nichts. Ich hatte nur nicht vor, heute Abend mein Seelenleben vor dir auszubreiten. Wir harmonieren doch prächtig, oder bilde ich mir das nur ein? Ich habe alles für dich getan, was ich überhaupt nur tun konnte, ich habe dich aus den Fängen deines Zuhälters befreit, ich habe dir geholfen, diese Praxis aufzumachen, ich …«

»Wofür ich dir auch zutiefst dankbar bin. Aber darum geht es doch gar nicht. Und jetzt sei nicht mehr sauer, ich wollte dich nicht verletzen. Verzeihst du mir?«, sagte sie und sah ihn liebevoll mit diesem unwiderstehlichen Blick an. Er konnte ihr nie lange böse sein, sie hatte eine Art, die ihn praktisch willenlos machte. Nur heute funktionierte das nicht so wie sonst. Er fühlte sich bloßgestellt, angegriffen, und er konnte nicht einmal genau sagen, warum. Vielleicht, weil er schon seit seiner Kindheit Fragen hasste, die seine Person betrafen. Vielleicht, weil in seiner Familie nie offen über persönliche Dinge gesprochen wurde. Vielleicht auch, weil er nie gelernt hatte, sich wirklich jemandem zu öffnen, nicht einmal Natalia. Er wurde sich seiner Unzulänglichkeiten in diesem Moment überdeutlich bewusst, und auch dies hasste er. Natalia war seine Frau, und außer Schirner gab es niemanden, der mehr aus seinem Leben wusste. Aber sie wusste nicht alles, und er würde ihr auch nie alles erzählen. Geheimnisse. Sie hatte den Nagel auf den Kopf getroffen, und jetzt schmerzte es. Dennoch versuchte er gute Miene zum bösen Spiel zu machen, denn als solches empfand er es, und rang sich ein Lächeln ab.

»Ist schon gut. Es war nur nicht der passende Moment, über so was zu reden. Ich verspreche dir hoch und heilig, dass ich dir bei Gelegenheit selbst meine dunkelsten Seiten offenbaren werde«, sagte er.

»Wirklich auch die dunkelsten?«, fragte sie ernst, weil sie immer sicherer wurde, dass ihre Ahnungen sie nicht trogen und sie ihn an einer Stelle erwischt hatte, wo es besonders wehtat. Was immer er ihr verheimlichte, es konnte nichts Gutes sein. Vielleicht eine schwere Bürde, die ihn fast erdrückte, was seine vorhängenden Schultern und auch die Albträume erklären würde, aus denen er nachts immer häufiger hochschreckte. Aber was ist das für eine Bürde?, fragte sie sich. Sie versuchte unauffällig, in seinem Gesicht seine Gedanken abzulesen, sie sah seine Aura, die diffus und verschwommen war.

Er unterbrach sie in ihren Gedanken und sagte, ohne sie anzusehen: »Auch die allerdunkelsten. Aber nicht jetzt.«

Natalia rang sich ein Lächeln ab. Sosehr sie auch das Innenleben ihres Mannes mehr interessierte denn je, sie würde nicht weiterbohren. Zumindest heute nicht. Stattdessen sagte sie mit besänftigender Stimme: »Ach komm, ich kann nicht glauben, dass du auch nur eine dunkle Seite hast. Das Essen schmeckt übrigens hervorragend. Du hast es diesmal etwas anders gewürzt, oder?«, wechselte sie elegant das Thema.

»Nur ein klitzekleines bisschen. Ich verrate aber nicht, was es ist, es ist nämlich ein – Geheimnis.« Dabei betonte er das letzte Wort.

»Okay, dann behalt dein Geheimnis für dich«, erwiderte sie und füllte sich noch eine kleine Portion nach.

In der folgenden Stunde unterhielten sie sich über die Zukunft, über das werdende Leben in Natalias Bauch, tranken jeder noch ein Glas Wein, bis Teichmann zur Uhr schaute und sagte: »So, ich mach mich dann mal mit Dina auf den Weg. Und du lässt alles stehen, ich räum auf, wenn wir wieder hier sind.«

»Ich kann doch …«

»Nein, kannst du nicht. Du wirst dich ab sofort schonen, zumindest in deiner ohnehin knapp bemessenen Freizeit. Du nimmst jetzt ein Bad, und wenn du fertig bist, sind wir auch wieder zurück. Komm, Dina, eine Runde marschieren.«

»Ich dusch nur schnell, denn eigentlich bin ich todmüde. Wärst du sehr sauer, wenn ich schon schlafen würde, wenn du wiederkommst?«

»Wenn du nicht sauer bist, wenn ich nachher noch ein bisschen lese.«

Teichmann zog sich einen Pullover und den dicken Kaschmirmantel über, schlüpfte in seine fellgefütterten Winterstiefel und leinte Dina an. Um zehn nach neun ging er aus dem Haus und nahm den üblichen Weg. Auf dem ersten Teil der Strecke ließ er das Gespräch mit Natalia noch einmal an seinem inneren Auge vorbeiziehen und sagte sich, dass es endgültig an der Zeit war, Ordnung in seinem Leben zu schaffen. Wenn es überhaupt einen Zeitpunkt gab, dies zu tun, dann war er jetzt gekommen. Er musste sein Leben ändern, alles musste anders werden. Und jetzt, da Rudolf tot war, konnte es das auch. Sie hatte ihn durchschaut, als wäre er ein gläserner Mensch. Vielleicht wusste sie sogar, was mit ihm los war, konnte sie doch Dinge sehen, die andern Menschen verborgen blieben, und das machte ihm Angst. Er mochte sich nicht ausmalen, was passieren würde, sollte sie jemals hinter sein Geheimnis kommen. Er war froh, an der frischen Luft zu sein, allein mit sich, Dina und der Nacht, dem Mondschein und der Stille, die nur durch das unheimliche Knacken einiger Äste, die dem Frost nicht länger standhielten, durchbrochen wurde. Er wollte bereits kehrtmachen, als plötzlich wie aus dem Nichts eine Gestalt vor ihnen auftauchte. Teichmann zuckte zusammen. Er hatte keine Schritte gehört. Und Dina nahm sowieso nie Notiz von andern Menschen, das Einzige, was sie eventuell ablenken konnte, war ein vorbeihoppelnder Hase. Eberhard Teichmann hatte einen Kloß im Hals. Die dunkle Gestalt, die mit der Nacht fast völlig verschmolz, kam noch näher. Schließlich erkannte er die Person, und die Anspannung wich augenblicklich.

»Mein Gott, hast du mir einen Schrecken eingejagt«, sagte er. »Was machst du denn hier?«

»Ich wollte nur mal die Stelle sehen, du weißt schon …«

»Da ist nichts mehr zu sehen. Als hätte hier nie ein Verbrechen stattgefunden. Na ja, was soll's, wir können eh nichts mehr ändern.«

»Ich kann mir vorstellen, wie du dich fühlst, schließlich war Rudolf dein bester Freund. Es ist eine Schande, wie verroht die Menschen doch geworden sind. Da muss ein großartiger Mann wie er so sinnlos sterben, nur weil vielleicht ein verrückter Junkie ein paar Euro für den nächsten Schuss braucht.«

»Wie kommst du denn ausgerechnet auf einen Junkie?«, fragte Teichmann erstaunt.

»Das ist halt das Klischee, das ich mir vorstelle. Es tut mir Leid, was passiert ist. Es tut mir wirklich alles so unendlich Leid.«

»Mir auch«, entgegnete Teichmann.

»Echt? Was tut dir Leid?«

»Du stellst vielleicht Fragen. Man verliert schließlich nicht jeden Tag den besten Freund. Sei mir nicht böse, aber mir wird langsam kalt, und Dina sollte bei dem Wetter auch nicht so lange draußen bleiben. Tschüs und schönen Abend noch. Wir sehen uns.«

»Den werde ich haben. Und es ist alles gesagt.«

»Sicher.«

Teichmann ruckte kurz an der Leine und gab damit Dina ein Zeichen zum Weitergehen. Ein letzter Blick auf die Person, er wollte an ihr vorbei. Er sah die Hand nicht kommen, fühlte nur den Stich, der in seine Eingeweide drang. Er riss den Mund auf, wollte schreien, doch immer mehr Stiche trafen ihn. Er fasste sich an die Brust, seine Beine gaben nach, und er fiel zu Boden. Seine Augen waren vor Entsetzen weit geöffnet, kein Laut kam aus seiner Kehle, nur ein unverständliches Gurgeln. Dina jaulte auf, leckte ihrem Herrchen übers Gesicht, bis auch sie von mehreren Messerstichen getroffen wurde und schließlich tot neben Teichmann lag, der nicht mehr wahrnahm, wie seine Hose aufgemacht und mit einem schnellen Schnitt seine Genitalien abgetrennt wurden.

Donnerstag, 23.55 Uhr

Natalia Teichmann hatte geduscht und war sofort danach ins Bett gegangen. Die Nachttischlampe hatte sie brennen lassen, damit ihr Mann, wenn er ins Schlafzimmer kam, nicht gegen das Bett stieß, wie ihm das schon des Öfteren passiert war. Sie rollte sich in die Decke ein, schloss die Augen, ein anstrengender Tag lag hinter ihr. Für einen kurzen Moment zog noch das Gespräch mit ihrem Mann an ihr vorbei, sie sah noch einmal seine Unruhe, diese innere Anspannung, die Angst, sie könnte etwas erfahren, das sie niemals erfahren durfte. Irgendwann würde sie trotzdem herausfinden, was mit ihm los war, denn sie war eine hartnäckige Frau.

Um zwanzig vor zehn schlief sie ein, nachdem sie sich befohlen hatte, alle negativen Gedanken beiseite zu legen. Sie hatte einen entsetzlichen Traum, es war Winter und finstere Nacht, und dicke Schneeflocken fielen zur Erde. Sie war allein in diesem Traum und suchte ihren Mann und erblickte ihn schließlich in weiter Ferne, und doch schien er so nah zu sein. Sie wollte zu ihm gehen, bewegte sich auch vorwärts, allerdings sehr mühsam, als wären ihre Füße am Boden festgeklebt, und sosehr sie sich auch anstrengte, sie erreichte ihn nicht, die Distanz blieb immer die gleiche, obwohl er sich nicht von der Stelle rührte.

Natalia war schweißgebadet, als sie aufwachte, ihr Atem ging schwer, als würde eine Tonnenlast auf ihrer Brust liegen. Sie setzte sich auf, schaute zur Seite, das Bett war leer. Ein Blick zur Uhr, fünf vor zwölf. Sie fuhr sich über die Stirn und anschließend durchs Haar. Ihre Kehle war wie ausgetrocknet. Sie nahm einen Schluck aus der Wasserflasche, die neben ihrem Bett stand. Das Atmen fiel ihr schon leichter, und auch der eben noch schnelle Herzschlag beruhigte sich. Sie wunderte sich, dass er noch nicht im Bett war, denn normalerweise ging er nicht später als um elf schlafen, meist sogar früher. Er hatte gesagt, er würde vielleicht noch ein bisschen lesen, aber er tat dies selten länger als eine Stunde. Sie warf die Bettdecke auf die Seite, stand auf und ging ins Wohnzimmer, wo das Licht brannte, doch keine Spur von Eberhard. Auch der Esstisch war noch nicht abgeräumt. Sie kniff die Augen zusammen, rief seinen Namen, ging durch sämtliche Zimmer und hinunter in die Praxis, doch ihr Mann war nicht da, und auch Dina war nirgends zu finden.

Wo bist du?, dachte sie und merkte, wie ein Gefühl unheimlicher Beklemmung in ihr hochkroch. Die Müdigkeit war wie verflogen, sie versuchte klar zu denken, doch es wollte ihr nicht gelingen. Einige Minuten lang tigerte sie ruhelos im Wohnzimmer auf und ab, überlegte, ob sie die Polizei anrufen und ihren Mann als vermisst melden sollte, bis sie sich entschloss, ihn erst einmal selbst zu suchen. Es gab eine Kneipe, in die er früher ab und zu nach den Spaziergängen mit dem verstorbenen Hund gegangen war, doch seit sie Dina hatten, besuchte er diese Kneipe nicht mehr.

Sie hoffte inständig, der böse Traum von eben würde nicht das bedeuten, was sie in ihrem tiefsten Innern vermutete, nein, eigentlich wusste sie es, denn ihre Träume hatten noch nie gelogen. Natalia zog sich an, ließ im ganzen Haus das Licht brennen, nahm den Schlüssel und steckte instinktiv die Taschenlampe ein und zog die Tür hinter sich zu. Sie kannte den Weg, den er immer nahm, oft genug waren sie ihn gemeinsam gegangen. Nachdem er sie freigekauft und zu sich nach Hause gebracht hatte, hatten sie gleich am ersten Abend im September vor neun Jahren einen Spaziergang durch den Wald gemacht. Sie würde diesen Tag nie vergessen, denn es war ihr erster Tag seit Monaten in Freiheit gewesen. Keine Männer mehr, die ihre perversen Fantasien bei ihr in die Tat umsetzten, ganz gleich, ob sie es wollte oder nicht, kein Alkohol mehr, damit sie lockerer wurde, kein Druck mehr von dem Betreiber des Bordells, der auch nicht davor zurückschreckte, seine Hühnchen, wie er sie respektlos nannte, zu schlagen, wenn sie nicht genau das taten, was er befahl, und manchmal schlug er auch einfach nur so zu.

Doch dies war lange Vergangenheit, ihr Leben hatte sich zum Guten gewandelt, sie war glücklich, ihren gelernten Beruf ausüben zu können, sie hatte einen Mann gefunden, der zwar nicht ihr Traummann war, aber er hatte ihr ein Zuhause gegeben und unterstützte sie in allem, was sie tat. Natürlich wusste sie, dass es ihm nicht leicht fiel zu sehen, wie sie entschieden mehr Geld verdiente als er, aber er ließ sie zu keiner Zeit spüren, dass er neidisch oder eifersüchtig auf ihren Erfolg war. Und sie wusste auch, dass es in bestimmten Momenten an ihm nagte, eine Frau zu haben, die so viel Anerkennung genoss, während er nur ein eher bedeutungsloser Lehrer war. Aber der Grund für ihren Erfolg lag sicher in ihren russischen Wurzeln, an den seit Generationen überlieferten Heilmethoden, die mit der modernen Wissenschaft nur wenig gemein hatten. Natürlich behandelte sie auch konventionell, wenn Patienten dies wünschten oder Krankheiten vorlagen, die nach intensiven und modernen Behandlungsmethoden verlangten, aber die meisten verließen sich auf Natalias Gespür, genau jene Methode anzuwenden, die für den jeweiligen Patienten die richtige war. Es gab einige Ärzte, von denen sie als Kurpfuscherin und Quacksalberin bezeichnet wurde, doch sie ließ sich von derartigen Äußerungen nicht beeindrucken, und die Erfolge gaben ihr schließlich Recht. An all dies dachte sie in diesem Augenblick jedoch nicht. Ihre Gedanken kreisten nur darum, wo ihr Mann sein könnte, der nie so lange mit Dina unterwegs war, schon gar nicht nachts.

Sie ging mit schnellen Schritten durch die menschenleere Straße, warf einen kurzen Blick in die noch geöffnete Kneipe, doch nur zwei Männer saßen am Tresen, woraufhin Natalia gleich wieder kehrtmachte. Sie lief und lief und wurde immer schneller und schwitzte trotz der Kälte. Aus ihrem Mantel holte sie die Taschenlampe, um den Weg vor sich auszuleuchten, obwohl der Mond genügend Licht spendete. Mit einem Mal stockte ihr der Atem, sie sah schon von weitem etwas Großes auf dem Boden liegen. Sie rannte, bis sie ihn erkannte, ihn und neben ihm Dina.

Natalia schrie nicht, wie andere es getan hätten, sondern wurde stattdessen ganz ruhig. Sie beugte sich zu ihm hinunter – seine Augen waren weit aufgerissen, sein Mund zu einem Schrei geformt. Sie fühlte automatisch seinen Puls, doch da war nichts mehr, wie auch, wenn er hier schon seit zwei oder mehr Stunden lag, steif gefroren und kalt. Sein Mantel war blutdurchtränkt und stand weit auseinander, die Hose war geöffnet – es war ein Anblick, der ihr das Blut in den Adern gefrieren ließ. Noch nie zuvor hatte sie so was gesehen. Doch Natalia rief nicht um Hilfe – wer hätte sie hier und um diese Zeit auch hören sollen? –, sondern rannte nach Hause, stürzte die Treppe hinauf und befahl sich dabei, nicht in Hektik zu verfallen, Ruhe zu bewahren und die Kontrolle zu behalten, wie sie es schon als Kind von ihrer Mutter und Großmutter beigebracht bekommen hatte. Sie nahm den Hörer von der Gabel, tippte die Nummer der Polizei ein und berichtete mit gefasster Stimme dem Beamten, was geschehen war und vor allem, wo. Er versprach, sofort einen Streifenwagen zum Tatort und einen anderen zu ihr zu schicken. Nach dem Telefonat holte sie eine Flasche Wodka und ein Glas aus dem Schrank, schenkte sich halb voll ein und trank es in einem Zug leer. Ihr war egal, ob es dem Baby schadete, sie verschwendete nicht einmal einen Gedanken daran. Du verdammter Kerl, dachte sie nach dem zweiten Glas, was hast du mir verschwiegen? Erst Rudolf und jetzt du. Was habt ihr getan, dass man euch so zugerichtet hat?

Nur fünf Minuten nach dem Anruf erschienen zwei Polizisten, ein junger Mann und eine ebenfalls noch recht junge Frau. So ruhig und gefasst sie am Telefon war, so ruhig und gefasst beantwortete sie die Fragen der Beamten, auch wenn es in ihr vibrierte und sie sich vorkam, als säße sie in einem Karussell. Während die junge Polizistin behutsam die Fragen stellte, klingelte bei ihrem Kollegen das Handy. Er sagte nur »Ja« und »Kümmert ihr euch drum«. Am Freitagmorgen um Viertel nach eins wurde der KDD informiert.

Freitag, 1.17 Uhr

Peter Brandt wurde vom Telefon geweckt, das wie immer, wenn er Bereitschaft hatte, neben seinem Bett auf dem Nachtschrank stand.

»Ja?«, brummte er in den Hörer.

»Hier Krüger. Sorry, Alter, dass ich schon wieder deinen Schlaf störe, aber du solltest deinen Arsch am besten gleich nach Langen bewegen, wir haben einen weiteren Toten. Männlich, fünfundvierzig Jahre, er wurde bereits identifiziert.«

Brandt war schlagartig hellwach und setzte sich auf. »Wie heißt er?«

»Teichmann.«

»Eberhard Teichmann?« Brandt rieb sich über die Augen und machte das Licht an.

»Kennst du den etwa?«

»Allerdings. Wo …«

»An ziemlich genau der gleichen Stelle, wo es auch schon diesen Schirner erwischt hat. Könnte sein, dass du's mit 'ner Serie zu tun hast.«

»Verfluchte Scheiße! Ist schon jemand dort?«

»Nur welche aus Langen. Der Tatort wurde bereits notdürftig gesichert. Spurensicherung, Fotograf und Arzt werden gleich von mir losgeschickt. Wann kannst du dort sein?«

»Ich zieh mir nur schnell was über ... Zwanzig Minuten, halbe Stunde. Sollten die andern vor mir da sein ...«

»... die sollen nichts anrühren. Ciao.«

Brandt sprang aus dem Bett, zog sich die Jeans, einen dicken Pullover, die halbhohen Winterstiefel und die Daunenjacke an, ging noch einmal auf die Toilette, wusch sich die Hände und das Gesicht, fuhr mit der Bürste durch seine Haare – er wollte schließlich nicht aussehen wie Columbo, auch wenn das die andern kaum bemerken würden – und verließ die Wohnung. Es würde wieder einmal eine Nacht ohne Schlaf werden und ein Tag voller Arbeit. Er dachte mit Grausen an die folgenden sechzehn oder siebzehn Stunden, bevor er endlich schlafen konnte. Wenn jedoch alles reibungslos verlief, was er inständig hoffte, könnte er vielleicht schon um halb vier wieder zu Hause sein und doch noch eine Mütze voll Schlaf kriegen.

Freitag, 1.44 Uhr

Wer hat ihn gefunden?«, fragte Brandt einen der beiden uniformierten Polizisten, die bei laufendem Motor in ihrem Wagen gesessen und die Heizung aufgedreht hatten, aber sofort herauskamen, als Brandt neben ihnen hielt.

»Seine Frau.«

»Seine Frau?«, fragte er ungläubig nach. »Wo ist sie jetzt? Ich kann sie nirgends sehen.«

»Wieder zu Hause. Unsere Kollegen sind bei ihr.«

»Was hat die denn hier gemacht? Na ja, das wird sie mir schon noch erzählen.« Er begab sich zu dem Toten, betrachtete ihn, sah den Hund, runzelte die Stirn und murmelte: »Das Gleiche wie bei Schirner. Nur dass diesmal auch der Hund dran glauben musste.«

»Bitte?«

»Nichts weiter, hab nur laut gedacht. Das ist wieder so eine verfluchte Sauerei. Haben Sie was angerührt?«

»Nee, Befehl von oben.«

»Gut so.« Brandt suchte in den Taschen des Toten nach Geld oder Papieren, aber außer einem Päckchen Tempos trug er nichts bei sich. Er wandte seinen Kopf, als er kurz nacheinander vier Autos näher kommen hörte, die hintereinander in angemessenem Abstand zum Tatort hielten. In einem davon saß Andrea Sievers. Brandt war überrascht, sie zu sehen.

»Was machst du denn hier?«

»Bereitschaft, genau wie du«, antwortete sie und schenkte ihm ein mädchenhaftes Lächeln, um gleich darauf herzhaft zu gähnen. Sie zog sich den weißen Tyvek-Anzug über und Handschuhe an. »Wir haben schon einen Scheißjob.« Dann ging sie in die Hocke und sagte zu einem der Polizisten: »Holen Sie doch mal Ihre Taschenlampe, ich hab meine im Auto vergessen.« Der Angesprochene, wieder zurück, wollte sie ihr reichen, doch sie meinte: »Halten Sie sie, ich hab nur zwei Hände. Oder haben Sie Probleme mit Leichen?« Andrea Sievers begutachtete den Toten, befühlte ihn und schüttelte den Kopf. »Der ist schon vor einer ganzen Weile vom Fährmann über den Styx gefahren worden. Ich sag mal, der hat ihn so vor vier bis fünf Stunden abgeholt.«

»Hä?«

»Griechische Mythologie. Wohl nicht in der Schule aufgepasst, was?«

»Die Geschichte meinst du. Ich bin müde und frier mir hier den Schwanz ab, und du laberst mich mit so 'nem Zeug zu.«

»Ich bin auch müde, aber das, was du dir abfrierst, ist bei dem schon steif«, sagte sie grinsend. »Was soll's, bringt mir den Jungen in die Rechtsmedizin, ich schau ihn mir im Laufe des Vormittags an.«

»Und was ist mit dem Hund?«

»Bin ich vielleicht Tierärztin? Die Töle ist nur eine kleine Grabbeigabe, warum auch immer. Bei Schirner war doch auch ein Hund im Spiel, aber der wurde nicht getötet, soweit ich weiß. Oder?«

»Nein.«

»Der eine wird am Leben gelassen, der andere umgebracht.« Sievers schüttelte den Kopf und sah Brandt von unten herauf an. »Warum?«

»Diese Frage hätte ich auch gerne beantwortet. Aber jetzt machst du deine Arbeit und ich meine. Und wenn's dir nicht allzu viel ausmacht, könntest du vielleicht gleich mal einen etwas genaueren Blick auf Teichmann werfen. Ich brauch zumindest den ungefähren Todeszeitpunkt und mit wie vielen Messerstichen er ins Jenseits befördert wurde. Meinst du, du schaffst das?«

»O Mann, du hast vielleicht Wünsche! Ich bin nur eine zerbrechliche Frau mit einem ausgeprägten Schlafbedürfnis, und außerdem haben wir heute Abend eine Verabredung, falls du das vergessen haben solltest.«

»Hab ich nicht. Was kannst du denn jetzt schon sagen?«

»Todeszeitpunkt Pi mal Daumen zwischen einundzwanzig und zweiundzwanzig Uhr. Ist natürlich bei der Saukälte schwer zu sagen. Fakt ist aber, dass auch ihm der Schniedel abgetrennt wurde, und so weit ich das im Licht der Taschenlampe sehen kann, ebenfalls eher unfachmännisch. Ich würde sagen, man hat den beiden Herren das Teil entfernt, um damit etwas auszudrücken.«

»Was meinst du mit ausdrücken?«, fragte Brandt.

»Das müsstest du als alter Hase doch am besten wissen. Der Täter hat wieder unzählige Male zugestochen, weil er sowohl Schirner als auch Teichmann gehasst hat, und den Pimmel hat er abgeschnitten, um sich dadurch mitzuteilen. Da steckt ein sexuelles Motiv dahinter, wenn du mich fragst. Aber das tust du ja nicht.«

»Schirner hatte nur ein paar Affären«, sagte Brandt.

»Ein paar Affären kann unter Umständen eine zu viel sein. Und wenn der hier auch welche hatte, vielleicht sogar mit derselben Frau wie Schirner ... Ich sag dir, finde die Frau, und du findest den Mörder.«

»Du glaubst also auch, der Mörder könnte eine Frau sein?«

»Das hab ich nicht gesagt. Aber Frauen greifen manchmal zu diesem Mittel, um sich zu rächen, meistens für Untreue, was ja bekanntlich bei Männern ziemlich häufig vorkommen soll. Ich hatte schon zweimal männliche Leichen auf meinem Tisch, denen ihr bestes Stück abgeschnitten wurde, und beide Male war's eine Frau.«

»Die Ehefrau?«

»Nein, einmal war's die Geliebte, das andere Mal die Schwester. Die hatten ein inzestuöses Verhältnis, und als er sich eine andere gesucht hat, ist die Schwester durchgedreht. Sie hat nicht nur ihn, sondern auch die Nebenbuhlerin gekillt.«

»Wo war das?«

»In Bochum, wo ich studiert habe.«

»Und was hast du außerdem noch, was auf eine Frau hindeuten könnte?«

»Die außergewöhnlich vielen Einstiche bei beiden, was meiner Meinung nach von einer unglaublichen Wut zeugt, die man in dieser Form in der Regel auch eher bei Frauen findet. Ein Mann sticht vielleicht zwei- oder dreimal zu, und damit hat sich's. Das ist im Prinzip nicht anders, als würde eine Frau einen Mann im Zustand größten Hasses erschießen. Ein Mann drückt ein-, zweimal ab, eine Frau schießt gleich ein ganzes Magazin leer. So sind wir nun mal gestrickt, also sieh dich in Zukunft vor«, sagte sie mit einem breiten Grinsen, um gleich wieder ernst zu werden. »Frauen lieben stärker als Männer, aber sie hassen auch stärker. Aber bitte, das ist nur meine ganz persönliche Meinung, du bist der Bulle.«

Brandt grinste sie an und sagte: »Jetzt weiß ich wenigstens ein bisschen mehr über euch Frauen. Wie sieht's aus, gibst du mir in sieben Stunden einen ersten Obduktionsbericht? Und heute Abend gehen wir essen.«

»Okay, du kriegst den Bericht, aber das mit dem Essen glaub ich dir erst, wenn wir im Restaurant sitzen. So, ich hab zu tun und du sicherlich auch. War der Typ verheiratet?«

»Seine Frau hat ihn sogar gefunden.«

»Seine Frau? Hier in der Wildnis? Kapier ich nicht.«

»Ich auch nicht. Deshalb werd ich sie jetzt dazu befragen. Mach's gut und bis nachher.«

Brandt ging zu seinem Wagen, wendete und sah noch, wie Andrea Sievers den Gnadenlosen, wie die Männer vom Bestattungsinstitut genannt wurden, Instruktionen erteilte. Er blieb neben einem der drei Streifenwagen stehen, ließ das Seitenfenster herunter und fragte einen Beamten: »Sagen Sie, laufen hier nachts viele Leute rum? Sie kennen doch die Gegend hier viel besser als ich.«

Der Beamte schüttelte den Kopf. »Sehen Sie da drüben die Mauer?« Er deutete mit dem Finger auf eine helle hohe Mauer, die sich an der gegenüberliegenden Seite der Hauptstraße entlangzog. Brandt nickte. »Dahinter wohnt ein Teil der so genannten High Society von Langen, darunter etliche Alteingesessene. Von denen kommt nach Einbruch der Dunkelheit kaum noch einer aus dem Haus. Fenster und Türen zu und Ruhe. Ich fahr da öfter Streife, und glauben Sie mir, da ist jetzt ab spätestens zwanzig Uhr tote Hose. Aber selbst im Sommer sind diese Wege hier rund um den Wolfsgarten kaum frequentiert, außer ein paar Jogger oder Radfahrer oder Leute, die mit ihren Hunden unterwegs sind. Und natürlich auch ein paar Leute, die sich dort vorne in der kleinen Bucht im Auto vergnügen, weil sie wissen, dass sie hier ungestört sind.«

»Alles klar«, sagte Brandt, »dann noch 'ne angenehme Nacht.« Der Fotograf machte die obligatorischen Fotos, die Spurensicherung nahm ihre Arbeit auf. Keine fünf Minuten, nachdem er den

Tatort verlassen hatte, hielt Brandt hinter einem Streifenwagen vor einem hell erleuchteten Haus.

Freitag, 2.25 Uhr

Brandt bedankte sich bei den beiden Polizisten, dass sie bei Natalia Teichmann geblieben waren, und meinte, sie könnten jetzt gehen, er würde gerne mit ihr allein sprechen.

Natalia Teichmann saß im Wohnzimmer im ersten Stock. Brandt begrüßte sie und wollte sagen, dass es ihm Leid tue, doch sie winkte nur ab.

»Ist schon gut, ich kann damit umgehen, auch wenn die große Depression vermutlich erst in ein paar Tagen kommen wird«, sagte sie mit einer angenehm dunklen, weichen Stimme und wirkte dabei überaus gefasst. »Nehmen Sie doch Platz, Sie haben sicherlich einige Fragen. Zum Beispiel, warum ausgerechnet ich meinen Mann gefunden habe. Ich habe das zwar schon den beiden netten Polizisten erzählt, aber ich werde es noch einmal tun. Mein Mann ist wie jeden Abend gegen neun mit Dina, unserem Irish Setter, rausgegangen und wollte nicht lange wegbleiben. Wer will das schon bei der Kälte. Ich habe kurz geduscht und mich gleich danach ins Bett gelegt und bin sofort eingeschlafen.« Sie machte eine Pause. Brandt nahm die Eindrücke um sich herum auf, sah den gedeckten Tisch und die Flasche Wodka zwischen sich und Natalia und betrachtete diese rassige Frau, während sie, die Hände wie zum Gebet gefaltet, zu Boden schaute. Sie ist schön, dachte er, verdammt schön sogar. Eine Frau zum Verlieben. Und dieser Akzent … Klingt irgendwie slawisch, aber sie spricht perfekt deutsch.

Als sie nicht weitersprach, sagte Brandt: »Sie sind also eingeschlafen, und dann?«

Sie seufzte auf und sah Brandt in die Augen: »Glauben Sie an Träume?«

»Keine Ahnung, ich habe mich noch nicht weiter damit auseinander gesetzt.«

»Ich hatte einen furchtbaren Traum, von dem ich wach geworden bin. Es war ein wirklich furchtbarer Traum. Ich war schweißüberströmt, habe kaum Luft bekommen, und mein Herz hat wie wild geschlagen. Ich wusste, dass dieser Traum etwas zu bedeuten hat. Dann habe ich gesehen, dass das Bett neben mir leer war und …«

»Wann war das?«

»Gegen Mitternacht. Ich hatte einen sehr anstrengenden Tag hinter mir, Eberhard hatte gekocht, Sie sehen ja selbst, es steht alles noch da, und ist nach dem Essen mit Dina raus.«

»Aber er wollte gleich wiederkommen?«

»Ja, nur eine kurze Runde drehen. Als ich gesehen habe, dass er nicht im Bett ist, bin ich durchs ganze Haus gelaufen, habe ihn gerufen, aber er war nicht da. Dann habe ich mich angezogen und ihn gesucht. Er war tot, irgendjemand hat ihn einfach so umgebracht … Nein, wer immer das getan hat, er hat Eberhard nicht nur umgebracht, er hat ihn regelrecht abgeschlachtet.« Sie hielt inne und sah Brandt mit undefinierbarem Blick wie aus weiter Ferne an. »Er hat ihm den Penis abgeschnitten, ich habe das gesehen. Wer macht so etwas Perverses? Mein Gott, ich habe schon viel gesehen, aber diesen Anblick werde ich mein Leben lang nicht vergessen. Und es kann ja nur derselbe Mann sein, der auch Herrn Schirner auf dem Gewissen hat. Wurde er eigentlich genauso zugerichtet?«

»Ja, aber behalten Sie das bitte für sich. Seine Familie weiß nichts davon, und die Öffentlichkeit darf es aus ermittlungstaktischen Gründen auch nicht erfahren.«

»Ich werde schweigen wie ein Grab.«

»Hatten Sie keine Angst, dass Ihnen …«

»Nein«, unterbrach sie ihn, »ich bin kein ängstlicher Typ. Ich wusste von dem Moment an, als Eberhard und Dina nicht da waren, dass etwas passiert sein musste. Und so war es dann auch.«

»Ist Ihr Mann jeden Abend um die gleiche Zeit mit dem Hund rausgegangen?«

»Ja, er hatte eine feste Zeit.«

»Und Sie haben sofort festgestellt, dass Ihr Mann tot ist?«

»Sie haben wahrscheinlich das Schild nicht gelesen, aber ich bin Ärztin. Ich weiß, wann jemand tot ist.«

»Entschuldigen Sie die Frage, aber Ihrem Akzent nach zu urteilen kommen Sie nicht aus Deutschland.«

»Ich bin Weißrussin, habe aber deutsche Vorfahren, genauer gesagt, mein Großvater war Deutscher, der in russische Kriegsgefangenschaft geriet und nach seiner Entlassung 1946 meine Großmutter kennen gelernt hat. Wir haben zu Hause sowohl deutsch als auch russisch gesprochen. Und da Sie wohl ohnehin meine Vita überprüfen werden, ich bin vor fast neun Jahren nach Deutschland gekommen, weil man mir versprochen hatte, hier eine Stelle als Haushälterin zu bekommen. Aber statt in einem Haushalt, bin ich in einem Bordell gelandet. Eberhard hat mich dort rausgeholt, ich habe ein Zusatzstudium absolviert, damit ich als Ärztin auch in Deutschland praktizieren darf, und seit ein paar Jahren habe ich meine eigene Praxis. In Weißrussland gibt es viele Ärzte, aber die wenigsten von ihnen können von ihrem Beruf leben. Und ich wollte nur weg von dort, ich wollte nicht mehr in diesem Elend leben, und so bin ich erst mal in einem Bordell gelandet. Sie sehen, mein Mann war etwas Besonderes, denn es gibt nur ganz, ganz wenige, die eine Hure heiraten würden. Er hat es getan, weil er mich geliebt hat«, sagte sie mit emotionsloser Stimme und doch einem Unterton, der Brandt irritierte.

»Das ist eine interessante Geschichte. Trotzdem muss ich Ihnen jetzt ein paar Fragen stellen, deren Beantwortung für mich sehr wichtig ist. Fühlen Sie sich dazu in der Lage, oder soll ich lieber im Laufe des Vormittags noch mal wiederkommen?«

»Nein, nein, fragen Sie ruhig, ich bin es gewohnt, mit Schmerz und Leid umzugehen.«

»Wie meinen Sie das?«

»Das ist nicht wichtig, es hat nur etwas mit meinem Leben zu tun. Also, was wollen Sie wissen?«

»Ihr Mann und Herr Schirner waren doch beste Freunde. Ich muss davon ausgehen, dass der Mord an Ihrem Mann in direktem Zusammenhang mit dem Mord an Herrn Schirner steht. Können Sie mir etwas über die Freundschaft der beiden Männer sagen?«

Natalia Teichmann überlegte kurz, bevor sie antwortete: »Sie waren Freunde, seit zwanzig Jahren. Die beiden kannten sich schon lange bevor ich nach Deutschland kam. Eberhard und ich sind seit acht Jahren verheiratet.«

»Was haben Ihr Mann und Herr Schirner so gemacht, ich meine, unter einer Freundschaft verstehe ich auch, dass man Zeiten hat, wo man sich trifft, sich unterhält, etwas unternimmt … Was haben sie gemacht?«

»Sie haben eigentlich gar nicht so viel unternommen. Rudolf war oft hier und umgekehrt und … Nein, sie sind nicht zusammen in Urlaub gefahren, wenn Sie das meinen. Sie waren auch nicht in einem Verein, es war eine eher intellektuelle Freundschaft.«

»Aber sie müssen doch gemeinsame Interessen gehabt haben.«

Sie dachte angestrengt nach, schüttelte den Kopf und lachte leise auf. »Ich weiß es nicht. Ich weiß nach acht Jahren Ehe nicht, welche gemeinsamen Interessen mein Mann und Rudolf gehabt haben. Ist das nicht komisch? Ich weiß nicht, was ihre Interessen waren. Ich weiß nur, dass sie Freunde waren, mehr nicht.«

»Gut. Jetzt kommt die Frage, die ich bereits Frau Schirner gestellt habe. Hat Ihr Mann sich in letzter Zeit, vor allem in den letzten Tagen, auffällig oder merkwürdig verhalten? Hatte er vor irgendetwas Angst, gab es anonyme Anrufe oder Drohungen?«

Natalia schüttelte den Kopf. »Nein, das hätte ich sofort gemerkt. Ganz im Gegenteil, seit gestern war Eberhard völlig aufgedreht, obwohl gerade sein bester Freund ermordet worden war. Ich habe ihm nämlich mitgeteilt, dass er ...« Sie stockte, ihre Augen füllten sich mit Tränen, sie ballte die Fäuste, aber sie behielt noch immer die Kontrolle über sich. Brandt setzte sich neben sie und legte einen Arm um ihre Schulter, etwas, das er vorher noch nie im Dienst getan hatte, doch er hatte das Gefühl, er müsste es jetzt tun, weil die Stärke, die sie zeigte, nur erzwungen war. Sie ließ es sich gefallen, legte ihren Kopf an seine Schulter, wischte sich die Tränen mit dem Ärmel ab, stand auf, holte ein Taschentuch und putzte sich die Nase.

»Besser? Oder soll ich einen Arzt holen?«, fragte Brandt.

Natalia lächelte nur gequält, als sie erwiderte: »Ich bin doch selber Ärztin. Ich habe genügend Medikamente unten in meiner Praxis, aber ich brauche nichts.«

»Entschuldigen Sie, ich habe das schon wieder vergessen, aber ...«

»Macht nichts. Ja, Eberhard war aufgedreht. Ich habe ihm gestern gesagt, dass er Vater wird. Er hatte sich, seit wir zusammen sind, nichts sehnlicher gewünscht, als Vater zu werden. Er hat sich so gefreut. Sie hätten ihn sehen sollen, als ich es ihm gesagt habe. Und jetzt ... Dieses Leben ist nicht gerecht. Ich hatte gedacht, der Tod von Rudolf wäre nur ein ganz normaler Mord, aber jetzt auch noch Eberhard. Warum jetzt auch noch er? Sie hatten doch keine Feinde, sie waren beliebt, angesehen und ... Ich habe keine Erklärung für das alles. Sie vielleicht?«

»Nein, sonst würde ich Ihnen diese Fragen nicht stellen müssen. Hat Ihr Mann ein eigenes Arbeitszimmer?«

»Ja, natürlich. Wollen Sie es sehen?«

»Wenn es Ihnen nichts ausmacht.«

»Es ist unter dem Dach, er wollte es so. Wissen Sie, Eberhard war der gutmütigste und uneigennützigste Mensch, den man sich vorstellen kann«, sagte sie, und da war wieder dieser seltsame Unterton, dem er aber jetzt, mitten in der Nacht, keine große Bedeutung beimaß, obwohl er ihn registrierte. »Er hätte keiner

Fliege etwas zuleide tun können. Als wir geheiratet haben, hat er mir das Erdgeschoss überlassen, damit ich dort meine Praxis einrichten konnte. Vorher hat er ganz allein in dem Haus gelebt und unten sein Arbeitszimmer gehabt.«

Natalia erhob sich und ging vor ihm die Stufen hinauf und öffnete eine der beiden Türen, die sich im Dachgeschoss befanden. Sie betätigte den Lichtschalter. Brandt stand in einem gut dreißig Quadratmeter großen, gemütlich eingerichteten Raum. Ein wuchtiger Schreibtisch, ein ebenso wuchtiger Ledersessel, ein altes Radio und Unmengen an Büchern. Es war sehr kalt, fast eisig.

»Hat Ihr Mann sich oft hier oben aufgehalten?«

»Das kann ich nicht sagen, weil ich nicht weiß, was er gemacht hat, wenn ich noch Sprechstunde hatte. Aber abends war er zwei- oder dreimal in der Woche für eine oder zwei Stunden hier. Warum fragen Sie?«

»Weil es so kalt ist. Die Heizung ist nicht an.«

»Dann wird er wohl heute nicht …« Sie hielt wieder inne und schluckte schwer, als sie ihre Finger sanft über die Buchrücken gleiten ließ. »Bücher waren ein großer Teil seines Lebens. Ein Leben ohne Bücher war für ihn nicht vorstellbar. Ich kenne niemanden, der belesener war als Eberhard.«

»Herr Schirner hatte auch viele Bücher«, sagte Brandt.

»Sie haben mich doch vorhin nach Interessen der beiden gefragt. Ich nehme an, es waren die Bücher. Darüber werden sie sich wohl oft unterhalten haben.«

»Einen PC hatte Ihr Mann nicht?«, fragte Brandt, ohne zu wissen, warum er diese Frage stellte. Aber hatte heute nicht jeder einen PC, selbst seine beiden Töchter hatten einen und kannten sich besser damit aus, als er es je würde.

»Doch, aber nur ein Notebook. Er hat es zum Arbeiten benutzt, aber er war, was Computer angeht, sehr konservativ. Heutzutage tauscht man Nachrichten meist per E-Mail aus, doch davon hielt er nichts. Briefe hat er zum Beispiel grundsätzlich mit der Hand geschrieben, weil er Wert auf eine persönliche Note legte. Allerdings hat er nicht viele Briefe geschrieben, weil es nicht viele Menschen gab, denen er hätte schreiben können.«

»Hatte Ihr Mann auch kein Handy?«

»Doch, das war sogar sein ständiger Begleiter. Das Handy war für ihn ein Stück Freiheit.«

»Wie sah denn sein Tagesablauf so aus?«, wollte Brandt wissen, während er um den Schreibtisch herumging und einen Blick auf die Papiere warf, die jedoch, wie er sofort feststellte, ausschließlich mit der Schule zu tun hatten.

»Eberhard war ein Gewohnheitsmensch. Er ist jeden Morgen um sechs aufgestanden, ist mit Dina raus, hat Brötchen und die Zeitung geholt, wir haben gefrühstückt, danach ist er in die Schule gefahren. Die Abende haben wir meist zu zweit verbracht, wir sind ab und zu ins Kino oder Theater oder essen gegangen, aber sonst haben wir eigentlich ein sehr ruhiges und zurückgezogenes Privatleben geführt.«

»Frau Teichmann, ich bedanke mich für Ihre Hilfe …«

»Welche Hilfe? Ich habe Ihnen doch nur ein paar Fragen beantwortet. Aber ich denke, es ist besser, wenn Sie ein andermal wiederkommen, denn ich merke, dass ich ziemlich durcheinander bin und vielleicht nicht ganz das sage, was Sie hören wollen.«

»Ist schon gut. Hier ist meine Karte, falls irgendwas sein sollte. Ich meine, wenn Ihnen noch etwas einfällt, was für mich wichtig sein könnte, dann rufen Sie mich einfach an, und wenn's mitten in der Nacht ist.«

»Es ist mitten in der Nacht.«

»Ach ja, noch eine Bitte. Die Schule möchte ich gerne selbst informieren. Ich habe meine Gründe dafür.«

»Natürlich.«

»Wiedersehen, ich melde mich bei Ihnen.«

Brandt nickte Natalia zu und ging zu seinem Wagen. Sie begleitete ihn bis zur Tür und blieb mit verschränkten Armen stehen, bis er losgefahren war. Warum jetzt auch noch Teichmann?, fragte sich Brandt auf der Fahrt zurück nach Offenbach. Und warum diesmal auch der Hund? Er fand keine Antworten auf seine Fragen, und außerdem war er müde. Wenn es einigermaßen klappte, würde er noch drei Stunden Schlaf bekommen. Drei viel zu kurze Stunden. Bevor er um Viertel vor vier zu Hause ankam, musste er unwillkürlich an Elvira Klein denken. Er malte sich aus, wie sie reagieren würde, wenn sie erfuhr, dass ein weiterer ehemaliger Lehrer von ihr nur zwei Tage nach Schirner umgebracht worden war. Ihm graute vor diesem Zusammentreffen, das sich aber nach Lage der Dinge nicht vermeiden ließ.

Zu Hause deckte er noch schnell den Frühstückstisch, legte Sarah und Michelle je einen Fünf-Euro-Schein hin, damit sie sich in der Pause etwas kaufen konnten und er sich somit das Schmieren von Broten und Schneiden von Äpfeln ersparte, schrieb einen Zettel mit der Bitte, leise zu sein, er stehe um sieben auf. Er heftete den Zettel an die Badezimmertür, denn den Essbereich betraten die Mädchen immer erst, nachdem sie sich fertig gemacht hatten.

Freitag, 8.00 Uhr

Brandt hatte unruhig geschlafen, eine Scheibe Brot mit Marmelade runtergeschlungen, eine Tasse Kaffee getrunken und die Mädchen angetrieben, sich zu beeilen, sie würden sonst noch den Bus verpassen. Um Punkt acht traf er im Präsidium ein. Bernhard Spitzer war bereits an seinem Platz und unterhielt sich mit Nicole Eberl, doch das Gespräch verstummte sofort, als Brandt hereinkam.

»Morgen«, brummte er und setzte sich.

»Kurze Nacht, was?«, wurde er von Spitzer empfangen, dessen ernstes Gesicht Bände sprach.

»Es ist zum Kotzen. Was weißt du denn bis jetzt?«

»Nur dass es Teichmann erwischt hat, aber keine Details, von wem auch. Schieß los.«

»Details! Lies den Bericht über Schirner, und du weißt alles. Das ist absolut deckungsgleich, nur dass diesmal auch der Hund dran glauben musste. Warum auch immer. Ich bin auch nur kurz hier, um zu sagen, dass ich gleich weiter nach Langen fahre, um den Schulleiter vom Ableben eines weiteren geschätzten und hoch angesehenen Lehrers zu unterrichten«, meinte er sarkastisch.

»Fährst du allein?«

»Nicole und Greulich sollen mit den Schülern weitermachen, ich kümmere mich um die Lehrer.« Er hatte die letzten Worte kaum ausgesprochen, als die Tür aufging und Greulich eintrat. Er schien schlecht gelaunt zu sein, zumindest drückte sein Gesicht Missmut aus.

»Bleiben Sie gleich hier, es kommt eine Menge Arbeit auf Sie zu«, sagte Spitzer.

»Und was?« Greulich zog seine Jacke aus und hängte sie über den Stuhl. Er setzte sich, schlug die Beine übereinander und tat gelangweilt, etwas, das Brandt an ihm auch nicht leiden konnte. Eigentlich gab es nichts, aber auch rein gar nichts, was er an ihm leiden konnte.

»Sie werden mit Frau Eberl die Befragung der Schüler fortsetzen. Außerdem gibt es einen zweiten Toten, und zwar Herrn Teichmann, der beste Freund von Schirner.«

»Also doch 'ne Serie«, bemerkte Greulich, ohne eine Miene zu verziehen, als hätte er es die ganze Zeit schon gewusst. »Da hat's jemand auf Lehrer abgesehen.« Er hielt kurz inne. »Na ja, kann ich verstehen, einige meiner Lehrer hätte ich auch am liebsten gekillt«, fügte er mit schmierigem Grinsen hinzu und steckte sich einen Kaugummi in den Mund.

»Ihre Abneigung gegen Lehrer in allen Ehren, aber trotzdem bitte ich Sie, solche Kommentare in Zukunft zu unterlassen. Wir sind hier nicht in einem Club für gefrustete Jugendliche«, wies ihn Spitzer zurecht, woraufhin Greulich nur mit den Schultern zuckte. »Könnten wir es mit einem Serienkiller zu tun haben?«, fragte Spitzer vorsichtig und sah Brandt an.

Der schüttelte den Kopf. »Ziemlich unwahrscheinlich. Es wird keinen weiteren Toten geben.«

»Du klingst verdammt sicher. Oder bist du unter die Hellseher gegangen?«

»Blödsinn! Zwei Freunde sind umgebracht worden, an fast der gleichen Stelle, auf die gleiche Art und Weise. Bis jetzt kenne ich keine andere Person, die nachts allein oder mit dem Hund in dieser gottverlassenen Gegend unterwegs ist. Außerdem habe ich einen Polizisten gefragt. Dort hält sich nachts selbst im Sommer kaum jemand auf. Die Morde waren geplant, was fehlt, ist das Motiv.«

»Irgendeine Vermutung?«

»Wie oft willst du mich das noch fragen? Nein, nicht den Hauch. Ich weiß nur so viel, die Burschen müssen gewaltig Dreck am Stecken haben. Aber ich frag mich, was für ein Dreck das sein könnte. Teichmanns Frau weiß natürlich nur Gutes über ihren Mann zu berichten, doch ich werde ihr trotzdem noch mal auf den Zahn fühlen. Die war vorhin ziemlich fertig, auch wenn sie sich verdammt gut unter Kontrolle hatte. Teichmann hat sie übrigens vor etwa acht Jahren aus einem Puff rausgeholt.«

»Bitte? Und was macht sie jetzt?«

»Sie ist Ärztin mit eigener Praxis …«

»Moment, Moment, ganz langsam, damit auch ich das kapiere. Seine Frau war eine Nutte, und jetzt ist sie Ärztin?«

»Sie war schon Ärztin, bevor sie nach Deutschland kam. Es ist das übliche Spiel, hübsche Frauen aus dem Osten werden rübergelockt, landen im Puff, und wenn sie nicht unverschämtes Glück haben, verrecken sie dort irgendwann. Teichmann scheint sie freigekauft zu haben, zumindest hat sie das durchklingen lassen. Aber zurück zu Schirner und Teichmann. Die beiden müssen irgendwas gemacht haben, wofür sie jetzt bestraft wurden. Bloß, von wem und warum? Wenn ich das Warum kenne, komme ich auch zum Täter oder der Täterin. Das ist alles mehr als mysteriös. Ich hab so was in meiner Laufbahn jedenfalls noch nicht erlebt.«

»Ich auch nicht«, sagte Spitzer. »Und wie hast du dir das weitere Vorgehen vorgestellt?«

»Wie gehabt. Die Morde gehen auf das Konto ein und desselben Täters. Teichmann und Schirner waren beste Freunde, und nach außen hin war alles Friede, Freude, Eierkuchen. Andrea schließt übrigens auch nicht aus, dass es sich um eine Frau handeln könnte.«

»Hat die etwa Bereitschaft gehabt?«

»Ja. Sie müsste die ersten Ergebnisse eigentlich bald durchschicken. Aber ich glaub nicht, dass sie mit Neuigkeiten aufwarten kann.«

»Was ist mit einer Soko oder dem LKA?«, fragte Greulich. »Wir schaffen das doch unmöglich allein.«

Brandt sah erst Spitzer, dann Eberl an, fuhr sich mit der Zunge über die Lippen und antwortete ungewöhnlich scharf: »Über eine Soko denken wir bereits nach. Wenn Sie aber mit dem LKA zusammenarbeiten wollen, warum haben Sie sich dann nicht gleich bei denen beworben? Das ist unser Fall, und das wird es auch bleiben, damit das klar ist.«

»War doch nur 'ne Frage.«

»Die ich beantwortet habe. Und noch was, wenn Sie in der Schule sind, das gilt auch für dich«, sagte Brandt mit Blick auf Eberl, »dann kein Wort über Teichmanns Ableben.«

»Und warum nicht?«

»Ich will keine Panik verbreiten. Ich werde als Erstes mit dem Direktor sprechen und später die Lehrer informieren.«

Spitzer sagte zu Greulich: »Bevor Sie mit Frau Eberl losfahren, würde ich gerne kurz unter vier Augen mit Ihnen sprechen.«

»Von mir aus.«

Brandt erhob sich, warf Spitzer noch einen eindeutigen Blick zu, den weder Eberl noch Greulich mitbekam, und verließ das Büro. Er hoffte inständig, Spitzer würde Greulich saftig die Leviten lesen, aber wie er diesen kannte, würde er einmal mehr den Schwanz einziehen.

Auf der Fahrt nach Langen klingelte schrill sein Handy. Elvira Klein.

»Ich habe das mit Teichmann soeben erfahren. Was um alles in der Welt ist da los?«

»Frau Klein, ich bin gerade unterwegs, um das herauszufinden. Wenn Sie möchten, komme ich heute Nachmittag in Ihr Büro, und wir unterhalten uns in aller Ruhe. Ich bin sicher, ich kann Ihnen dann schon mehr sagen.«

»Das hoffe ich sehr. Andernfalls werde ich nicht umhin können, das LKA einzuschalten, sonst gibt es an der Georg-Büchner-Schule bald keine Lehrer mehr.«

»Das LKA lassen wir aus dem Spiel. Aus den bisherigen Ermittlungen geht ganz eindeutig hervor, dass die Morde an Schirner und Teichmann von langer Hand geplant waren und auch die einzigen bleiben werden.«

»Und woher nehmen Sie diese prophetische Erkenntnis?«

»Weil sie Freunde waren und nur sie abends diesen Weg mit ihren Hunden gegangen sind. Wir werden den Fall auch ohne Hilfe des LKA lösen.«

»Ich gebe Ihnen bis Dienstag Zeit. Sollte bis dahin nichts Verwertbares vorliegen, und damit meine ich einen Tatverdächtigen, werde ich die Ermittlungen in die Hände erfahrener Spezialisten übergeben. Ich hoffe, Sie haben mich verstanden.«

Brandt drückte einfach auf Aus und machte das Radio an. Woher um alles in der Welt wusste die Klein das von Teichmann? Greulich schied aus, also musste jemand anders ihr das gesteckt haben. Aber auch das würde er herausfinden. Er erreichte die Schule um zwölf Minuten nach neun.

Freitag, 8.30 Uhr

Spitzer und Greulich saßen sich gegenüber. Spitzer kam ohne Umschweife zur Sache. »Herr Greulich, ich bin gestern von Hauptkommissar Ewald, den Sie ja kennen, angesprochen worden. Er sucht ganz dringend einen fähigen Mann. Ich habe ihm gesagt, ich hätte einen. Wie sieht's aus?«

»Drogen?«, fragte er mit zusammengekniffenen Augen.

»Er würde gerne mit Ihnen zusammenarbeiten. Außerdem hätten Sie ziemlich freie Hand. Und Ewalds Abteilung genießt einen hervorragenden Ruf, denken Sie bloß an den großen Fund kurz vor Weihnachten.«

»Und ab wann?«

»Wenn Sie wollen, ab Montag.«

»Und hier? Fehlt dann nicht ein Mann?«

»Wir kommen schon klar, auch wenn das K 11 nur aus achtzehn Leuten besteht. Überlegen Sie aber nicht zu lange, sonst ist die Stelle weg.«

»Okay, ich mach's. Hier gefällt's mir sowieso nicht besonders gut, aber das wissen Sie ja. Dann ist das heute hier mein letzter Tag?«

»Ich brauch Ewald nur anzurufen.«

»Einverstanden.«

Spitzer griff zum Telefon und tippte die Nummer von Ewald ein.

»Hi, ich bin's, Bernhard. Herr Greulich ist noch bei mir und hat mir seine Entscheidung soeben mitgeteilt. Er würde gerne bei dir anfangen … Hm, ja … Okay, er kommt am Montag rüber, damit ihr euch kennen lernt, aber ich brauch ihn für den aktuellen Fall noch … Ja, dir auch … Bis dann.«

Er legte auf und sah Greulich an. »Ewald erwartet Sie am Montag. Sie werden selbstverständlich eine positive Beurteilung von mir bekommen.«

Greulich ging in sein Büro. Spitzer lehnte sich zurück und schloss kurz die Augen, um gleich darauf Nicole Eberl zu sich zu bitten.

»Ich hab's hinter mich gebracht«, sagte er und setzte sich auf die Schreibtischkante.

»Was?«

»Greulich verlässt uns und geht zu Ewald. Allerdings werdet ihr bei diesem Fall noch zusammenarbeiten. Du kommst mit ihm besser aus als Peter.«

»Wie hat er reagiert?«

»Ich glaube, er hat eingesehen, dass es auch für ihn besser so ist. Ich wollt's dir nur sagen, falls er sich bei dir nachher ausheult.«

»Das macht er nicht, diese Blöße würde er sich nie geben. Aber ganz ehrlich, das hätte ich dir gar nicht zugetraut.«

»Ich weiß, es hat mich auch eine Menge Überwindung gekostet.«

Freitag, 9.15 Uhr

Direktor Drescher wurde von der Sekretärin aus dem Unterrichtsraum geholt. Er war ungehalten wegen der Störung.

»Herr Brandt, auch wenn Herr Schirner nicht mehr unter uns weilt, der Unterricht muss trotzdem weitergehen. Hätte Ihr Anliegen, was immer es auch ist, nicht Zeit gehabt bis zur großen Pause?«

»Nein, hätte es nicht. Herr Teichmann wurde letzte Nacht ebenfalls Opfer eines Verbrechens. Das heißt, Sie haben jetzt zwei Lehrer weniger.«

Dreschers Augen wurden groß, er ließ sich in seinen Sessel fallen. »Was sagen Sie da, Teichmann ist auch tot?«

»So ist es. Und damit wird es immer wahrscheinlicher, dass

der Mörder an dieser Schule zu finden ist, denn wie Sie wissen, waren er und Herr Schirner eng befreundet.«

»Mein Gott, das ist nicht zu fassen! Schirner und Teichmann, zwei unserer fähigsten Lehrkräfte. Das muss ich erst einmal verdauen. Natürlich werde ich die Oberstufe für heute vom weiteren Unterricht befreien. Aber Sie haben noch keine Anhaltspunkte, wer hinter diesen perfiden Morden stecken könnte?«

»Nein. Dennoch möchte ich Sie bitten, alle Lehrer der Oberstufe im Lehrerzimmer zu versammeln, damit ich mich noch einmal mit jedem einzeln unterhalten kann.« Er wollte noch etwas hinzufügen, als sein Handy erneut klingelte. Auf dem Display sah er die Nummer von Spitzer.

»Was gibt's?«

»Hier ist vor einer Viertelstunde ein Päckchen abgegeben worden. Am besten kommst du so schnell wie möglich her und siehst dir den Inhalt selbst an.«

»Könntest du dich vielleicht ein bisschen klarer ausdrücken?«

»Nicht am Telefon. Du musst es selber sehen. Und beeil dich, du wirst ganz sicher danach noch mal in die Schule müssen.«

»Bin schon unterwegs.«

Brandt steckte das Handy wieder in die Jackentasche und sagte zu Drescher: »Das war mein Chef, ich muss dringend ins Präsidium. Wie lange ist heute Unterricht in der Oberstufe?«

Drescher warf einen Blick auf den großen Plan und sagte: »Offiziell bis dreizehn Uhr zehn, vierzehn Uhr fünfundvierzig und fünfzehn Uhr dreißig, aber eigentlich wollte ich die Oberstufe ja nach Hause schicken. Augenblick, zwei Kurse fallen aus, nämlich die von Schirner und Teichmann und einen Ersatz haben wir noch nicht. Das heißt, einige Schüler werden bereits um halb eins nach Hause gehen.«

»Da kann man nichts machen. Ich denke, ich werde so gegen Mittag zurück sein. Führen Sie den Unterricht trotzdem wie gewohnt durch, und behalten Sie bitte die Information für sich, bis ich wiederkomme.«

»Heißt das, ich soll auch nicht mit meinen Kollegen darüber sprechen?«

»Ich wäre Ihnen sehr verbunden.«

Brandt raste nach Offenbach, hastete die Treppen hoch und stürmte in Spitzers Büro.

»Was hast du bekommen?«, fragte er aufgeregt, denn er kannte Spitzer. Er würde ihn nie so dringend ins Präsidium zurückbeordern, wenn es nicht äußerst wichtig wäre. Spitzers Miene drückte Besorgnis aus, auch etwas, das Brandt nur selten bei ihm sah.

»Das war nicht an mich adressiert, sondern an dich. Aber weil es von einem anonymen Absender kam, habe ich es einfach aufgemacht. Es wurde unten beim Pförtner abgegeben. Ist im Videorekorder.«

»Ein Video? Was ist da drauf?«

»Möglicherweise das Motiv für die Morde«, antwortete Spitzer nur. »Hock dich hin, das macht mich ganz nervös, wenn du da rumstehst.«

Sie sahen sich gemeinsam den Film an. Nach einundzwanzig Minuten war nur noch Schnee zu erkennen. Spitzer schaltete das Gerät aus. Brandt schluckte schwer, presste die Lippen aufeinander und sagte: »O Mann, das ist heiß. Das ist sogar verdammt heiß. Aufgenommen am 5. September 2002 zwischen sechzehn Uhr einunddreißig und sechzehn Uhr zweiundfünfzig, also vor gut fünf Monaten.«

»Kennst du das Mädchen?«

»Nie gesehen.«

»Dann müssen wir rauskriegen, wer sie ist. Die ist auf keinen Fall älter als sechzehn oder siebzehn. Und zwei Typen, die es mit ihr treiben.«

»Ja, aber sie haben Kutten an, und man kann weder ihre Gesichter noch Hände erkennen … Schirner und Teichmann. Die ehrenwerten Lehrer haben es mit jungen Mädchen getrieben.«

»Wie willst du beweisen, dass es Schirner und Teichmann sind?«

»Das lass mal meine Sorge sein. Wer hat das abgegeben?«

»Der Pförtner sagt ein Junge, etwa zwölf oder dreizehn Jahre alt.«

»Das typische Schema. Jemand hat ihm ein paar Euro in die Hand gedrückt und gesagt, gib das mal da vorne ab. Verfluchte Scheiße. Kriegen unsere Leute aus der Technik das ganz schnell hin, dass nur das Gesicht des Mädchens zu sehen ist? Ich brauche ein Foto, das ich mit in die Schule nehmen kann.«

Spitzer tippte eine Nummer ein und beendete das Telefonat nach einer knappen Minute. »Es kommt gleich einer her und wird das machen.«

»Von wem kommt das Video?«, sagte Brandt mehr zu sich selbst, stellte sich ans Fenster und sah hinunter auf die Straße, die im gleißenden Licht der kalten Februarsonne lag. »Vom Mörder?«

»Möglich.«

Brandt drehte sich um und lehnte sich an die Fensterbank. Er machte eine nachdenkliche Miene, runzelte die Stirn und meinte: »Sag mal, ist dir bei dem Film was aufgefallen?«

»Was meinst du?«

»Spul noch mal ein Stück zurück, so bis zur Mitte, und lass es dann laufen.«

Spitzer drückte die Rücklauftaste der Fernbedienung und kurz darauf auf »Play«. Sie sahen schweigend zwei, drei Minuten, bis Brandt sagte: »Stopp! Fällt dir jetzt was auf?«

»Ich weiß nicht, worauf du hinauswillst.«

»Dann mach eben noch mal an.«

Spitzer drückte erneut auf »Play« und schüttelte den Kopf.

»Sieh dir mal die Kleine an. Die wehrt sich nicht, ihr scheint das nicht mal sonderlich unangenehm zu sein, und das, obwohl sie den einen oral befriedigt und der andere ganz schön heftig zustößt … Und jetzt sind sie beide gleichzeitig von vorne und von hinten in ihr drin. Das muss doch höllisch wehtun, aber sie verzieht keine Miene, im Gegenteil. Seltsam, oder?«

»Es gibt viele Frauen, die auf so was stehen«, meinte Spitzer trocken und stoppte das Band.

»He, das ist ein junges Mädchen, und jetzt erzähl mir nicht, dass das für sie normal ist. Warum ist sie auf dem Video so ruhig?«

»Da musst du einen Fachmann fragen. Vielleicht ist sie ja eine kleine Nutte.«

»Hör doch auf, so'n Scheiß zu labern! Wenn die Kleine eine Nutte wäre, dann hätte man uns das Band nicht geschickt«, fuhr Brandt seinen Freund ungehalten an.

»Jetzt beruhige dich wieder. Was ist denn deine Vermutung?«

Brandt setzte sich, schlug die Beine übereinander und fasste sich mit beiden Händen an die Schläfen. »Ich kenn da einen Fall, wo Jungs missbraucht wurden, die auf den Fotos und Videos auch so teilnahmslos wirkten. Vielleicht erinnerst du dich, das war dieser Uniprofessor aus Frankfurt, der seine Filme immer zur Über-Nacht-Entwicklung gegeben hat. Eine Nacht ist die Maschine stehen geblieben und ...«

»Kannst aufhören, ich erinnere mich. Und?«

»Der hatte den Jungs ein bestimmtes Mittel verabreicht, damit sie die Schmerzen nicht spürten. Der Unterschied zwischen dem Fall damals und dem hier ist, dass die Jungs alle die Augen geschlossen hatten, während sie penetriert wurden, also offensichtlich nicht mitbekommen haben, was mit ihnen geschah. Die meisten konnten sich auch gar nicht erinnern, missbraucht worden zu sein, während unser Mädchen hier die Augen geöffnet hat und alles bei vollem Bewusstsein erlebt.«

»Vielleicht hat man die Kleine vorher mit Alkohol abgefüllt oder ihr Koks gegeben.«

»Schon möglich. Aber das auf dem Video hat sie garantiert nicht freiwillig gemacht, sonst wäre das Band jetzt nicht hier bei uns. Frage – wer ist das Mädchen? Sie ist der Schlüssel für die

Morde, und sie wird uns direkt zum Täter führen. Das erklärt auch die abgeschnittenen Schwänze.« Brandt holte tief Luft und fuhr fort: »Da hat sich tatsächlich jemand gerächt.«

»Vielleicht das Mädchen selbst«, bemerkte Spitzer.

»Quatsch! Dann hätte sie gleich selbst herkommen und sagen können: Hier bin ich, nehmt mich fest, ich habe zwei Dreckschweine umgelegt, die mich erst abgefüllt und dann gefickt haben. Nein, sie hat mit den Morden nichts zu tun, sie ist aber der Grund.«

»Dann finde die Kleine und frag sie.«

»Dazu brauch ich erst das Foto. Wo bleibt eigentlich der Typ aus dem Labor? Ruf noch mal an, der soll sich gefälligst beeilen«, sagte Brandt ungehalten und schaute zur Uhr. »Ich muss wieder in die Schule.«

Spitzer wollte schon zum Telefon greifen, als die Tür aufging und ein junger Mann hereinkam.

»Na endlich, ich hab schon gedacht, Sie kommen überhaupt nicht mehr. Sie wissen schon, um was es geht?«

»Ja, ich soll von irgendwas ein Foto machen.«

»Lass noch mal das Band von Anfang an laufen«, forderte Brandt Spitzer auf. Und nach ein paar Sekunden: »Hier, ganz am Anfang ist der Kopf des Mädchens für einen Moment ganz allein zu sehen. Genau diesen Ausschnitt brauch ich, wo sie fast direkt in die Kamera schaut. Nur das Gesicht. Am besten dreizehn mal achtzehn. Und ich brauch's schnell, superschnell.«

»Kein Problem. Ich nehm's mit in mein Büro, wo ich den Rekorder an den PC anschließen kann. Ich mach einen Ausschnitt vom Gesicht und druck das mit höchster Auflösung aus.«

»Das Band bringen Sie aber bitte wieder zurück, ist wichtiges Beweismaterial. Und vorher ziehen Sie bitte noch ein oder zwei Kopien. Und selbstverständlich wird das topsecret behandelt.«

»Klar. Bin in ein paar Minuten wieder da.«

Sie sahen dem jungen Mann nach, bis er aus dem Büro war,

dann sagte Spitzer: »Ich hab vorhin mit Greulich gesprochen. Er wird uns verlassen und am Montag zu Ewald wechseln.«

»Wie hast du das denn angestellt?«

»Es war einfacher, als ich gedacht habe. Greulich war sofort einverstanden. Ist besser für unsere Abteilung.«

»Gratuliere.«

»Ich hatte mir schon seit längerem vorgenommen, mit ihm zu reden, aber du kennst mich ja.«

»Hat sich eigentlich Andrea schon gerührt?«, wechselte Brandt das Thema.

»Nein.«

Brandt rief in der Rechtsmedizin an und verlangte Andrea Sievers zu sprechen. Er wartete einige Sekunden, bis sie sich meldete.

»Sievers.«

»Ich bin's, Peter. Hast du schon was für mich?«

»Wir sind gerade dabei, Teichmann zuzumachen. Ich hätte dich sowieso gleich angerufen. Also, bei ihm wurde sechsundsiebzigmal zugestochen, was auch nicht gerade wenig ist. Aber diesmal sieht's ziemlich eindeutig aus – du hast es mit zwei Tätern zu tun. Die meisten Stichkanäle verlaufen von unten nach oben und gerade. Allerdings sind auch einige dabei, die seitlich von oben nach unten verlaufen …«

»Drei Täter?«

»Möglich, aber ich halt das eher für ausgeschlossen. Doch zwei könnte hinkommen, auch wenn offensichtlich mit der gleichen Klinge zugestochen wurde. Willst du auch wissen, was er zu Abend gegessen hat?«, fragte sie grinsend, was er an ihrer Stimme hörte.

»Spaghetti Bolognese und Rotwein«, antwortete Brandt.

»He, woher weißt du das denn? Bist du unter die Hellseher gegangen?«

»Ich war heut Nacht bei seiner Frau, der Tisch war noch nicht abgeräumt. Sonst noch etwas, das ich wissen müsste?«

»Nein. Körperlich war Teichmann topfit, der hätte hundert werden können. Um welche Zeit treffen wir uns heute Abend?«

»Acht?«

»Acht is okay. Und wo?«

»Ich ruf dich nachher noch mal an«, sagte Brandt ausweichend, als er sah, wie Spitzer das Gespräch neugierig verfolgte, zu neugierig.

»Verstehe, du kannst jetzt nicht frei sprechen. Aber ich will keine Ausreden hören, warum es nicht klappt. Ich brauch ein bisschen Abwechslung von meinem drögen Alltag im Keller.«

»Bis nachher und danke.«

Brandt legte auf und sagte zu Spitzer: »Vermutlich haben wir's mit zwei Tätern zu tun.«

»Du hast doch aber eben was von drei gesagt.«

»Das war ein Missverständnis. Andrea meinte, die Stichkanäle würden auf zwei Täter hindeuten. Damit wird die Sache richtig spannend.«

Brandt und Spitzer ergingen sich in Spekulationen, bis der junge Mann kam und Brandt das gewünschte Foto reichte.

»Ist das so in Ordnung?«, fragte er.

»Spitze. Und die beiden Kopien der Videos machen Sie mir noch?«

»Wird gleich erledigt.«

Brandt sah sich das Foto in aller Ruhe an. Das Mädchen war sehr hübsch, hatte lange blonde Haare, aber es wirkte, je länger er auf das Foto sah, immer trauriger. Ein trauriges Mädchen, das er am liebsten in den Arm genommen und getröstet hätte. Er wollte sie finden und mit ihr sprechen und erfahren, wie dieses Video zustande gekommen war. Er stand auf und verließ kurz nach dem jungen Mann das Büro. Von unterwegs rief er noch einmal Andrea Sievers an.

»Das ging vorhin nicht so gut, mein Chef hat schon ganz große Ohren gekriegt. Wo treffen wir uns?«

»Ich dachte, du würdest einen Vorschlag machen, angeblich

kennst du doch so gute Restaurants in Offenbach. Oder wollen wir doch lieber zu meinem Portugiesen in Sachsenhausen gehen?«

»Was hältst du von jugoslawisch?«

»Du bist der Mann und bestimmst.«

»Tja, weiß nicht«, sagte er und ärgerte sich über seine Unentschlossenheit, seine mangelnde Spontaneität, ein Problem, das er Frauen gegenüber hatte, seit er denken konnte. »Ich war ehrlich gesagt noch nie portugiesisch essen. Und wenn das Essen dort wirklich so gut ist …«

»Ist es«, erwiderte sie schnell und übernahm damit die Initiative und ihm die Entscheidung ab. »Am besten, wir treffen uns vor meiner Wohnung, du hast ja meine Adresse. Bis dann, und ich freu mich.«

Brandt lächelte und rief gleich darauf seine Eltern an. Seine Mutter war am Apparat. Er fragte, ob Sarah und Michelle heute bei ihnen übernachten und auch morgen bei ihnen bleiben könnten. Sie hatte nichts dagegen, sie hatte nie etwas dagegen, ihre Enkeltöchter bei sich zu haben. Als sie fragte, was er vorhabe, antwortete er, er müsse bis spät in die Nacht und auch morgen arbeiten, wobei Letzteres nicht einmal gelogen war. Aber er schaue zwischen sechs und sieben mal kurz vorbei und wünsche den Mädchen wenigstens eine gute Nacht. Er scheute sich davor, seiner Mutter die Wahrheit zu sagen, konnte aber nicht begründen, warum. Vielleicht wollte er vermeiden, mit Fragen gelöchert zu werden, wer die Neue denn sei, ob sie hübsch sei, ob sie Kinder möge, ob sie vom Alter her zu ihm passe, ob, ob, ob … Er kannte seine Mutter und ihre bohrenden Fragen und Ermahnungen, und er wollte erst einmal mit sich und seinen Gefühlen klarkommen, bevor er etwas sagte. Und da war auch noch seine Ex, und auch wenn seit der Scheidung scheinbar schon eine halbe Ewigkeit vergangen war, so war sie trotzdem in manchen Momenten noch immer gegenwärtig. Er erinnerte sich gern an die Zeit zurück, als sie sich zum ersten Mal begegneten, wie verliebt er war, zum ersten Mal in seinem Leben, obwohl er bereits dreißig war, aber er war nun mal ein Spätzünder – und ein nostalgischer Mensch dazu. Und jetzt lebte er allein mit seinen Töchtern, und er fühlte sich wohl, aber nicht wohl genug. Etwas fehlte, jemand, mit dem er die Abende, die Nächte und die Wochenenden verbringen konnte. Eine Frau, mit der er über alles reden konnte, die ihn verstand, vor allem aber eine, die Sarah und Michelle voll und ganz akzeptierte und sich nicht gleich als Mutter aufspielte.

Und Andrea Sievers war eine Frau, die es ihm vom ersten Moment an angetan hatte. Er mochte, wie sie ihn ansah, wenn sie sich begegneten, was nicht sehr häufig vorkam und wenn, dann immer in der Rechtsmedizin, er mochte den warmen Klang ihrer Stimme, ihren Humor, aber auch die Art, wie sie nicht locker ließ in dem Bemühen, ihn näher kennen zu lernen. Und nun stand er kurz davor, etwas zu tun, wovor er sich seit der Trennung von seiner Frau gefürchtet hatte, doch eine innere Stimme sagte ihm, dass er es ruhig auf einen Versuch ankommen lassen sollte und nicht enttäuscht werden würde. Er befahl sich, alle negativen Gedanken und Zweifel über Bord zu werfen und sich überraschen zu lassen. Du bist ein Idiot, dachte er. Nicole hat schon Recht, wenn sie sagt, dass ich ein Feigling bin. Aber wenn Andrea wirklich will …

Freitag, 12.10 Uhr

Georg-Büchner-Gymnasium. Büro des Schulleiters. Drescher schien Brandt bereits zu erwarten. Er setzte sich und zog das Foto aus seiner Jackentasche, behielt es aber noch einen Moment in der Hand.

»Sie haben Ihre Kollegen noch nicht unterrichtet?«, fragte er.

Drescher schüttelte den Kopf. »Sie haben gesagt, ich soll es für mich behalten, und das habe ich getan. Darf ich erfahren, was Sie jetzt vorhaben?«

»Sicher. Kennen Sie diese junge Dame?« Brandt legte das Foto vor Drescher auf den Tisch. Der nahm es, betrachtete es einige Sekunden, und seine Miene wurde noch ernster. Er legte das Foto wieder auf den Tisch und lehnte sich zurück, die Hände gefaltet.

»Dieses Gesicht wird wohl keiner von uns jemals vergessen. Was ist mit ihr?«

»Ich würde gerne mit ihr sprechen, das ist alles.«

»Das wird leider nicht gehen«, erwiderte Drescher. Seine Kiefer mahlten aufeinander.

»Ist sie krank oder nicht mehr hier an der Schule?«

Drescher ließ einen Augenblick verstreichen, bevor er sagte: »Sie ist tot.«

»Moment, dieses Mädchen ist tot?« Brandt beugte sich nach vorn, die Unterarme auf den Schreibtisch gelegt. Scheiße, gottverdammte Scheiße, dachte er, hatte er doch so große Hoffnungen in das Mädchen gesetzt. Andererseits war da diese innere Stimme, die die ganze Zeit, während er von Offenbach nach Langen fuhr, zu ihm gesprochen und ihm gesagt hatte, er würde dieses Mädchen niemals sehen.

»Wann war sie hier auf der Schule, und seit wann ist sie tot?«

»Es war für uns alle eine sehr tragische Sache. Sie hat sich vor knapp drei Monaten das Leben genommen. Ihr Tod kam für alle, Lehrer wie Schüler, völlig unerwartet, denn sie war eine ausgezeichnete Schülerin. Bis heute kann sich keiner erklären, was sie dazu bewogen hat, sich ohne jegliche Vorwarnung in den Tod zu stürzen.«

»Vor drei Monaten, sagen Sie. Wie ist ihr Name?«

»Maureen Neihuus. Jeder, der sie kannte, war erschüttert, weil keiner damit gerechnet hatte ...«

»Wo hat sie sich das Leben genommen?«

»Hier in Langen. Sie ist von einem Hochhaus gesprungen. Es stand damals bei uns in der Zeitung, aber es war nur ein kleiner Artikel. Die Polizei hat natürlich recherchiert, aber einen Grund für ihren Freitod hat man nicht herausgefunden. Sie hat keinen

Abschiedsbrief hinterlassen, und ihre Mutter hat nur gesagt, dass sie in den letzten Wochen immer ruhiger und verschlossener geworden sei und sich oft in ihrem Zimmer eingesperrt habe. Ein Psychologe hat gemeint, das seien typische Anzeichen von depressivem Verhalten, oftmals hervorgerufen durch Drogenkonsum oder eine verlorene erste Liebe.«

»Und, hat sie Drogen konsumiert?«

»Keine Ahnung. Die Eltern behaupten jedoch steif und fest, ihre Tochter habe so etwas niemals angerührt. Aber Eltern glauben ja alles, was die Kinder ihnen erzählen, wenn es nur einigermaßen gut verpackt ist.«

»Und Sie?«

»Ich kannte sie kaum, weswegen ich mir auch kein Urteil erlauben möchte.«

»Wie alt war Maureen, als sie starb?«

»Sie ist am Tag zuvor achtzehn geworden … Aber was hat das mit den Morden an Schirner und Teichmann zu tun?«

Brandt ließ die Frage unbeantwortet. »Welche Klasse hat sie besucht?«

»Die Zwölf, warum?«

»Und zwei ihrer Lehrer waren Schirner und Teichmann?«

»Ich gehe davon aus.«

»Heißt das, Sie wissen das nicht mehr?«

»Ich müsste nachschauen. Wie gesagt, ich kannte sie kaum.«

»Dann tun Sie das bitte.«

Drescher erhob sich und ging zu dem breiten Metallschrank, zog eine Schublade heraus und entnahm ihr eine Akte. Er blätterte darin und sagte: »Sie hatte Schirner in Ethik Leistung und Teichmann in Deutsch Leistung.«

»Und welchen Leistungskurs hat sie außerdem besucht?«, fragte Brandt, der zunehmend ungeduldiger und auch ungehaltener wurde, weil Drescher sich jede Information mühsam aus der Nase ziehen ließ.

»Englisch bei Frau Russler.«

Brandt war wenig überrascht von dieser Antwort, er hatte sogar damit gerechnet. Drei Leistungskurse, genau wie Kerstin Abele und Silvia Esslinger.

Drescher wollte die Akte wieder zurücklegen, doch Brandt sagte: »Würden Sie sie mir bitte vorläufig überlassen?«

»Natürlich, aber ich brauch sie wieder. Ich kann Ihnen auch eine Kopie ziehen lassen.«

»Sie bekommen sie zurück. Wie viele Leistungskurse belegen die Schüler eigentlich in der Regel? Sind drei nicht über der Norm?«

»Zwei sind Pflicht, aber es steht jedem frei, noch einen zu wählen. Es kommt eben ganz drauf an, was sich der Einzelne zutraut. Und über Maureen Neihuus kann ich, wenn ich das hier alles lese, nur so viel sagen, dass sie über ein ungeheures Potenzial verfügte, das sie aber anscheinend erst erkannte, nachdem sie in der Zehn einmal das Klassenziel nicht erreichte. In der Elf wurden ihre Leistungen schlagartig besser. Aber das können Sie alles selbst nachlesen. Sie hätte jedenfalls nach meinem Dafürhalten das Abi mit links geschafft.«

Brandt überflog die Akte Maureen Neihuus. Ihm gingen während des Lesens die bisherigen Befragungen der Schüler nicht aus dem Kopf. Er musste unwillkürlich an Kerstin Abele und Silvia Esslinger denken, die ebenfalls in der Zehn hängen geblieben waren und in der Zwölf exakt die gleichen Leistungskurse gewählt hatten wie Maureen. Er versuchte einen Zusammenhang herzustellen. Gab es überhaupt einen? Vielleicht war alles auch nur purer Zufall. Doch Brandt glaubte nicht an Zufälle, schon gar nicht, wenn diese in Form eines widerlichen pornographischen Videos auf seinem Schreibtisch landeten. Sein intuitives Gespür, dieser innere Drang, sich noch einmal näher mit Kerstin Abele und Silvia Esslinger zu unterhalten, hatte ihn nicht getrogen. Er wurde immer sicherer, dass die beiden ihm etwas ganz Wesentliches verschwiegen, und sollte sich sein Verdacht bestätigen, so würde der exzellente Ruf der Schule schweren Schaden davontragen. Aber er konnte sich auch täuschen. Er hatte in seiner Laufbahn schon zu oft Fälle erlebt, wo alles so eindeutig schien, er einen Täter zu haben meinte und sich am Ende alles ganz anders darstellte. Wer waren die beiden Männer in den Kutten, die aussahen, als würden sie zum Ku-Klux-Klan gehören? Waren es wirklich Schirner und Teichmann? Die Vermutung lag nahe, aber einen Beweis dafür hatte er nicht. Und hatte der Selbstmord von Maureen Neihuus überhaupt etwas mit den Morden zu tun? Und wer hatte ihm das Video zukommen lassen? Es muss ein Hinweis sein, dachte er, jemand will, dass ich die Wahrheit herausfinde. Aber welche Wahrheit? Die über Schirner und Teichmann? Waren die Ehrenmänner gar keine? Und wer würde ihm eine Antwort auf diese brennenden Fragen geben? Anja Russler oder Katharina Denzel, die beide ein Verhältnis mit Schirner hatten? Hatten sie vielleicht auch eins mit Teichmann? Aber Teichmann hatte im Gegensatz zu Schirner zu Hause eine überaus attraktive und selbstbewusste Frau, die so ganz anders gestrickt war als die putzsüchtige und frigide Helga Schirner. Und wenn Schirner und Teichmann die Männer auf dem Video waren, wer hatte dann ein Interesse, sie so bestialisch umzubringen? Eine der Schülerinnen? Oder gar eine ihrer Liebschaften? Wer gelangte überhaupt in den Besitz des Videos? Sollten Schirner und Teichmann diese Sauereien begangen haben, dann haben sie mit Sicherheit irgendwelche Bänder nicht einfach so rumliegen lassen. Noch hatte er keine Antwort auf all diese Fragen.

Er klappte die Akte zu, Drescher riss ihn aus seinen Gedanken, als er noch einmal fragte: »Glauben Sie etwa, dass der Selbstmord von Frau Neihuus etwas mit den Morden zu tun hat?«

»Im Moment glaube ich noch gar nichts. Ich will lediglich versuchen, zwei Morde aufzuklären. Wann ist die nächste Pause?«

»Wir hatten gerade eine Fünf-Minuten-Pause, die Schüler sind wieder in ihren Klassen. Die nächste größere ist um zehn nach eins – nein, warten Sie, in den nächsten zwei Stunden würden in der Zwölf normalerweise Ethik und Deutsch Leistung stattfinden, das heißt, die meisten Schüler haben Freistunden. Ich hoffe, sie sind nicht nach Hause gegangen, wie es viele tun, wenn gleich zwei Stunden ausfallen, vor allem freitags … Wie sind Sie überhaupt an das Bild von Frau Neihuus gelangt?«

»Mehr zufällig. Sind Frau Eberl und Herr Greulich noch im Schulgebäude?«

»Ja, ich denke, sie müssten noch hier sein. Ich habe sie vorhin im zweiten Stock gesehen.«

»Ich geh dann mal hoch. Zehn nach eins sehen wir uns im Lehrerzimmer.«

Brandt nahm die Akte und das Foto. Oben traf er Eberl und Greulich, die am Fenster standen und sich unterhielten, wobei Greulich einen erstaunlich lockeren Eindruck machte, als wäre eine große Last von seinen Schultern gefallen.

»Na«, sagte Brandt, »nichts zu tun?«

Eberl schüttelte den Kopf. »Wir haben nur auf dich gewartet. Es gibt hier tatsächlich nichts mehr zu tun. Solltest du noch jemanden befragen wollen, dann musst du das bei den Betreffenden zu Hause machen. Die meisten Schüler sind vor einer halben Stunde gegangen, weil …«

»… die Kurse von Schirner und Teichmann ausgefallen sind. Gut. Ihr fahrt zurück ins Präsidium und schaut mal nach, ob unsere beiden Toten in irgendeiner Form schon mal auffällig geworden sind. Und dann brauch ich ganz dringend die komplette Akte über den Selbstmord einer gewissen Maureen Neihuus. Ich schreib den Namen auf.«

»Wer ist das?«

»Eine ehemalige Schülerin von hier, hat sich vor drei Monaten von einem Hochhaus gestürzt. Könnte sein, dass es da eine Verbindung zu den Morden gibt. Was immer ihr auch rausfindet, es bleibt streng vertraulich, was nichts anderes heißt, als dass die Staatsanwaltschaft vorläufig nicht davon informiert wird. Ich habe meine Gründe dafür. *Ich* werde heute Nachmittag noch mit Frau Klein persönlich sprechen. Haben Sie das verstanden, Herr Greulich?«

»Ja doch, Chef, meine Lippen sind versiegelt.« Der Ton, in dem er das sagte, drückte all seine negativen Gefühle, die er Brandt gegenüber hatte, aus.

»Und was machst du?«, fragte Eberl.

»Ich treffe mich noch kurz mit den Lehrern und muss dann ein paar Leute abklappern. Ich hab keine Ahnung, ob wir uns heute noch mal sehen. Wenn nicht, dann ein schönes Wochenende, außer es passiert noch etwas. Ciao.«

Um Viertel nach eins begab sich Brandt ins Lehrerzimmer. Er sah in die Runde, die Einzigen, die fehlten, waren Anja Russler und Katharina Denzel.

»Frau Russler und Frau Denzel sind heute nicht hier?«, fragte er.

»Sie waren hier«, sagte Baumann, »aber sie hatten nur bis zwanzig nach zwölf Unterricht.«

»Auch gut. Einige von Ihnen werden heute sicherlich Herrn Teichmann vermisst haben. Ich muss Ihnen leider mitteilen, dass er letzte Nacht ebenfalls Opfer eines Kapitalverbrechens wurde.«

Entsetzte Blicke, Fassungslosigkeit bei allen Anwesenden.

»Sagen Sie, dass das nicht wahr ist«, stieß Frau Engler erregt aus. »Zwei unserer geschätzten Kollegen sind innerhalb von zwei Tagen umgebracht worden? Was geht hier vor?«

»Das würde ich auch zu gerne wissen«, erwiderte Brandt und fügte hinzu: »Ich möchte jeden von Ihnen bitten, sich auch am Wochenende zur Verfügung zu halten. Es könnte sein, dass ich und meine Kollegen Ihnen noch einige Fragen stellen müssen. Sie möchten ja sicherlich auch, dass diese Verbrechen baldmöglichst aufgeklärt werden.«

»Haben Sie denn schon eine Spur?«, fragte Baumann, der wie die meisten andern sichtlich um Fassung rang.

»Wir haben inzwischen etliche Hinweise bekommen, denen wir nachgehen werden«, antwortete Brandt diplomatisch.

»Wie ist Herr Teichmann gestorben?«, wollte eine junge Lehrerin wissen, die Brandt bisher nicht wahrgenommen hatte.

»Er wurde auf die gleiche Weise getötet wie sein Freund Herr Schirner. Mehr kann ich dazu nicht sagen. Ich habe jedoch eine Frage an Sie alle. Hat Herr Teichmann sich in den letzten Tagen, vor allem seit dem Tod von Herrn Schirner, auffällig verhalten?«

»Er war sehr mitgenommen, aber ansonsten ...« Drescher schüttelte den Kopf.

»Er war nicht ängstlich oder anders als sonst?«

»Nein. Oder?« Drescher schaute seine Kollegen an, die ihm zustimmten. »Ich werde überlegen, ob ich den Unterricht am Montag und Dienstag in der Oberstufe ausfallen lasse. Ich denke, es wäre pietätlos, wenn wir so tun würden, als wäre nichts geschehen. Allerdings werde ich mich deswegen noch mit den jeweiligen Tutoren besprechen.«

»Herr Brandt, glauben Sie, dass auch noch andere von uns in Gefahr sind?«, fragte Baumann.

»Nein, das glaube ich nicht.«

»Und weshalb glauben Sie das nicht?«

»Weil es klare Hinweise darauf gibt, dass man es gezielt und ausschließlich auf Schirner und Teichmann abgesehen hatte. Dennoch sollte jeder von Ihnen in den nächsten Tagen vorsichtig sein und vor allem nachts keine einsamen Straßen oder Wege benutzen. Aber ich bin ziemlich sicher, dass keiner von Ihnen in Gefahr ist.«

»Ihr Wort in Gottes Ohr«, sagte Baumann.

»Sagen Sie's ihm, Sie sind der Religionslehrer«, entgegnete Brandt trocken.

»Hoffentlich hört er auf mich.«

»Ich muss mich jetzt leider verabschieden, eine Menge Arbeit wartet auf mich. Gibt es irgendjemanden hier, dessen Adresse und Telefonnummer nicht auf meiner Liste steht?«

»Nein«, antwortete Drescher, »die Liste enthält die Namen und Adressen sämtlicher Lehrer, die an dieser Schule tätig sind. Viel Glück und hoffentlich haben Sie Erfolg.«

Brandt nickte und ging zu seinem Wagen. Er suchte die Adresse von Kerstin Abele raus, schaute im Stadtplan nach, wie er am schnellsten dorthin kam, und machte sich auf den Weg. Sie wohnte in einem noblen Neubaugebiet am andern Ende von Langen in der Nähe des Galgenbergs.

Freitag, 13.50 Uhr

Er verfuhr sich zweimal, schaute noch einmal im Stadtplan nach und fluchte leise vor sich hin. Schließlich fand er die kleine Straße, in der alle Häuser weiß gestrichen waren und jetzt im gleißenden Sonnenlicht noch heller strahlten. Brandt klingelte, erblickte die kleine Überwachungskamera links über sich und schaute direkt hinein.

»Ja?«, kam eine weibliche Stimme aus dem Lautsprecher neben der Klingel.

»Brandt, Kriminalpolizei. Ich würde gerne mit Kerstin Abele sprechen.«

»Moment.«

Die Tür ging auf, eine jugendlich wirkende Mittvierzigerin stand vor ihm, schlank, leuchtend blaue Augen, kurze blonde Haare. Sie hätte noch jünger ausgesehen, wären da nicht die Krähenfüße um die Augen und die tiefen Falten um die Nase und den Mund.

»Kriminalpolizei? Dürfte ich bitte Ihren Ausweis sehen?«

Brandt hielt ihn hoch, die Frau warf einen Blick darauf und sagte: »Ich bin die Mutter von Kerstin. Sie ist oben in ihrem Zimmer. Geht es um Herrn Schirner?«

»Ja. Ich habe nur ein paar Fragen an Ihre Tochter.«

»Kommen Sie rein, ich hole sie.«

»Nein, sagen Sie mir nur, wo ich sie finde, ich würde nämlich gerne unter vier Augen mit ihr sprechen.«

»So geheimnisvoll? Aber gut, wie Sie wünschen. Die Treppe hoch, zweite Tür links. Aber klopfen Sie bitte an, Kerstin mag es nicht, wenn man einfach so in ihr Zimmer platzt.«

Brandt ging nach oben, nicht ohne einen ersten Eindruck des Hauses in sich aufzunehmen, der ihm sagte, dass es hier an Geld nicht mangelte. Die Einrichtung hatte etwas gediegen Luxuriöses, auch wenn er nur den Flur und einen Teil des Wohnzimmers durch die offen stehende Tür sah. Er erinnerte sich, wie Kerstin erwähnt hatte, ihr Vater sei Chefingenieur bei der Lufthansa, ein Job, der offensichtlich sehr gut bezahlt wurde. Er klopfte an die hellbraune Tür, wie überhaupt alles in diesem Haus in warmen Erdtönen gehalten war. Von drinnen kam ein leises »Herein«.

Kerstin lag auf dem Bett, die Fernbedienung in der Hand, und zappte sich gerade durch mehrere Fernsehkanäle. Als sie Brandt erblickte, zuckte sie kurz und ängstlich zusammen.

»Hallo, Frau Abele«, sagte Brandt und machte die Tür hinter sich zu. »Man hat mir in der Schule gesagt, dass Sie heute schon früher nach Hause gegangen sind. Ich müsste aber noch einmal mit Ihnen sprechen.«

»Um was geht's?« Sie ließ den Fernseher laufen, schaltete nicht einmal die Lautstärke herunter.

»Können Sie das mal für einen Moment ausmachen, ich hab keine Lust zu schreien.«

Sie verzog nur genervt den Mund und drückte den Ton weg.

»Besser so?«

Brandt nahm sich einen Stuhl und setzte sich. Es war ein großes Zimmer mit viel Licht, das durch ein breites Fenster und eine schmale Tür, die auf einen kleinen Balkon führte, drang. Die Einrichtung entsprach dem Geschmack einer jungen Frau, die verspielten Muster der Gardinen und des Bettüberzugs kamen ihm bekannt vor, doch ihm fiel der Name des Designers oder der Designerin nicht ein, obwohl seine Ex vor Jahren schon ein Zimmer in einem ähnlichen Stil eingerichtet und dafür ein halbes Vermögen ausgegeben hatte, worüber die Bank nicht sonderlich erfreut gewesen war. Doch hier war das Geld vorhanden, man dachte nicht darüber nach, man hatte es einfach.

»Frau Abele, vorab zu Ihrer Information – Herr Teichmann, Ihr Deutschlehrer, wurde vergangene Nacht ebenfalls ermordet.« Er beobachtete genau die Reaktion auf diese Nachricht. Kerstin sah ihn für einen kurzen Moment an – ihre Überraschung hielt sich in Grenzen, was Brandt etwas stutzig machte –, um gleich darauf ihren Blick wieder abzuwenden.

»Herr Teichmann? Das ist furchtbar«, sagte sie und nestelte nervös an einem Kissen. »Zwei meiner Lehrer in einer Woche.«

»Innerhalb von zwei Tagen, um genau zu sein. Was geht jetzt in Ihnen vor?«

»Das muss ich erst mal verdauen. Wir haben uns alle gewundert, dass heute Deutsch ausgefallen ist, weil Herr Teichmann sonst immer da war. Jetzt weiß ich, warum es ausgefallen ist. Wissen Sie schon, wer's getan hat?«

»Noch nicht, doch es wird bestimmt nicht mehr lange dauern. Aber das ist nicht der eigentliche Grund, weshalb ich gekommen bin.« Er holte das Foto hervor und legte es auf das Bett. »Ich nehme an, Sie kennen diese junge Dame.«

Kerstin warf einen langen Blick darauf. Ihr Atem ging schneller, sie vermied es erneut, Brandt anzusehen, und schien noch nervöser zu werden.

»Das ist Maureen.« Sie setzte sich auf, ihre Augen füllten sich mit Tränen. »Warum zeigen Sie mir ausgerechnet jetzt dieses Foto?«

»Nun, ich würde gerne wissen, wie gut Sie Frau Neihuus gekannt haben.«

»Sie war meine beste Freundin. Und jetzt ist sie irgendwo da oben«, antwortete sie, den Blick zur Decke gerichtet. »Hat das irgendwas mit Schirner und Teichmann zu tun?«

»Wie kommen Sie denn darauf?«

»Sonst würden Sie mir doch das Foto nicht zeigen, oder? Hat es was damit zu tun?«

»Möglich. Im Moment versuche ich nur Zusammenhänge zu erkennen.«

»Was für Zusammenhänge?«

»Wir wissen ja bis jetzt nicht, wer Schirner und Teichmann auf dem Gewissen hat, und müssen recherchieren. Aber Sie haben gesagt, Frau Neihuus war Ihre beste Freundin. Haben Sie eine Ahnung, weshalb Sie sich das Leben genommen hat?«

Kerstin zuckte mit den Schultern. Sie hatte Mühe zu sprechen. Sie nahm ein Taschentuch von dem kleinen Beistelltisch und wischte sich die Tränen ab.

»Nein, sie hat nicht gesagt, dass sie so etwas vorhatte. Sie ist einfach auf das Dach gestiegen und …«

Brandt wartete mit seiner nächsten Frage, bis Kerstin sich einigermaßen gefangen hatte. »Aus der Schulakte geht hervor, dass es am 17. November letzten Jahres passiert ist. Ich weiß aber bis jetzt nicht, wann genau an diesem 17. November. Waren Sie an diesem Tag zusammen?«

Kerstin nickte. »Ja, Maureen war bei mir. Wir haben für Mathe gelernt und uns noch ein bisschen unterhalten. Sie ist so gegen sechs gegangen und …« Diesmal ließ sie ihren Tränen freien Lauf. Brandt wartete erneut, bis sie sich einigermaßen beruhigt hatte. Sie putzte sich die Nase, ihre Wimperntusche war verlaufen. »Es war auf jeden Fall schon dunkel, und deshalb hat keiner gesehen, wie sie …«

»Und über was haben Sie sich unterhalten?«

»Alles Mögliche. Ist doch auch unwichtig. Außerdem kann ich mich nicht mehr so genau dran erinnern.«

»Wissen Sie, ich bin schon lange bei der Polizei, und wenn jemand so plötzlich und unerwartet aus dem Leben gerissen wird, vergisst kaum einer das letzte Treffen und Gespräch mit der Person, mit der man so vertraut war. Sie können es mir ruhig sagen, ich kann schweigen wie ein Grab.«

»Es waren wirklich nur Belanglosigkeiten, über Musik, über die Schule und so 'n Zeug.«

»Und Frau Neihuus hat keine Andeutungen gemacht, dass sie Selbstmord begehen wollte?«

»Nein. Es heißt doch, wer davon spricht, tut's nicht.«

»Von wem haben Sie denn diese Weisheit?«

»Schirner. Wir haben mal in Ethik darüber gesprochen. Er hat gesagt, Selbstmord sei nie eine Lösung, sondern nur ein Davonlaufen vor Problemen.«

»Und welche Probleme hatte Frau Neihuus?«

»Keinen Schimmer.«

Brandt schüttelte den Kopf und faltete die Hände. »Sorry, aber das nehme ich Ihnen nicht ab. Mir wurde gesagt, dass Ihre Freundin vor ihrem Tod immer stiller und in sich gekehrter wurde. Sie müssten das doch eigentlich am ehesten mitgekriegt haben. War es so?«

»Schon, aber jeder von uns hat doch mal so eine Phase. Ich hab dem weiter keine Bedeutung beigemessen. Sie hat öfter scheinbar grundlos geweint, und wenn ich sie gefragt habe, was los ist, hat sie nur geantwortet, nichts weiter, sie würde nur mit dem Stress nicht fertig werden.«

»Um was für einen Stress handelte es sich denn?«

»Schule, Eltern. Das Übliche halt.«

»Hm. Dann frag ich mich nur, warum sie gleich drei Leistungskurse belegt hat, wo doch eigentlich nur zwei Pflicht sind. Die gleichen Leistungskurse, die auch Sie belegt haben. Warum hat sie das gemacht, wenn sie angeblich überfordert war?«

Kerstin sah auf, senkte den Blick aber gleich wieder. »Ihre Eltern wollten das so, das heißt, eigentlich ihr Vater. Wenn Sie den kennen würden, dann würden Sie alles verstehen. Der ist ein echter Kotzbrocken, für den zählt nur Leistung, Leistung, Leistung!«, stieß sie zornig hervor. »Als Maureen in der Zehn hängen geblieben ist, was glauben Sie, was der für'n Terz gemacht hat. Der hat sie nicht nur einmal geschlagen, sondern ziemlich oft.

Und ihre Mutter hat nur zugesehen. Tja, und dann hatten wir das Glück, in der Elf Schirner als Klassenlehrer zu bekommen. Ab da ging's für uns alle bergauf.«

»Was heißt für alle? Frau Neihuus, Sie, Frau Esslinger?«

»Ja. Es waren aber auch noch ein paar andere dabei.«

»Hat sie Drogen genommen oder übermäßig viel Alkohol getrunken?«

»Quatsch, Maureen doch nicht! Die hatte einen Höllenrespekt vor dem Zeug.«

»Also keine Drogen und kein Alkohol. Wenn ich mich recht erinnere, haben Sie gesagt, dass Ihr Vater auch großen Wert auf Leistung legt. Wie gehen Sie damit um?«

»Ich gebe mein Bestes und hoffe, es ist gut genug«, antwortete sie diplomatisch. »Die meisten Eltern wollen eben immer mehr als die Kinder selbst. Manche kommen damit zurecht, andere nicht.«

»Und Sie?«

»Ich komm zurecht. Ich hoffe, es bleibt auch so, jetzt, wo Herr Schirner und Herr Teichmann tot sind. Ich weiß ja nicht, wen wir jetzt kriegen.«

»Ist Frau Esslinger auch Ihre Freundin?«

»Ja, warum?«

»Mir ist nur aufgefallen, dass Sie alle drei die Zehn nicht geschafft haben. Hatte das besondere Gründe?«

Zum ersten Mal huschte so etwas wie ein Lächeln über Kerstins Gesicht. »Wir haben alles schleifen lassen, wir haben gekifft und viel Party gemacht. Na ja, die Schule war halt nicht so wichtig.«

»Sie haben doch eben betont, dass Frau Neihuus keine Drogen genommen hat, und jetzt behaupten Sie auf einmal …«

»Wir waren sechzehn und haben nur gekifft und ein bisschen getrunken. Das war aber wirklich nur eine kurze Zeit. Als wir die Zehn wiederholen mussten, haben wir mit dem Scheiß aufgehört.«

»War Frau Esslinger an dem Nachmittag, als das mit Maureen passierte, auch hier?«

»Nein. Wir haben von Maureens Tod erst am späteren Abend erfahren. Ihre Mutter hat uns angerufen und die ganze Zeit nur ins Telefon geschrien.«

Brandt schaute auf die Uhr, halb drei, und sagte: »Tja, ich geh dann mal wieder, ich hab noch 'ne Menge zu tun. Wir sehen uns bestimmt noch … Nur noch eine Frage. Wo waren Sie gestern Abend zwischen neun und zehn?«

»Hier.«

»Kann das jemand bestätigen?«

»Keine Ahnung, ich war die ganze Zeit hier in meinem Zimmer und habe ferngesehen und ein bisschen gelesen. Glauben Sie etwa, ich hätte etwas mit dem Mord an Teichmann zu tun? Das ist doch Blödsinn, welchen Grund sollte ich haben?«

»War nur eine Frage, die ich jedem stelle.«

Er stand auf, nickte Kerstin aufmunternd zu und ging nach unten, wo ihre Mutter im Wohnzimmer saß und etwas auf ein großes Blatt Papier schrieb. Er dachte daran, sie zu fragen, ob sie Kerstins Alibi bestätigen könne, verwarf dies aber wieder, denn allein diese Frage hätte Kerstin womöglich zusätzlichen Ärger eingebracht.

Er verabschiedete sich, rief auf dem Weg zum Auto bei Elvira Klein an und sagte ihr, er sei zwischen vier und fünf in ihrem Büro. Doch vorher wollte er noch einen kurzen Abstecher zu Natalia Teichmann machen, auch wenn er wenig Hoffnung hatte, heute mehr über ihren Mann zu erfahren als letzte Nacht. Aber vielleicht hatte sie ja doch eine kleine Information für ihn.

Freitag, 14.50 Uhr

Brandt brauchte diesmal nicht zu klingeln, die Tür ließ sich einfach aufdrücken. Das Wartezimmer war leer, die

Sprechstundenhilfe sagte ihm freundlich, aber bestimmt, dass die Praxis bereits seit vierzehn Uhr geschlossen und der letzte Patient gerade bei der Frau Doktor sei. Er zeigte seinen Ausweis, sie kam hinter dem Tresen hervor, klopfte an das Sprechzimmer, ging hinein und flüsterte etwas, das Brandt nicht verstehen konnte. Er wunderte sich, dass Natalia Teichmann heute überhaupt praktizierte, hatte sie doch die vergangene Nacht kaum oder gar nicht geschlafen. Sie bat ihn in ein kleines Nebenzimmer. Sie sah blendend aus, keine Spur von Übermüdung, während er sich am liebsten hingelegt und bis Sonntagmorgen durchgeschlafen hätte. Er stellte Fragen ihren Mann betreffend, auf die sie keine hilfreichen Antworten hatte, im Gegenteil, sie waren eher ausweichend, aber das Wenige, das sie sagte, klang wieder so seltsam wie in der Nacht. Kühl und auf eine eigenartige Weise emotionslos. Aber sie beteuerte noch einmal, dass er ein guter Ehemann gewesen sei, doch auch dies in einem Ton, den Brandt nicht zu deuten wusste.

Nach kaum zehn Minuten war das Gespräch beendet, aber er würde wiederkommen, vielleicht schon morgen. Er wusste, dass die Männer auf dem Video nur Schirner und Teichmann sein konnten, doch der letzte Beweis fehlte. Und wenn sie es waren, hatte er auch das Motiv, aber noch keinen Täter. Womöglich Kerstin und Silvia, die ihre beste Freundin rächen wollten? Nein, dachte er auf der Fahrt ins Präsidium, Kerstin ist keine Mörderin, dazu ist sie viel zu sensibel und introvertiert. Andererseits hatte Andrea Sievers von zwei Tätern gesprochen. Stille Wasser sind tief, dachte er weiter, und vielleicht ist Kerstin ja ein sehr stilles und sehr tiefes Wasser und er täuschte sich in ihr. Vielleicht war das scheue Reh, als das sie sich ihm präsentierte, nur eine große Show. Als er die Stadtgrenze zu Offenbach passierte, kam ihm mit einem Mal ein geradezu perfider Gedanke. Selbstmord? Oder hatte da noch jemand anders seine Finger im Spiel gehabt? Er hatte diese Möglichkeit bisher noch nicht in Betracht gezogen, aber war es so abwegig, schließlich gab es keine Zeugen.

Freitag, 15.45 Uhr

Im Büro wurde Brandt von Nicole Eberl empfangen, die ihm nur kurz mitteilte, dass weder Schirner noch Teichmann jemals mit der Polizei zu tun hatten.

»Der Bericht über die Neihuus liegt auf deinem Schreibtisch. Du wirst allerdings nicht viel damit anfangen können, weil man damals davon ausging, dass es ein ganz normaler Suizid war …«

»Ganz normaler Suizid! Wie sich das anhört. Kein Mensch bringt sich einfach so aus lauter Jux und Tollerei um, schon gar nicht ein achtzehnjähriges Mädchen.«

»Das wissen wir jetzt, nachdem wir das Video kennen, aber das wussten die damals ermittelnden Beamten doch nicht. Lies den Bericht und schau, ob du irgendwas damit anfangen kannst. Was hast du denn rausgekriegt?«

»Ich will erst einen kurzen Blick auf den Bericht werfen. Mich interessiert, was die Rechtsmedizin sagt.«

»Was willst du wissen, ich kenn den Bericht fast auswendig. Maureen Neihuus war körperlich topfit, in ihrem Blut wurden weder Drogen noch Alkohol festgestellt, auch keine Anzeichen für Fremdeinwirkung. Zufrieden?«

»Nein«, antwortete er barsch. »Lass uns kurz mit Bernie und Greulich besprechen, was ich rausgefunden habe, weil ich gleich rüber zur Klein muss.«

Sie gingen in Spitzers Büro. Brandt erzählte von seinem Gespräch mit Kerstin Abele und Natalia Teichmann. Als er geendet hatte, sagte Spitzer: »Das ist nicht viel. Könnte ihre Freundin, diese Kerstin, da mit drinstecken?«

»Es waren zwei«, bemerkte Brandt, »und ob die Abele eine davon ist, kann ich nicht beurteilen. Das Mädchen ist ganz schwer zu durchschauen. Sie wirkt auf mich total verschüchtert und ängstlich. Auf manche meiner Fragen hat sie ausweichend geantwortet, doch über Maureen Neihuus hat sie mir eine ganze Menge erzählt.« Er strich sich über das stopplige Kinn und fuhr fort: »Eigentlich kann ich mir nur schwer vorstellen, dass sie zu einem Mord fähig wäre. Die ist relativ klein und zierlich, und wenn ich nicht wüsste, dass sie neunzehn ist, würde ich sagen, die ist auf keinen Fall älter als sechzehn. Was mir Kopfzerbrechen bereitet, ist, dass Silvia Esslinger, Kerstin Abele und Maureen Neihuus alle in der zehnten Klasse sitzen geblieben sind und ihre Leistungen sich ab der Elf enorm verbessert haben, und zwar ab dem Moment, als Schirner ihr Klassenlehrer wurde. Die drei Mädchen haben dieselben Leistungskurse gewählt, die haben so ziemlich alles zusammen gemacht, ich würde sagen, das war eine verschworene Gemeinschaft. Ich hab Kerstin nach ihrem Alibi für gestern gefragt, sie war zu Hause.«

»Und die Teichmann?«

»Das verstehe, wer will, aber die hat heute tatsächlich praktiziert, als wäre nichts gewesen. Sie war auch vorhin wieder völlig ruhig, keine Spur von Nervosität, aber das hat wohl was mit ihren russischen Wurzeln zu tun. Die gehen dort mit Schicksalsschlägen wahrscheinlich ein wenig anders um.« Und nach einer kurzen Pause: »So, Leute, ich schnapp mir das Video und mach mich ab zur Klein. Mal sehen, was die dazu zu sagen hat …«

»Stopp, stopp, bevor wir ins Wochenende starten – wie willst du weiter vorgehen?«

»Ich hab noch einige Namen auf meiner Liste, die ich morgen abarbeiten werde. Und außerdem, wer sagt uns eigentlich, dass Maureen Selbstmord begangen hat? Es gibt keine Zeugen, keinen Abschiedsbrief, nichts. Sie hat keinerlei Andeutungen in diese Richtung gemacht, weder ihren Eltern noch ihrer besten Freundin gegenüber.«

»Du meinst, es könnte auch Mord sein?«, fragte Eberl und neigte den Kopf leicht nach links, wie immer, wenn sie Zweifel hegte.

»Ich halte es zumindest nicht für ausgeschlossen. Und jetzt entschuldigt mich, ich habe ein wichtiges Meeting. Ciao.«

»Warte doch mal«, beharrte Eberl, »in dem gerichtsmedizinischen Gutachten steht nichts von Fremdeinwirkung.«

»In diesem Land geschehen jedes Jahr ein paar hundert Selbstmorde, die in Wirklichkeit Morde sind, weil die Mörder keine Spuren hinterlassen. Ich pfeif auf dieses Gutachten. Und jetzt bin ich endgültig weg.«

»Ciao und viel Glück«, sagte Spitzer, doch Brandt hörte es nicht mehr, er hatte die Tür bereits hinter sich ins Schloss fallen lassen.

Freitag, 16.25 Uhr

Peter Brandt klopfte an und trat nach Aufforderung ein. Elvira Klein saß über eine Akte gebeugt und schaute auf, als Brandt hereinkam.

»Herr Brandt, schön dass Sie gekommen sind.« Sie schlug die Akte zu. »Was haben Sie für mich?«

Sie trug heute eine hellblaue Jeans, ein dunkelblaues Sakko und darunter einen weißen eng anliegenden Rolli, der ihre körperlichen Reize deutlich zur Geltung brachte.

»Sie haben ein Videogerät hier?«, fragte er.

»Wollen Sie mit mir jetzt etwa ein Video gucken? Ich dachte, wir hätten Wichtigeres zu tun«, sagte sie spöttisch, doch Brandt reagierte nicht darauf.

»Haben Sie jetzt ein Videogerät oder nicht?«

»Natürlich habe ich eins. Dürfte ich trotzdem erfahren, was Sie damit wollen?« Sie stand auf, ging zu dem langen und hohen Buchenschrank, machte zwei Türen auf, die den Blick auf eine Fernseh-Video-Kombination freigaben. Ohne die Frage zu beantworten, legte Brandt das Video ein, nahm die neben dem Fernseher liegende Fernbedienung, suchte nach den entsprechenden Tasten, schaltete erst den Fernseher, dann den Videorekorder ein, drückte aber noch nicht auf Play.

Er nahm Platz und schlug die Beine übereinander. »Ich werde Ihnen alles erklären, nachdem Sie diesen etwa zwanzigminütigen Film gesehen haben. Stehen Sie überhaupt auf Pornos?«, fragte er, unfähig, ein leichtes Grinsen zu unterdrücken.

»Kommt drauf an … Wenn sie gut gemacht sind«, erwiderte sie mit einem Lächeln, das er von ihr nicht gewohnt war, eigentlich hatte er sie noch nie so sympathisch lächeln sehen.

»Schade«, entgegnete er, »denn das, was ich Ihnen gleich zeige, ist leider nicht sehr professionell gemacht, aber ziemlich aufschlussreich. Bereit?«

»Jetzt machen Sie schon, ich bin ganz gespannt«, sagte sie immer noch lächelnd.

Brandt beobachtete Elvira Klein während des Abspielens aus dem Augenwinkel und sah, wie das Lächeln schon nach den ersten Sekunden gefror, wie es in ihr arbeitete, wie ihre Miene sich von Minute zu Minute verfinsterte, ihre Kiefer aufeinander mahlten, bis nach einundzwanzig Minuten das Band zu Ende war.

Sie holte ein paarmal tief Luft, drehte sich mit dem Stuhl und blickte Brandt in die Augen. »Woher haben Sie das und wer sind die Darsteller dieses ekelhaften Machwerks?«, fragte sie betroffen und mit kehliger Stimme, als würde sie die Antwort bereits ahnen.

»Das wurde heute Morgen beim Pförtner abgegeben, der Umschlag war an mich adressiert. Den Namen des Mädchens habe ich inzwischen rausgefunden, sie heißt Maureen Neihuus.«

Als er nicht weitersprach, sagte sie mit gespielter Lässigkeit: »Und? Das ist zwar ein ziemlich harter Porno, aber was hat das mit dem aktuellen Fall zu tun?«

»Maureen Neihuus hat sich am 17. November vergangenen Jahres das Leben genommen, das heißt vor knapp einem Vierteljahr. Sie war achtzehn Jahre alt, eine exzellente Schülerin und hatte drei Leistungskurse belegt, unter anderem Ethik bei Schirner und Deutsch bei Teichmann.«

Elvira Kleins Augen verengten sich zu Schlitzen, in ihrem Blick war mehr als nur ungläubiges Entsetzen. »Moment, damit ich Sie recht verstehe. Soll das heißen, Sie denken, dass die beiden Männer auf dem Video Schirner und Teichmann sind? Das ist nicht Ihr Ernst, oder?«

»Was meinen Sie denn, wer das sein könnte? Der Weihnachtsmann und sein Gehilfe? Ich fürchte, Ihr ach so sauberer und ehrenwerter Herr Schirner war ein ausgemachtes Dreckschwein. Und sein Kollege Teichmann ebenfalls.«

»Und welche Beweise haben Sie dafür? Die Männer tragen Kutten, und ihre Gesichter sind nicht zu sehen.«

»Glauben Sie vielleicht, die Typen würden in die Kamera winken und sagen: ›Hallo, wir sind's, Rudi und Eberhard?!‹ Diese beiden Kerle, und da verwette ich mein nächstes Gehalt drauf, sind Schirner und Teichmann, sonst hätte man mir das Video wohl kaum nach dem zweiten Mord zukommen lassen. Vergessen Sie einfach das Bild, das Sie bisher von Schirner und Teichmann hatten. Die zwei haben dieses Mädchen gefickt, und dieses Mädchen ist jetzt tot. Und Schirner und Teichmann auch.«

»Schirner war der beste Lehrer, den ich jemals hatte«, erwiderte Elvira Klein leise, sichtlich bemüht, sich ihre Anspannung und Aufgeregtheit und Fassungslosigkeit nicht anmerken zu lassen. »Ich kann mir das einfach nicht vorstellen.«

»Frau Klein«, sagte Brandt mit beinahe väterlicher Stimme und beugte sich nach vorn, »lassen wir für einen Moment alle Differenzen zwischen uns außen vor. Schirner mag ein ausgezeichneter Lehrer gewesen sein, und von mir aus können Sie ihn auch gerne in bester Erinnerung behalten, aber das, was wir eben gesehen haben, spricht eine eindeutige Sprache, oder sehen Sie das etwa anders?«

»Woher haben Sie den Namen des Mädchens?«

»Ich habe mir von der Technik einen Ausschnitt anfertigen lassen und das Bild mit in die Schule genommen. Hier ist es.« Brandt reichte ihr das Foto. »Der Direktor hat sie sofort erkannt.

Damit hätten wir das mögliche Motiv für die Morde. Finden Sie nicht auch, dass sie auf diesem Foto sehr unschuldig und zerbrechlich wirkt und auch irgendwie traurig?«

Elvira Klein betrachtete das Foto eine Weile und legte es wieder auf den Tisch. »Und wenn das Mädchen freiwillig mitgemacht hat?«

»Frau Klein, Sie sind doch sonst eine so analytisch und klar denkende Frau. Wir ermitteln im Mordfall Schirner und Teichmann. Sowohl die Lehrer als auch die Schüler des Gymnasiums kennen mich inzwischen, ergo hat irgendwer nach dem zweiten Mord das Video an mich geschickt. Es wird keinen weiteren Mord mehr geben, weil mit dem Tod der beiden das Verbrechen an diesem Mädchen gesühnt wurde. Maureen hat jedenfalls nicht freiwillig mitgemacht ...«

»Aber sie wirkt nicht so, als hätte man sie zu perversen sexuellen Spielchen gezwungen.«

»Entschuldigen Sie, aber wer so lange im Geschäft ist wie ich, weiß, wie man gerade im Bereich des sexuellen Missbrauchs oder im Pornogeschäft jemanden gefügig machen kann, wie man droht und am Ende auf den Filmen alles ganz harmlos aussieht. Was glauben Sie, wie viele Pornos in Umlauf sind, wo die Frauen zu den perversesten Handlungen gezwungen werden, obwohl es den Anschein hat, das, was sie da tun, würde ihnen auch noch Spaß oder gar Lust bereiten? Ich kenne die Methoden, die von bestimmten Leuten angewandt werden, und glauben Sie mir, die gehen nicht zimperlich vor. Lesen Sie sich nur mal die Berichte durch, was mit Mädchen und Frauen, die zum größten Teil illegal aus Russland, der Ukraine oder andern osteuropäischen Ländern kommen, gemacht wird. Die werden manchmal tagelang vergewaltigt, aufs Übelste misshandelt und dann entweder auf den Strich geschickt oder in Pornos vermarktet. Und wenn man sie nicht mehr braucht, werden sie wie Müll weggeworfen.«

»Das hat doch aber nichts mit diesem Fall zu tun ...«

»Doch, indirekt schon. Denn ich bin überzeugt, dass Schirner und Teichmann diese Videos nicht nur für sich allein gedreht haben«, entgegnete Brandt mit vielsagendem Blick.

»Sie sprechen im Plural. Heißt das, Sie vermuten, dass es noch mehr von diesem Material gibt und dass diese Videos in Umlauf gebracht wurden?«

»Leute, die so was machen, machen das nicht nur einmal. Das ist vielleicht ein wenig weit hergeholt, aber ich vergleiche das mit einem Serienkiller, der auch nicht aufhören kann. Könnte immerhin sein, dass sie die Videos kopiert und verhökert haben. Und bei Schirner sehe ich sogar ein Motiv – seine Frau hat ihn seit einer halben Ewigkeit nicht mehr rangelassen. Bei Teichmann ist das wieder etwas anderes, er hat eine ziemlich rassige Frau, die auch noch Ärztin ist, das heißt, sie war ihm intellektuell sicher nicht unterlegen. Interessant ist nur die Geschichte, wie die beiden sich kennen gelernt haben – in einem Bordell, aus dem Teichmann sie freigekauft hat. Das hat sie mir selbst erzählt.«

»Haben Sie sie überprüft?«

»Wenn Sie damit meinen, ob sie als Täterin infrage kommt – nein, sie scheidet aus. Erstens hat sie ihn selbst gefunden, zweitens hat sie ihrem Mann erst vorgestern mitgeteilt, dass sie schwanger ist, und eine Frau, die sich von ihrem Mann schwängern lässt, bringt ihn nicht kurz darauf um. Und drittens waren es zwei Täter, das hat die Autopsie ergeben.«

»Ja, ich weiß, Dr. Sievers hat es mir vorhin mitgeteilt. Aber wenn die Männer in dem Video Schirner und Teichmann sind, was für ein Druckmittel könnten sie eingesetzt haben, damit Maureen da mitmacht? Wie und vor allem weshalb sollten sie sie dazu gezwungen haben, ich meine, es war doch ein Vabanquespiel. Ein Wort von ihr, und die beiden wären geliefert gewesen.«

»Sie hat aber nichts gesagt, und sie wird auch gute Gründe dafür gehabt haben. Und außerdem, wer will beweisen, dass die Männer in den Kutten wirklich Schirner und Teichmann sind? Hätte Maureen etwas gesagt oder die beiden gar angezeigt, hätte Aussage gegen Aussage gestanden. Und wem hätte man wohl geglaubt, einer Schülerin oder zwei hoch angesehenen Lehrern? Und ohne Ihnen zu nahe treten zu wollen, aber Sie hätten Maureen doch auch nicht geglaubt, Sie sind ja sogar jetzt noch im Zweifel.«

»Ich brauch jetzt was zu trinken«, sagte sie, ohne etwas auf die letzte Bemerkung von Brandt zu erwidern, stand auf und ging an den Schrank. Sie holte eine Flasche Cognac heraus und zwei Gläser und schenkte ein, ohne Brandt zu fragen, ob auch er wolle. Eigentlich hasste er Cognac, Whiskey und alle anderen Sorten von hochprozentigen Getränken, wenn er überhaupt Alkohol trank, dann hin und wieder ein Glas Bier oder Wein. Brandt war stolz, vor fünf Jahren mit dem Rauchen aufgehört zu haben und auch noch nie betrunken gewesen zu sein. Er überlegte, ob er ihrer unausgesprochenen Einladung Folge leisten sollte und kam dann zu dem Schluss, dass es nicht schaden könnte, vielleicht würde dadurch die Kluft zwischen ihnen ein wenig kleiner.

»Ich dachte immer, Sie wären eine totale Abstinenzlerin«, bemerkte Brandt, der nie für möglich gehalten hätte, dass Elvira Klein Alkohol auch nur ansehen würde, denn es ging das Gerücht, sie sei Vegetarierin, äußerst körperbewusst und würde sehr auf ihre Gesundheit achten.

»Sehen Sie, das ist das Problem, die Leute schätzen mich eben alle falsch ein. Und das Wort total hört sich nicht gerade nett an. Prost.« Sie trank das Glas in einem Zug leer. Brandt riss sich zusammen und trank ebenfalls. Es brannte in seinen Eingeweiden wie Höllenfeuer, Wasser stieg ihm in die Augen, da war ein Hustenreiz, den er zum Glück unterdrücken konnte, denn diese Blöße wollte er sich nicht geben.

»Das total nehme ich zurück«, sagte er, nachdem er sich einigermaßen gefangen hatte.

»Also noch mal von vorne.« Elvira Klein setzte sich wieder, nachdem sie die Flasche zurückgestellt und die Schranktür zugemacht hatte. »Schirner und Teichmann wurden Ihrer Meinung nach umgebracht, weil sie diese Maureen Soundso angeblich zu sexuellen Handlungen gezwungen haben …«

»Nicht angeblich, sondern zu 99,9 Prozent.«

»Gut, dann eben zu 99,9 Prozent. Das ist das eine. Aber aus welchem Grund lässt sich dieses hübsche junge Mädchen erpressen? Haben Sie eine Erklärung oder eine Idee?«, fragte Klein mit hochgezogenen Augenbrauen.

Brandt schüttelte den Kopf. »Weder noch. Tatsache ist nur, dass Maureen unter einem ungeheuren Druck stand. Sie stammt aus einem sehr schwierigen Elternhaus, der Vater hat wohl des Öfteren die Hand gegen sie erhoben, die Mutter hat weggeschaut.« Er zuckte mit den Schultern. »Halt das übliche Spiel. Ich weiß das aber nur aus den Erzählungen einer ihrer Freundinnen. Wie das alles zusammenhängt, warum Maureen sich für diese sexuellen Handlungen hergegeben hat, kann ich noch nicht sagen, aber das krieg ich schon noch raus. Ich bin mir auch nicht sicher, ob sie überhaupt wusste, dass diese Sexspiele aufgenommen wurden. Vielleicht hat sie es erst später erfahren.« Brandt machte eine bedeutungsvolle Pause, strich sich einmal mehr über das stopplige Kinn, dachte, dass er sich noch rasieren müsse, bevor er sich mit Andrea treffe, und fuhr fort: »Es ist aber auch nicht auszuschließen, dass der Selbstmord gar keiner war.«

Elvira Klein ließ die letzten Worte auf sich wirken und erwiderte leise: »Mord? Jetzt sagen Sie nicht, dass Schirner und Teichmann auch noch ein Menschenleben auf dem Gewissen haben.«

»Das haben sie so oder so«, entgegnete Brandt lakonisch. »Solange nicht hundertprozentig bewiesen ist, dass es Selbstmord war, werde ich in beide Richtungen ermitteln. Außerdem möchte ich eine Hausdurchsuchung sowohl bei Schirner als auch bei Teichmann machen. Dazu brauche ich allerdings Ihr Okay.«

Kleins Haltung entspannte sich, sie lehnte sich zurück und spielte mit einem Bleistift, den sie zwischen ihren Fingern drehte. Sie schien zu überlegen und nickte schließlich. »Sie suchen nach weiterem Belastungsmaterial. Kann ich verstehen. Sie kriegen den Durchsuchungsbeschluss, denn auch ich möchte Klarheit haben. Wann soll die Aktion stattfinden?«

»Montag reicht, denke ich. Die beiden Herren laufen uns ja nicht mehr davon«, sagte Brandt mit der Erfahrung eines Polizisten, den kaum noch etwas aus der Ruhe zu bringen vermochte, »und ich kann mir nicht vorstellen, dass der oder die Täter etwas dagegen haben, wenn der ganze Sumpf trockengelegt wird, sonst hätte man uns gar nicht erst auf diese Fährte gebracht.«

»Und haben Sie schon einen Verdacht, wer hinter den Morden stecken könnte?«

Brandt schüttelte den Kopf. »Schirner und Teichmann waren bekannt wie bunte Hunde. Ich weiß ja nicht, wie viele Schüler die beiden in ihrer Laufbahn unterrichtet haben, aber da kommt wohl schon eine vierstellige Zahl zusammen.«

»Das heißt, Sie konzentrieren sich auf die Schüler. Was ist mit dem privaten Umfeld und den andern Lehrern?«

»Wird alles überprüft.«

»Hat Maureen Drogen genommen?«

»Negativ. Kein Alkohol, keine Drogen, zumindest nicht unmittelbar vor ihrem Tod. Sollte es Selbstmord gewesen sein, dann hat sie diesen Entschluss vermutlich sehr kurzfristig gefasst und bei vollem Bewusstsein. Wenn es Mord war, muss sie ihren Mörder aber gekannt haben.«

»Herr Brandt, Sie haben meine volle Unterstützung bei allem, was Sie ab sofort unternehmen. Ich danke Ihnen für das Gespräch, auch wenn ich doch ziemlich durcheinander bin. Ich wünsche Ihnen noch einen schönen Abend.«

»Gleichfalls. Das Band können Sie übrigens behalten, wir haben Kopien anfertigen lassen.«

Er stand auf und ging nach draußen. Was war das denn auf einmal, dachte er auf dem Weg zum Parkplatz. Die war ja richtig … Sollte ich mich so in ihr getäuscht haben? Na ja, sie ist noch jung und … Ich lass mich einfach überraschen. Trotzdem seltsam.

Freitag, 18.10 Uhr

Auf der Heimfahrt legte Brandt einen Zwischenstopp bei seinen Eltern ein, redete kurz mit Sarah und Michelle und bat sie, nicht böse zu sein, weil er auch morgen arbeiten müsse. Er versprach jedoch, sie nicht später als siebzehn Uhr abzuholen, und wenn sie wollten, dürften sie sich auch mit Freundinnen treffen. Sarah sagte, sie habe sich schon mit einer Freundin verabredet, um ins Kino zu gehen, und auch Michelle wollte zu einer Freundin. Er bedankte sich noch einmal bei seinen Eltern. Seine Mutter nahm ihn beiseite und fragte: »Was hast du denn heute Abend noch zu tun? Es ist Freitag.«

»Mama, ich arbeite an einem äußerst komplizierten Fall und …«

»Peter«, sagte sie mit hochgezogenen Brauen und sah ihn mit diesem Ich-habe-dich-durchschaut-Blick an, »du brauchst mir nichts vorzumachen, ich weiß doch, dass du jetzt nicht mehr arbeitest. Ist sie hübsch?«

»Warum willst du das wissen?«

»Weil ich deine Mutter bin. Es interessiert mich eben. Du brauchst es mir natürlich nicht zu sagen …«

»Okay, okay, ich treffe mich um acht mit einer bezaubernden jungen Dame.«

»Wie jung?«, fragte seine Mutter mit gespielt strenger Miene.

»Nicht so jung, wie du schon wieder denkst. Sie ist eine Kollegin, indirekt. Und sie ist unheimlich nett.«

»Verheiratet?«, fragte sie misstrauisch.

»Mama, sehe ich so aus, als würde ich mich mit einer verheirateten Frau einlassen? Sie ist geschieden, wenn du's genau wissen willst.«

»Und wie alt?«

»Anfang dreißig. Mama, ich bin kein kleiner Junge mehr, der nicht weiß, was er tut. Gönn mir doch den kleinen Spaß.«

»Hab ich was gesagt? Hauptsache ist doch, dass sie dir gefällt. Und hoffentlich hat sie einen besseren Charakter als Carola.«

»Ich hab dir schon tausendmal gesagt, dass du nicht so schlecht über Carola sprechen sollst. Ich war schließlich vierzehn Jahre mit ihr verheiratet, und sie hat mir zwei fabelhafte Töchter geschenkt. Was sie jetzt macht, ist ganz allein ihre Sache.«

»Scusi. Ich wünsch dir einen schönen Abend und viel Glück.«

»Glück wobei?«

»Nur so. Weiß sie von Sarah und Michelle?«

»Natürlich.«

»Das ist gut, es ist immer gut, wenn man gleich von Anfang an die wesentlichen Dinge sagt. Und jetzt geh, sonst kommst du noch zu spät. Du ziehst dich doch aber noch um, oder?«

»Ja, Mama, ich werde sogar vorher noch duschen und mich rasieren, damit meine Haut so richtig schön glatt ist. Zufrieden?«, sagte er grinsend.

»Hau ab, wir machen uns mit den Kindern einen schönen Abend.« Sie drückte ihn und gab ihm einen dicken Schmatzer auf die Stirn. »Ich würde mir wünschen, dass du wieder eine Frau bekommst. Eine, die weiß, was sie an dir hat.«

»Wir gehen nur essen, nicht mehr und nicht weniger. Es braucht alles seine Zeit, und ich habe gelernt, geduldig zu sein. Für mich ist es am wichtigsten, dass es den Mädchen gut geht. Ciao, Mama.«

Peter Brandt fuhr nach Hause, duschte, wusch sich die Haare und rasierte sich. Er zog eine hellgraue Wollhose, ein dezent gestreiftes blaues Hemd, ein dunkelblaues Sakko und einen selten getragenen Wintermantel an, besprühte sich mit Boss Eau de Toilette, das er zu Weihnachten von seinen Eltern geschenkt bekommen hatte, und verließ um Punkt halb acht die Wohnung.

Freitag, 20.00 Uhr

Andrea Sievers wartete in der eisigen Kälte vor ihrer Wohnung. Sie trug einen dunklen, fast bis zu den Knöcheln reichenden Wollmantel und einen dicken Schal um den Hals. Er parkte in der zweiten Reihe, stieg aus, hielt ihr die Tür auf und ließ sie leise ins Schloss fallen, nachdem Andrea sich gesetzt hatte. Sie trug ihr Haar offen – Brandt sah sie so zum ersten Mal –, duftete herrlich nach einem Parfüm, das scheinbar extra für sie aus geheimnisvollen Essenzen zusammengestellt worden war, und wer immer sie jetzt sah, hätte hinter dieser hübschen jungen Frau niemals eine Rechtsmedizinerin vermutet, eine Frau, die jeden Tag mit Leichen zu tun hatte, sie aufschnitt, sezierte, die Organe untersuchte und wog, den Gestank ertrug, den sie aber gar nicht mehr wahrzunehmen schien, und nach Beendigung ihrer Arbeit den aufgeschnittenen Körper mit einem groben Faden und ein paar wenigen Stichen wieder zunähte, nachdem die meisten der untersuchten Organe in den Körper zurückgelegt worden waren.

»Hi, pünktlich wie die Maurer. Du hast dich ja so fein gemacht«, sagte sie mit bezauberndem Lächeln.

»Ich kann das Kompliment nur zurückgeben«, erwiderte er. »Wo soll's denn hingehen?«

»Nur fünf Minuten von hier, zu meinem Portugiesen. Ich habe ein Faible für Portugal und die portugiesische Küche. Ich hoffe, wir werden nicht gestört. Nicht dass wieder irgendwo eine Leiche rumliegt.«

»Eher unwahrscheinlich. Welche Straße?«

»Einfach geradeaus bis zur Kreuzung und dann im Hainer Weg ist es schon. Ich hab doch gesagt, ist gleich um die Ecke. Wo sind eigentlich deine Töchter?«

»Die schlafen heute bei meinen Eltern.«

Es war ein ruhiges Restaurant, das zu etwa einem Dreiviertel besetzt war. Einer der Kellner kam auf sie zu, begrüßte Andrea Sievers wie eine alte Bekannte und begleitete sie und Brandt zu dem von ihr reservierten Tisch. Leise Gitarrenmusik spielte aus versteckten Lautsprechern, es herrschte eine angenehme, friedliche Atmosphäre. Der Kellner zündete eine Kerze an, während

Brandt ihr aus dem Mantel half und ihn an die Garderobe hängte. Andrea sah umwerfend aus in ihrem blauen, bis zu den Knien reichenden Kleid, das einen dezenten Ausschnitt hatte. Sie war leicht geschminkt, ihre Augen wirkten heute Abend größer als sonst, ihre Lippen voller. Eine Frau zum Verlieben. Dabei hatte Peter Brandt sich längst in sie verliebt, auch wenn er es ihr noch nie gezeigt hatte. Sie zog ihn magisch an, und gleichzeitig hatte er Angst. Wovor, ja, wovor eigentlich? Er hatte keine Antwort darauf, doch er befahl sich, alle Hemmungen beiseite zu legen und den Abend mit ihr zu genießen.

»Du warst wirklich noch nie bei einem Portugiesen?«, fragte sie, als sie sich gesetzt hatten.

»Doch, schon, aber rein dienstlich. Er hatte seine Frau umgebracht«, antwortete er grinsend.

»Soll sogar bei denen vorkommen, obwohl die an sich eine sehr friedliche Mentalität besitzen.«

»Der hatte auch eine friedliche Mentalität, sein Pech war nur, er hatte eine Frau, die keine Portugiesin war und ihn jahrelang nach Strich und Faden ausgenommen und betrogen hat. Sie hat ihm sogar zwei Kuckuckseier untergeschoben, und als ihm das jemand gesteckt hat, ist er durchgedreht.«

»Und was ist mit ihm jetzt?«

»Er hat vier Jahre wegen Totschlags bekommen, weil er die Tat im Affekt begangen hat und der Richter sehr verständnisvoll war. Mir hat der Kerl auch irgendwie Leid getan. Aber das ist Schnee von gestern. Bist du hier Stammgast, ich meine, so wie dich der Kellner begrüßt hat …«

»Ich komme so ein-, zweimal im Monat her, weil mich das alles hier an Portugal erinnert.«

»Hast du eine besondere Affinität zu dem Land?«

»Ich fahre seit fünf Jahren regelmäßig im Urlaub dorthin, und jedes Jahr ist es schöner. Aber leider fahre ich seit vier Jahren immer allein. Wo verbringst du deinen Urlaub?«

»Na ja, als ich noch verheiratet war, sind wir meist nach Italien oder Griechenland gefahren, aber der letzte richtige Urlaub liegt schon sieben Jahre zurück.«

»Du hast seit sieben Jahren keinen Urlaub gemacht?«, fragte sie ungläubig.

»Schon, aber immer hier. Ist ’ne lange Geschichte, ich will dich nicht langweilen.«

Der Kellner kam an den Tisch, brachte die Karte und fragte, was sie trinken wollten.

»Portwein wie gehabt, aber diesmal bitte eine Flasche. Und die Karte brauchen wir nicht. Nos tomos a especialidade da casa«, sagte Andrea Sievers und lächelte den Kellner an.

»Obrigado. Das dauert aber eine gute halbe Stunde.«

»Das macht nichts, wir haben Zeit.«

Er entfernte sich, Brandt sah seine Begleiterin verwundert an und sagte: »Was war das denn eben? Was hast du zu ihm gesagt?«

»Ich habe die Bestellung aufgegeben, die Spezialität des Hauses. Lass dich einfach überraschen, du wirst nicht enttäuscht sein. Stört es dich, wenn ich rauche?«

»Nein, meine Frau hat auch geraucht. Ich hab vor fünf Jahren aufgehört.«

Sie zündete sich eine Zigarette an und fragte: »Wie war dein Tag? Viel Arbeit gehabt?«

»Das kannst du laut sagen. Aber wir haben jetzt zumindest ein Motiv für die Morde. Doch eigentlich wollte ich nicht über die Arbeit sprechen …«

»Sobald das Essen kommt, hören wir auf, großes Ehrenwort. Aber ich bin schon neugierig, was du rausgefunden hast.«

Brandt erzählte in kurzen Worten, was an diesem Tag geschehen war. Andrea Sievers hörte aufmerksam zu. Mitten in der Erzählung wurde der Wein gebracht, Brandt benetzte die Lippen und nickte. Der Kellner schenkte die Gläser halb voll, und Brandt fuhr mit seinen Ausführungen fort.

»Ziemlich mysteriös«, sagte sie, als er geendet hatte. »Wenn ich richtig zugehört habe, dann bist du überzeugt, dass diese Maureen erpressbar war. Aber womit?«

»Es deutet zumindest alles darauf hin. Doch das Womit kann ich noch nicht beantworten. Womit kann man ein Mädchen erpressen, das keine Drogen nimmt, nicht säuft, in der Schule gute Leistungen hat und einen Vater als Kotzbrocken? Ich komm einfach nicht drauf.«

»Na ja, sie ist in der Zehn sitzen geblieben, aber nachdem sie die Klasse wiederholt hat, wurden ihre Leistungen in der Elf schlagartig besser, nämlich nachdem sie Schirner als Klassenlehrer bekommen hat. Schau, die meisten, die die Zehn oder Elf nicht schaffen, brechen entweder ab oder schleppen sich mit Müh und Not durchs Abi. Wie ist es denn bei ihren Freundinnen?«

»Deren Leistungen haben sich auch verbessert, als Schirner die Klasse übernommen hat.«

»Es kann natürlich sein, dass die Mädchen sich untereinander geholfen haben. Ich kann mir aber nicht vorstellen, dass sie plötzlich alle drei auf einmal um so vieles besser geworden sein sollen, nur weil da ein neuer Lehrer war. Hätte es sich um einen jungen, knackigen Typ gehandelt, könnt ich's verstehen, aber Schirner gehörte nun nicht gerade zu der Sorte Mann, auf die junge Mädchen fliegen. Bei mir damals gab's auch einige, die sich vor allem in der Zwölf und Dreizehn bis zum Umfallen gequält und mit Ach und Krach das Abi geschafft haben, während andere sich noch so sehr anstrengen konnten, sie haben's einfach nicht gepackt. Was aber, wenn Maureen gar nicht erpresst wurde?«

»Hab ich auch schon überlegt, aber das würde wiederum bedeuten, dass sie freiwillig mitgemacht hat, womit wir nach einem neuen Motiv suchen müssten. Außerdem ist das Blödsinn, Schirner und Teichmann sind tot, heute Morgen kriegen wir das Video auf den Tisch, und kurz darauf erfahre ich, dass das Mädchen sich umgebracht hat. Nein, nein, das hängt alles zusammen, aber im Moment ist da noch der berühmte Knoten, den ich nicht lösen kann.«

»Würdest du mir das Video mal zeigen?«

»Warum willst du dir das antun?«

»Weiß nicht, Neugierde.«

»Aber nicht heute, oder?«

»Warum nicht? Wir könnten doch nach dem Essen kurz ins Präsidium fahren, uns das Video anschauen, und anschließend bringst du mich nach Hause und …« Sie lächelte ihn vielsagend an.

Brandt registrierte es, und schon wieder kroch ein Gefühl der Beklemmung in ihm hoch. Er hatte seit über zwei Jahren mit keiner Frau mehr geschlafen, er hatte in den letzten Monaten Frauen sogar weitestgehend ignoriert, um nicht auf dumme Gedanken zu kommen, aber wie hatte seine Mutter vorhin doch gleich gesagt – ich würde mir wünschen, dass du wieder eine Frau bekommst. Eine, die weiß, was sie an dir hat. Dabei war er doch nur ein kleiner Bulle, während sie eine akademische Laufbahn eingeschlagen hatte. Und sie wohnte in Frankfurt und er in Offenbach. Aber wenn sie zusammenziehen würden, dann nur bei ihm in Offenbach. Er würde niemals nach Frankfurt ziehen, es reichte ihm schon, wenn er durchfahren musste. Nun, ganz so schlimm war es auch wieder nicht, eigentlich war Frankfurt gar nicht so übel, man konnte prima einkaufen, es mussten ja nicht gleich die Kollegen erfahren, es gab gute portugiesische Restaurants – und eine Rechtsmedizinerin, für die er alle Vorsätze, die noch vor kurzem für ihn galten, nämlich nie wieder etwas mit einer Frau anzufangen, über Bord werfen würde.

»Wenn bei euch ein Suizid auf den Tisch kommt und ihr die Leiche auf Drogen untersucht, wonach sucht ihr da genau?«

»Hängt vom Suizid ab – Heroin, Koks, Gras und natürlich Alkohol.«

»Was ist mit Beruhigungsmitteln wie Valium, Rohypnol und so weiter?«

»Nur, wenn wir von der Staatsanwaltschaft ausdrücklich darum gebeten werden und es schon Hinweise in der Richtung gibt. Würden wir aber bei jedem Toten nach allen Substanzen suchen, die unter das BTMG fallen, hätten wir keine Zeit mehr, uns um andere Sachen zu kümmern.«

»Könnte man drei Monate nach dem Tod noch Beruhigungsmittel nachweisen?«

»Kommt auf das Mittel an. Heißt das, wir sollen das Mädchen noch mal aufmachen?«

»Nein, nein, vorläufig nicht. War auch nur 'ne Frage. Du bist aber nicht zufällig auch aufs Georg-Büchner-Gymnasium gegangen, oder?«, fragte Brandt grinsend und nippte an seinem Wein.

»Wieso auch?« Andrea kräuselte die Stirn.

»Ich kenne da eine gewisse Person, die …«

»Die neue Staatsanwältin?«, fragte Andrea mit einem verschmitzten Lachen.

»Wie kommst du ausgerechnet auf sie?«

»Sie hat's mir erzählt, als wir uns mal vor einiger Zeit bei ihr getroffen haben.«

»Was heißt bei ihr?«, fragte er misstrauisch.

»Jetzt mach nicht so 'n Gesicht. Elvira und ich sind schon seit längerem gute Bekannte.«

»Du und die Klein?« Er lehnte sich zurück und trank sein Glas aus. »Das war's dann wohl.«

»Was war's dann wohl? Du glaubst doch nicht etwa, dass ich ihr auch nur ein Wort von dem erzähle, was wir hier besprechen?«

»Hoffentlich, sonst hat sie mich noch mehr auf dem Kieker. Ich komm mit ihr einfach nicht zurecht, auch wenn sie heute einen eher guten Tag hatte. Eigentlich hab ich sie so wie heute noch nie erlebt. Woher kennt ihr euch überhaupt?«

»Seit sie bei der Staatsanwaltschaft in Frankfurt angefangen hat, hat sie große Probleme, vor allem mit Untergebenen. Sie war ein paarmal bei mir in der Rechtsmedizin, und daraus ist dann so 'ne Art Freundschaft entstanden. Weißt du, Elvira ist ein schwieriger Typ, aber sie ist nicht so, wie du denkst. Sie hat nur ein einziges, aber dafür riesengroßes Problem – sie ist zu verbissen. Sie kann einfach nicht locker sein. Wenn sie bei mir ist, heult sie sich oft aus – keiner mag mich, alle schneiden mich und so weiter und so fort. Das ist Elvira, doch wenn man erst mal ihre Geschichte kennt, sieht man alles in einem andern Licht.«

»Aber wie kommt man an sie ran? Die mischt sich in laufende Ermittlungen ein, sie versucht uns andauernd Vorschriften zu machen und … Es ist wirklich nicht leicht, mit ihr auszukommen.«

»Sie ist einsam, was aber nicht zuletzt auch an ihr liegt. Sie hatte noch nie einen festen Freund geschweige denn eine Beziehung. Elvira war von jeher auf Erfolg getrimmt, kein Wunder bei diesem Vater. Sie lobt ihn zwar immer wieder über den grünen Klee, aber in Wahrheit würde sie ihn manchmal am liebsten auf den Mond schießen, glaube ich zumindest. Manchmal tut sie mir einfach nur Leid, ehrlich. Aber ich kann ihr nicht helfen, nur zuhören. Sei einfach nachsichtig mit ihr und …«

»Nachsichtig? He, in unserm Job geht's oft knallhart zu, und wenn da ständig jemand ist, der dir Steine in den Weg legt oder meint, alles besser zu wissen, drehst du durch. Sie ist erst seit Januar in Offenbach, aber sie hat sich in den anderthalb Monaten schon jede Menge Feinde gemacht.«

»Weiß ich doch, aber wenn ich überhaupt jemanden kenne, der es schaffen könnte, sich gegen sie durchzusetzen, dann du.«

»Habt ihr denn schon mal über mich geredet?«, fragte Brandt, dem es gar nicht gefiel, dass Andrea Sievers mit der Klein befreundet war.

Sie lächelte still vor sich hin und antwortete: »Einmal. Aber ich schwöre, sie hat nicht schlecht von dir gesprochen. Eigentlich sucht sie Bestätigung und natürlich auch Freunde, aber sie tritt immer wieder ins Fettnäpfchen, und keinen ärgert das mehr als sie selbst.«

»Weiß sie, dass wir heute Abend ausgehen?«

»Wo denkst du hin?! Und sie wird es auch nicht erfahren. Und jetzt mach ein freundliches Gesicht, ich bin sicher, ihr beide werdet euch schon irgendwie zusammenraufen. Da kommt unser Essen. Ich hoffe, du magst Fisch.«

»Meine Mutter ist Italienerin und strenge Katholikin, da gibt's einmal in der Woche Fisch.«

»Lass mich raten – freitags?«, sagte Andrea verschmitzt lächelnd und nahm einen Schluck von ihrem Wein.

»Wie kommst du bloß darauf? Aber heute hab ich zum Glück noch nichts Anständiges gegessen. Was ist das?«

»Lass es dir einfach schmecken«, antwortete sie. »Es ist eine Spezialität. So gut, wie es hier zubereitet wird, bekommst du es in Portugal nur in Luxusrestaurants.«

Während des Essens erfuhr Brandt einiges aus dem bisherigen Leben von Andrea Sievers, die ihren Vater durch einen Unfall verlor, als sie gerade vier Jahre alt war, und zusammen mit ihrem zwei Jahre älteren Bruder von ihrer Mutter allein großgezogen worden war. Ihre und seine Geschichte ähnelten sich auf eine gewisse Weise, nur dass er, mit tatkräftiger Unterstützung seiner Eltern, seine beiden Töchter alleine großzog. Sie schwärmte von ihrer Mutter und ihrem Bruder, der immer für sie da war, auch heute noch, obwohl er fünfhundert Kilometer entfernt in Hamburg wohnte. Je mehr sie erzählte, je länger er ihr zuhörte, sich von dem Klang ihrer Stimme verzaubern ließ, desto mehr war er versucht, einfach ihre Hand zu nehmen und sie nie mehr loszulassen.

Es war ein traumhafter Abend, viel schöner, als er es sich vorgestellt hatte. Irgendwann mittendrin fragte sie ihn nach seinen Kindern, wie sie damit fertig wurden, ohne Mutter aufzuwachsen. Er sagte, dies sei schon lange kein Thema mehr, sie hätten sich entschieden, bei ihm zu wohnen, außerdem würde ihre Mutter in regelmäßig unregelmäßigen Abständen vorbeischauen, teure Geschenke mitbringen und schon nach spätestens einer Stunde wieder verschwinden.

»Hat sie denn überhaupt keine Muttergefühle?«, fragte Andrea Sievers kopfschüttelnd

»Sicher hatte sie die irgendwann mal, aber im Grunde ihres Herzens war sie für ein geregeltes Familienleben nie geschaffen. Weißt du, ich kann ihr nicht einmal böse sein, sie ist, wie sie ist und soll von mir aus glücklich werden. Obwohl ich kaum glaube, dass sie wirklich glücklich ist. Tja, ich habe meine Lektion gelernt und meine Lehren daraus gezogen.«

»Was für Lehren?«

Brandt merkte, dass er die falschen Worte gewählt hatte, und verbesserte sich gleich: »Wir haben damals einfach zu schnell geheiratet. Mein Gott, wir haben uns gerade mal zwei Monate gekannt.«

»Hast du denn jemals in Erwägung gezogen, wieder eine Bindung einzugehen?«

Brandt lächelte vielsagend, als er antwortete, wobei er jedoch vermied, Andrea anzusehen: »Bis vor kurzem nicht … Das Essen war übrigens hervorragend, ich würde nur zu gerne wissen, was das für ein Fisch war.«

»Espardarte, Schwertfisch. Fahren wir jetzt mal kurz ins Präsidium? Es ist gerade mal Viertel nach zehn, und die Nacht ist noch lang.« Sie winkte den Kellner herbei und sagte: »A conta, se faz favor.«

Der Ober entfernte sich und brachte die Rechnung auf einem Teller. Brandt griff bereits nach seiner Geldbörse, doch Andrea Sievers winkte ab. »Ich habe dich praktisch gezwungen, mit mir essen zu gehen, also geht dieser Abend auf meine Rechnung. Und keine Widerrede!«

»Aber …«

»Keine Widerrede.« Sie reichte dem Kellner ihre Kreditkarte, steckte die Rechnung ein, sie tranken noch ein Glas des herrlich süffigen Weins und verließen um halb elf das Restaurant. Draußen blies ihnen der kalte Wind ins Gesicht. Sie liefen mit schnellen Schritten zum Auto und fuhren ins Präsidium, wo nur in einigen Büros noch Licht brannte, in der Einsatzzentrale und beim KDD.

Brandt betätigte den Lichtschalter, holte das Video aus dem Regal und steckte es in den Rekorder. Bereits nach einer Minute sagte Andrea Sievers: »Spul noch mal ein ganz kleines Stück zurück, bis ich Halt sage, und schalte dann auf Standbild … So, jetzt stopp. Hier sieht man, dass die Kleine vorher was eingenommen oder bekommen hat. Ihre Augen. Ich tippe auf Koks.«

»Wie kommst du denn darauf?«

»Fachmännischer Blick. Ich habe mich während meines Studiums damit befasst. Kannst weiterlaufen lassen … Stopp. Hm, ihre Bewegungen wirken irgendwie mechanisch, als wäre sie gar nicht richtig bei der Sache. Könnte auf ein Beruhigungsmittel hindeuten …«

»Koks und Beruhigungsmittel?«, fragte Brandt zweifelnd. »Das ist doch eine völlig gegensätzliche Wirkung.«

»Kommt auf das Mittel an. Vielleicht ein Muskelrelaxans … Mach weiter … Uups, das tut weh, das muss sogar höllisch wehtun, aber sie verzieht keine Miene. Sie verspürt weder Lust noch Widerwillen. Die hat hundertprozentig was bekommen. Das Mädchen stand eindeutig unter Drogen. Scheiße, wenn man so was sieht. Wie alt war sie, als das aufgenommen wurde?«

»Siebzehn.«

»Eine Siebzehnjährige, die sich von zwei Männern gleichzeitig … Ich kann verstehen, dass da jemand eine gehörige Portion Wut gehabt haben muss. Und für sie war die Unbeschwertheit der Jugend dahin. Es gibt schon verdammte Schweine.«

»Wem sagst du das. Aber weiterhelfen kannst du mir auch nicht.«

»Bring mich bitte nach Hause.«

»Okay.« Brandt schaltete den Videorekorder und den Fernseher aus und löschte das Licht. Nur eine Viertelstunde später hielt er vor dem Haus, in dem Andrea Sievers wohnte. Diesmal hatte er Glück und fand sofort einen Parkplatz.

»Ich bin noch nicht müde. Hast du Lust, auf einen Kaffee mit hochzukommen?«, fragte sie und sah ihn von der Seite an.

»Kaffee um diese Zeit?«

»Warum nicht? Ich habe aber auch Wein oder Wasser oder Milch ... Ich meine, ich zwinge dich nicht, aber der Abend hat doch gerade erst angefangen.«

»Es ist halb zwölf, und das nennst du Abend?«

»Kommst du jetzt oder nicht?«

»Na ja, von mir aus.«

»Du hörst dich vielleicht begeistert an. Jetzt zier dich nicht, mach den Motor aus und komm mit, ich beiß schon nicht. Ich vergehe mich grundsätzlich nicht an lebenden Personen«, sagte sie schelmisch grinsend.

Sie stiegen aus und gingen in den dritten Stock des Altbaus. Die Stufen knarrten unter ihren Füßen. Aus einer Wohnung im ersten Stock kam lautes Geschrei. Andrea Sievers erzählte, dies sei ein junges Pärchen, das sich fast jeden Abend streite, um sich anschließend noch lauter wieder zu versöhnen.

Sie hatte eine große, geschmackvoll eingerichtete Dreizimmerwohnung, es war kuschelig und warm.

»Schöne Wohnung. Die Einrichtung gefällt mir«, sagte Brandt.

»Mir auch. Elvira findet es ein bisschen zu verspielt, aber ihr soll's ja nicht gefallen. Setz dich irgendwohin, ich hol uns was zu trinken. Was möchtest du denn haben? Wein oder ein Bier?«

»Ich bleibe lieber bei Wein«, antwortete er und dachte gleichzeitig, dass er noch nach Hause fahren und es deshalb bei einem Glas belassen musste.

»Ich auch.« Sie kam mit einer Flasche und zwei Gläsern – die Schuhe hatte sie ausgezogen – und nahm neben ihm auf dem weichen breiten Sofa Platz. »Magst du sie aufmachen?« Sie reichte ihm den Korkenzieher, er zog den Korken heraus und schenkte ein.

»Auf dich und dass du den Fall so bald wie möglich löst«, sagte sie und prostete ihm zu.

»Nein, auf dich«, entgegnete er. »Du hast das Essen bezahlt und ...«

»Das nächste Mal bist du dran. Was für Musik hörst du gerne?« Sie stand wieder auf, ging zum CD-Ständer, wandte den Kopf und sah Brandt an.

»So ziemlich alles, was gut ist, außer deutsche Schlager und Volksmusik.«

»Dann Norah Jones, ein echter Geheimtipp. Noch. Ich hab bisher keine schönere CD gehört.«

Die Musik lief im Hintergrund, angenehm, ruhig und besinnlich. Sinnlich. Sie tranken Wein, unterhielten sich, Andrea Sievers hatte die Beine angewinkelt, die Füße unter ihrem Po. Brandt hatte noch niemals einem anderen Menschen, nicht einmal seinem besten Freund Bernhard Spitzer, so viele Details aus seinem Leben erzählt wie ihr. Es war fast drei Uhr, die Flasche leer, die CD hatte längst zu spielen aufgehört, und irgendwann hatte Andrea ihren Kopf an seine Schulter gelegt. Sie hatten sich über Gott und die Welt unterhalten, sie hatten gelacht, etwas, was Brandt mit einer Frau schon lange nicht mehr erlebt hatte, und von Sekunde zu Sekunde fühlte er sich geborgener und wohler in der Nähe dieser Frau, die etwas in ihm geweckt hatte, was er längst tot glaubte. Er freute sich, diesen Abend mit ihr verbracht und nicht wieder eine Ausrede erfunden zu haben, weshalb er angeblich verhindert war. Aber er fand ihre Beharrlichkeit bewundernswert, er bewunderte inzwischen alles an ihr.

Brandt fühlte sich leicht wie lange nicht mehr, er hatte das Empfinden, in dieser Wohnung zu Hause zu sein. Er dachte: Hier könnte ich bleiben, hier möchte ich am liebsten bleiben. Er hatte ein bisschen zu viel getrunken, ohne jedoch betrunken zu sein. Es war nur ein Gefühl der Leichtigkeit und Schwerelosigkeit, aber sein Verstand war noch immer hellwach, auch wenn die Frau an seiner Seite ihm diesen fast raubte. Er sog den Duft ihres Haares ein und traute sich trotzdem nicht, sie anzufassen.

»Bleibst du heute Nacht hier?«, fragte sie unvermittelt in die

Stille hinein, ohne ihn dabei anzusehen, und schmiegte sich noch ein wenig fester an ihn, wie eine Katze, die die richtige Stellung sucht.

Er hatte inständig gehofft, sie würde ihm diese Frage stellen. Vor ein paar Stunden hätte er noch Angst vor dieser Frage gehabt, aber jetzt …

»Ja«, antwortete er mit kehliger Stimme, und zum ersten Mal berührte er ihre Hände, die auf ihrem Schoß lagen. »Ich dürfte jetzt sowieso kein Auto mehr fahren, nach dem vielen Wein.«

»Ist das der einzige Grund?«

»Nein. Ich möchte gerne hier bleiben … Hier bei dir.«

Sie setzte sich aufrecht hin, streichelte ihm übers Gesicht und sagte: »Du hast Angst, aber das brauchst du nicht. Ich habe mir gewünscht, dass du hier bleibst, aber ich hätte es nicht gesagt, denn ich wollte es von dir hören.«

Brandt nahm all seinen Mut zusammen und fragte: »Wie hast du mich so leicht durchschaut? … Nein, sag jetzt nichts. Ich weiß nicht, wann ich jemals so gefühlt habe, aber ich habe mich in dich verliebt, und das schon vor heute Abend.«

»Und ich mich in dich, und das auch schon vor einer ganzen Weile. Wenn du heute nicht mit zu mir gekommen wärst, hätte ich …« Sie presste mit einem Mal ihren Körper an seinen, hob ihren Kopf und blickte Brandt lange und tief in die Augen. Er hielt diesem Blick stand, alles in ihm war in Aufruhr, positiver Aufruhr. Sie küssten sich leidenschaftlich. Brandt glaubte zum ersten Mal in seinem Leben das Gefühl zu verspüren, jemanden zu haben, der es wirklich ernst mit ihm meinte. Eine Frau, so jung und so hübsch und so intelligent, die sich ihn, einen einfachen Bullen, ausgesucht hatte.

»Komm mit ins Schlafzimmer.« Sie sah ihm im matten Licht der dezenten Schrankbeleuchtung direkt in die Augen. »Weinst du etwa?«

»Nein«, log er und wischte sich verstohlen übers Gesicht. »Das ist nur … Ich bin fünfundvierzig und fühle mich wie fünfzehn. Wie ein pubertierender Jüngling vor dem ersten Mal.«

Sie zog ihn wortlos hoch und mit sich ins Schlafzimmer. Sie liebten sich bis zum Morgen. Alles, was er in den letzten Jahren versäumt hatte, schien er in dieser einen Nacht nachholen zu wollen. Er wusste gar nicht mehr, wie herrlich sich die Haut einer Frau anfühlte, wie es war, wenn Finger ihn zärtlich streichelten, Lippen ihn berührten und er sich zum ersten Mal seit langem wieder geborgen fühlte, nicht wie ein Kind bei der Mutter, sondern wie ein Mann bei einer Frau, von der er spürte, dass sie ihn liebte.

»Ich will nicht mehr allein sein«, sagte sie und streichelte über seine Brust. »Versprichst du mir, dass das kein One-Night-Stand war?«

»Ich hatte noch nie einen One-Night-Stand.«

»Ich auch nicht«, erwiderte sie und kuschelte sich an ihn.

Es war fast sechs Uhr, als sie in seinem Arm einschlief, während er noch einen Moment wach lag und dachte: Ich bin der glücklichste Mensch der Welt. Aber da war immer noch die Angst, dass dieser Moment des Glücks wie eine Fata Morgana wieder verschwinden könnte.

Samstag, 9.15 Uhr

Er wurde von seinem Handy geweckt, das in seiner Jackentasche diese nervtötend dämliche Melodie spielte, die Sarah ihm aus dem Internet runtergeladen hatte. Er machte die Augen einen Spalt auf, schwaches Licht fiel durch die zugezogenen Vorhänge. Er schaute sich um, das Bett neben ihm war leer. Er stand auf, holte das Handy aus der Tasche, sah die Nummer und meldete sich: »Hallo, Mama.«

»Guten Morgen. Ich wollte nur mal fragen, wie es dir geht. Gut geschlafen?«

»Ja, hab ich«, antwortete er leise, als er hörte, wie draußen in der Küche hantiert wurde, »aber wenn du mich jetzt ausquetschen willst, das kannst du dir sparen.«

»Wer will dich denn ausquetschen? Wann kommst du heute?«

»Das hab ich dir doch gesagt, so gegen fünf, halb sechs. Bis dann, und gib den Mädchen einen Kuss von mir. Ciao.« Er drückte auf Aus, sah an sich hinunter und stellte fest, dass er nur eine Unterhose anhatte.

Die Tür ging auf, Andrea lugte durch den Spalt und sagte: »Hallo, ausgeschlafen? Ich habe deine Stimme gehört.« Sie hatte eine Jeans und ein weißes Sweatshirt an und trug das Haar wie schon am Abend offen. Es umrahmte ihr Gesicht wie ein Bild. Ihre Lippen waren dezent geschminkt, ein Hauch von Rouge bedeckte ihre Wangen. Er konnte nicht anders als ihr übers Gesicht zu streichen, sie zu umarmen, seine Nase an ihre Haare zu halten und wieder diesen Duft einzuatmen. »Du riechst gut.«

»Ich hab aber gar kein Parfüm drauf.«

»Du riechst trotzdem gut. Wie lange bist du schon auf?«

»Seit einer Stunde. Ich konnte nicht mehr schlafen, also hab ich Brötchen geholt und Kaffee gekocht. Du hast doch bestimmt Hunger, oder? Nach dieser Nacht.«

»Geht so. Kann ich noch schnell duschen?«

»Klar, du weißt ja, wo's ist. Aber vorher will ich dir noch etwas sagen.« Sie legte ihre Arme um seinen Hals und sah ihn mit diesem unvergleichlichen Blick an. »Das war der schönste Abend und die schönste Nacht. Ich will wirklich nicht mehr allein sein, ich bin es satt.«

»Ich auch nicht. Aber ich bin immerhin schon fünfundvierzig und …«

»Wie oft willst du das eigentlich noch betonen? Davon hab ich heut Nacht nichts gemerkt«, unterbrach sie ihn lachend. »So, alter Mann, geh duschen und dann komm frühstücken. Und außerdem, ich wusste schon lange, wie alt du bist, aber es interessiert mich nicht im Geringsten. Und noch was – du riechst auch gut.«

Brandt duschte, wusch sich die Haare und föhnte sie. An seinen Sachen haftete noch der Geruch des Lokals. Sie hatte den Tisch gedeckt und schenkte den Kaffee ein, als er aus dem Bad kam.

»Willst du die Zeitung lesen?«

»Steht was Interessantes drin?«

»Ein ziemlich einseitiger Bericht über die Morde. Die haben sich tausend Theorien zurechtgebastelt, wer und warum. Und sie haben natürlich einige Schüler und Lehrer befragt.«

»Sollen sie doch«, sagte Brandt, schnitt ein Brötchen auf und bestrich die beiden Hälften mit Margarine und Marmelade.

»Musst du heute arbeiten?«

»Was heißt muss. Mir brennt die Sache unter den Nägeln, und ich will noch mal mit Kerstin und Silvia, den beiden Freundinnen von Maureen, sprechen. Ich glaube, dass diese Kerstin mir eine ganze Menge verschwiegen hat. Ich bin inzwischen fast sicher, die kennt sogar den wahren Grund, warum sich Maureen umgebracht hat.«

»Kann ich mitkommen?«

»Du? Warum willst du das machen? Du hast frei und ...«

»Und was? Soll ich den ganzen Tag hier rumhängen und nichts tun? Das sind nämlich meine üblichen Wochenenden, es sei denn, ich habe Bereitschaft und mir wird eine Leiche auf den Tisch gelegt. War ja nur eine Frage.«

»Wenn du unbedingt möchtest, ich hab nichts dagegen, im Gegenteil, ich würde mich sogar freuen. Ehrlich. Ich werde dich einfach nur als Kollegin vorstellen.«

»Meinst du das jetzt ernst, ich meine, das mit dem Freuen?«

»Todernst.« Er hob die Hand wie zum Schwur.

Sie aß eine Hälfte ihres Brötchens und sagte nach einem Schluck Kaffee: »Ich hab übrigens vorhin noch mal nachgedacht, wie Schirner und Teichmann Maureen dazu gebracht haben könnten, in diesem Porno mitzuspielen.« Sie hielt inne, stützte ihre Ellbogen auf den Tisch und faltete die Hände.

»Und zu welchem Ergebnis bist du gekommen?«

»Also noch mal von vorne. Maureen und ihre Freundinnen sind in der Zehn sitzen geblieben. Sie haben wiederholt und dann Schirner als Klassenlehrer bekommen. Nachdem du mir gestern einige Details erzählt hast, hab ich mich heute Morgen gefragt, warum die Leistungen der Mädchen mit einem Mal so gut geworden sind, und weißt du, was ich denke?«

»Nein, aber du wirst es mir sicherlich gleich sagen.«

»Der Knackpunkt sind möglicherweise die Eltern. Schirner hat genau gewusst, wie streng die Eltern der Mädchen waren. Und das hat er gnadenlos ausgenutzt. Womit wir wieder bei der Erpressung wären. Ab der Elf bereitest du dich aufs Abi vor, und da wird von vielen Seiten ein ungeheurer Druck aufgebaut, unter anderem von den Eltern. Und dem hält längst nicht jeder stand. Dazu kommt, er war Klassen- und Vertrauenslehrer und natürlich bestens über seine Wackelkandidatinnen informiert. Und irgendwie hat er es geschafft, dass der Punkteschnitt sich immer im grünen Bereich bewegte.«

»Ich verstehe nicht ganz, worauf du hinauswillst.«

»Ganz einfach, er hat ihnen seine Hilfe angeboten. Teichmann war sein bester Freund, der hat natürlich, geil, wie er war, mitgemacht, aber an die Hilfe waren knallharte Bedingungen geknüpft. Kannst du mir jetzt folgen?«

»Du meinst, er und Teichmann haben die Mädchen praktisch gezwungen ... Moment, das würde aber bedeuten, dass die beiden andern auch ...« Er legte sein Brötchen auf den Teller und lehnte sich zurück. »Wenn das stimmt, dann ...« Er schüttelte den Kopf. »Da ist ein Denkfehler. Du kannst nicht drei Mädchen zu sexuellen Handlungen zwingen, ohne dass nicht wenigstens eine von ihnen quatscht.«

»Finde es heraus, indem du die andern zwei einfach fragst.«

»Das sagst du so leicht. Da muss man ganz behutsam vorgehen.«

»Genau deshalb würde ich gerne mitkommen. Einer Frau gegenüber sind sie vielleicht gesprächiger.«

»Aber wer hat mir das Video geschickt? Ich glaube kaum, dass die Mädchen eine Kopie davon hatten.«

»Und was ist, wenn jemand das Video gefunden hat, rein zufällig, versteht sich?«

Brandt überlegte. Ihm fiel mit einem Mal sein letzter Besuch bei Schirners ein, wie Carmen sofort wusste, wo der Schlüssel zum Schreibtisch versteckt war. Er schluckte schwer, denn er stellte sich vor, dass Carmen …

»Was ist?«, wurde er von Andrea Sievers in seinen Gedanken unterbrochen, die merkte, wie es in ihm arbeitete.

»Schirners Tochter. Seine Frau kannte zwar das Arbeitszimmer ihres Mannes, doch sie hat es wohl so gut wie nie betreten. Aber Carmen kennt sich bestens darin aus. Allerdings war sie in Frankfurt, als ihr Vater umgebracht wurde.«

»Wie alt ist Carmen?«

»Zwanzig.«

»Vielleicht kennt sie ja die andern Mädchen.«

»Gut möglich, sie ist auch auf das Gymnasium gegangen. Aber normalerweise verkehren doch die Schüler aus der Dreizehn nicht mit denen aus der Zehn oder Elf.«

»Das stimmt nur bedingt. Viele Abiturienten geben Nachhilfe.«

»Okay, fahren wir. Als Erstes will ich mit Carmen sprechen. Sie kommt für mich im Augenblick als Einzige infrage, die mir das Video geschickt haben könnte. Solltest du Recht haben, dann spendiere ich dir eine Reise nach Portugal.«

»Aber nur, wenn du mitkommst.«

»Meinst du, ich lass dich allein fahren?«, sagte er grinsend. »Doch das lässt mir jetzt keine Ruhe mehr.«

»Ich weiß doch gar nicht, ob ich Recht habe. Es war nur so eine Idee von mir. Aber willst du wirklich erst Schirners Tochter befragen? Meinst du nicht, es wäre besser, mit Kerstin und Silvia anzufangen?«

Brandt nickte und sagte: »Im Prinzip ist es egal, wo wir anfangen. Wobei, Kerstin scheint mir von allen die sensibelste zu sein. Nein, ich weiß jetzt, wie ich's anstelle. Wir holen Kerstin und Silvia von zu Hause ab und fahren zu Carmen. Dabei wird sich herausstellen, ob die sich kennen. Und dann schauen wir einfach weiter.«

»Falls sich alle drei kennen, würde das aber unter Umständen bedeuten, dass du es mit drei Mörderinnen zu tun hast. Das würde auch die extrem vielen Einstiche erklären.«

»Wir werden sehen.«

Sie zogen sich warm an und gingen zum Auto. Die Scheiben waren zugefroren.

»Auch noch kratzen«, quetschte Brandt durch die Lippen.

»Warte«, sagte Andrea Sievers, »ich habe in meinem Wagen ein Enteisungsspray.« Sie holte das Spray, und innerhalb von zwei Minuten waren die Scheiben frei. Der große Verkehr in die Innenstadt setzte ein, die Kaufwütigen waren unterwegs. Brandt fuhr die Darmstädter Landstraße hoch und über Neu-Isenburg nach Langen. Von unterwegs rief er bei Kerstin und Silvia an, die beide zu Hause waren. Um kurz vor halb zwölf kamen sie bei Kerstin Abele an.

Samstag, 11.24 Uhr

Die Tür wurde ihnen von einem großen, stämmigen Mann geöffnet. Brandt schätzte ihn auf Anfang bis Mitte fünfzig. Sein Gesicht war solariumgebräunt, die fast schwarzen Haare gefärbt, der Körper im Fitness-Studio in Form gehalten. Vielleicht, dachte Brandt, um so bei den jungen Damen, die mit ihm bei der Lufthansa arbeiteten, einen mindestens genauso guten Stand zu haben wie die jüngeren Männer. Brandt hatte sich vorgenommen, niemals sein Alter zu verleugnen. Wenn die Haare grau wurden, wurden sie eben grau, wenn die tiefen Falten kamen, dann kamen sie eben, und wenn es Winter war wie jetzt, dann legte er sich nicht unter eine Sonnenbank, sondern würde warten bis zum Frühling und Sommer, sich in seiner Freizeit in die Sonne legen, etwas lesen oder vor sich hin dämmern und so eine natürliche Bräune erzielen. Abele musterte Brandt und Sievers mit kritischem Blick aus eisblauen Augen. Er hatte etwas Südländisches an sich, aber der größte Teil davon war künstlich.

»Ja?«, sagte er mit sonorer Stimme, ein weiteres Attribut, das ihm bestimmt bei jenen Frauen, die mehr auf das Äußere achteten, Punkte einbrachte.

»Brandt, Kripo Offenbach. Das ist meine Kollegin. Ich habe eben angerufen.«

»Ah ja, kommen Sie rein. Dürfte ich erfahren, was Sie schon wieder von meiner Tochter wollen? Sie waren doch erst gestern hier, wie meine Frau mir gesagt hat.«

»Wir haben nur noch ein paar Fragen«, antwortete Brandt kurz angebunden.

»Kerstin ist in ihrem Zimmer, seit Tagen kommt sie da nicht mehr raus. Der Tod von Herrn Schirner hat sie wohl sehr mitgenommen«, sagte Abele. Brandt registrierte die Kälte in seinen Augen und die leicht nach unten gezogenen Mundwinkel. Er schätzte ihn als einen Zyniker ein, auch wenn er versuchte, sich in diesem Moment anders zu geben.

»Können wir hochgehen?«

»Bitte, Sie kennen sich ja inzwischen hier aus.« Brandt fühlte sich bestätigt, Abele war ein Zyniker.

Auf dem Weg nach oben warf er Andrea einen kurzen, aber eindeutigen Blick zu und flüsterte: »Der Typ ist ein Arschloch.«

»Pssst.«

Er klopfte, von drinnen kam wieder dieses zaghafte »Herein«. Kerstin saß im Schneidersitz auf dem Bett, der Fernseher und die Stereoanlage liefen gleichzeitig. Sie war ungekämmt und hatte dunkle Ränder unter den Augen, als hätte sie mehrere Nächte hintereinander durchgemacht. Es war sehr warm in dem Zimmer, die Luft abgestanden. Kerstin trug eine Jeans und ein T-Shirt und war barfuß.

»Mein Vater hat mir schon gesagt, dass Sie angerufen haben. Was gibt's denn noch?«

»Dürfen wir uns setzen? Das ist übrigens Frau Sievers, eine Kollegin.«

»Hallo«, sagte Andrea freundlich und setzte sich auf die Bettkante, während Brandt sich den einzigen Stuhl heranzog.

»Hallo.«

»Wie geht es Ihnen heute?«, fragte Brandt.

»Wie soll's mir schon gehen? Ich fühl mich nicht besonders gut, das sehen Sie ja vielleicht. Ist ziemlich viel passiert in den letzten Tagen.«

»Wir sind noch mal wegen Maureen Neihuus hier ...«

»Ich hab doch schon alles gesagt.«

»Ich hätte trotzdem noch ein paar Fragen. Zum Beispiel, ob sie einen Freund hatte.«

»Ph, Maureen und einen Freund! Wenn ihr Vater das rausgekriegt hätte!«

»Wie soll ich das verstehen?«, fragte Brandt.

»Dieser Arsch redet nämlich nicht viel, sondern schlägt gleich zu. Egal, ob bei Maureen oder ihrem Bruder. Aber Maureen lebt ja nicht mehr ... Wieso fragen Sie mich eigentlich die ganze Zeit über sie aus?«

»Wie ich gestern schon sagte, wir versuchen Zusammenhänge herzustellen. Sie müssen sich das wie ein Puzzle vorstellen, ein paar Teile passen schon zusammen, aber noch fehlen uns die wesentlichen Teile, damit es auch ein ganzes Bild ergibt. Noch weiß ich nicht, um was für ein Bild, oder lassen Sie es mich so ausdrücken, um was für ein Motiv es sich handelt. Wir haben gehofft, Sie würden uns weiterhelfen können.«

»Tut mir Leid, aber Sie verschwenden Ihre Zeit. Ich kann Ihnen überhaupt nicht weiterhelfen.«

»Sie haben eben gesagt, Frau Neihuus hatte keinen Freund. Hat sie nie einen gehabt?«

»Nicht dass ich wüsste.«

»Das heißt, sie war noch Jungfrau, als sie gestorben ist«, sagte Sievers und beobachtete Kerstins Reaktion. Sie zuckte wieder, wie gestern schon, kaum merklich zusammen und nickte.

»Ich nehme es an.«

»Sie nehmen es an, wissen es jedoch nicht. Das klingt für mich aber sehr unwahrscheinlich, denn beste Freundinnen erzählen sich doch in der Regel alles. Als ich so alt war wie Sie, habe ich auch eine beste Freundin gehabt, und wir haben uns alles, aber auch wirklich alles erzählt. Vor allem, wenn es um Jungs ging.«

»Sie hatte keinen Freund.«

»Das haben Sie bereits gesagt. Aber ich kann Ihnen versichern, Maureen Neihuus war keine Jungfrau mehr, sie hatte sexuelle Erfahrungen gesammelt. Mich wundert nur, dass Sie mit Ihnen nicht darüber gesprochen hat. Oder hat sie es doch getan?«

Kerstin sah für einen Moment in das Gesicht von Andrea Sievers und schüttelte den Kopf, ohne etwas zu erwidern.

»Interessiert Sie das gar nicht, woher wir das wissen?«

»Ist mir egal. Außerdem habe ich keine Lust mehr auf diese Fragen. Mir geht's nicht gut, ich will allein sein.«

»Wir sind gleich fertig. Kennen Sie eigentlich die Tochter von Herrn Schirner, ich komme jetzt nicht auf ihren Namen?«

»Carmen.«

»Sie kennen sie also. Seit wann und wie gut kennen Sie sie?«

»Sie hat Maureen, Silvia und mir in der Elf Nachhilfe gegeben. Dabei haben wir uns auch ein bisschen angefreundet.«

»Sind Sie immer noch befreundet?«, wollte Sievers wissen.

»Wir sehen uns hin und wieder, wenn sie mal in Langen ist.«

»Gut«, sagte Brandt und stand auf. »Sie haben uns sehr geholfen. Wirklich.«

»Wie das denn?«

»Einfach so. Noch eine Frage – was sind Ihre besten Fächer?«

»Deutsch, Ethik, Englisch, Französisch und Mathe.«

»Was heißt das in Punkten ausgedrückt?«, fragte Sievers.

»Zwischen zehn und fünfzehn. Wenn Sie's genau wissen wollen, Deutsch vierzehn, Ethik fünfzehn, Englisch vierzehn, Mathe dreizehn und Französisch zehn, im Augenblick jedenfalls. Und in den andern bin ich zwischen fünf und acht. Zufrieden?«

»Und sind Frau Esslingers Leistungen genauso gut?«

»Sie sind sogar noch ein bisschen besser.«

»Würden Sie uns einen Gefallen tun und uns zu Ihrer Freundin Silvia begleiten?«, sagte Brandt völlig überraschend für Kerstin, die kaum merklich zu zittern begann.

»Warum soll ich mit zu Silvia kommen? Ich hab doch schon gesagt, dass es mir nicht besonders gut geht.«

»Ich verspreche Ihnen, es wird auch nicht lange dauern. Wir können Sie natürlich auch aufs Präsidium mitnehmen, aber ich glaube, das ist nicht notwendig, oder? Wir wollen ja schließlich kein Verhör durchführen.«

»Wenn's unbedingt sein muss«, murrte Kerstin und erhob sich. »Warten Sie draußen, ich zieh mir nur schnell was anderes an.«

Brandt gab Andrea ein Zeichen, ihm zu folgen. Er flüsterte, als sie auf dem Flur standen: »Wir werden uns bei der Esslinger nicht aufhalten, sondern sie nur einladen und gleich weiter zu Schirners Tochter fahren. Und dann lass ich die Bombe platzen.«

»Welche Bombe?«

»Das Video.«

»Du willst ihnen das Video zeigen?«

»Quatsch, ich hab's doch gar nicht dabei. Ich erzähl nur ein bisschen was über den Inhalt.«

Kerstin kam nach zwei Minuten aus ihrem Zimmer. Sie hatte sich eine dicke Jacke übergezogen, an den Füßen trug sie weiße Tennisschuhe.

Kerstins Vater war erstaunt, seine Tochter in Begleitung der Beamten zu sehen, und sagte: »Moment mal, wieso nehmen Sie meine Tochter mit? Was soll das alles?«

»Wir fahren nur zu Frau Esslinger und setzen sie nachher wohlbehalten wieder hier ab. Machen Sie sich keine Sorgen.«

Abele begleitete sie zur Tür und meinte: »Ich hoffe, Sie finden diesen jämmerlichen Bastard bald, der die besten Lehrer, die diese Stadt jemals hatte, auf dem Gewissen hat. Und glauben Sie mir, sollte ich ihn vor Ihnen finden, dann bringe ich ihn eigenhändig um.«

»Tun Sie, was Sie nicht lassen können, das würde dem Staat eine Menge Kosten sparen«, erwiderte Brandt ironisch. »Allerdings würde dann ein Verfahren wegen Mordes auf Sie zukommen.«

»Ich glaube, Sie ahnen nicht einmal ansatzweise, was diese Morde für uns alle bedeuten. Herr Schirner war fast so was wie ein Freund des Hauses, und Herr Teichmann auch. Doch seit diesen Gräueltaten ist hier nichts mehr so, wie es einmal war.«

»Aber vielleicht wird ja auch alles besser«, sagte Brandt trocken. »Sie als gebildeter Mensch wissen doch sicherlich, dass auf das Schlechte oftmals etwas Gutes folgt.«

»Was reden Sie da für einen Unsinn? Jetzt kann es nur noch schlecht werden.«

»Oder auch nicht«, entgegnete Brandt und ging mit Andrea und Kerstin zu seinem Wagen.

»Ist Ihr Vater immer so?«, fragte er im Auto.

»Das eben war noch harmlos. Sie haben ihn noch nicht erlebt, wenn er ausrastet.«

»Kommt das öfter vor?«

»Manchmal, wenn er seinen Willen nicht kriegt.«

»Was heißt, wenn er seinen Willen nicht kriegt?«

Sie ließ die Frage unbeantwortet. »Sie müssen einfach nur die Straße runterfahren, das letzte Haus ist es.«

»Ich wusste gar nicht, dass Ihr Vater mit Herrn Schirner gut bekannt war.«

»Ist ja auch nicht so wichtig. Schirner kannte viele Leute in Langen.«

Samstag, 12.13 Uhr

Silvia war allein zu Hause, ihre Eltern hatten sich in den Einkaufstrubel gestürzt. Sie hatte wieder dieses laszivspöttische Funkeln in den Augen, als sie die Beamten und Kerstin ins Haus bat. Brandt war sich noch immer nicht darüber im Klaren, ob dies eine Demonstration von Selbstsicherheit war oder sie damit nur etwas überspielen wollte, denn ihr Blick wanderte unruhig von Brandt zu Andrea.

»Was machst du denn hier?«, fragte sie Kerstin.

»Keine Ahnung.«

»Frau Esslinger, wir wollten Sie bitten, mit uns noch zu jemand anderem zu fahren.«

»Und zu wem, wenn ich fragen darf?«, sagte Silvia misstrauisch.

»Sie dürfen, aber eigentlich soll es eine Überraschung sein. Ziehen Sie sich doch einfach nur etwas über, umso schneller sind Sie wieder zu Hause.«

Die Fahrt verlief schweigend, es herrschte wie immer um diese Zeit dichter Verkehr. Im Rückspiegel beobachtete Brandt das Gesicht von Kerstin, als er in den Rotkehlchenweg einbog. Ihre Miene versteinerte sich im selben Moment, doch als sie den Blick von Brandt bemerkte, wandte sie den Kopf zur Seite und schaute aus dem Fenster.

»Endstation«, sagte Brandt und machte den Motor aus.

»Und was sollen wir hier?«, fragte Silvia mit gespielter Lässigkeit.

»Wir statten Ihrer Freundin Carmen einen kleinen Besuch ab. Ich hoffe, sie ist zu Hause. Sie warten aber bitte noch im Wagen, ich geh erst mal alleine vor.«

Er ging zu dem Haus und klingelte. Helga Schirner kam an die Tür. Brandt fragte, ob Carmen zu sprechen sei.

»Carmen«, rief Helga Schirner, »kannst du bitte mal kommen, hier ist wieder der Herr von der Polizei.«

»Komme!«

Carmen lächelte, als sie Brandt sah, und war schon im Begriff, ihn ins Haus zu bitten, als er sagte: »Ich bin nicht allein, wollte aber erst sehen, ob Sie überhaupt da sind.« Er gab Andrea mit der Hand ein Zeichen, sie stieg aus und kam mit Silvia und Kerstin auf ihn zu. Carmens Lächeln gefror von einer Sekunde zur andern, doch sie hatte sich schnell wieder im Griff.

»Wieso sind Kerstin und Silvia … Ich verstehe nicht ganz, was …«

»Gehen wir doch einfach rein, hier draußen ist mir das ein bisschen zu frisch. Ich werde Ihnen alles in Ruhe erklären.«

»Hi«, sagte Silvia und ließ sich ihre Unruhe nicht anmerken. Sie war eine perfekte Schauspielerin, wie Brandt feststellte. »Lange nicht gesehen. Herzliches Beileid. Tut mir echt Leid, das mit deinem Vater. Einen besseren Lehrer werden wir nie wieder haben.« Sie umarmte Carmen, beide hatten Tränen in den Augen.

»Danke.«

»Mir tut es auch Leid, er war ein super Lehrer«, sagte Kerstin leise.

»Wo können wir uns ungestört unterhalten?«

»Im Wohnzimmer. Ich mach die Tür zu. Aber vielleicht erklären Sie mir, was das alles soll.«

»In wenigen Minuten werden Sie es wissen.«

»Mutti, würdest du uns bitte für einen Moment allein lassen?« Carmen sah ihre Mutter kalt an, ihre Frage klang wie ein Befehl.

»Natürlich, Kind, ich muss sowieso nach oben und den Berg Bügelwäsche erledigen. Hallo, Silvia und Kerstin, wir haben uns ja lange nicht gesehen. Geht's euch gut?«

»Herzliches Beileid, Frau Schirner«, sagte Silvia auch zu ihr. »Wir werden Ihren Mann sehr vermissen.«

»Wo immer er jetzt ist, er hat es bestimmt gehört und freut sich drüber«, erwiderte Helga Schirner und machte die Tür lautlos hinter sich zu, so lautlos wie ihr ganzes Leben verlief.

»Ich schlage vor, wir setzen uns«, sagte Brandt.

»Bitte. Aber ich habe nicht viel Zeit, denn ich muss noch mal in die Stadt, ein paar Sachen fürs Wochenende einkaufen.«

»Wir halten Sie nicht lange auf.« Brandt und Sievers nahmen auf dem Zweisitzer Platz. Ihre Arme berührten sich, und Brandt musste unwillkürlich an die letzte Nacht denken und daran, dass es vielleicht oder hoffentlich noch viele solcher Tage und Nächte geben würde. Er wartete, bis sich auch die drei jungen Damen gesetzt hatten, Silvia und Kerstin auf den Dreisitzer, Carmen in den Sessel. Silvia nahm eine lässige Haltung ein, während Kerstin beinahe kerzengerade dasaß, die Beine eng geschlossen, die Arme verschränkt. Sie versuchte sich ihre Anspannung nicht anmerken zu lassen, aber es gelang ihr nicht. Nur Carmen strahlte eine beinahe beängstigende Ruhe aus. Sie hielt dem Blick von Brandt stand, ihre Selbstsicherheit war verblüffend.

Er beugte sich nach vorn, die Hände aneinander gelegt, und begann: »Sie wundern sich, dass wir speziell mit Ihnen sprechen wollen, aber das hat seine Gründe. Meine Kollegin und ich sind nämlich gekommen, um Ihnen eine Geschichte zu erzählen, und ich möchte das nicht dreimal tun.« Er hielt kurz inne, bevor er fortfuhr: »Es ist die Geschichte eines Mädchens etwa in Ihrem Alter. Dieses Mädchen hat eine gute Schule besucht, musste aber einmal eine Klasse wiederholen, die zehnte, soweit ich weiß. Dieses Mädchen wurde nach der Ehrenrunde in die elfte Klasse versetzt und bekam einen wunderbaren Lehrer, der es fantastisch verstand, das verborgene Potenzial dieser Schülerin hervorzulocken. Ihre Leistungen wurden immer besser und besser, obwohl sie kein sonderlich gutes Zuhause hatte. Da war ein Vater, dem die Hand leicht und oft ausrutschte, und eine Mutter, die immer schön brav wegschaute, zumindest ist mir das so berichtet worden.« Er sah dabei Kerstin an, die den Blick nicht erwiderte, sondern nur noch nervöser zu werden schien.

»Aber dieser Lehrer, der als so hervorragend und menschenfreundlich beschrieben wurde, hatte Hintergedanken, und die waren alles andere als menschenfreundlich. Für seine großartige Arbeit mit dieser eher leistungsschwachen Schülerin verlangte er eine Gegenleistung.« An diesem Punkt hielt er erneut inne und sah in die Runde, doch keine der drei jungen Frauen sagte auch nur ein Wort, lediglich Kerstin räusperte sich einmal kurz. »Dieser Lehrer wusste über das Privatleben seiner Schülerin bestens Bescheid, er wusste, welch großen Wert vor allem der Vater auf Leistung legte, schließlich sollte seine Tochter einmal die Uni besuchen und einen richtig guten Beruf erlernen. Also bot er dieser Schülerin einen Deal an. Er sagte ihr, er könne ihr problemlos helfen, dafür müsse sie aber auch etwas für ihn tun – nämlich die Beine breit machen. Aber er sagte ihr auch klipp und klar, dass er sie, wenn sie nicht auf sein Angebot eingehe, gnadenlos den Bach runtergehen lasse. Das Mädchen hat nicht lange überlegt, es hatte im Prinzip auch keine Wahl, und hat schließlich dem Deal zugestimmt … Ach ja, ich habe etwas vergessen. Dieser Lehrer hatte einen Freund, ebenfalls Lehrer, der selbstverständlich auch bereit war, nur die besten Noten zu vergeben, doch auch er verlangte dieselbe Gegenleistung wie sein Freund. Das Mädchen hat, wie gesagt, eingewilligt und in seiner Naivität wohl geglaubt, wenn es einmal mit den beiden schlafen würde, wäre damit alles abgegolten. Aber sie hatte sich getäuscht, denn das, was mit ihr gemacht wurde, hatte man aufgezeichnet und damit ein Druckmittel in der Hand. Sie wurde immer und immer wieder gezwungen, sich ihnen hinzugeben, andernfalls würde das Video bei ihren Eltern landen, zumindest vermute ich das. Jetzt werden Sie sich vielleicht fragen, warum das Mädchen nie etwas gesagt hat, wieso es die beiden nicht angezeigt hat. Nun, auf dem Video ist bloß das Mädchen zu erkennen, die beiden Männer tragen lange Kutten und sind nur von hinten zu sehen. Man sieht kein Gesicht, keine Hände, keine Haare, nur diese verdammten langen Kutten. Hätte sie diese ach so ehrenwerten Männer angezeigt, keiner hätte ihr geglaubt, denn keiner hätte ihnen diese Perfidie zugetraut, weder die andern Lehrer noch die meisten Schüler und schon gar nicht die Eltern. Als das Mädchen merkte, in welchem Teufelskreis es sich befand, wurde es immer verschlossener und depressiver, denn es wusste, es hatte sich im wahrsten Sinn des Wortes auf einen Pakt mit dem Teufel eingelassen. Aber sie wollte nicht mehr dem Teufel dienen, also ist sie eines Tages, als es dunkel war, voller Verzweiflung auf das Dach eines zehnstöckigen Hauses gestiegen und hat sich in die Tiefe gestürzt. Ihr Körper war nur noch Matsch, alles in ihr war zerfetzt, aber keiner konnte ihr jetzt mehr wehtun.« Brandt lehnte sich zurück, einen Arm auf der Lehne, den andern auf dem linken Oberschenkel. Seine Stimme wurde eine Spur schärfer und härter. »Sie fragen mich ja gar nicht, wer dieses Mädchen war. Warum nicht?«

Schweigen.

»Frau Esslinger, Sie sind doch sonst so wortgewandt, genau wie Sie, Frau Schirner. Aber ich kann mir schon denken, warum Sie nichts sagen, weil Sie nämlich genau wissen, von wem ich spreche. Das ist jetzt etwa drei Monate her, aber die beiden Lehrer haben das Mädchen nicht lange überlebt. Und ich frage mich jetzt, ob sie die Einzige war, oder ob es noch andere gibt, denen Ähnliches widerfahren ist. Für mich steht jedenfalls fest, dass Maureen Neihuus sich aus nackter Verzweiflung über ihre ausweglose Situation das Leben genommen hat.« Er hielt inne und sah erst Kerstin, dann Silvia an, die beide sehr nervös wirkten. Kerstin liefen ein paar Tränen übers Gesicht, stumme Tränen. Er wusste, er hatte ins Schwarze getroffen, und fuhr noch schärfer als eben fort, die Stirn in Falten gezogen: »Ich frage Sie jetzt alle – wussten Sie von dem Leid Ihrer Freundin?«

Schweigen, lautes, dröhnendes Schweigen.

»Sie wussten es, da bin ich sicher, aber ich kann mir Ihr Schweigen nicht erklären. Haben Sie Angst? Und wenn, wovor? Maureen Neihuus hat Angst gehabt, höllische Angst, und diese Angst hat sie in den Tod getrieben. Und sie fühlte sich gedemütigt und missbraucht. Sie hat geglaubt, ihr ganzes Leben sei vorbei, denn es gab ja niemanden, dem sie sich anvertrauen konnte, höchstens ihren besten Freundinnen. Doch diese Freundinnen waren ebenso hilflos, weil auch sie mit ihren Eltern nicht reden konnten. Habe ich Recht, Frau Abele? Und bei Ihnen, Frau Esslinger, wird es wohl kaum anders sein. Wie heißt es doch so schön, es kann nicht sein, was nicht sein darf. Hier ist eine heile Welt, und die lassen sich die Erwachsenen nicht zerstören. Die Nachbarn könnten ja tuscheln und mit dem Finger auf einen zeigen. Es könnte ja sein, dass man selbst an den Pranger gestellt wird, weil jemand sagt: Na ja, diese Mädchen von heute, wie die auch immer rumlaufen, so etwas hätte es zu unserer Zeit nicht gegeben. Ich bin keine Frau, ich weiß nicht, wie es ist, so gedemütigt und zu Dingen genötigt zu werden, die nur ekelhaft sind, aber ich versuche es mir vorzustellen, und allein bei dieser Vorstellung kommt in mir die blanke Wut hoch. Aber ich möchte meine Frage von vorhin ausdehnen. Wurden auch Sie, Frau Abele und Frau Esslinger, zu Dingen gezwungen, an die Sie vorher nicht einmal in Ihren schlimmsten Albträumen gedacht hätten?«

Wieder Schweigen.

»Wissen Sie, ich habe zwei Töchter, zwölf und vierzehn, zwei sehr hübsche Töchter, auf die ich niemals in meinem Leben verzichten möchte. Sie bedeuten mir mehr als mein eigenes Leben, und wenn ich mir vorstelle, irgendjemand würde ihnen ein solches Leid zufügen, das durch nichts wieder gutgemacht werden kann, ich weiß nicht, was ich tun würde, obwohl ich das Gesetz vertrete. Glauben Sie mir, als ich gestern das Video Ihrer Freundin gesehen habe, hat sich mir der Magen umgedreht und in mir war nur noch Wut, Wut und nochmals Wut. War diese Wut auch in Ihnen, als Sie davon erfuhren oder sogar dasselbe erlebten wie Ihre Freundin Maureen?«

Schweigen. Ein paar kurze Blicke. Ein paar Tränen.

»Meine Kollegin, Frau Sievers, ist Rechtsmedizinerin und hat Herrn Schirner und Herrn Teichmann obduziert. Erzähl du doch mal etwas von den Ergebnissen.«

Sie holte tief Luft und sagte: »Herr Schirner wurde mit dreiundachtzig Messerstichen getötet, Herr Teichmann mit sechsundsiebzig.« Sie vermied jedoch, die Kastrationen zu erwähnen. »Ich habe schon viele Leichen auf meinem Tisch liegen gehabt, aber noch keine, die so viele Einstiche aufzeigten. Die Morde tragen eindeutig eine weibliche Handschrift, denn nur Frauen können einen derartigen Hass entwickeln. Außerdem zeigt das Video, dass Maureen Neihuus zum Zeitpunkt der Vergewaltigung, ich nenne es einfach mal so, offensichtlich unter Drogen oder Betäubungsmitteln gestanden hat …«

»Dazu kommt«, wurde sie von Brandt unterbrochen, »dass beide einen Weg gegangen sind, der, so habe ich mir von einem Polizisten sagen lassen, selbst tagsüber kaum frequentiert ist. Nachts schon gar nicht. Und jetzt, bei dieser Kälte, verkriecht man sich sowieso am liebsten zu Hause. Aber der oder die Täter müssen die Gewohnheiten der beiden Männer genauestens gekannt haben. Sie müssen gewusst haben, dass Herr Teichmann und Herr Schirner niemals von ihrem abendlichen beziehungsweise nächtlichen Ritual abweichen würden, das heißt, mit ihrem Hund diesen einen speziellen Weg zu gehen. Und dafür kommen nicht so viele Menschen in Betracht. Und außerdem frage ich mich die ganze Zeit, weshalb der erste Hund am Leben gelassen wurde, während der zweite sterben musste. Können Sie mir vielleicht weiterhelfen?«

»Nein, das können wir nicht«, sagte Carmen Schirner kühl.

»Schade. Ich frage mich aber auch, wer mir das Video geschickt hat und wie der- oder diejenige überhaupt an das Band gelangt ist. Ich gehe davon aus, auch darauf keine klärende Antwort von Ihnen zu erhalten.«

»Herr Brandt«, sagte Carmen Schirner plötzlich, »könnte ich Sie bitte unter vier Augen sprechen?«

Kerstin und Silvia blickten erschrocken auf, doch Carmen nickte ihnen nur beruhigend zu.

»Sicher. Wo wollen wir hingehen?«

»In mein Zimmer.«

»Ich bin gleich zurück«, sagte er zu Andrea Sievers.

In ihrem Zimmer erklärte Carmen geradeheraus: »Ich habe Ihnen das Video geschickt. Aber bitte lassen Sie Kerstin und Silvia in Ruhe, die haben schon genug durchgemacht.«

»Was haben sie durchgemacht? Jetzt rücken Sie schon raus mit der Sprache.«

»Der Tod von Maureen, dazu kommt, dass beide kein einfaches Leben haben, wie Sie so treffend festgestellt haben. Kerstins Eltern unterscheiden sich nur unwesentlich von denen von Maureen, nur dass Kerstins Vater sie nicht schlägt. Ihre Mutter ist eine Möchtegernkünstlerin, die seit Jahren schon auf dem Selbstfindungstrip ist und sich einen Dreck drum schert, was Kerstin macht oder wie's ihr geht. Und ihr Vater ist gelinde gesagt ein Arschloch, weil er Kerstin immer wieder auch vor andern runtermacht. Er stellt sie bloß, und das nur, weil sie kein Junge ist. Er wollte einen Sohn haben, einen, der ganz nach ihm kommt. Und bei Silvia«, sie verzog den Mund und schüttelte den Kopf, »na ja, sie tut unheimlich stark, in Wirklichkeit ist sie die Sensibilität in Person. Bei ihr zu Hause hat die Mutter das Sagen, der Vater schafft das große Geld ran. Ihre Eltern sind eigentlich ganz in Ordnung, aber richtig interessieren tun sie sich nicht für das, was Silvia macht. Auch dort zählt das Prinzip der heilen Welt. Sie brauchen sich nur meine Mutter anzuschauen. Sie hat hier auch immer das Sagen gehabt, aber sobald sie das Haus verlässt, ist sie nur eine unter vielen …«

»Sie sind wirklich erst zwanzig Jahre alt?«, fragte Brandt.

»Ja, warum?« Carmen sah ihn irritiert an.

»Nur so. Sie reden wie eine Vierzig- oder Fünfzigjährige mit unglaublich viel Lebenserfahrung.«

»Das liegt wohl an meiner Erziehung. Ich habe mit meinem Vater schon heiße Diskussionen geführt, da war ich gerade mal sieben oder acht. Und ich habe natürlich meine Mutter beobachtet, ich wollte nie so werden wie sie.«

»Kommen wir noch mal auf Kerstin und Silvia zurück ...«

»Herr Brandt, wenn Sie Details aus ihrem Leben hören wollen, dann fragen Sie sie selbst. Am besten aber lassen Sie sie einfach in Ruhe, denn sie haben mit den Morden nichts zu tun«, sagte sie und verschränkte die Arme demonstrativ vor der Brust. Ihre Augen waren glühende Kohlen.

»Das habe ich auch nicht behauptet. Aber was ist mit Ihnen?«

»Ich war in Frankfurt, als mein Vater umgebracht wurde«, antwortete sie ruhig.

»Kann das jemand bestätigen?«

»Meine Zimmerkollegin. Allerdings geht die immer schon früh zu Bett, die braucht ihre zehn Stunden Schlaf, sonst ist sie nicht zu ertragen.«

»Das heißt, sie kann nicht bezeugen, dass Sie am Dienstagabend in Frankfurt waren.«

»Keine Ahnung.«

»Gut, Sie waren also in Frankfurt. Und woher hatten Sie das Band?«

»Als ich am Mittwoch herkam, habe ich am Nachmittag das Arbeitszimmer meines Vaters durchsucht und dabei das Band gefunden.«

»Warum haben Sie das Arbeitszimmer durchsucht? Gab es dafür einen besonderen Anlass?«

»Nein, ich wollte nur sehen, ob er vielleicht irgendwelche Drohungen oder so was erhalten hat, was er meiner Mutter natürlich nie gesagt hätte, um sie nicht zu beunruhigen.«

Brandt lachte auf. »Frau Schirner, ich bin ein bisschen zu alt für Märchen. Warum sagen Sie mir nicht einfach die ganze Wahrheit?«

Carmen schloss nach den letzten Worten von Brandt für Sekunden die Augen, bevor sie bitter hervorstieß: »Also gut, welche Wahrheit wollen Sie hören? Dass mein Vater ein mieses Schwein war, nach außen der integre, saubere Herr Lehrer, und dass sein Freund keinen Deut besser war? Wollen Sie diese Wahrheit hören?«

»Fahren Sie fort, ich höre zu«, sagte Brandt gelassen. Mit harten Fragen würde er bei Carmen Schirner nicht weiterkommen.

»Okay. Ich habe vor zwei Jahren zum ersten Mal mitgekriegt, dass mein Vater etwas mit Schülerinnen hatte. Damals dachte ich, die hätten das freiwillig gemacht, und deshalb war es mir auch ziemlich egal, zwischen meinen Eltern lief ja eh nichts mehr ...«

»Haben Sie ihn darauf angesprochen?«

»Um Himmels willen, nein! Was glauben Sie, was hier los gewesen wäre, hätte ich ihm gesagt: He, Paps, ich hab gehört, du vögelst deine Schülerinnen, ist da was dran? Der hätte mir was erzählt!« Sie presste die Lippen aufeinander, atmete einmal tief durch und fuhr fort: »Wenn ich damals geahnt hätte, was er wirklich treibt ...«

»Was dann?«

Sie senkte den Kopf und antwortete: »Nichts. Was hätte ich denn machen können? Er hätte alles abgestritten, und ich hätte bei ihm kein Bein mehr auf den Boden bekommen. Ich hätte mir das Studium abschminken können, weil er mir bestimmt keinen Cent bezahlt hätte ...«

»Es gibt eine Unterhaltspflicht«, bemerkte Brandt.

»Sie kannten meinen Vater nicht. Er hätte es schon geschafft, mich kleinzukriegen. Egal, inzwischen weiß ich, dass es noch mehr von diesen Videos gibt, aber keine der andern Schülerinnen hat sich das Leben genommen.«

»Noch einmal – haben Sie etwas mit den Morden zu tun? Haben Sie Ihren Vater und Herrn Teichmann umgebracht oder waren Sie daran beteiligt?«

»Nein.«

»Und Kerstin und Silvia?«

»Nein.«

»Kannten Kerstin und Silvia die Geschichte von Maureen und das Video, bevor ich es eben erzählt habe?«

»Kein Kommentar.«

»Also ja … Frau Schirner, Sie machen es mir wirklich schwer. Ich muss mich mühsam auf Spurensuche begeben, bis ich die volle Wahrheit erfahre, dabei könnten Sie mir so helfen, indem Sie mir einfach sagen, was wirklich passiert ist. Glauben Sie mir, jeder Richter, den ich kenne, wird Verständnis aufbringen.«

»Ich kann mich nur wiederholen, ich habe weder meinen Vater noch Teichmann umgebracht.«

»Und warum dann das Video unmittelbar nach dem Tod von Teichmann?«

»Es erschien mir der geeignete Moment. Ich dachte mir, dass Ihnen das vielleicht weiterhelfen könnte.«

»Woher wussten Sie überhaupt, wer die beiden Männer auf dem Video sind?«

»Wer sollte es sonst sein?«, fragte sie spöttisch.

»Hat Maureen Neihuus jemals mit Ihnen über diese Sache gesprochen?«

Carmen Schirner zögerte mit der Antwort. »Nein, hat sie nicht.«

»Und Ihre beiden Freundinnen da unten haben diese Tortur nicht über sich ergehen lassen müssen?«

»Nicht dass ich wüsste.«

»Wo sind die andern Videos, ich würde sie gerne mitnehmen.«

»Ich habe sie vernichtet. Ich dachte mir, eins reicht.«

»Sie haben was?«, entfuhr es Brandt. »Das ist nicht Ihr Ernst, oder? Frau Schirner, ich weiß, dass Sie mir etwas vorenthalten. Ich bitte Sie, überlegen Sie es sich noch einmal, ob Sie nicht doch alles sagen möchten. Ich komme sonst nicht umhin, Sie aufs Präsidium bringen zu lassen, wo die Verhörmethoden ungleich härter sind. Ich gebe Ihnen aber bis morgen Nachmittag fünf Uhr Bedenkzeit. Sollten Sie sich allerdings bis dahin nicht bei mir gemeldet haben, sitzen Sie am Montag um Punkt neun bei mir im

Büro. Habe ich mich klar ausgedrückt? Und noch einmal, ich heiße Selbstjustiz nicht gut, das darf ich von Berufs wegen schon nicht, aber keiner kann mir verbieten, Verständnis aufzubringen. Also, entweder bis morgen um siebzehn Uhr oder am Montag um neun im Präsidium. Meine Telefonnummer haben Sie ja, ich bin rund um die Uhr zu erreichen.«

»Wenn es sonst nichts gibt, können wir ja wieder nach unten gehen«, sagte Carmen kühl und trat zur Tür. »Ich habe noch einiges zu erledigen.«

»Wie Sie wollen.«

Wieder unten, gab Brandt das Zeichen zum Aufbruch. Auf der Fahrt zurück zu Silvia und Kerstin fragte er einer plötzlichen Eingebung folgend: »Wer ist eigentlich Ihr Lieblingslehrer?«

»Frau Denzel«, antwortete Silvia. »Und auch Frau Russler.«

»Und warum?«

»Einfach so.«

Er setzte erst Silvia, dann Kerstin zu Hause ab. Als er mit Andrea Sievers wieder allein war, sagte sie: »Mann o Mann, das war harter Tobak. Geht das bei euch immer so zu?«

»Nur manchmal. Das heute war eher die Ausnahme.«

»Wie bist du darauf gekommen, diese Geschichte zu erzählen?«

»Ist mir ganz spontan eingefallen. Vielleicht hat deine Nähe mich inspiriert.«

»Die Mädchen tun mir irgendwie Leid. Als du oben warst, habe ich versucht mich mit ihnen zu unterhalten, aber die sind verschlossen wie Austern.«

»Die werden auch einen guten Grund dafür haben. Wenn die nur den Mund aufmachen würden.«

»Was wollte denn die Schirner von dir?«

»Sie hat mir das Video geschickt. Angeblich hat noch mehr von dem Zeug existiert, doch sie hat es vernichtet, behauptet sie jedenfalls. Ich kauf ihr das aber nicht ab, die will nur die andern

Schülerinnen schützen. Und ich bin fast sicher, dass Kerstin und Silvia, oder zumindest eine von beiden, durch die gleiche Hölle gegangen sind wie Maureen, auch wenn Carmen dazu keinen Kommentar abgeben will.« Er schüttelte den Kopf. »Aber wenn die weiter so mauern, haben wir kaum eine Chance, weil die Täter keine Spuren hinterlassen haben.«

»Welche Täter?«

»Wieso welche Täter?«

»Schirner und Teichmann waren Täter, und die, die sie gekillt haben, ebenfalls. Irgendwie sind alle Täter und Opfer zugleich.«

»Das wäre was für die Anklage, wenn man die Täter-Opfer-Rolle so darstellen würde. Alle sind Täter, und alle sind Opfer. Klingt genial. Noch mal zu Carmen. Egal, was ich auch frage, ich bekomme immer eine passende Antwort. Also werden wir am Montag eine Hausdurchsuchung sowohl bei Schirner als auch bei Teichmann durchführen.«

»Und was erhoffst du dir davon?«

»Weiß ich selber nicht. Ich hab noch Zeit, bis ich Sarah und Michelle abholen muss. Wollen wir noch ein wenig zu dir gehen?«

»Du stellst vielleicht Fragen. Mir ist irgendwie ganz flau im Magen. Aber wie du die Geschichte erzählt hast, Hut ab. Ich denke, die werden dran zu knabbern haben, und irgendwann fällt eine von ihnen um. Du musst einfach dranbleiben und weiterbohren.«

»Das mach ich sowieso. Und jetzt will ich für den Rest des Tages nicht mehr über diesen Fall sprechen, ich hab die Schnauze nämlich voll.«

»Kann ich nachvollziehen. Ich stehe nur bei uns im Keller und unterhalte mich mit den Toten, auch wenn das mehr ein Monolog ist. Aber du musst dir immer wieder was Neues einfallen lassen. Wie machst du das?«

»Routine und Bauch. Du lernst in meinem Beruf, auch Dinge zu hören, die nicht gesagt werden. Aber das macht diesen Beruf eben auch nicht langweilig. Ich könnte zum Beispiel nie deinen Job machen.«

»Das ist auch nur Routine. Außer wenn du ein Kind auf den Tisch kriegst und feststellst, dass mit dem Kind was ganz Schreckliches passiert ist. Das sind Momente, wo ich meinen Job hinschmeißen möchte, denn manchmal wirst du mit Sachen konfrontiert, die dich am Guten im Menschen zweifeln lassen. Komm, wir machen uns noch ein paar schöne Stunden, dann fährst du heim und …«

Brandt verringerte die Geschwindigkeit, fuhr an den Straßenrand und schaute aus dem Seitenfenster. Die letzten Worte von Andrea Sievers schien er gar nicht mitbekommen zu haben. Er sagte kaum hörbar: »Anja Russler und Katharina Denzel. Schirner war Vertrauenslehrer, und die Russler ist es auch. Das ist die Verbindung, nach der ich die ganze Zeit gesucht habe.«

»Von was redest du?«

»Gleich.« Er nahm sein Handy und tippte die Nummer seiner Eltern ein. »Hallo, Papa. Kurze Frage – würde es euch sehr viel ausmachen, wenn Sarah und Michelle noch eine Nacht bei euch bleiben würden? Ist wirklich eine Ausnahme.«

»Nein, natürlich nicht. Hast du viel zu tun?«

»Ich steh hier am Straßenrand und muss gleich noch mal zurück nach Langen. Es kann spät werden.«

»Im Augenblick sind die beiden sowieso nicht da. Sie wollten so gegen fünf wieder hier sein. Du kannst ja später noch mal anrufen und mit ihnen reden. Mach's gut und schnapp dir den Dreckskerl. Und dann will ich die ganze verdammte Geschichte von dir hören.«

»Mach ich. Und danke.«

»Was hast du vor?«, fragte Andrea mit gerunzelter Stirn.

»Anja Russler ist der Schlüssel. Sie hat mir freimütig erzählt, dass sie ein Jahr lang ein Verhältnis mit Schirner hatte. Nach ihr kam die Denzel.«

»Wie, nach ihr kam die Denzel?«

»Das erklär ich dir später. Ich fahr dich jetzt nach Hause, denn ich muss mit der Russler allein sprechen. Wenn die Mädchen sich überhaupt jemandem anvertraut haben, dann ihr. Sie ist übrigens genauso alt wie du.«

»Hübsch?«

»Kann man so sagen.«

»Hat sie einen Freund?«

»Nein. Warum?«

»Nur so, reines Interesse.«

»Aha.«

Brandt setzte Andrea Sievers vor ihrer Wohnung ab und sagte, bevor sie ausstieg: »Eigentlich dürfte das bei der Russler nicht so lange dauern. Ich denke, ich bin gegen Abend fertig. Wir könnten doch noch was unternehmen?«

»Bist du gar nicht müde?«

»Im Augenblick nicht.«

»Aber ich. Ich hau mich zwei Stunden aufs Ohr, und wenn du fertig bist, klingel einfach.« Sie gab ihm einen Kuss, lachte ihn an und sagte: »Hat mich gefreut, Ihre Bekanntschaft gemacht zu haben, Herr Hauptkommissar. Ich würde mich freuen, noch öfter mit Ihnen zu tun zu haben.«

»Wir sehen uns nachher. Und schlaf gut.«

»Viel Glück bei dieser Russler.«

Sie sah Brandt nach, wie er denselben Weg zurückfuhr, den sie eben gekommen waren. Sie ging nach oben, räumte den Frühstückstisch ab, spülte das Geschirr, saugte kurz den Boden und machte das Bett. Anschließend legte sie sich auf das Sofa, wo sie sofort einschlief.

Samstag, 14.50 Uhr

Anja Russler öffnete die Tür, kaum dass er geklingelt hatte. Es schien, als hätte sie sein Kommen bereits erwartet.

Sie trug dieselbe Kleidung wie am Donnerstag, die leger geschnittene Jeans, das flauschige weiße Sweatshirt und die dicken Wollsocken. Ihr Gesicht war ungeschminkt, kein Lidschatten, kein Rouge, kein Lippenstift. Ihre Augen waren klein und glanzlos, die Haare zerzaust, als wäre sie durch einen Sturm gelaufen. Auf dem Tisch eine halb leere Flasche Whiskey, ein Glas, in dem sich ein Rest der braunen Flüssigkeit befand, eine Schachtel Zigaretten und ein voller Aschenbecher. Der Fernseher lief, der Ton war weggedrückt. Die Ordnung, die Brandt vorgestern noch vorgefunden hatte, war einer leichten Unordnung gewichen. Über zwei Stühlen hingen und lagen Kleidungsstücke, unter dem Tisch standen Schuhe, es roch nach Alkohol und abgestandenem Rauch.

»Nehmen Sie Platz«, sagte sie und räumte schnell die Sachen weg, bevor sie sich ebenfalls setzte. »Was führt Sie an einem Samstagnachmittag zu mir?« Ihre Stimme klang klar und nüchtern.

»Die Arbeit lässt einen manchmal nicht los. Ich hätte schwören können, dass Sie weder rauchen noch trinken.«

»So kann man sich täuschen«, erwiderte sie lachend. »Aber Spaß beiseite, ich hatte gestern Abend Besuch von einer Bekannten, die bis in die späte Nacht geblieben ist, und sie hat auch die Flasche mitgebracht. Und die Zigaretten hat sie heute Morgen hier vergessen. Aber vielleicht möchten Sie ja ein Glas trinken.«

»Nein, danke, ich stehe nicht auf harte Sachen. Frau Russler, wie Sie sich denken können, geht es um den Fall Schirner und Teichmann. Sie haben mir erzählt, dass Sie ein Verhältnis mit Schirner hatten. Hatten Sie auch eins mit Teichmann?«

»Das ist eine sehr intime Frage. Und wenn?«

»Ja oder nein?«

Sie zuckte mit den Schultern und antwortete: »Ja, ich habe mit Teichmann geschlafen. Ist das ein Verbrechen?«

»Wann war das?«

»Tut mir sehr Leid, aber ich habe nicht Buch darüber geführt.«

»War es, nachdem Sie mit Schirner Schluss gemacht hatten?«

»Ja. Sie mögen mich jetzt für eine Hure halten, aber ich hatte mit beiden ein Verhältnis. Das mit Teichmann ging aber nur bis zum Mittwoch, dann hat er von sich aus die Sache beendet. Er hat mir am Donnerstagmorgen eine SMS geschickt und mich um ein kurzes Gespräch vor Unterrichtsbeginn gebeten. Er hat gesagt, es könne so nicht weitergehen, und als ich ihn fragte, warum nicht, hat er mir gesagt, weil seine Frau schwanger ist. Nun, es hat mir wenig ausgemacht, er war nicht gerade das, was man einen guten Lover nennt. Bin ich nun eine Hure oder nicht?«, fragte sie und sah Brandt herausfordernd an.

»Solange Sie es nicht gewerblich betreiben«, entgegnete Brandt mit stoischer Ruhe. »Gibt es auch noch andere Lehrer, mit denen Sie geschlafen haben?«

»Sie werden immer intimer. Aber um Ihre Frage zu beantworten, nein, es waren nur Schirner und Teichmann. Zufrieden?«

»Das wird sich noch herausstellen. Es gibt drei dringend Tatverdächtige, die zwar noch auf freiem Fuß sind, aber es ist nur eine Frage der Zeit, bis ich sie verhafte. Zwei davon sind Schülerinnen von Ihnen, die andere ist Carmen Schirner ...«

»Von welchen Schülerinnen sprechen Sie?«, fragte sie mit auf einmal eisigem Blick.

»Frau Abele und Frau Esslinger.«

»Und warum stehen ausgerechnet sie unter Mordverdacht?«

»Weil sie die besten Freundinnen von Maureen Neihuus waren. Und was mit der passiert ist, wissen Sie ja. Aber sie stehen nicht unter Mordverdacht, ich könnte mir nur vorstellen, dass sie auf die eine oder andere Weise in die Taten verwickelt sind.«

»Das mit Maureen war eine tragische Geschichte. Aber ich sehe keinen Zusammenhang zu den Morden an Schirner und Teichmann. Klären Sie mich auf.«

»Frau Russler, Sie sind Vertrauenslehrerin, und ich bin sogar sicher, dass so manche Schülerin mit Ihnen ihre intimsten Probleme bespricht. Hat Maureen das getan?«

»Nein, Maureen hat sich nie an mich gewandt. Deshalb hat mich ihr Tod auch so mitgenommen, weil ich nicht damit gerechnet hatte. Das war irgendwann im November, wenn ich mich recht erinnere.«

»Richtig, am siebzehnten. Haben sich denn Kerstin und Silvia je an Sie gewandt? Zum Beispiel, wenn es um sexuelle Nötigung oder noch schlimmere Dinge ging?«

»Darauf werde ich Ihnen nicht antworten.«

»Schade, dann wird mir nichts anderes übrig bleiben, als die Damen im Präsidium zu verhören.«

Brandt erhob sich, doch Anja Russler bedeutete ihm mit einer Handbewegung, sich wieder zu setzen. »Warten Sie. Lassen Sie Kerstin, Silvia und Carmen in Ruhe. *Ich* habe Schirner und Teichmann umgebracht.«

»Sie?«, fragte Brandt, beugte sich nach vorn und sah Anja Russler zweifelnd an. »Beweisen Sie das.«

Anja Russler stand wortlos auf, ging in die Küche und kam mit zwei Messern zurück, die sie in einem transparenten Plastikbeutel aufbewahrt hatte. »Hiermit hab ich diese Hurenböcke abgestochen. Das Blut ist noch dran, ich wollte es nicht abwischen. Hier, ich übergebe sie Ihnen zu treuen Händen.«

Brandt nahm den Plastikbeutel, betrachtete die Messer, sah Anja Russler an, deren Lippen ein leichtes Lächeln umspielte, und schüttelte den Kopf. »Sie allein haben also Schirner und Teichmann umgebracht. Mit diesen beiden Messern. Wie haben Sie das angestellt? Eins in der rechten und das andere in der linken Hand und gleichzeitig zugestochen?«, fragte er ironisch.

»Nein. Erst mit dem einen von vorn, dann mit dem andern von hinten. Ich habe einfach wahllos draufgestochen. Sie werden auch nur meine Fingerabdrücke drauf finden, weil ich die Messer normalerweise für andere Dinge benutzt habe. In den beiden Nächten hatte ich aber Handschuhe an.«

»Sind Sie Rechts- oder Linkshänderin?«

»Ich schreibe mit rechts, doch ich bin mit beiden Armen gleich stark. Ich weiß aber nicht, was das mit den Morden zu tun haben soll.«

»Und verraten Sie mir freundlicherweise auch, welches Motiv Sie hatten? Was haben Ihnen die beiden getan?«

Anja Russlers Gesichtsausdruck wurde ernst und melancholisch zugleich. Sie nahm die Flasche, goss das Glas fast bis zum Rand voll, trank es in einem Zug leer, behielt es aber in der Hand.

»Ich habe vorhin gelogen, ich hatte gestern keinen Besuch, das ist meine Flasche, und das sind meine Zigaretten. Ich wusste, Sie würden kommen, nachdem Sie das Video erhalten haben. Carmen hat mir erzählt, dass sie es Ihnen geschickt hat.« Sie machte eine Pause, stellte das Glas zurück und steckte sich eine Zigarette an. Sie schob die Füße unter ihren Po und schien mit ihren Gedanken auf einmal weit weg.

»Ich war acht Jahre alt, als mein Vater eines Nachts in meinem Zimmer stand. Er sagte, er könne nicht schlafen und würde gerne zu mir ins Bett kommen. Ich hatte schon geschlafen und bin einfach auf die Seite gerutscht, und er hat sich neben mich gelegt. Ich erinnere mich noch genau daran, wie plötzlich seine Hand mich streichelte, erst den Rücken, dann die Brust, obwohl da noch überhaupt nichts war, und schließlich glitt seine Hand immer tiefer zwischen meine Beine. Ich war wie gelähmt, denn ich wusste ja nicht, was er von mir wollte, bis er sagte, dass ich ein sehr hübsches Mädchen sei – sein Mädchen. Seine ekelhaften Finger spielten an mir herum, aber ich war unfähig, mich zu bewegen oder etwas zu sagen. Ich weiß noch, wie er mit einem Mal meine Beine spreizte – und dann war da dieser unsägliche Schmerz. Ich wollte schreien, aber er hat mir den Mund zugehalten und gezischt, ich soll bloß still sein. Also war ich still. Sieben Jahre lang war ich still, schließlich hatten wir ein Geheimnis, das keinem verraten werden durfte. Er hat gesagt, wenn ich jemandem davon erzählen würde, würden alle mit dem Finger auf mich zeigen, die Familie würde zerbrechen, er könnte nicht mehr den Unterhalt für die Familie verdienen, und ich müsste in ein Waisenhaus. Also lag die ganze Schuld bei mir. Erst als ich fünfzehn war, sah ich einen Bericht über Missbrauchsopfer im Fernsehen und stellte fest, dass ich nicht allein war und dass die Täter fast immer nach dem gleichen Muster vorgingen. Als er in jener Nacht wieder zu mir kam, habe ich ihm klipp und klar zu verstehen gegeben, dass ich das nicht länger mitmachen würde, dass ich zur Polizei gehen würde, wenn er nicht sofort aus meinem Zimmer verschwände. Ich muss so überzeugend geklungen haben, dass er ab dieser Nacht nie mehr mein Zimmer betreten hat. Ich hatte gewonnen und doch verloren. Meine Kindheit hat nur acht Jahre gedauert, und meine Jugend war voll von den Erinnerungen an das, was mein Vater mir angetan hatte. Selbst heute wache ich manchmal nachts auf, schweißüberströmt, bekomme kaum Luft und habe richtig Panikattacken.« Sie hielt an dieser Stelle inne, schenkte sich noch ein halbes Glas Whiskey ein, trank es aber noch nicht. Stattdessen rauchte sie noch eine Zigarette und sah Brandt durch den Rauch hindurch an.

»Haben Sie Ihren Vater nie angezeigt?«

»Nein, das war nicht möglich, denn mein Vater ist ein sehr angesehener Bürger – er ist Pfarrer. Pfarrer in Egelsbach, wo ihn jeder kennt.«

»Und Ihre Mutter?«

»Sie weiß es, aber sie will es nicht wahrhaben, auch das typische Muster. Ich bin, wie gesagt, der klassische Fall eines Missbrauchsopfers. Dazu zählt vielleicht auch, dass ich häufig wechselnde Beziehungen habe, übrigens der wirkliche Grund, warum mein Mann und ich uns getrennt haben. Er hat es nicht mehr ausgehalten, wie ich ihn ein ums andere Mal betrogen habe. Dabei habe ich sie alle nur ausgenutzt, manchen habe ich so wehgetan, psychisch und physisch … Und ich habe es genossen.«

»Inwiefern haben Sie ihnen wehgetan?«

»Niemand ist verletzbarer als ein geiler Mann. Und wenn er sich dazu noch in einen verliebt hat … Das war jedes Mal ein wirklich geiles Gefühl.«

»Warum erzählen Sie mir das alles?«

»Das war nur die Einführung. Es war am 11. September 2001, jenem historischen Datum, als eine Schülerin, deren Namen ich nicht nennen werde, am Nachmittag gegen drei in meine Sprechstunde kam und mir eine Geschichte erzählte, die ich erst nicht glauben wollte. Aber sie hat wie ein Häufchen Elend vor mir gesessen und hat so bitterlich geweint, dass ich ihr schließlich glauben musste, weil ich ja selbst einschlägige Erfahrungen gesammelt hatte. Sie hat mir gesagt, was Schirner und Teichmann so treiben, aber ich hatte keine Beweise, und dieses Mädchen natürlich auch nicht. Sie haben sie erpresst, unter Drogen gesetzt und schließlich gemeinsam vergewaltigt, anders kann ich es nicht nennen.«

»Wie wurde sie erpresst? Wie kann man eine Schülerin erpressen, wenn sie sich nichts hat zuschulden kommen lassen?«

»Das ist ganz einfach. Schauen Sie, auf die Georg-Büchner gehen viele Schüler, die aus guten Verhältnissen stammen. Manche haben ein ganz normales Elternhaus, bei andern kümmert es die Eltern recht wenig, was ihre Kinder so treiben, aber ein paar setzen ihre Kinder unter einen enormen Leistungsdruck. Und ein Lehrer, der ein bestimmtes Ziel hat, findet relativ leicht heraus, bei wem es brennt, vor allem, wenn er Vertrauenslehrer ist. Also haben Schirner und Teichmann sich die Schülerinnen herausgepickt, die zum einen in den entscheidenden Fächern schwach waren und zum andern über ein eher geringes Selbstbewusstsein verfügten. Außerdem hat das Elternhaus eine entscheidende Rolle gespielt. An Mädchen, deren Eltern sich sehr um das Wohl gekümmert haben, im positiven Sinn, hätten sie sich nie vergriffen. Es ist so verdammt einfach, aber man muss erst mal draufkommen. Und dann haben sie den Mädchen gesagt, sie könnten ihnen helfen, bessere Noten zu kriegen, ohne natürlich gleich mit der Tür ins Haus zu fallen. So wurde Vertrauen aufgebaut – was für ein Hohn, wenn man bedenkt, dass Schirner Vertrauenslehrer war! –, sie haben die Mädchen in Sicherheit gewogen, und dann, wenn diese nicht damit gerechnet hatten, haben sie eine Gegenleistung eingefordert. Schirner und Teichmann haben, obwohl dies nicht erlaubt ist, heimlich Nachhilfe gegeben, und wenn eine Klassenarbeit oder eine Klausur trotzdem verhauen wurde, haben sie die Mädchen unter vier Augen die Arbeit schreiben lassen, und plötzlich wurde aus einer ursprünglichen Fünf eine Zwei oder aus drei Punkten zehn oder elf. Und glauben Sie mir, wenn einem so viel Gutes widerfährt, spricht man nicht mal mit der besten Freundin darüber, denn es ist ja schließlich ein Geheimnis und man will ja solche wohltätigen Lehrer nicht in Misskredit bringen. So wurde zusätzliches Vertrauen aufgebaut, die Mädchen fühlten sich sicher und behütet, aber dann kam der Hammer, als Schirner und Teichmann ihr wahres Gesicht zeigten und ihre Forderung stellten. Andernfalls, so haben sie gesagt, würden sie den Eltern erzählen, dass ihre Kinder bei Klassenarbeiten beziehungsweise Klausuren mehrfach betrogen hätten und dafür von der Schule verwiesen werden müssten, denn die beiden haben noch eine zusätzliche Sicherung eingebaut, indem sie die Arbeiten von andern, besseren Schülern genommen haben, die Mädchen haben sie abgeschrieben, selbstverständlich ein wenig verfälscht, aber immer noch so, dass man es leicht als Betrug hätte auslegen können … Und jetzt, Herr Brandt, versetzen Sie sich in die Situation einer solch labilen Schülerin. Für die bricht eine Welt zusammen, wenn sie mit einem Mal merkt, dass der so ehrenwerte und hilfsbereite Lehrer ein gemeiner Erpresser ist. Aber sie hatten keine Wahl, und so mussten sie sich wohl oder übel auf das Spiel mit dem Teufel einlassen.«

»Und keine außer der vom 11. September hat jemals den Mund aufgemacht?«

»Ich hab's doch auch nicht getan, bis heute habe ich für mich behalten, was mein Vater mit mir angestellt hat. Nicht einmal mein Mann wusste davon. Ah, bevor ich's vergesse – ich habe Ihnen doch gesagt, dass ich mir eine Familie wünsche oder gewünscht habe, mit zwei oder drei Kindern. Das wäre aber niemals möglich gewesen, denn ich bin unfruchtbar – auch das Werk meines lieben Herrn Vater.«

»Sie können also keine Kinder bekommen, weil Ihr Vater Sie missbraucht hat. Seit wann wissen Sie davon?«

»Ich habe meinen Mann auf der Uni kennen gelernt. Wir wollten beide Kinder, ich hätte nicht unbedingt als Lehrerin arbeiten müssen, da er als Architekt nach dem Studium genug verdient hätte und seine Eltern auch nicht gerade arm sind. Aber es hat nicht geklappt. Erst dachten wir, es läge an ihm, aber seine Spermien sind in Ordnung. Dann habe ich mich untersuchen lassen, und dabei wurde es festgestellt. Mein Vater hat meine Gebärmutter regelrecht kaputtgemacht.«

»Das tut mir Leid, Frau Russler.«

»Was soll's, ist nicht mehr zu ändern.«

»Wissen Sie, wie viele Mädchen es insgesamt waren, die von Schirner und Teichmann zu sexuellen Handlungen genötigt wurden?«

»Achtzehn in den vergangenen fünf Jahren«, antwortete sie trocken.

»Und was ist mit Namen?«

»Eher beiße ich mir die Zunge ab.«

»Achtzehn, das ist 'ne ganze Menge, doch ich hab fast noch mit mehr gerechnet.«

Anja Russler lachte höhnisch auf. »Im Vergleich zur Weltbevölkerung ist das nicht viel. Aber jedes einzelne dieser Mädchen hat die Hölle auf Erden erlebt. Sie haben doch keine Ahnung, was die durchgemacht haben. Nicht den Schimmer einer Ahnung. Ich will ihnen einfach nur ersparen, dass sie das alles noch einmal durchspielen müssen. Vor Ihnen, vor Ihren Kollegen, vielleicht vor irgendwelchen Männern, die nur geil darauf sind, solche Geschichten zu hören.« Sie blickte Brandt an und meinte weiter: »Ist nicht gegen Sie persönlich gerichtet, aber ich weiß doch, wie so was abläuft. Und vor allem wissen die Eltern von keinem der Mädchen bis jetzt davon ... Schirner und Teichmann mussten äußerst vorsichtig vorgehen. Sie haben sich nur die rausgesucht, die psychisch und emotional labil waren. Wie Maureen und das andere Mädchen.« Sie machte eine Pause und zündete sich eine weitere Zigarette an, inhalierte tief und blies den Rauch durch die Nase aus. »Sie haben alles auf Video dokumentiert, sie haben immer diese Kutten getragen, und sie haben den Mädchen vorher immer Drogen gegeben, die sie unter einen Drink gemischt haben. Und mit den Videos hatten sie die Mädchen in der Hand. Ich habe das Mädchen gefragt, ob es noch andere Schülerinnen gibt, die so etwas durchgemacht haben, aber sie konnte es mir nicht sagen, weil sie mit niemandem darüber gesprochen hat, nicht einmal mit ihrer besten Freundin. Also habe ich mich an Schirner rangemacht, obwohl der ja mehr auf richtig junges Fleisch gestanden hat, und der werte Herr hat sich nicht lange bitten lassen. Ob Sie es glauben oder nicht, ich habe es genossen, mit ihm zu schlafen, weil er gut war. Aber in meinem Hinterkopf war immer der Gedanke an dieses Mädchen. Trotzdem, ich wusste, ich würde keine Ruhe finden, bis ich nicht sicher war, ob die Version des Mädchens stimmte oder nicht, auch wenn Schirner nie den Eindruck erweckte, als würde er sich an Schutzbefohlenen vergreifen, wie es so schön heißt. Und dann kam die Sache mit Maureen …«

»Warten Sie, bevor Sie fortfahren«, wurde sie von Brandt unterbrochen. »Haben Sie mit den betroffenen Mädchen gesprochen?«

Anja Russler steckte sich eine weitere Zigarette an und erwiderte ganz ruhig: »Vielleicht, vielleicht auch nicht.«

»Haben Sie denn wenigstens versucht herauszufinden, ob auch noch andere außer den achtzehn betroffen waren?«

»Sagen Sie mir, wie ich das hätte anstellen sollen. Hätte ich alle Mädchen, die zu mir in die Sprechstunde kamen, fragen sollen, ob sie von diesen beiden Bastarden sexuell belästigt oder gar missbraucht wurden? Nein, wem auch immer etwas von Schirner und Teichmann angetan wurde, die Initiative hätte vom Opfer ausgehen müssen, wie bei mir damals … Wo war ich stehen geblieben? Ah ja, bei Maureen. Ich hatte bemerkt, dass mit ihr etwas nicht stimmte, und habe gebohrt, weil ich eben diesen furchtbaren Verdacht hatte, aber sie wollte mir nicht sagen, was mit ihr war. Und dann hat sie sich das Leben genommen. Ich habe danach mit Kerstin und Silvia gesprochen, weil sie ja die besten Freundinnen von Maureen waren, aber auch die waren stumm wie Fische. Also blieb mir nur noch der Versuch, über Teichmann die Wahrheit herauszukriegen. Du meine Güte, der hat einen Traum von einer Frau zu Hause, aber das hat ihm nicht gereicht, der war süchtig nach Abwechslung. Sein Pech war nur, dass er gerne mal einen über den Durst getrunken hat, und einmal war er so gut drauf, dass ich ihn wie beiläufig gefragt habe, warum die Noten von Kerstin und Silvia so gut sind. Er hat gelacht und gemeint, es gäbe schon Mittel und Wege, wie man so was deichselt. Sie müssten nur nett sein, und dann würde das mit den Noten auch klappen. Das war für mich der endgültige Beweis, dass das Mädchen nicht gelogen hatte, aber auch der Beweis, dass Maureen sich genau deshalb umgebracht hat.« Sie drückte ihre Zigarette aus und zündete sich gleich eine neue an und trank den Whiskey.

»Und warum haben Sie diesmal nicht die Polizei eingeschaltet?«

Anja Russler lachte höhnisch auf. »Was hätte ich denn sagen sollen? Hallo, da sind zwei angesehene Lehrer an einem noch angeseheneren Gymnasium in Langen, die ihre gottverdammten Schwänze in Schülerinnen stecken und ihnen dafür gute Noten geben. Einer davon ist der stellvertretende Direktor und Vertrauenslehrer, und er ist ein Ethiker, wie er im Buche steht. Ethik und Moral wird bei ihm besonders groß geschrieben, müsst ihr wissen. Hätte ich das sagen sollen? Mein Gott, ich hatte doch keine Beweise! Und wer sich an unserer Schule auskennt, weiß, dass man gegen Schirner und Teichmann nie eine Chance gehabt hätte. Die beiden waren so ausgekocht, so verdammt ausgekocht, und sie hatten eine unglaubliche Rückendeckung innerhalb des Kollegiums. Schirner war unantastbar, und Teichmann stand ihm kaum nach.«

»Aber die Polizei hat Mittel und Wege …«

»Ja, ich kenne die Mittel und Wege«, sagte sie zynisch. »Was wäre das Erste gewesen, was die gemacht hätten? Sie müssen's doch am besten wissen, Herr Kommissar.«

Brandt wusste es, und es machte ihn betroffen und zornig zugleich. Er fühlte sich hilflos, weil er keine befriedigende Antwort parat hatte.

»Man hätte das Mädchen befragt, man hätte die intimsten Details wissen wollen, aber das Schlimmste wäre gewesen, wenn man Schirner und Teichmann gefragt hätte, ob das alles stimmt. Natürlich hätten sie es abgestritten, sie hätten es als die durchgehende Fantasie eines sich wichtig machenden Mädchens abgetan, das die Lehrer in Misskredit bringen wolle. Und da es nur die Aussage dieses einen Mädchens gegeben hätte und die Lehrer einen so guten Ruf genossen, hätte man ganz schnell den Fall abgeschlossen. Die Eltern hätten es erfahren und sie zur Rede gestellt, vermutlich hätten es auch noch einige andere erfahren, aber die Einzige, die Schaden davongetragen hätte, wäre …« Sie hielt mitten im Satz inne. Fast hätte sie den Namen ausgesprochen, hatte es aber noch rechtzeitig gemerkt. »Da hätte ich mich doch beinahe verplappert«, sagte sie grinsend. »Sei's drum, die Einzige, die verloren hätte, wäre sie gewesen. Stimmt's? Das ist doch unser Rechtssystem, in dem das Wort Anonymität und Wahrung der Intimsphäre im Kleingedruckten steht.«

»Aber das Video …«

»Das Video! Was für ein exzellenter Beweis!«, stieß sie höhnisch auflachend hervor. »Ich hab's mir angesehen, ich habe mir diese verfluchte, dreckige Scheiße angesehen. Sie kennen's ja und wissen, dass man damit nichts, aber auch rein gar nichts hätte beweisen können. Und …«

»Moment, wann haben Sie das Video gesehen?«, wurde sie

von Brandt unterbrochen, der sich an die Worte von Carmen erinnerte, die gesagt hatte, das Video nach dem Tod ihres Vaters in dessen Arbeitszimmer gefunden zu haben.

»Vor knapp drei Wochen. Mir hat sich der Magen umgedreht, als ich die Bilder sah.«

»Und woher hatten Sie das Band?«

»Das bleibt mein kleines Geheimnis, es ist auch unwichtig.«

»Nein, ist es nicht. Frau Schirner hat mir gesagt, sie habe das Video erst am Mittwoch gefunden.«

»So, hat sie das? Vielleicht gibt es ja noch mehrere Kopien davon. Haben Sie darüber schon mal nachgedacht?«

»Und wo ist Ihre Kopie jetzt?«

»Ich habe sie vernichtet.«

»So, Sie haben sie also vernichtet, so wie Frau Schirner die restlichen Bänder vernichtet hat«, fuhr Brandt sie lauter an, als er wollte. »Frau Russler, ich habe schon viele absurde Geschichten gehört, aber diese gehört in die Kategorie extrem absurd.«

»Wie Sie meinen. Ich hatte mir jedenfalls eines vorgenommen. Sollte ich jemals wieder mit solchen Schweinereien, wie sie mein Vater begangen hat, konfrontiert werden, dann würde ich alles, aber auch wirklich alles in meiner Macht Stehende tun, damit diese verfluchten Bastarde ihre gerechte Strafe erhalten. Und das haben sie. Ich habe ihnen ihre gottverdammten Schwänze abgeschnitten, mit denen sie so viel Unheil angerichtet haben. Und jetzt können Sie mich festnehmen. Die Tatwaffen haben Sie, mein Geständnis auch. Ich ziehe mir nur schnell was über.«

»Warten Sie noch. Warum haben Sie den Hund von Schirner am Leben gelassen und den von Teichmann nicht?«

»Henry kenne ich gut, deshalb habe ich ihn auch in der Nähe des Tierheims angebunden. Er hätte mich nicht verraten. Teichmanns Hund, ich weiß nicht mal, wie er heißt, kannte ich nicht, er hätte mich also relativ leicht bei einer so genannten Gegenüberstellung identifizieren können. Sie wissen ja, wie Hunde sind. Logisch, oder?«

»Also gut, ziehen Sie sich an. Wir fahren aufs Präsidium, wo Sie Ihr Geständnis auf Band sprechen werden. Erst danach wird die Staatsanwaltschaft einen Haftbefehl ausstellen, und Sie werden vorläufig in Untersuchungshaft kommen. Ich möchte Sie darauf hinweisen, dass unser eben geführtes Gespräch bedeutungslos ist, weil es nicht dokumentiert wurde. Im Präsidium werde ich Sie ausführlich über Ihre Rechte aufklären.«

»Ich kenne meine Rechte. Ich habe das Recht zu schweigen, aber alles, was ich sage, kann gegen mich verwendet werden. Und ich habe das Recht, einen Anwalt meiner Wahl hinzuzuziehen. Richtig so?« Sie trank ihren Whiskey, schenkte sich ein letztes Mal nach und trank auch dieses Glas leer.

»Wollen Sie sich betrinken?«

»Das habe ich schon oft genug getan, aber so leicht werde ich nicht betrunken. Ich kann so ziemlich jeden unter den Tisch saufen, wenn ich will. Wir müssten aber unterwegs kurz anhalten, ich brauche noch Zigaretten.«

»Sicher.«

Anja Russler stand auf und begab sich mit sicherem Gang ins Schlafzimmer. Sie ließ die Tür offen, entkleidete sich, bis sie vollkommen nackt war. Es schien sie nicht zu stören, dass Brandt alles sehen konnte. Sie hatte eine fabelhafte Figur, sehr schlank, kleine feste Brüste, eine schmale Taille, lange schlanke Beine und einen Po, um den sie bestimmt viele Frauen beneidet hätten. Sie kam an die Tür, lehnte sich gegen den Rahmen und sagte mit laszivem Augenaufschlag: »Würden Sie mit mir schlafen wollen?«

»Ziehen Sie sich an, ich habe heute noch etwas vor«, erwiderte Brandt milde lächelnd.

»Schade, es wäre das letzte Mal für eine lange, lange Zeit.«

»Vielleicht.«

Sie drehte sich um, zog sich frische Unterwäsche, eine Jeans und ein dunkelblaues Sweatshirt über. »Ist es kalt im Gefängnis?«

»Nein.«

»Dann reichen meine Tennisschuhe, oder? Ich bekomme nämlich schnell kalte Füße.«

»Ich denke, die reichen.«

»Was ist mit Handschellen?«, fragte Anja Russler, während sie noch ein paar Sachen in eine Reisetasche packte.

»Wozu? Ich nehme Sie ja nicht fest, sondern nur mit aufs Präsidium, wo Sie Ihre Aussagen machen werden.«

»Auch gut. Ich bin bereit. Wie ist es so im Gefängnis?«

»Unterschiedlich. Aber nicht so schlimm, wie immer behauptet wird. Und in einem Fall wie Ihrem sind die Mitgefangenen meist sehr verständnisvoll.«

»Dann ist es ja gut.«

Samstag, 17.10 Uhr

Büro von Peter Brandt. Er hatte von unterwegs Nicole Eberl angerufen und sie gebeten, ins Präsidium zu kommen, wo sie ihn bereits erwartete, wohnte sie doch nur fünf Minuten entfernt.

Während der folgenden Stunde wiederholte Anja Russler beinahe wörtlich das, was sie Brandt bereits unter vier Augen gesagt hatte, nur dass diesmal ein Tonband mitlief. Sie rauchte dabei fünf Zigaretten und trank zwei Tassen Kaffee. Jede Frage, die ihr gestellt wurde, beantwortete sie ruhig und gefasst.

Um kurz nach sechs bat Brandt einen vor der Tür stehenden Beamten, ins Büro zu kommen und an der Tür zu bleiben. Er selbst ging mit Eberl ins Nebenzimmer, machte die Tür hinter sich zu und sagte: »Was hältst du von der ganzen Sache?«

»Klingt sehr plausibel, wenn man davon absieht, dass sie es nicht allein getan haben kann, auch wenn sie es steif und fest behauptet.«

»Ganz genau. Aber sie wird von ihrer Version nicht abweichen. Und was nun?«

»Ich kann dir da nicht helfen. Die hat in ihrem Leben so viel durchgemacht, die ist froh, dass sie sich nun endlich für das rächen konnte, was ihr angetan wurde. Das war für sie wie ein seelischer Befreiungsschlag gegen die Männer. Soll ich dir was sagen – ich finde, sie ist eine tolle Frau, auch wenn sie eine Mörderin ist. Ich weiß, ich weiß, ich dürfte als Polizistin an so was nicht mal denken, aber das ist ein Ausnahmefall.«

»Du brauchst dich vor mir nicht zu rechtfertigen, ich denke ja genauso. Heute Morgen ging's mir noch prächtig, und jetzt ist da nur noch dieses saumäßig flaue Gefühl im Magen. Hast du das mitbekommen, ihr Vater ist Pfarrer. Ein Pfarrer, der seine eigene Tochter missbraucht! Am Sonntagmorgen auf der Kanzel stehen und von Liebe, Moral und all so 'nem Zeug predigen und nachts … Weißt du, was ich jetzt machen werde? Ich werde unsere liebe Frau Staatsanwältin anrufen und sie herbitten. Auf das Gesicht bin ich gespannt. Sie soll den Haftbefehl ausstellen, sie ganz persönlich. Und dann sehen wir weiter.«

»Du bist doch ein Zyniker.«

»Vielleicht hast du Recht, aber in diesem Scheißjob kann man leicht einer werden. Ich will die Klein einmal mit etwas konfrontieren, das sie vielleicht zum Nachdenken bringt. Und vielleicht hat die Russler ja sogar Glück, und ihre ehemalige Klassenkameradin setzt sich für sie ein. Man sollte schließlich nie die Hoffnung aufgeben.«

Er nahm den Hörer in die Hand und tippte die Privatnummer von Elvira Klein ein. Nach dem fünften Klingeln sprang der Anrufbeantworter an. Brandt drückte auf die Gabel. Er suchte die Handynummer heraus und tippte sie ein.

»Ja?«, meldete sich Elvira Klein.

»Hier Brandt. Ich hoffe, ich störe nicht …«

»Das tun Sie in der Tat. Ich nehme aber an, es ist wichtig.«

»Es ist wichtig. Schwingen Sie sich in Ihren Benz und kommen Sie in mein Büro. Ich möchte Ihnen gerne jemanden vorstellen.«

»Herr Brandt …«

»Und bitte beeilen Sie sich, ich möchte nämlich auch gerne Feierabend machen. Und bringen Sie den Schein mit.«

»Was für einen Schein?«

»*Den* Schein.«

»Heißt das, Sie haben den Täter?«

»Gut kombiniert.«

Er legte auf und sah Nicole Eberl an. »Sie kommt. Kannst du mich bitte einen Moment allein lassen, ich muss mal telefonieren.«

»Klar. Lass mich raten …«

»Raus, und zwar dalli, dalli!«, sagte er grinsend und wies mit dem Finger auf die Tür.

»Bin schon weg.«

Brandt musste es lange klingeln lassen, bis am andern Ende abgenommen wurde.

»Ich bin gerade aufgewacht«, sagte Andrea und gähnte. »Du meine Güte, es ist ja schon fast halb sieben. Was hast du denn die ganze Zeit gemacht?«

»Jemanden festgenommen.« Er sprach leise, obwohl die Wände hier keine Ohren hatten. »Es wird noch eine Weile dauern, bis ich hier wegkomme, aber ich würde trotzdem gerne heute Abend noch ein paar Stunden mit dir verbringen.«

»Ich hab doch gesagt, du brauchst nur zu klingeln. Soll ich uns was zu essen machen? Ein paar belegte Brote?«

»Nein, ich kann von unterwegs auch 'ne Pizza mitbringen, ich bin nämlich ein Pizzafreak. Was möchtest du drauf haben?«

»Das Gleiche wie du. Was dir schmeckt, wird auch mir schmecken.«

»Okay. Dann bis nachher und …«

»Und was?«

»Nichts weiter. Wir sehen uns.«

Er legte auf, sein Herz pochte. Mein Gott, ich habe mich verliebt. Aber ich kann ihr doch nicht schon jetzt sagen, dass ich sie liebe. Wie hört sich das denn an: Bis nachher, und ich liebe dich! Idiot! Du hättest es sagen können, sie hätte es bestimmt gerne gehört. Scheiß drauf, ich sag's ihr nachher. Vielleicht.

Er begab sich wieder in sein Büro, wo die Luft rauchgeschwängert war und der Aschenbecher bereits überquoll, aber es machte ihm nichts aus. Er konnte Anja Russler verstehen, ihre Aufregung, ihre Nervosität, auch wenn sie sich überraschend gut unter Kontrolle hatte.

»Können wir irgendetwas für Sie tun?«, fragte er. »Haben Sie Hunger?«

»Nein, ich habe keinen Hunger. Was wird der Staatsanwalt mit mir machen? Wird er auch Fragen stellen?«

»Ja, aber es wird nur ein kurzes Verhör sein, das meiste haben wir ja schon auf Band. Außerdem ist es eine Staatsanwältin.«

»Das ist gut. Eine Frau ist immer gut«, sagte sie müde lächelnd.

Freu dich nicht zu früh, dachte Brandt. Du weißt ja noch nicht, wem du gleich begegnen wirst.

»Sie sind übrigens ein verdammt netter Kerl, das wollte ich Ihnen nur mal sagen. Passen Sie bloß immer schön auf Ihre Töchter auf.«

»Werd ich machen.«

Sie warteten eine gute Viertelstunde, bis die Tür aufging und Elvira Klein hereinkam. Sie war modisch gestylt wie immer, aufgebrezelt, wie Brandt es ausdrückte. Anja Russler wandte den Kopf. Elvira Klein kniff die Augen zusammen. Anja Russlers Gesicht drückte ungläubiges Staunen aus.

»Elvira? Was machst du denn hier?«

»Das Gleiche könnte ich dich auch fragen. Herr Brandt, wenn das ein Witz sein soll, dann kann ich nicht darüber lachen.«

»Frau Russler hat die Tat gestanden. Sie hat mir die beiden Messer übergeben, die bereits bei der KTU sind, wo das darauf befindliche Blut untersucht und verglichen wird.«

»Du bist Staatsanwältin?« Anja Russler fasste sich an die Stirn und schüttelte ungläubig den Kopf. »Das erklärt natürlich alles.«

»Was meinst du?«, fragte Elvira Klein stirnrunzelnd und setzte sich neben ihre ehemalige Schulkameradin.

»Dein Auftritt in der Schule. Ich habe gedacht, das wäre …«

»Das wäre was?«

»Vergiss es. Also noch mal von vorn – du hast es also zur Staatsanwältin gebracht. Gratuliere.«

»Würden Sie uns bitte allein lassen«, sagte Klein zu Brandt und Eberl. »Ich möchte mich gerne mit Frau Russler unter vier Augen unterhalten.«

Brandt und Eberl begaben sich wieder in das Nebenzimmer, wo er als Erstes sein Handy, dessen Akku fast leer war, an die Ladestation anschloss.

»Was glaubst du besprechen die jetzt?«, fragte Eberl.

»Mir egal. Die Klein soll zusehen, wie sie damit fertig wird, vor allem, was sie daraus macht. Ich kann nur hoffen, dass sie einen Funken Verständnis aufbringt. Wenn nicht, dann landet die Russler für viele, viele Jahre im Knast.«

Eberl schüttelte den Kopf und konnte sich kaum beruhigen. »Warum werden unsere Kinder nicht besser vor solchen Typen wie Schirner und Teichmann geschützt? Warum ist es so schwer, einen Vater vor Gericht zu bringen, der seine eigene Tochter missbraucht und unfruchtbar macht? Jeder Steuersünder wird härter bestraft als ein Kinderschänder, meistens jedenfalls. In Fällen wie diesem zweifle ich an unserm System, denn es stinkt zum Himmel.«

»Ich reg mich schon lange nicht mehr darüber auf, doch manchmal würde ich den hohen Herren gerne mal meine Meinung sagen. Aber was die Russler gemacht hat, war nun mal eindeutig Mord. Nicht im Affekt, nicht in Notwehr, sondern eiskalt geplant …«

»Ja, eiskalt geplant seit sie ein Kind war«, wandte Eberl sarkastisch ein, ein Zug, den sie nur sehr selten zeigte. »Das ist es doch, was sie gemeint hat. Jemand, der so etwas nicht erlebt hat, wird sich das auch nicht vorstellen können. Ich habe zum Glück einen guten Vater, der mich nicht ein einziges Mal geschlagen hat. Der hätte sein Leben für mich gegeben und würde es auch heute noch tun.« Sie holte tief Luft und fuhr fort: »Und wer hat ihr beigestanden, als sie von ihrem Vater wieder und wieder geschändet wurde? Da war keiner, keine Mutter, keine Freundin, niemand. Und jetzt hat sich bei ihr etwas entladen, was über zwanzig Jahre lang in ihr gebrodelt hat. Für mich war es keine eiskalt geplante Tat, sondern nur Wut und Hass.«

»Weißt du, was ich an dir so schätze?«, sagte Brandt.

»Was denn?«

»Dass du die Menschen verstehst.«

»Das tust du doch auch, sonst hättest du das eben nicht gesagt. Warst du übrigens mit Andrea essen?«, wechselte sie elegant das Thema, weil sie mit Lob und Anerkennung nur schwer umzugehen wusste. Aber für Brandt war sie eine gute Freundin, eine, mit der er über fast alles reden konnte. Nachdem seine Frau sich von ihm getrennt hatte, war Eberl es, die ihm Mut machte und ihm sagte, der Tag würde kommen, an dem er die Richtige kennen lernen würde. Und vielleicht hatte sie ja Recht behalten.

»Und wenn?«, sagte Brandt, der sein Ohr mit einem Mal doch an die Tür legte, um zu hören, was Elvira Klein und Anja Russler besprachen.

»Nichts und wenn. Jetzt sag schon, warst du mit ihr aus oder nicht? Außerdem, was machst du denn da?«

Er legte einen Finger auf den Mund und bedeutete ihr, näher zu kommen.

»Ist das ein Lauschangriff?«, flüsterte sie grinsend.

»Ja.«

»Warst du jetzt gestern mit ihr aus?«

»Du nervst«, quetschte er leise durch die Lippen. »Aber wehe, du sprichst mit irgendwem darüber ...«

»He, hab ich jemals getratscht?«, fragte sie ernst. »Wie war's denn?«

»Ganz nett.«

»Wenn du ganz nett sagst, dann muss es großartig gewesen sein. Ich hab dir ja gesagt, was ich von Andrea halte. Ich würde mich für dich freuen, wenn …«

»Hör auf, es ist zu früh. Alles braucht seine Zeit. Und jetzt muss ich mal ganz dringend für kleine Jungs.«

Als er von der Toilette zurückkam, saß Eberl am PC und spielte Solitaire. Sie machte das manchmal auch im Dienst, um sich zu entspannen. Er stellte sich wieder an die Tür und belauschte das Gespräch im Zimmer nebenan. Ein paarmal schaute er zur Uhr. Seit beinahe einer Stunde sprach Elvira Klein jetzt schon mit Anja Russler. Er wollte raus hier, zwei Pizzas holen und sich mit Andrea einen gemütlichen Abend machen.

Samstag, 18.25 Uhr

Ist das wirklich wahr? Hast du Schirner und Teichmann ermordet?«, fragte Elvira Klein, die sich nicht hinter den Schreibtisch, sondern schräg neben Anja Russler gesetzt hatte.

»Ist wohl so«, antwortete Anja Russler schulterzuckend. »Sie haben es nicht anders verdient.«

»Warum?«

»Das habe ich doch alles schon Herrn Brandt gesagt.«

»Sag's mir trotzdem, ich will es aus deinem Mund hören.«

»Darf ich aufstehen? Ich kann nicht mehr sitzen.«

»Natürlich.«

Sie stand auf, streckte sich, fuhr mit einer Hand über die große Karte, die den Bereich der Kripo Offenbach zeigte, und sagte: »Ich hätte nicht gedacht, dich hier zu treffen. Ich kann mich noch erinnern, wie du Schirner vergöttert hast …«

»Ich habe ihn nicht vergöttert«, verteidigte sich Klein, »ich hab ihn nur gemocht. Das ist wohl ein Unterschied.«

»Du hast ihn vergöttert, ich kenne kaum einen, der ihn nicht vergöttert hat. Er war unser Superlehrer, er wusste alles, er war einfühlsam, immer gut drauf, und wenn er's mal nicht war, dann hat er es uns trotzdem nicht spüren lassen. Ich war damals auch total fasziniert von ihm, genau wie du. Er hatte so eine ruhige, väterliche Art. Erinnerst du dich noch an diese Sommernacht im Juni, kurz vor den Ferien, als er mit uns allen auf den Feldberg gefahren ist und uns etwas über Stille erzählt hat?«

»Ja«, sagte Klein nach kurzem Überlegen.

»Er hat uns erklärt, was Stille ist, wahre Stille. Wir haben nichts gehört als das Rauschen der Bäume und hin und wieder einen Vogel, der im Schlaf gepiept hat. Er wollte uns zeigen, dass Stille etwas mit Frieden zu tun hat und die Menschen verlernt haben, in sich hineinzuhorchen, weil sie immer nur von Geräuschen und Lärm umgeben sind. Er hat uns aufgefordert, eine Woche lang jeden Tag eine Stunde die Stille zu suchen, um so zu uns selbst und zu unserem inneren Frieden zu finden. Und er hat gesagt, wenn wir das tun würden, dann würden wir süchtig danach werden, weil wir unser Leben und uns selbst viel besser verstehen könnten. Ich werde diese Nacht nie vergessen, weil ich so beeindruckt war, weil ich mir vorher nie Gedanken darüber gemacht hatte. Mein Leben war bis dahin chaotisch verlaufen, und jetzt war da mit einem Mal jemand, der mir einen Weg aufzeigte, wie ich aus dem Chaos Ordnung schaffen konnte. Aber ich hätte damals nicht im Geringsten auch nur vermutet, was für ein Monster in diesem Mann steckte. Hätte er doch nur das vorgelebt, was er uns gelehrt hat, er würde heute noch leben. Aber den Frieden und die Stille, die er predigte, waren etwas, das er selber nicht kannte, sonst hätte er diese Sachen nicht gemacht.«

»Die Mädchen, die von ihm sexuell genötigt wurden, waren doch alt genug, um nein zu sagen. Mit sechzehn, siebzehn oder gar achtzehn lässt man sich heute nicht mehr so leicht unter Druck setzen.«

»Ich merke schon, du verstehst mich nicht. Du siehst nur schwarz und weiß, aber die Zwischentöne siehst du noch immer nicht.« Sie machte eine entschuldigende Geste und sagte: »Das war nicht persönlich gemeint, aber du hast früher schon immer ganz strikt zwischen Gut und Böse unterschieden. Doch das ist jetzt unwichtig, wir haben uns alle im Laufe der Jahre verändert. Es gibt starke, selbstbewusste junge Menschen, und es gibt labile, die sich ständig an andern orientieren, die irgendwo in der Ecke stehen, keine Freunde haben oder zu Hause nur Scheiße erleben. Entschuldige diesen Ausdruck. Schirner hat sich gezielt an die Labilen rangemacht, und Teichmann hat ihm dabei geholfen, wobei Schirner der Anführer war, Teichmann war nur Mitläufer. Aber ich mache da keinen Unterschied, schließlich hat er seinen Schwanz auch in die Mädchen gesteckt. Weißt du, ich arbeite jetzt seit sechs Jahren als Lehrerin, und ich habe festgestellt, dass nicht alle Sechzehn-, Siebzehn- oder Achtzehnjährigen gleich stark sind. Aber das müsstest du doch noch aus unserer Zeit wissen. Oder hast du Pauline vergessen, die immer außen vor stand, weil ihre Klamotten nicht en vogue waren und sie immer gleich knallrot anlief, wenn sie angesprochen wurde? Oder Jonas, der auch immer Außenseiter war, weil er uns allen intellektuell haushoch überlegen war, obwohl er uns das nie hat spüren lassen. Eigentlich hätte er auf eine Schule für Hochbegabte gehört, aber er wurde von den meisten von uns als Streber gehänselt. Er ist daran zerbrochen, er arbeitet jetzt als Buchhalter in einer kleinen Firma für Autozubehör. Solche Leute waren das Ziel von Schirner, natürlich mussten sie weiblich sein.«

»Aber warum hast ausgerechnet du ihn umgebracht?«

»Sagte ich doch schon, er hat es verdient. Er durfte nicht länger ungestraft Dinge tun, die andere kaputtgemacht haben. Dieses Monster hat die Notlage einiger Mädchen schamlos ausgenutzt und seiner Geilheit, seiner unerträglichen, grenzenlosen Geilheit freien Lauf gelassen.«

»Woher weißt du das alles?«

»Es ist alles auf Band, hör's dir an und bilde dir dein eigenes Urteil. Ich habe nur getan, was ich tun musste, weil er sonst nie aufgehört hätte. Er war fünfzig und hätte noch etliche Jahre so weitermachen können.«

»Als Herr Brandt mir das Video gezeigt hat, wollte ich es nicht wahrhaben. Wie hast du es rausbekommen?«

»Ist auch auf Band.«

»Aber du warst es nicht allein, du kannst es unmöglich allein gewesen sein. Wer hat noch mitgemacht?«

»Niemand. Ich war's ganz allein.«

»Anja, wir waren doch Freundinnen, wir haben gemeinsam das Abi gemacht, du sogar noch einen Tick besser als ich …«

Anja Russler lachte kurz auf. »Komm, wir waren niemals Freundinnen, dazu sind wir viel zu unterschiedlich. Du bist wohlbehütet in der High Society aufgewachsen, ich hingegen …« Sie verzog den Mund und fuhr wieder mit der Hand über die Karte und warf einen langen Blick darauf.

»Ja und? Dein Vater ist Pfarrer. Ich weiß ja nicht, ob er es heute noch ist, aber …«

» … O ja, mein Vater, der heilige Pfarrer! Hat dein Vater dich jemals geschlagen?«

»Nein.«

»Schön für dich. Dann ist er auch nie nachts in dein Bett gekommen, wenn alle andern geschlafen haben. Du hast Glück gehabt.«

»Augenblick, soll das heißen, dein Vater hat dich missbraucht?«

»Ist lange her. Hat ja auch nur sieben Jahre gedauert«, sagte sie zynisch. »Sieben Jahre lang hat er mich gefickt, hat er gedroht und mir ein schlechtes Gewissen eingeredet. Ich sei ja selber schuld, warum sei ich auch so hübsch. Und es müsse immer unser Geheimnis bleiben, unser süßes kleines Geheimnis.« Sie hielt inne, steckte sich eine Zigarette an und fuhr fort: »Irgendwann merkst du gar nicht mehr, wenn er kommt, du wartest schon nicht mehr drauf, es passiert einfach. Du rutschst rüber, lässt es über dich ergehen und fertig. Und irgendwann fängst du an zu verdrängen, aber da ist immer die Schuld, dass du deinen Vater allein durch dein Aussehen dazu gebracht hast. Er hat mich so lange gefickt, bis alles in mir kaputt war. Ich stand ein paarmal kurz davor, mir das Gesicht zu zerschneiden, damit ich nicht mehr so hübsch bin, aber dann hat mir doch der Mut gefehlt. Aber als ich das von Schirner und Teichmann erfahren habe, da habe ich mir geschworen, etwas zu unternehmen. Die beiden haben viele Leben zerstört, und ich konnte so gut mit den Mädchen mitfühlen, die niemanden hatten, dem sie sich anvertrauen konnten, weil sie ja nicht wussten, wem sie überhaupt noch vertrauen durften. Es konnte ja keine von denen ahnen, dass ich ebenfalls ein Opfer bin und dass in mir noch immer dieser unsägliche Hass auf all jene ist, die solche Schweinereien begehen. Es gab nur diese eine Schülerin, die es mir gesagt hat. Und weißt du was – anfangs wollte ich es auch nicht glauben, ausgerechnet Schirner, der Mann, der uns etwas von Stille und innerem Frieden gelehrt hat. Und damit ist auch diese schöne Illusion wie ein Luftballon zerplatzt. Peng! Es gibt keine wahre Stille, keinen inneren Frieden, es sind alles nur hohle Phrasen. Keinen Gott, kein Leben nach dem Tod, es ist alles vergänglich. Wir kommen und wir gehen. So ist das Leben.«

»Du könntest deinen Vater auch heute noch anzeigen.«

Anja Russler winkte ab. »Vergiss es. Außerdem bin ich es, die vor Gericht stehen wird, ich werde mein Geständnis wiederholen und ins Gefängnis gehen. Wirst du die Anklage vertreten?«

»Ich denke schon. Aber du wirst einen guten Anwalt brauchen. Hast du einen?«

»Nein. Kannst du mir einen empfehlen?«

Elvira Klein kniff die Lippen zusammen und sah Anja Russler an. »Eigentlich dürfte ich das nicht, aber der hier ist ein Ass.« Sie schrieb den Namen und die Telefonnummer auf und ließ den Zettel auf dem Tisch liegen. »Hätte ich jemals gewusst, was du durchgemacht hast …«

»Was dann? Du hättest es damals doch gar nicht verstanden. Die Leute verstehen es immer erst, wenn es zu spät ist.«

»Aber darf man deshalb zwei Menschen umbringen?«

»Willst du mit mir über Recht und Unrecht philosophieren? Wenn ja, dann hast du den falschen Zeitpunkt gewählt. Ich bin müde und leer. Ich habe nicht zwei Menschen umgebracht, sondern zwei Bestien. Und es tut mir nicht im Geringsten Leid.«

»Lass mich dir einen Tipp geben – sag im Prozess niemals, dass es dir nicht Leid tut. So was kommt nicht gut an.«

»Das ist mir egal.«

»Jetzt vielleicht, aber in ein paar Tagen sieht das ganz anders aus, glaube mir. Der Anwalt wird dich gut beraten und mit dir eine Strategie entwickeln. Ich muss dir aber auch sagen, dass du morgen dem Haftrichter vorgeführt wirst. Allerdings weiß ich nicht, wann der Prozess sein wird. Es kann schon in vier Wochen sein, es kann aber auch drei bis sechs Monate dauern.« Elvira Klein stand auf und nahm ihre Tasche. »Und wenn du etwas brauchst, wende dich an mich. Ich werde jedenfalls alles dafür tun, damit ich die Anklage vertreten kann. Hast du mich verstanden?«, sagte sie mit vielsagendem Blick.

»Ich denke schon. Danke.«

Elvira Klein ging zur Tür, winkte den Beamten herein und ließ Anja Russler abführen. Sie blieb noch einen Moment stehen und sah ihr nach, bis sie um die Ecke verschwunden war. Dann begab sie sich zu Eberl und Brandt.

Samstag, 19.35 Uhr

Würden Sie mich bitte für einen Moment mit Herrn Brandt allein lassen?«, sagte sie zu Eberl. »Es dauert auch nicht lange. Im Prinzip können Sie aber auch nach Hause gehen, Frau Russler wird gerade in U-Haft gebracht.«

Eberl fuhr den PC runter und verabschiedete sich, nicht ohne Brandt vorher noch einen aufmunternden Blick zuzuwerfen, der nur mit den Händen in den Hosentaschen dastand und sich das Grinsen kaum verkneifen konnte, kannte er doch die wesentlichen Passagen des Gesprächs bereits.

»Wie sind Sie auf Frau Russler gekommen?«

»Es war eine Eingebung. Ich wusste ja, dass sie was mit Schirner hatte, und da sie Vertrauenslehrerin ist, dachte ich, wenn eine missbrauchte Schülerin sich überhaupt jemandem anvertraut hat, dann ihr. Ich war mir nicht sicher, aber ich hatte so eine Ahnung.«

»Gratuliere, gute Arbeit. Damit hätten wir den Fall gelöst.«

Wir, dachte er, natürlich wir, warum nicht gleich du ganz allein?

»Der Fall ist wahrscheinlich noch nicht gelöst. Frau Russler kann es meines Erachtens nicht allein gemacht haben, auch wenn sie das Gegenteil behauptet. Sie hatte mindestens eine Komplizin.«

»Lassen Sie mich raten – Sie haben schon jemanden im Visier, wollen mir aber den Namen nicht nennen, so wie Sie mir verschwiegen haben, dass Frau Russler und Schirner ein Verhältnis hatten?«, fragte sie lächelnd.

»Da kommen viele in Betracht.«

»Herr Brandt, ich kenne Sie zwar noch nicht so lange, aber Sie haben zumindest einen Verdacht, wer es sein könnte, das sehe ich Ihnen an.«

»Nein, ich habe keinen Namen.«

»Ach, kommen Sie, machen Sie mir doch nichts vor. Jetzt rücken Sie schon raus mit der Sprache!«, sagte sie leicht ungehalten. »Wer kommt Ihrer Meinung nach in Betracht?«

»Also gut, es sind sechs Frauen, unter anderem Carmen Schirner. Sie hat mir das Video geschickt.«

»Die Tochter von Schirner? Warum sollte die ihren eigenen Vater umbringen?«

»Sie hatte Kenntnis von seinen perversen Machenschaften, das hat sie mir heute gestanden.«

»Dann müssen wir die Dame vorladen und verhören …«

»Nein, das halte ich nicht für so gut. Geben Sie mir noch Zeit, ich bringe Ihnen die andere Person – wenn es denn eine andere gibt.«

»Moment mal, was soll das schon wieder heißen? Gibt es nun noch eine zweite Person oder nicht?«

»Frau Russler ist Sportlehrerin und sehr durchtrainiert. Sie kann es auch allein gewesen sein«, versuchte Brandt sich herauszuwinden.

»Da mögen Sie Recht haben, aber ich glaube Ihnen nicht, außerdem macht es auch keinen Sinn. Eine Frau und zwei Messer! Sie denken wohl immer noch, ich glaube an den Weihnachtsmann.«

»Was werden Sie mit Ihrer ehemaligen Freundin jetzt machen?«, wurde sie schnell von Brandt unterbrochen. »Hat sie Ihnen erzählt, was sie durchgemacht hat? Auch, dass sie deswegen keine Kinder bekommen kann?«, fragte er scheinheilig.

»Ja, hat sie. Es ist schrecklich, aber keine Entschuldigung. Das hätte alles auch anders geregelt werden können, wir leben schließlich in einem Rechtsstaat. Mein Gott, wenn jeder das Gesetz selbst bestimmen würde, wo kämen wir da hin?!«

»Ja, wo kämen wir da hin? Sie kennen die Gesetzbücher auswendig, weil Sie sie wahrscheinlich schon als Kind auf Papis Schoß auswendig gelernt haben, aber …«

»Was aber? Ich höre Ihnen aufmerksam zu.«

»Nichts weiter. Haben Sie Mitleid mit ihr?«, fragte er, obwohl er wollte, dass sie es von sich aus sagte.

»Diese Frage ist nicht zulässig. Ich bin Staatsanwältin und keine Seelsorgerin. Sie wird ihren Prozess bekommen, ich werde die Anklage vertreten, und dann sehen wir weiter.«

»Und auf was werden Sie plädieren? Lebenslänglich?«

»Das lassen Sie mal meine Sorge sein. Sie machen Ihre Arbeit, ich meine. Und tun Sie mir einen Gefallen, finden Sie die zweite Person. Sie war es nicht allein«, sagte sie mit einem Lächeln, das irgendwie charmant wirkte und sie noch hübscher machte, als sie ohnehin schon war. »Ich werde mit Frau Russler morgen noch einmal in aller Ruhe sprechen. Im Augenblick ist sie nicht ganz bei der Sache, was ich auch verstehen kann. So, und jetzt geh ich. Ich wünsche Ihnen einen schönen Abend.«

Brandt musste lächeln. Wie hatte Andrea doch gleich gesagt – die Klein ist nicht so übel, wie sie sich immer gibt. Möglicherweise hatte sie ja Recht.

Er fuhr kurz zu Hause vorbei, packte schnell frische Socken, Unterwäsche, eine Jeans und ein Sweatshirt ein sowie Rasierzeug und ein Eau de Toilette, rief bei seiner Stammpizzeria an und bestellte zwei Pizzas mit doppelt Salami, Peperoni und Zwiebeln. Als er sie abholte, nahm er auch gleich noch eine Flasche Rotwein mit. Es war fast halb neun, als er bei Andrea Sievers klingelte.

Samstag, 20.30 Uhr

Hi, da bin ich«, sagte er, stellte die Pizzas und den Rotwein auf dem Tisch ab und brachte die kleine Reisetasche ins Schlafzimmer. Das Licht war gedämpft, ein paar Kerzen brannten und verbreiteten eine heimelige Atmosphäre. Im Hintergrund spielte leise Musik, es war wieder so wie gestern – als käme er nach Hause.

»Meine letzte Pizza habe ich vor Ewigkeiten gegessen«, sagte sie und wollte Teller aus dem Schrank holen, doch Brandt hielt sie zurück.

»Wir brauchen keine Teller. So was isst man aus der Pappe. Nur den Wein will ich nicht unbedingt aus der Flasche trinken«, entgegnete er und merkte erst jetzt die Anstrengung des zurückliegenden Tages. Seine Beine waren schwer wie Blei, und er hatte leichte Kopfschmerzen, die er sich aber nicht anmerken ließ.

»Was hat denn jetzt so lange gedauert?«, fragte Andrea und brachte die Gläser.

»Ich habe Frau Russler verhaftet, das heißt, ich habe das Gefühl, sie wollte sich verhaften lassen. Eine üble Geschichte.« Er zog seine Jacke aus und hängte sie an den Kleiderhaken im Flur. »Ich geh mich kurz frisch machen.«

Brandt ging ins Bad, wusch sich die Hände und das Gesicht, betrachtete sich für einen Moment im Spiegel und fragte sich, ob er nicht doch zu alt war für eine junge, dynamische Frau wie Andrea. Aber letzte Nacht hatte er sich gefühlt, als wäre er in einen Jungbrunnen gefallen, und er hätte niemals für möglich gehalten, eine solche Ausdauer zu besitzen, worauf er recht stolz war. Nein, ich bin nicht zu alt, Nicole sagt das auch, und wenn Andrea will … Ich bin nur auf die Augen von Sarah und Michelle gespannt, wenn ich mit einer neuen Frau ankomme. Ich muss es ihnen schonend beibringen, damit sie mich auch verstehen. Und außerdem, wo werden wir wohnen? Ihre Wohnung ist hübsch, aber viel zu klein für vier Personen, meine dagegen ist viel zu groß für drei. Mensch, Peter, du machst dir Gedanken über Dinge, über die sie bestimmt noch nicht einmal im Traum nachgedacht hat. Er trocknete sich ab, kämmte sich und ging zurück ins Wohnzimmer. Andrea hatte den Wein eingeschenkt und saß am Tisch.

»Du siehst müde aus«, sagte sie. »Wir machen heute auch nicht so lange wie gestern.«

»Ich bin nicht müde«, was nicht einmal gelogen war, denn die Müdigkeit war wie weggeblasen, »es war nur ein harter Tag.«

»Hat sie die Morde begangen?«, fragte sie beim Essen.

»Sie war zumindest beteiligt. Eine junge Lehrerin in deinem Alter. Je länger ich darüber nachdenke, desto wütender werde ich. Hattest du eine schöne Kindheit?«

»Ich kann mich nicht beklagen. Warum fragst du so komisch?«

»Erzähl mir von deinem Vater. Wie war er so?«

»Ich kann mich nicht an ihn erinnern, ich kenne ihn nur von Fotos und aus den Erzählungen meiner Mutter. Aber er muss etwas ganz Besonderes gewesen sein. Ich hätte ihn gerne näher gekannt.«

»Frau Russler hat auch einen ganz besonderen Vater. Pfarrer, angesehen, und er hat sie über Jahre hinweg missbraucht. Ihre Kindheit war vorbei, als sie acht war. Sie ist eine ehemalige Schulkameradin von unserer Staatsanwältin. Sie hat mir ihre ganze Geschichte erzählt, und wenn du so was hörst, willst du eigentlich nur noch hingehen und diesen so genannten Vater eigenhändig erwürgen oder breitbeinig über einen Stacheldrahtzaun ziehen.«

»Weiß Elvira schon davon?«

»Sie hat sogar schon mit ihr gesprochen. Ich bin nur gespannt, wie sie sich verhält, wenn sie im Prozess die Anklage vertreten sollte.«

»Du musst doch auch aussagen, oder?«

»Klar. Und ich werde versuchen, die Dinge aus meiner Sicht darzustellen. Die Russler hat nur getan, was sie für richtig gehalten hat. Sie wollte die Mädchen vor weiteren Übergriffen beschützen und hat zu dem einzigen in ihren Augen adäquaten Mittel gegriffen, indem sie Schirner und Teichmann umgebracht hat.«

»Aber sie hat mindestens einen Komplizen oder eine Komplizin, das geht eindeutig aus der Obduktion von Teichmann hervor.«

»Sie wird den Namen nicht verraten, selbst wenn man ihr mit dem Tod drohen würde. Aber es kann meiner Meinung nach nur eine von den drei jungen Damen sein, auch wenn ich der Klein weisgemacht habe, es könnten sechs Personen infrage kommen. Auf welche würdest du denn tippen?«

Andrea zuckte mit den Schultern. »Wenn du mich so fragst,

entweder Silvia oder Carmen. Kerstin ist nicht abgebrüht genug, die ist mir zu introvertiert und zurückhaltend.«

»Wieso bist du dir da so sicher?« Brandt hatte aufgegessen und lehnte sich zurück, das Glas Wein in der Hand.

»Wieso stellst du mir diese Frage in diesem merkwürdigen Ton?«

»Weil die Russler zu der Zeit, als sie den Missbrauch erlebt hat, bestimmt auch so zurückhaltend und introvertiert war. Das hat sich erst geändert, nachdem sie auf eigenen Beinen stand und sich für einen Beruf mit Verantwortung entschied. Und Lehrer tragen nun mal eine große Verantwortung.«

»Das heißt, du würdest Kerstin einen Mord zutrauen?«

»Sagen wir es so: Nein, weil sie eben so still ist und auf den ersten Blick kein Wässerchen trüben kann. Ja, wenn sie selbst Opfer ist. Für das Ja könnte auch sprechen, dass sie die Geschichte ihrer Freundin Maureen kennt und die Letzte war, die sie lebend gesehen hat. Allein schon deswegen müssen eine Menge aufgestauter Aggressionen in ihr sein oder zumindest gewesen sein. Die Angst, die sie jetzt zeigt, könnte damit zusammenhängen, dass sie sich bewusst geworden ist, was sie getan hat.« Er trank aus und winkte plötzlich ab. »Aber das sind alles nur Spekulationen. Und außerdem können wir den Abend besser verbringen, als Theorien über potenzielle Mörder aufzustellen.«

»Du wirst das schon machen«, sagte Andrea, räumte den Tisch ab, faltete die Kartons und warf sie in den Müllbeutel. Als sie zurückkam, saß Brandt auf der Couch. Sie setzte sich zu ihm und lehnte ihren Kopf an seine Schulter. Da war wieder der Duft ihrer Haare und ihrer Haut. Sie nahm seine Hand und streichelte über seine Finger.

»Wie schnell doch manche Dinge gehen«, sagte sie leise, »gestern waren wir zum ersten Mal aus, du bist gleich mit zu mir gekommen, wir haben miteinander geschlafen, und du bist mir so vertraut, als wären wir schon seit zwanzig oder dreißig Jahren verheiratet. Könnte es sein, dass wir uns schon mal in einem anderen Leben begegnet sind?«

»Glaubst du etwa an so was?«

»Warum nicht? Ist doch immerhin möglich. Glaubst du nicht an Reinkarnation?«

»Ich hab mir über so'n Kram noch keine Gedanken gemacht.«

»Aber du wurdest katholisch erzogen, oder?«

»Na ja, was man so katholisch erzogen nennt. Ich hab mit neun meine Kommunion gehabt und danach nur noch einmal eine Kirche betreten, und das war zu meiner Hochzeit, weil meine Ex das so wollte.«

»Meinst du, deine Eltern haben was dagegen, dass wir ... Vergiss gleich wieder, was ich gesagt habe ...«

»Warum sollte ich das vergessen? Erstens bin ich wohl alt genug, um meine Entscheidungen allein zu treffen, und außerdem, meine Mutter wird sich freuen. Die liegt mir nämlich schon seit längerem in den Ohren, dass ich mir endlich wieder eine Frau suchen soll. Aber ich bin nicht der Typ, der sucht, bei mir muss es einfach so passieren.«

»Könntest du dir vorstellen, mit mir zusammenzubleiben? Ich meine, so richtig zusammenzubleiben?«

»Warum nicht? Meine Wohnung ist groß genug.«

»Heißt das, ich müsste nach Offenbach ziehen? In dieses Kaff?«, sagte sie lachend.

»Oh, Offenbach ist schön, Offenbach ist chaotisch, und es hat einen großen Vorort – Frankfurt.«

»Blödmann«, sagte sie und stupste ihn in die Seite. »Ich war kurz vor Weihnachten mal in Offenbach und hab mich gnadenlos verfranzt ...«

»Ich sag doch, Offenbach ist chaotisch. Die Bahnhofstraße führt überallhin, nur nicht zum Bahnhof, irgendwelche bekloppten Stadtplaner haben vermutlich im Vollrausch beschlossen, inmitten eines Verkehrskreisels in der Berliner Straße eine Ruhezone einzurichten, die sie zum Glück wieder entfernt haben, als sie wieder nüchtern waren, der Markt findet nicht auf dem Marktplatz statt, sondern auf dem Wilhelmsplatz, dafür ist auf dem Marktplatz der Busbahnhof und so weiter und so fort. Willst du noch mehr hören?«

»Danke, das reicht. Wir reden ein andermal drüber.« Sie wollte gerade noch etwas hinzufügen, als es klingelte. Sie schaute auf die Uhr, sah Brandt verwundert an und sagte: »Wer klingelt denn mitten in der Nacht?«

»Frag, und du wirst es wissen. Außerdem ist es nicht mitten in der Nacht, sondern erst halb zehn.«

Sie stand auf und drückte auf die Sprechanlage. »Ja?«

»Ich bin's, Elvira. Kann ich hochkommen?«

»Ich bin schon fast im Bett«, schwindelte sie und sah Brandt an, der wie von der Tarantel gestochen hochgeschossen war.

»Dauert auch bestimmt nicht lange. Ich brauch deinen Rat.«

»Okay, komm hoch.« Sie öffnete die Haustür, zog sich schnell aus und einen Bademantel über und sagte zu Brandt: »Geh ins Schlafzimmer, und mach die Tür hinter dir zu.«

»Bin schon weg«, erwiderte er, ging schnell ins Schlafzimmer und legte sich aufs Bett, die Arme hinter dem Kopf verschränkt. Er hörte die Stimmen von Elvira Klein und Andrea. Nach zwei Minuten hielt er es nicht mehr aus, seine Neugierde war beinahe unerträglich. Er stand so leise wie möglich auf und lehnte sich an die Tür, um zu hören, was die Klein um diese Zeit und dazu noch an einem Samstagabend hier wollte.

»Tschuldigung, wenn ich so spät noch störe, aber ich habe einen miserablen Tag hinter mir.«

»Setz dich erst mal, du bist ja ganz aufgelöst. Ein Glas Wein?«

Elvira Klein nickte, sah die beiden Gläser auf dem Tisch und sagte: »Hattest du Besuch?«

»Nur eine Bekannte«, antwortete Andrea ausweichend und reichte ihr das Glas. »Was gibt's denn so Schlimmes?«

»Ich bin jetzt seit fast zwei Stunden ziellos durch die Gegend gefahren, weil ich das alles erst mal auf die Reihe kriegen muss.«

Sie saß vornübergebeugt da, das Glas Wein in den Händen, und starrte zu Boden. »Brandt hat heute die Mörderin der beiden Lehrer verhaftet. Mein Gott, als ich gesehen habe, wer das ist, bin ich fast in Ohnmacht gefallen. Es handelt sich um eine ehemalige Schulkameradin von mir, die jetzt Lehrerin ist. Ich weiß wirklich nicht, was ich machen soll.«

»Jetzt mal schön der Reihe nach«, sagte Andrea, obwohl sie die Geschichte bereits von Brandt kannte und innerlich schmunzeln musste.

»Was soll ich großartig sagen? Da sind zum einen die beiden Toten und zum andern eine Frau in unserm Alter, die die Hölle auf Erden erlebt hat. Ich kann das ja unmöglich Brandt oder irgendeinem andern gegenüber zugeben, aber sie tut mir so unendlich Leid.«

»Und warum kannst du das nicht zugeben? Bist du dir zu stolz dafür?«

»Quatsch, aber als Staatsanwältin vertrete ich nun mal das Gesetz und muss mich an Vorschriften halten. Sobald ich diesem Männerclan gegenüber auch nur die geringste Schwäche zeige, wird das doch sofort ausgenutzt. Das war schon immer so, und daran wird sich auch nichts ändern.«

»Du hast Probleme mit Männern. Warum eigentlich? Du siehst blendend aus, du bist intelligent …«

»Und genau das wollen die Männer nicht. Eine intelligente Frau, die es zu etwas gebracht hat, ist den meisten unheimlich. Und Brandt ist da kein Stück anders.«

»Meinst du nicht, dass du Brandt und den andern Unrecht tust? Ich kenne Brandt zwar nur flüchtig, aber er scheint mir ein ziemlich liberaler Typ zu sein, der auch mal fünfe grade sein lässt. Und gegen Frauen hat er bestimmt nichts.«

»Er ist geschieden, das sagt doch wohl einiges. Ich frag mich sowieso, wie er das hinkriegt – zwei Töchter und dann dieser Job. Das hält der nicht lange durch, das schwöre ich dir. Ich könnte ja nicht mal mit einem Kind was anfangen.«

»Du hast dich für deine Karriere entschieden, und das ist okay. Aber du kannst doch Brandt keinen Vorwurf machen, dass er Kinder hat. Und warum seine Ehe in die Brüche gegangen ist, weißt du auch nicht. Geh doch wenigstens ein paar Schritte auf ihn zu. Er wird schon nicht beißen.«

»Das sehe ich überhaupt nicht ein. Außerdem arbeiten wir auf zwei völlig unterschiedlichen Ebenen.«

»Jetzt mach aber mal halblang«, entgegnete Andrea aufgebracht. »Entschuldige, wenn ich das so sage, aber ich frage mich, was du eigentlich von mir hören willst.«

»Gar nichts, ich musste nur mal meinen Frust loswerden. Warum zum Beispiel hat Brandt mir nicht schon am Donnerstag gesagt, dass Anja ein Verhältnis mit Schirner hatte, obwohl ich ihm deutlich zu verstehen gab, dass ich ständig auf dem Laufenden gehalten werden möchte? So habe ich es heute quasi en passant erfahren.«

»Und was wäre gewesen, wenn du's schon früher erfahren hättest? Vielleicht hat er ja einen guten Grund gehabt, es erst mal für sich zu behalten. Er ist doch ein guter Polizist, oder etwa nicht?«

»Mag sein … Ja, er ist ein guter Polizist, aber er handelt mir einfach zu eigenmächtig. Egal, ich will nicht mehr über ihn sprechen, mir geht es um Anja.«

»Warum tut sie dir eigentlich Leid? Sie hat zwei Menschen umgebracht«, sagte Andrea und spielte weiter die Ahnungslose, »und das ist kein Kavaliersdelikt.«

»Sie wurde als Kind missbraucht und hat rausgefunden, dass Schirner und Teichmann ihre Position schamlos ausgenutzt haben. Aber das ist nicht das Wichtige. Ich werde die Anklage vertreten, und ich will nicht, dass Anja den Rest ihres Lebens im Gefängnis verbringen muss. Aber wie stelle ich es an, dass der Richter nicht merkt, dass ich eigentlich auf ihrer Seite bin? Jeder erwartet doch von mir, der ach so toughen Staatsanwältin, dass ich die Anklage so aufbaue, dass am Ende Anja für mindestens fünfzehn Jahre hinter Gittern landet. Doch wenn das alles, was sie erzählt hat, auch nur ansatzweise stimmt, dann hat sie zwar einen Gesetzesbruch begangen, doch ich kann ihre Beweggründe durchaus nachvollziehen. Ich bin nicht so kalt, wie alle denken.«

»Das weiß ich doch. Wenn du Probleme mit der Anklage hast, übertrag den Fall doch einfach einem andern, der unbefangen ist.«

»Meinst du, darüber hätte ich nicht schon längst nachgedacht?« Sie schüttelte den Kopf. »Nein, unmöglich. Ich bin die einzige Staatsanwältin, die andern sind alle Männer, und von denen traue ich keinem zu, Anja zu verstehen. Männer halten doch immer zusammen. Und wenn die Frauen von Schirner und Teichmann als Nebenklägerinnen auftreten und ihre Männer wer weiß wie in den Himmel heben, dann gute Nacht. Und außerdem haben wir noch immer keine handfesten Beweise dafür, dass Schirner und Teichmann wirklich diese Verbrechen begangen haben.«

»Ich könnte mir vorstellen, dass Brandt eine Aussage zugunsten dieser Anja machen wird. Zumindest schätze ich ihn so ein.«

»Dein Wort in Gottes Ohr. Er hat sie festgenommen und muss natürlich vor Gericht aussagen. Aber er kann nur das wiedergeben, was Anja ihm erzählt hat, und vielleicht etwas über seinen Eindruck von ihr. Ich lass mich einfach überraschen.«

»Und wenn du vorher mit ihm sprichst?«

»Kommt gar nicht infrage!« Elvira Klein nahm einen Schluck von dem Wein und stellte das Glas auf den Tisch. »Du verstehst mich nicht, oder?«, sagte sie und sah Andrea an.

»Manches ja, manches nein. Ich kann nur sagen, dass ich Brandt mag und er bisher immer nett und freundlich mir gegenüber war.«

»Das ist ja auch etwas völlig anderes. Ich bin Staatsanwältin und du Rechtsmedizinerin. Von dir will er Ergebnisse haben und ich von ihm. Und damit kommt er nicht klar, weil er ein Problem mit Frauen hat. Wir werden nie zusammenkommen …«

»Brandt hat also ein Problem mit Frauen. Und du mit Männern, wenn ich dich so reden höre.«

»Ich muss los, und du willst ins Bett. Danke für den Wein«, sagte Elvira Klein pikiert und stand auf.

»Und mit Kritik kannst du auch nicht umgehen, selbst wenn sie gut gemeint ist. Trotzdem bin ich immer für dich da.«

»So ein Blödsinn! Natürlich kann ich mit Kritik umgehen, vorausgesetzt, sie ist fundiert und plausibel.«

»Wenn das so ist, gebe ich dir noch was mit auf den Weg. Du bist hart gegenüber dir selbst und hart gegenüber andern. Aber das ist nur Fassade. In deinem Innern bist du nämlich ganz weich, doch du traust dich nicht, es zu zeigen, weil du Angst hast, deine Identität zu verlieren. Denk mal drüber nach. Und jetzt mach's gut, ich bin müde.«

»Nacht.« Elvira Klein zog sich den Mantel über, ihr Blick sprach Bände.

»Warte doch mal. Jetzt spiel nicht gleich die beleidigte Leberwurst. Um noch mal auf diese Anja zurückzukommen – sie behauptet, sie war's allein?«

»Ja«, entgegnete Klein ungehalten, »doch das glaub ich nicht, es sei denn, du hast dich geirrt. Aber du hast selbst gesagt, dass es zwei Täter waren. Und da wären wir wieder bei Brandt. Ich bin sicher, er hat eine Vermutung, wer die zweite Person ist, doch er will partout nicht mit der Sprache rausrücken, und das macht mich rasend.«

»Warum macht dich das rasend? Sei doch froh, dass da einer ist, der das richtige Näschen hat. Was glaubst du, wie viele andere es geschafft hätten, den Fall in so kurzer Zeit zu lösen – zumindest zum Teil? Ich glaub, die kannst du an einer Hand abzählen. Lass ihn doch einfach machen. Er hat dir eine Täterin gebracht, und die oder den andern wird er dir auch noch präsentieren, vielleicht sogar auf einem silbernen Tablett.«

Elvira Klein neigte den Kopf ein wenig nach links und sagte mit seltsamem Blick: »Wieso setzt du dich eigentlich so für ihn ein?«

»Ich setze mich doch nicht für ihn ein, ich versuche nur beide Seiten zu sehen, deine und seine. Das ist alles«, antwortete Andrea, die merkte, dass Elvira Klein hellhörig zu werden schien.

»Das ist alles?«, fragte Klein zweifelnd.

»Was immer jetzt in deinem Kopf vorgeht, vergiss es.«

»Schon gut, schon gut, war nicht so gemeint. Bis bald.«

Andrea machte die Tür zu und lehnte sich dagegen. Sie schüttelte den Kopf, atmete ein paarmal tief durch und begab sich ins Schlafzimmer. Brandt lag auf dem Bett und schaute sie mit diesem Blick an, in den sie sich schon vor Jahren verliebt hatte.

»Hast du mitgehört?«, fragte sie grinsend.

»Nur ein paar Wortfetzen«, log er ebenfalls grinsend.

»Ich wette, du hast gelauscht.« Sie ließ sich aufs Bett fallen und legte ihren Kopf auf seine Brust. »Hast du gelauscht?«

»Nein.«

»Hast du doch! Los, gib's zu.« Sie kniff ihn in die Seite, es kitzelte.

»Also gut, aber nur ein klitzekleines bisschen. Die ahnt was. Du hättest nicht so sehr Partei für mich ergreifen sollen. Die Klein ist nicht dumm.«

»Und? Soll sie doch denken, was sie will. Und außerdem, wenn wir …«

»Wenn wir was?«

»Na ja, ich denke halt immer schon weiter, vielleicht zu weit.«

»Wie weit?«, fragte Brandt und streichelte ihr übers Haar.

»Ich bin eben so. Verdammt noch mal, ich habe mich vor einer halben Ewigkeit in dich verliebt, und seit gestern Nacht ist daraus Liebe geworden. Ich kann doch nichts dafür.«

»Und wenn ich jetzt sagen würde, dass es bei mir genauso ist?«

»Dann sag es.«

»Was soll ich sagen?«

»Die drei Worte.«

Brandt drehte sich auf die Seite und sah Andrea lange und tief in die Augen. »Die drei Worte. Die berühmten drei Worte?«

»Die berühmten drei Worte.«

»Also gut, ich liebe dich.«

»Wow, was für eine Begeisterung! Du kannst das bestimmt auch viel schöner sagen.«

»Ich liebe dich.« Er betonte jedes Wort einzeln.

»Und ich dich. Aber eins sage ich dir gleich, ich bin verdammt eifersüchtig. Du bist ein gut aussehender Mann, und ich werde sehr genau aufpassen, dass du mir keine Dummheiten machst.«

»Ich und gut aussehend? Da draußen laufen Millionen von Männern rum, die sind jünger und sehen tausendmal besser aus als ich. Außerdem bin ich ein sehr häuslicher Typ.«

»Häuslich hört sich langweilig an. Du bist doch hoffentlich nicht einer von denen, die abends vor der Glotze hängen und dabei einschlafen?«

»Nur manchmal«, erwiderte er grinsend. »Spaß beiseite. Ich gehe gern ins Kino oder mal ins Theater, auch wenn's in Offenbach keins gibt, ich gehe hin und wieder ins Konzert …«

»Klassische Musik?«, fragte Andrea erstaunt.

»Nein, nur wenn's unbedingt sein muss. Eagles, Deep Purple, Celine Dion und so weiter.«

»Du magst die Eagles? Ernsthaft? Ich hab alles von denen. Es ist meine absolute Lieblingsband, auch wenn die eigentlich vor meiner Zeit waren. Warst du etwa auch auf dem letzten Konzert in der Festhalle?«

»Aber sicher doch. Die Jungs sind unschlagbar.«

»Merkst du eigentlich, wie viele Gemeinsamkeiten wir haben? Und es werden immer mehr. Wann heiraten wir? … Kleiner Spaß, heiliges Indianerehrenwort. Ich möchte noch ein bisschen mit dir kuscheln, einfach so. Ich glaube, du hast mir zweiunddreißig Jahre lang gefehlt. Ganz schön lang, nicht?«

»Hm.«

»Wann hast du eigentlich Geburtstag?«

»Am 4. Juli.«

»Hm, Krebs. Passt gut.«

»Was passt gut?«

»Na ja, ich bin Löwe, und Löwe und Krebs passt fast immer.«

»Du glaubst doch nicht etwa auch noch an so 'nen Quatsch, oder?«

»Und wenn? Lass mich doch. Wann musst du denn morgen weg?«, wechselte sie das Thema.

»Gegen Mittag. Sarah und Michelle warten auf mich.«

»Und wann sehe ich dich wieder?«

»So oft es geht. Vielleicht morgen Abend schon. Kommt ganz auf die Laune meiner Töchter an. Aber du kannst ja auch zu mir kommen.«

»Und was werden deine Töchter sagen, wenn mit einem Mal eine fremde Frau …?«

»Wir können ja erst mal so tun, als würden wir uns dienstlich treffen. Irgendwie kriegen wir das schon hin. Was hast du eben gesagt, du willst kuscheln? Nur kuscheln?«

»Bist du etwa auf Entzug oder auf den Geschmack gekommen?«, erwiderte sie verschmitzt lächelnd. »Wenn ich kuscheln sage, muss das ja nicht unbedingt nur kuscheln bedeuten.«

»Ach so. Hab ich dir eigentlich schon gesagt, wie schön du bist? Du bist für mich die schönste Frau. Ich weiß, ich weiß, das klingt albern aus meinem Mund …«

»Tut es nicht, mach weiter.«

»Du bist für mich die schönste Frau, und weißt du auch, warum? Es sind deine Augen, deine Stimme, dein Lachen, der Duft deines Haares, deine Haut, deine Hände … Ich wundere mich schon, dass du nach deiner Scheidung noch keinen andern gefunden hast.«

»Ich habe keinen gesucht, sondern auf dich gewartet«, sagte sie wie selbstverständlich. »Ich habe wirklich auf dich gewartet. Und als ich das von deiner Scheidung gehört habe, dachte ich mir, irgendwann kommt unsere Zeit. Weißt du noch, wann und wo wir uns das erste Mal begegnet sind?«

»Moment, lass mich überlegen. Das war im März vor drei Jahren. Ich musste mal wieder zur Pflichtautopsie mit der obligatorischen Einführungsrede von Prof. Brettl, wo du uns als die Neue vorgestellt wurdest. Stimmt's?«

»Wow, das hätte ich jetzt nicht erwartet. Was hast du damals gedacht?«

»Eine so hübsche junge Frau und Pathologin! Da hat einer neben mir gesessen, ich weiß gar nicht mehr, von welcher Dienststelle der kam, der hat gesagt, du wärst genau seine Kragenweite. Der war richtig spitz auf dich. Zum Glück war er nicht deine Kragenweite. Tja, und ab da sind wir uns hin und wieder über den Weg gelaufen.«

»Und du hast nie gemerkt, dass ich immer in deiner Nähe sein wollte?«

»Wenn du damit meinst, dass du mir bei Obduktionen die stinkenden Gedärme und alle möglichen andern Sachen unter die Nase gehalten hast … Ihr Leichenschänder seid doch alle gleich.«

»Was soll das denn schon wieder heißen? Ich hab nun mal keine andere Möglichkeit gehabt«, schmollte sie.

»Ist ja gut. Trotzdem, wie kann man sich bloß so einen Beruf aussuchen? Du hättest doch auch eine ganz normale Ärztin werden können.«

»Hätte ich, wollte ich aber nicht. Außerdem, irgendjemand muss euch schlappen Bullen doch ein wenig auf die Sprünge helfen, indem wir Dinge sehen, die eurem Auge verborgen bleiben. Mir macht's jedenfalls Spaß.«

»Spaß! Ihr habt wirklich einen seltsamen Humor.«

»Das bringt der Beruf mit sich.« Sie setzte sich auf und sah

Brandt herausfordernd an. »So, entweder fangen wir jetzt an oder schlafen. Was nun?«
»Anfangen.«

Sonntag, 9.50 Uhr

Andrea war in seinem Arm eingeschlafen und lag jetzt auf der Seite, sie hatte ihm den nackten Rücken zugewandt. Einen Teil der Bettdecke hatte sie zwischen den Beinen eingeklemmt, der restliche bedeckte ihren Oberkörper. Er betrachtete sie im Licht der tief stehenden Wintersonne, die kaum eine Chance hatte, den dichten Stoff der Vorhänge zu durchdringen. Dennoch sah Brandt genug von ihr, und er war versucht, über ihren Rücken zu streichen, doch er wollte sie nicht aufwecken, auch wenn er kaum länger als fünf Stunden geschlafen hatte. Aber er vermisste den Schlaf nicht, er kam sich vor wie in einer anderen Welt. Er hatte das Gefühl, endlich jemanden gefunden zu haben, der ihn so akzeptierte, wie er war und wie er lebte. Ein Einzelgänger mit zwei heranwachsenden Töchtern, ein wenig verbittert und enttäuscht nach dem schmutzigen Scheidungskrieg, den seine Ex angezettelt hatte. Doch das war Schnee von gestern, der seit Freitagnacht immer mehr zu tauen schien. Er fragte sich nur, wieso es geschlagene drei Jahre dauern musste, bis sie endlich über belanglose Plaudereien und bisweilen derbe Witze in der Pathologie zueinander gefunden hatten. Doch wie schnell das plötzlich gegangen war, hatte selbst ihn überrascht, er, der kein Freund spontaner Entscheidungen war. Aber eigentlich war es keine spontane Entscheidung. Sie hatten sich ja nicht erst am Freitag kennen gelernt, sondern bereits vor einer halben Ewigkeit. Er hatte sich schon lange in sie verguckt, aber sich nicht getraut, ihr das auch zu zeigen, und bei ihr war es das Gleiche gewesen, auch wenn sie immer wieder Signale ausgesendet hatte, die er jedoch nicht verstanden hatte. Oder nicht verstehen wollte. Oder konnte. Schnee von gestern.

Brandt stand leise auf, nahm seine Sachen vom Boden und ging auf Zehenspitzen aus dem Zimmer. Er hatte gestern eine Bäckerei auf der andern Straßenseite gesehen, vielleicht hatte sie ja offen. Diesmal würde er Brötchen holen, den Tisch decken und Kaffee kochen, mit ihr zusammen frühstücken und um die Mittagszeit zu seinen Eltern fahren, um Sarah und Michelle … Nein, dachte er, die müssen noch dort bleiben. Ihm schoss plötzlich eine Idee durch den Kopf, wie er die zweite Person ausfindig machen konnte, die zusammen mit Anja Russler die Taten begangen hatte. Er nahm den Schlüssel vom Brett, lehnte die Tür nur an und eilte nach unten und über die Straße. Im Geschäft waren drei Verkäuferinnen damit beschäftigt, Kunden zu bedienen. Brandt kaufte vier Brötchen und zwei Croissants. Die sonst für ihn obligatorische *Bild am Sonntag* ließ er liegen, da er sowieso keine Zeit gehabt hätte, sie zu lesen. Vor der Bäckerei holte er sein Handy aus der Jackentasche. Zwei Mitteilungen seiner Mutter waren auf seiner Mailbox. Er musste lachen und tippte die Nummer seiner Eltern ein.

»Hi, ich bin's …«

»Peter, wo steckst du denn?«, fragte seine Mutter. »Ich habe schon ein paarmal versucht, dich zu erreichen, aber …«

»Mama, ich bin mitten bei der Arbeit und hatte das Handy ausgeschaltet. Hör zu, ich kann erst heute Abend kommen, vielleicht aber auch erst morgen. Ich stehe kurz davor, einen ganz wichtigen Fall zu lösen, und wenn ich jetzt nicht am Ball bleibe, verliere ich vielleicht die Spur. Ich wollte ja gestern Abend noch anrufen, aber es ist so spät geworden.«

»Warst du gar nicht zu Hause? Ich habe nämlich um elf bei dir angerufen.«

»Mama, ich habe Bereitschaft«, schwindelte er, weil er sich nicht traute, ihr die Wahrheit zu sagen, obwohl er wusste, dass sie diese Wahrheit längst kannte. »Tu mir doch bitte einen Gefallen und sag Papa, dass er mit Sarah und Michelle nachher mal kurz rüber in die Wohnung fährt, damit die beiden sich ein paar Sachen holen können. Geht es ihnen gut?«

»Sarah schläft noch, und Michelle sitzt vor dem Fernseher. Und jetzt mach dir keine Gedanken, bei uns sind sie gut aufgehoben. Willst du Michelle sprechen?«

»Gib sie mir mal kurz. Bis dann und ciao. Und vielen Dank.«

»Hallo, Papa«, sagte Michelle. »Wo bist du?«

»Ich muss ausnahmsweise mal das ganze Wochenende arbeiten. Ihr müsst also bis morgen Abend bei euren Großeltern bleiben. Schlimm?«

»Nee, ist nur 'n bisschen langweilig.«

»Was habt ihr denn gestern gemacht?«

»Wir haben bis um zwei Video geguckt«, sagte Michelle leise. »Oma und Opa haben schon geschlafen.«

»Ist Oma in der Nähe?«

»Nein, sie ist in der Küche«, flüsterte sie.

»Bis um zwei? Was habt ihr denn geguckt?«

»Dirty Dancing und Save the last dance. Opa hat uns die Filme aus der Videothek ausgeliehen, aber er hat gesagt, dass wir es Oma auf keinen Fall verraten dürfen.«

»Schon klar«, sagte Brandt sichtlich amüsiert, weil er seinen Vater, der Sarah und Michelle nur sehr selten einen Wunsch abschlagen konnte, kannte. »Aber heute geht ihr zeitig ins Bett, morgen früh ist wieder Schule. Und seid lieb, okay?«

»Klar.«

»Dann tschüs, ich hab euch lieb.«

Michelle legte auf, Brandt steckte sein Handy in die Jackentasche und ging wieder nach oben. Andrea schlief noch, er machte die Kaffeemaschine an, deckte den Tisch und zündete eine Kerze an. Er öffnete das Fenster, um frische Luft hereinzulassen, schloss es nach wenigen Minuten wieder und ging ins Schlafzimmer. Sie lag noch immer in derselben Stellung da wie vorhin. Er kniete sich vors Bett und gab ihr einen Kuss auf die

Stirn. Sie machte die Augen auf, blinzelte und schlang ihre Arme um seinen Hals.

»Wieso bist du denn schon auf?«, fragte sie schläfrig. »Und was duftet hier so gut?«

»Das Frühstück ist fertig, es wartet nur auf dich.«

»Wie spät ist es?«

»Halb elf.«

»Leg dich noch einen Moment zu mir. Bitte.«

Sie rutschte zur Seite, Brandt zog seine Schuhe aus und legte sich zu ihr. »Ich hab so schön geschlafen und noch viel schöner geträumt. Sag, dass das alles wahr ist und nicht bloß ein Traum.«

»Es ist wahr. Ich habe bei meinen Eltern angerufen, Sarah und Michelle bleiben bis morgen bei ihnen. Ich habe gesagt, ich müsse arbeiten.«

»Lügner. Ich hoffe, du lügst mich nie an.«

»Ich habe nicht gelogen, ich muss wirklich arbeiten. Es kann ein langer Tag werden.«

»Was hast du denn vor? Heute ist Sonntag.«

»Ich werde mir die zweite Person holen. Und ich weiß auch schon, wie.«

»Und was soll ich den ganzen Tag allein machen?«

»Was hast du denn bisher sonntags gemacht?«

»Mich fürchterlich gelangweilt«, sagte sie mit immer noch verschlafener Stimme und rieb sich die Augen. »Ich fühle mich so sicher in deinem Arm.«

»Komm, steh auf und lass uns frühstücken, ich habe nämlich einen Bärenhunger.«

»Hast du denn was Essbares gefunden?«

»Ich war beim Bäcker.«

Andrea gähnte und streckte sich und warf die Bettdecke auf die Seite. »Aber ins Bad darf ich vorher noch, oder?«

»Du gehst ins Bad, und ich mach inzwischen das Bett und räum ein bisschen auf.«

»Das brauchst du nicht, das kann ich doch auch nachher noch machen«, sagte sie und verschwand im Bad.

Während des Frühstücks erzählte Brandt von seinem Vorhaben und dass er sicher sei, dadurch die Mittäterin zu überführen.

»Du meinst ernsthaft, das klappt?«, fragte sie zweifelnd.

»Absolut. Wer immer es ist, die kommt da nicht mehr raus.«

»Aber ich verstehe immer noch nicht, wie du das anstellen willst.«

»Ich werde ein wenig mit ihrer Seele und ihren Emotionen spielen«, sagte Brandt. »Wer immer es auch ist, sie wird jedenfalls ihre Komplizin nicht im Stich lassen, so gut kenne ich die drei inzwischen. Wenn die erfahren, dass die Russler einsitzt …«

»Und wenn die vorher ausdrücklich abgemacht haben, dass nur eine in den Bau geht?«

»Glaub ich nicht. So weit im Voraus haben die nicht geplant, vor allem kann man das nicht planen, da sind immer viel zu viele Unwägbarkeiten mit im Spiel. Die dachten, wir würden nie auf sie kommen.«

»Doch, das dachten sie schon, sonst hätten sie dir das Video nicht geschickt. Zumindest die Russler wollte endlich reinen Tisch machen, und ich könnte mir vorstellen, dass sie bereit ist, die ganze Schuld auf sich zu nehmen.«

»Du magst Recht haben, der Typ dafür ist sie, aber ich will trotzdem die Komplizin haben, denn nur so können wir die ganzen Schweinereien aufdecken.«

»Das verstehe ich nicht ganz«, sagte Andrea und neigte den Kopf leicht nach links.

»Ganz einfach. Nehmen wir an, Kerstin war dabei und hat selbst diese sexuelle Nötigung am eigenen Leib erfahren, dann ist das entlastend für die Russler. Und ich bin sicher, wenn Kerstin auspackt, vorausgesetzt, sie war dabei, dann könnten wir unter Umständen die Russler dazu bewegen, uns die Namen der andern Opfer zu verraten, mit denen wir dann sprechen würden. Dazu würde aber gehören, dass in dem Augenblick, wo die Mädchen vor Gericht aussagen, die Öffentlichkeit ausgeschlossen wird. Dem müssten allerdings die Klein und der Richter zustimmen. Das heißt, die Anonymität der Mädchen würde gewahrt, weder die Presse noch irgendwer sonst außerhalb des Gerichtssaals würde sie jemals erfahren. Außerdem bin ich genauso sicher, dass die andern Videos noch existieren. Und mich interessiert, wo diese Videos gedreht wurden.« Er schnitt ein zweites Brötchen auf und beschmierte es dünn mit Margarine und Erdbeermarmelade.

»Das heißt, du willst dir Kerstin vornehmen, wenn ich dich richtig verstanden habe?«

Brandt sah sie mit einem breiten Grinsen an und schüttelte den Kopf. »Genau das werde ich nicht tun. Ich fahre zu Carmen, weil sie die Reifste und vor allem die Intelligenteste von allen ist. Und ich denke, sie hat einen stark ausgeprägten Gerechtigkeitssinn. Sie war beteiligt, direkt oder indirekt, und wenn ich ihr sage, dass ich die Russler verhaftet habe und sie gestanden hat … Sie wird sie nicht im Stich lassen.«

»Dein Wort in Gottes Ohr«, sagte Andrea und biss von ihrem Croissant ab, das sie mit Butter bestrichen hatte.

»Ich schaff das schon.«

Sie saßen fast zwei Stunden am Tisch und unterhielten sich über alles Mögliche. Brandt aß zu Ende, trank eine dritte Tasse Kaffee und sagte schließlich mit bedauerndem Blick: »Dann werde ich mal losfahren.« Er stand auf, gab ihr einen langen Kuss und lächelte. »Ciao, Bella. Bis später. Und wünsch mir Glück.«

»Tu ich. Ich warte auf dich.«

Sie kam mit an die Tür, ihre Augen blitzten verliebt auf. »Wie kann so etwas so schnell gehen? Ich hätte das nicht für möglich gehalten.«

»Es soll Wunder geben«, sagte er nur und ging. Vom Fenster aus winkte sie ihm zu und sah ihm nach, bis er über die Kreuzung gefahren war.

Sonntag, 13.25 Uhr

Obwohl die Sonne wie schon seit Tagen von einem wolkenlosen blassblauen Himmel schien, lag die Siedlung, in der die Schirners wohnten, wie ausgestorben. Keine Katze, kein Hund, kein Mensch war zu sehen, als er einen Parkplatz im Meisenweg fand. Er stellte den Motor ab, stieg aus, drückte auf die Funkfernbedienung, das Schloss rastete ein. Der Wind war kalt und böig, er lief mit ausgreifenden Schritten zum Haus der Schirners. Kein Wunder, dachte Brandt, dass keiner auf die Straße geht.

Auf sein Klingeln hin wurde ihm von Carmen Schirner geöffnet, als hätte sie ihn bereits erwartet oder gespürt, dass er kommen würde. Es war wie gestern bei Anja Russler, bei der er auch das Gefühl hatte, als hätte sie nur auf das Anschlagen der Türglocke gewartet.

Carmen sah ihn mit undefinierbarem Blick an, kühl, distanziert, reserviert, aber nicht unfreundlich. Die kleinen Augen und die dunklen Ränder verrieten, dass sie nicht viel oder gar nicht geschlafen hatte.

»Hallo«, sagte Brandt, »ich bin leider schon wieder hier.«

»Hallo. Kommen Sie rein. Aber ich hätte schwören können, Sie würden das Fünf-Uhr-Ultimatum abwarten, bevor Sie hier auftauchen. So kann man sich irren.«

»Stimmt, eigentlich wollte ich Ihren Anruf abwarten. Aber es gibt da einiges, das ich mit Ihnen gerne besprechen möchte und das auch keinen Aufschub duldet. Unter vier Augen.«

»Meine Mutter hat sich sowieso hingelegt, sie braucht ihren Mittagsschlaf wie das Fenstertuch oder den Staubsauger«, sagte sie mit müder Stimme. »Und mein Bruder hat sich seit gestern bei einem Freund verkrochen. Gehen wir ins Wohnzimmer, vor drei steht sie nicht auf.« Sie deutete nach oben, wo sich das Zimmer ihrer Mutter befand, setzte sich in den Sessel und bat Brandt, ebenfalls Platz zu nehmen.

»Ich dachte immer, nur die Polizisten im Fernsehen würden sonntags arbeiten. Haben Sie überhaupt jemals frei?«

»Das ist ein Klischee. Ich habe zwar keine geregelte Arbeitszeit, aber ich habe trotzdem genug Freizeit.« Brandt beugte sich nach vorn, wie immer, wenn er etwas Wichtiges zu sagen hatte, und faltete die Hände. Dabei sah er Carmen direkt an, die seinem Blick wie schon in den Tagen zuvor nicht auswich.

»Frau Schirner, haben Sie sich inzwischen überlegt, ob Sie mir nicht doch die volle Wahrheit sagen wollen?«

»Hab ich. Und meine Antwort ist nein. Das heißt, ich habe Ihnen keine andere Wahrheit zu bieten als die, die ich Ihnen bereits gestern gesagt habe. Außerdem, was ist schon Wahrheit? Ich glaube, es gibt keine Wahrheit, außer die Wahrheit Gottes. Aber er ist jetzt nicht hier, und deshalb müssen Sie sich mit meiner Wahrheit zufrieden geben.«

Brandt nickte, fuhr sich mit der Zunge über die rechte Innenseite der Backe und lächelte kaum merklich. Er betrachtete die junge Dame, die die Beine übereinander geschlagen und ihre Arme auf die Lehnen gelegt hatte.

»Trotzdem werden Sie doch sicherlich einige Fragen wahrheitsgemäß beantworten, auch wenn es nur Ihre bescheidene Wahrheit ist, oder?«

»Selbstverständlich. Fragen Sie.«

»Ich nehme an, Sie kennen Frau Russler, Frau Anja Russler.«

»Ja, ich kenne sie, ich hatte sie in der Dreizehn in Englisch und Sport. Warum fragen sie nach ihr?«

»Nun, ich will es kurz machen – Frau Russler wurde gestern verhaftet und hat die Morde an Ihrem Vater und Herrn Teichmann gestanden.«

Carmen, die bis dahin völlig ruhig dagesessen hatte, wurde mit einem Mal kreidebleich, ihre Hände krallten sich in die Lehnen, ihre Augen verengten sich zu winzigen Schlitzen, ihre Mundwinkel zuckten verdächtig.

»Was, sie hat die Morde gestanden? Dann ist's ja gut, dann brauchen Sie ja meine Hilfe nicht mehr.«

»Frau Schirner, ich weiß nicht, ob *ich* Ihre Hilfe brauche, aber Frau Russler könnte sie möglicherweise brauchen. Wissen Sie, ich habe in den letzten Tagen so nach und nach die Puzzleteilchen zusammengelegt und bin dabei, auch die letzten wenigen einzufügen. Etwas fehlt noch, aber ich denke, es wird nur noch eine Frage von Stunden sein, bis ich das ganze Bild zusammen habe. Sie sind mit Frau Abele und Frau Esslinger befreundet, Sie haben mir das Video geschickt, und Sie kennen Frau Russler. Wann haben Sie sie zuletzt gesehen? Gestern, vorgestern, oder vielleicht Dienstagnacht und Donnerstagnacht?«

»Ich weiß nicht, worauf Sie hinauswollen.«

»Also gut, ich bin es leid, um den heißen Brei herumzureden. Sie sind auch mit Frau Russler befreundet, zumindest gehe ich davon aus. Sind Sie es oder sind Sie es nicht?«

»Hat sie Ihnen das gesagt?«, fragte Carmen zurück, die allmählich ihre alte Ruhe wiederfand.

»Nein, hat sie nicht. Aber Sie kennen doch das Gedicht ›Die Bürgschaft‹. Jeder Abiturient hat das irgendwann einmal durchgenommen …«

»Ich muss Sie enttäuschen, aber ich kenne dieses Gedicht nicht. So etwas wurde vielleicht zu Ihrer Zeit in der Schule besprochen, heute liest man Bücher wie *Homo Faber* oder *Das Glasperlenspiel*, vielleicht auch einmal *Faust*. Aber den kenne ich auch mehr vom Hörensagen. Um was geht's denn in diesem Gedicht?«

»Freundschaft, es handelt von Freundschaft. Damon, der Held der Geschichte, will den Tyrannen töten, wird aber von dessen Leibwächtern vorher erwischt. Damon hat keine Angst vor dem Tod, er bittet aber den Tyrannen um drei Tage Frist, bis er seine Schwester verheiratet hat. Als Bürgschaft bietet er ihm seinen besten Freund an und sagt, dass der Tyrann ihn töten dürfe, wenn er nicht wiederkommen sollte. Der Tyrann lässt sich auf den Deal ein, und Damon rennt los, verheiratet seine Schwester und eilt zurück. Es folgen allerlei Hindernisse, dass er fast verzweifelt …«

»Es stellen sich ihm Räuber in den Weg, er erlegt drei von ihnen und kommt fast zu spät, denn sein Freund wird bereits am Kreuz hochgezogen, und als der Hüter des Hauses, Philostratus, ihn sieht, fleht er ihn an, wieder zu gehen, sonst würde auch er sterben. Aber er will zu seinem Versprechen stehen und auf keinen Fall seinen Freund sterben lassen, dann schon lieber mit ihm zusammen in den Tod gehen. Das Volk ist gerührt und der Tyrann auch. Er sagt: ›Es ist euch gelungen, / Ihr habt das Herz mir bezwungen, / Und die Treue, sie ist doch kein leerer Wahn, / So nehmet auch mich zum Genossen an, / Ich sei, gewährt mir die Bitte, / In eurem Bunde der Dritte.‹« Ein sympathisches Lächeln zeichnete sich auf ihren Lippen ab, als sie sagte: »Habe ich die letzten Zeilen richtig wiedergegeben?«

»Perfekt. Würden Sie einem Freund oder einer Freundin nicht auch so beistehen? Einer für alle, alle für einen?«

»Sie halten mich für die Mörderin meines Vaters und von Teichmann«, sagte sie, und es klang wie eine Feststellung. »Was hat Frau Russler gesagt?«

»Sie hat Ihren Namen nicht genannt. Sie würde sich eher die Zunge abbeißen, als zu sagen, wer ihr geholfen hat, diese … Schweine zu töten. Sie ist bereit, die ganze Schuld auf sich zu nehmen, obwohl sie diese Taten unmöglich allein begangen haben kann. Jemand muss ihr geholfen haben. Ich meine, wenn Freundschaft jemals gefragt war, dann jetzt. Denken Sie drüber nach. Ich bin sicher, dass Sie eine Freundin niemals im Stich lassen würden.«

Carmen sah Brandt traurig an und antwortete: »Würden Sie einen Freund im Stich lassen? Ist Freundschaft nicht auch nur ein Wort? Kerstin und Maureen waren angeblich die besten Freundinnen, aber Maureen hat nie ein Wort über das verloren, was mein Vater ihr angetan hat. Warum nicht? Können Sie mir das sagen?«

»Vielleicht weil sie sich schämte.«

»Muss man sich vor einem wahren Freund für irgendetwas schämen? Ist ein Freund nicht jemand, der rund um die Uhr erreichbar ist, der alles für einen tun würde, selbst wenn es ihn eine Menge Kraft und Geld kosten sollte? Ich habe jedenfalls diese verklärte Vorstellung von Freundschaft. Kann aber auch an meinem Glauben liegen«, fügte sie mit einem zynischen Unterton hinzu. »Ich frage mich jedoch, warum Gott diese Mädchen nicht beschützt hat. Ich habe ihn gefragt, aber er hat mir die Antwort verweigert, warum auch immer. Trotzdem studiere ich Theologie, obwohl ich zweifle. Hat mein Vater doch Recht gehabt, als er sagte, es gebe keinen Gott, kein Leben nach dem Tod? War er vielleicht im Recht mit allem, was er getan hat? Und wenn ich sage alles, dann meine ich auch alles.«

»Niemals ist jemand im Recht, wenn er andere, in seinem Fall Schwächere zu Dingen zwingt, die diese eigentlich nicht wollen, aber sie tun müssen, weil sie erpressbar sind. Und das waren diese Mädchen, erpressbar. Aber sie wussten nicht, auf was sie sich eingelassen hatten. Sie haben mir Ihren Vater gestern in sehr derben Worten geschildert, und ich bin überzeugt, es war die Wahrheit. Es gibt Freundschaft, und es gibt Wahrheit. Und Sie wissen sehr wohl, was Freundschaft ist, und Sie können Wahrheit von Lüge unterscheiden. Sie sind eine sehr kluge junge Frau, und ich kann mich nur wiederholen, ich glaube nicht, dass Sie eine Freundin in der Zeit größter Not im Stich lassen würden.«

»Wie kommen Sie überhaupt darauf, dass Frau Russler und ich befreundet sein könnten?«

»Ich spreche nicht unbedingt von Frau Russler.«

Carmen lachte kurz und kehlig auf und sagte: »Ich denke, ich habe Sie verstanden. Wenn Sie jetzt bitte gehen würden, ich möchte mich auch ein wenig hinlegen.«

»Ruhen Sie sich aus und geben Sie mir Bescheid, wenn möglich noch heute. Ich fahre jetzt ins Präsidium und bin dort bis um fünf zu erreichen. Ansonsten sehen wir uns morgen früh um neun.«

Carmen sah ihn nur traurig an und blieb sitzen, als Brandt das Zimmer verließ. Sie wartete, bis er die Haustür hinter sich zugezogen hatte, vergrub das Gesicht in den Händen und begann zu schluchzen, bis ein Weinkrampf ihren ganzen Körper erfasste. Als sie sich nach fast einer Viertelstunde einigermaßen beruhigt hatte, stand sie auf. Ihre Knie waren weich, alles in ihr vibrierte, ihr war übel, und sie hatte das Gefühl, einen Kloß im Hals zu haben, doch sie kannte dieses Gefühl, es überkam sie jedes Mal, wenn sie besonders nervös war. Sie richtete ihren Blick zur Decke und sagte mit ausgebreiteten Armen: »Gott, hilf mir! Ich flehe dich an, hilf mir nur dieses eine Mal.«

Sonntag, 14.15 Uhr

Während der Fahrt ins Präsidium dachte Brandt über das eben geführte Gespräch nach und den Blick, den ihm Carmen als Letztes zugeworfen hatte. Ein Blick, der mehr als tausend Worte ausgedrückt hatte, ein Blick, den er nie vergessen würde. Er wusste, er hatte die richtige Taktik gewählt und Carmen würde sich noch heute bei ihm melden. Auf dem Parkplatz standen mehrere Streifenwagen und die Fahrzeuge jener Beamten, die Dienst hatten. Eigentlich hatte er gar keinen Dienst, aber Brandt fand selten Ruhe, bevor ein Fall nicht abgeschlossen war. Die meisten Kapitalverbrechen, die er in den fast zwanzig Jahren bei der Mordkommission bearbeitet hatte, wurden aufgeklärt, aber es gab noch drei Fälle, in denen die Täter frei herumliefen, Fälle, an denen er immer noch zu knabbern hatte, deren Vorgänge er aus dem Aktenberg herausholte, wenn die Zeit es erlaubte. Manchmal dauerte die Jagd nach einem Mörder Monate oder gar Jahre, bei Schirner und Teichmann hatte er zumindest eine Täterin bereits in Gewahrsam genommen.

Als er das Büro betrat, hing noch immer der Geruch kalten Rauchs in der Luft. Er ging zum Fenster, öffnete es, die kalte Luft strömte herein, zu kalt für ihn, weshalb er es sich für einige Minuten auf Nicole Eberls Sessel bequem machte. Er legte den Kopf in den Nacken und schloss die Augen. Am liebsten wäre er ins Bett gegangen und hätte geschlafen. Warum bin ich überhaupt hier?, fragte er sich. Ich könnte genauso gut bei Andrea auf den Anruf warten. Brandt legte sein Handy auf den Tisch. Die Kälte in seinem Büro wurde auch hier spürbar. Er stand auf, machte das Fenster wieder zu und drehte die Heizung hoch. Ein ums andere Mal schaute er zur Uhr, die Zeiger bewegten sich langsamer als sonst.

Er ging zu den Kollegen vom Kriminaldauerdienst, nahm sich einen Kaffee und unterhielt sich mit Maletzki, der seit beinahe neun Jahren beim KDD war und es mittlerweile zum Oberkommissar gebracht hatte. Bei dem Gespräch erfuhr er von einem Raubüberfall auf eine Tankstelle letzte Nacht, bei dem die Täter tausendfünfhundert Euro erbeutet hatten. Die Räuber waren maskiert gewesen, das Nummernschild ihres Fahrzeugs gestohlen. Sie hatten den Angestellten brutal niedergeschlagen. Er lag im Krankenhaus, sein Zustand war kritisch.

»Die werden immer brutaler, und das wegen ein paar hundert Euro. Wenn uns nicht der Zufall hilft, schnappen wir die nie.«

»Keine Zeugen?«

»Nachts um drei? Außerdem handelt es sich eindeutig um Serientäter. Sie sind nach genau dem gleichen Muster vorgegangen wie in Kiel und Celle. Die bewegen sich immer weiter Richtung Süden.«

»Leitest du die Ermittlungen?«

»Ja, aber ich stehe in Verbindung mit den Kollegen aus Kiel und Celle. Trotzdem werde ich jetzt Feierabend machen. Ich bin seit fast zwanzig Stunden auf den Beinen. Sollen die andern sich drum kümmern.«

»Ich muss auch wieder zurück in mein Büro, ich erwarte einen dringenden Anruf.«

»Die Sache mit den beiden Lehrern?«

Brandt nickte nur. Maletzki stellte keine Fragen. Er nahm seine Jacke vom Haken, zog sie über, begleitete Brandt bis zu dessen Büro, klopfte ihm auf die Schulter und sagte: »Halt die Ohren steif. Wir sehen uns.«

»Schlaf gut.«

Brandt schaute wieder zur Uhr, drei vor fünf. Er hatte sich wohl doch in Carmen getäuscht. Also würde er sie morgen von einem Streifenwagen abholen und herbringen lassen. Er ging in Eberls Büro, nahm den Telefonhörer in die Hand und tippte die Nummer von Andrea ein, als sein Telefon klingelte. Er legte schnell wieder auf, rannte in sein Büro und nahm ab.

»Ja?«

»Sie haben gesagt, ich soll bis fünf anrufen. Ich dachte mir aber, es wäre vielleicht besser, wenn ich persönlich vorbeikommen würde. Kann ich hochkommen?«

»Wo sind Sie?«

»Beim Pförtner.«

»Erster Stock, dritte Tür links, mein Name steht dran.«

Sie legte einfach auf, Brandt kniff die Augen zusammen. Was zum Teufel soll das?, fragte er sich. Warum kommt sie her? Er setzte sich hinter seinen Schreibtisch und starrte an die Tür. Kurz darauf hörte er Schritte auf dem Gang und dann ein zaghaftes Klopfen.

»Kommen Sie rein.«

Carmen Schirner machte die Tür weit auf und trat ein, hinter ihr Kerstin Abele und Silvia Esslinger.

»Hier sind wir. Ich habe meinen Vater und Teichmann umgebracht.« Ihre Stimme klang fest und klar.

»Okay. Aber warum haben Sie sich Verstärkung mitgebracht?«, fragte Brandt, der aufgestanden war, die Hände in den Hosentaschen vergraben.

»Ich habe Herrn Schirner und Herrn Teichmann umgebracht«, sagte Silvia Esslinger mit ebenso fester Stimme, und diesmal war kein spöttisches Aufblitzen in ihren Augen.

»Moment, Sie behaupten also …«

»Ich habe Herrn Schirner und Herrn Teichmann umgebracht«, wurde er von Kerstin Abele unterbrochen, die überraschend ruhig wirkte.

Brandt war sprachlos. Er fuhr sich mit beiden Händen durchs Haar. Mit allem hatte er gerechnet, doch nicht damit, dass plötzlich drei junge Damen am späten Sonntagnachmittag in seinem Büro stehen und behaupten würden, sie seien die Mörderinnen von Schirner und Teichmann. Er setzte sich, stand aber gleich wieder auf, um aus Eberls Büro noch einen Stuhl zu holen, weil in seinem nur zwei waren.

»Bitte, nehmen Sie Platz.« Er wartete, bis sie sich gesetzt hatten. Er selbst blieb stehen und sah von einer zur andern. Er wunderte sich über die Ruhe, die alle drei ausstrahlten, eine Ruhe, die er bisher nur bei Verbrechern gesehen hatte, denen mit einem Mal alle Last von den Schultern gefallen war.

»Sie wollen mir allen Ernstes weismachen, dass Sie alle drei zusammen mit Frau Russler die Taten begangen haben? Warum lügen Sie?«

»Herr Brandt«, antwortete Carmen scharf, »wir lügen nicht. Nachdem Sie vorhin gegangen waren, habe ich Kerstin und Silvia angerufen und ihnen gesagt, dass wir Anja helfen müssen. Es geht schließlich um die Wahrheit und vor allem um Freundschaft. Sie erinnern sich doch noch, oder?«

»Gut, dann werde ich jetzt einen Beamten kommen lassen, der mit jeweils zwei von Ihnen in das Nebenzimmer geht, während ich jede von Ihnen einzeln befragen werde. Wäre es Ihnen Recht, wenn Frau Eberl dabei ist?«

»Sehr sogar«, sagte Carmen.

Brandt ließ erst einen Beamten kommen und rief anschließend bei Nicole Eberl an und bat sie, sich sofort auf den Weg ins Büro zu machen. An seinem Ton merkte sie, dass es dringend war, und versprach in spätestens zehn Minuten da zu sein.

»Möchten Sie etwas trinken?«, fragte Brandt, der wieder und wieder auf die Uhr schaute.

»Nein, danke. Nachher vielleicht.«

Eberl erschien nur neun Minuten nach dem Anruf. Sie war außer Atem, als sie ins Büro kam. Sie legte die Stirn in Falten, wie immer, wenn ihr etwas nicht ganz geheuer war, zog ihre Jacke aus und warf sie in ihrem Büro auf den Schreibtisch.

»Ist das hier eine außerordentliche Versammlung?«, fragte sie gespielt scherzhaft.

»Nicole, das ist kein Witz, aber die drei jungen Damen behaupten, an den Morden beteiligt gewesen zu sein.«

»Was? Alle drei? Das würde ja bedeuten, dass wir es mit vier Täterinnen zu tun haben ...«

»Und, haben Sie damit ein Problem?«, fragte Carmen, die Sprecherin, spöttisch.

»Es wird sich schon noch herausstellen, ob Sie die Wahrheit sagen«, entgegnete Eberl.

»Wir werden Sie jetzt vernehmen und dann weitersehen«, sagte Brandt. »Wir fangen mit Ihnen an, Frau Schirner. Frau Abele und Frau Esslinger gehen mit dem Beamten ins Nebenzimmer. Bei der Vernehmung wird ein Tonband mitlaufen. Ich muss Sie aber trotzdem fragen, ob Sie aus freien Stücken hier sind.«

»Ja.«

»Dann brauche ich Sie über Ihre Rechte nicht aufzuklären ...«

»Ich kenne meine Rechte, ich habe mit Anja, Frau Russler, schon vor Tagen darüber gesprochen.«

Brandt schaltete das Tonband ein und setzte sich hinter seinen Schreibtisch.

»Vernehmung Frau Carmen Schirner, Sonntag, 16. Februar 2003, Beginn siebzehn Uhr fünfunddreißig. Freiwillig erschienen, um eine Aussage in den Tötungsfällen Rudolf Schirner und Eberhard Teichmann zu machen. Frau Schirner wurde über ihre Rechte belehrt.« Brandt sah Carmen an und begann: »Frau Schirner, Sie haben bei unserem ersten Gespräch am Mittwoch gesagt, Sie seien zum Zeitpunkt der Tat in Ihrer Wohnung in Frankfurt gewesen. Möchten Sie dies revidieren?«

»Ich bin am Dienstagabend um zwanzig Uhr in Frankfurt losgefahren, um mich mit Anja, Kerstin und Silvia zu treffen. Das Treffen fand bei Anja statt.«

»Für das Protokoll, Anja, Kerstin und Silvia sind gleichbedeutend mit Anja Russler, Kerstin Abele und Silvia Esslinger. Ist das korrekt?«

»Ja. Ist Rauchen hier erlaubt?«

Brandt schob den Aschenbecher über den Tisch. Carmen zündete sich eine Zigarette an. Sie inhalierte zweimal tief, schloss dabei die Augen und sagte: »Ich habe erst Kerstin und anschließend Silvia abgeholt. Wir haben im Auto noch einmal darüber gesprochen, ob wir das wirklich durchziehen wollen, und sind zu dem Ergebnis gekommen, dass es die einzige Möglichkeit ist, dem unsäglichen Treiben meines Vaters und seines Freundes ein Ende zu bereiten. Anschließend sind wir zu Anja gefahren, wo wir um kurz vor halb zehn eingetroffen sind. Dort haben wir im Kreis gekniet, uns bei den Händen gefasst und uns geschworen, den Tod von Maureen sowie die Schändungen, Erpressungen und Drohungen zu rächen. Wir haben uns versprochen, dass wir, sollte eine von uns verhaftet werden, uns alle gemeinsam der Polizei stellen würden. Wir haben jeder noch eine Tasse Tee getrunken und uns um fünf vor halb elf auf den Weg zum Wald gemacht. Wir sind mit Anjas Auto gefahren, das wir an der Bundesstraße geparkt haben. Von dort brauchten wir zehn Minuten bis zu der Stelle, wo mein Vater jeden Abend mit Henry vorbeikam. Wir waren um zehn vor elf an der kleinen Kreuzung und haben gewartet. Es war durch die sternenklare Nacht und den zunehmenden Mond sehr hell, sodass wir ihn leicht erkennen konnten.

Außerdem knirschten seine Schuhe auf dem gefrorenen Boden. Um zwölf Minuten nach elf ist Anja nach vorne getreten und hat ihn angesprochen und gesagt, dass sie nicht schlafen könne. Sie haben sich kurz unterhalten, Anja tat so, als würde sie sich verabschieden, hatte dann aber angeblich noch eine Frage. In dem Augenblick bin ich von hinten gekommen und habe zugestochen, wie oft, weiß ich nicht.«

»Wie oft ungefähr?«

»Ich kann es nicht sagen, aber ich schätze so um die zwanzigmal.«

»Und Frau Russler?«

»Sie hat von vorne zugestochen. Wir hatten insgesamt zwei Messer.«

»Wer hat zuerst zugestochen, Sie oder Frau Russler?«

»Ich.«

»Und Frau Abele und Frau Esslinger?«

»Anja und ich haben ihnen die Messer gegeben, und sie haben ebenfalls noch ein paarmal zugestochen.«

Brandt sah Eberl fragend an, doch sie schüttelte nur den Kopf.

»Wie haben Sie das mit dem Hund gemacht? Er war doch an Ihren Vater gewöhnt und hätte niemals zugelassen, dass ihm etwas passiert. Hat er nicht gebellt oder gejault?«

»Nur kurz gejault, aber ich habe ihn schnell beruhigt und bin mit ihm weggerannt, damit er gar nicht erst auf die Idee kommt, an dem Blut zu lecken. Außerdem kannte er Anja recht gut, sie hatte ja schließlich bis Oktober ein Verhältnis mit meinem Vater.«

»Hat Ihr Vater den Hund mit zu Frau Russler genommen?«

»Mehrere Male sogar, deshalb war er mit Anja sehr vertraut und hat auch nicht angeschlagen, als er sie gesehen hat.«

»Aber ein Hund riecht doch fremde Personen und wird nervös.«

»Sie scheinen sich mit Hunden auszukennen. Aber er kannte auch Kerstin und Silvia.«

»Woher?«

»Fragen Sie sie selbst.«

»Nennen Sie mir noch mehr Details der Taten«, forderte Brandt sie auf.

»Sie meinen das mit dem Kastrieren?«, sagte sie süffisant lächelnd. »Das war ein kleiner Spaß, den wir uns erlaubt haben. Zum Glück waren unsere Messer scharf genug.«

»Wer hat das gemacht?«

»Wir alle vier. Aber da waren mein Vater und Teichmann bereits tot.«

»Wer hatte die Idee zu den Morden?«

»Wir alle vier«, antwortete Carmen noch einmal, ohne dem bohrenden Blick von Brandt auszuweichen.

»Aber irgendeine muss doch die Initiative ergriffen haben. Wer war das?«

»Ich.«

»Und wann ist dieser Plan gereift?«

»Als Anja und ich erfahren haben, dass mit Kerstin das Gleiche geschehen war wie mit Maureen.«

»Was meinen Sie mit ›das Gleiche‹?«

»Auch das wird Ihnen Kerstin nachher sagen, obwohl Sie sich das sicherlich denken können.«

»Und Silvia?«

»Sie ist kein direktes Opfer und doch betroffen, weil Maureen und Kerstin sehr gute Freundinnen von ihr waren beziehungsweise sind, und noch ein anderes Mädchen, das sie gut kennt, zu sexuellen Handlungen gezwungen wurde.«

»Wie heißt dieses andere Mädchen?«

»Darauf kann ich Ihnen keine Antwort geben.«

Brandt drückte die Pause-Taste und dachte kurz nach, bevor er das Band weiterlaufen ließ. Er musste an die Videos und an die Namen gelangen.

»Von wie vielen Opfern sind Ihnen die Namen bekannt?«

»Von achtzehn.«

»Frau Schirner, wenn ich Ihnen zusage, dass alle Opfer anonym bleiben, das heißt, weder die Presse noch irgendwer sonst außerhalb dieses Gebäudes oder des Gerichtssaals davon erfährt, würden Sie mir dann die Namen nennen und auch die Videos geben?«

Carmen blickte zu Boden, in ihr arbeitete es, sie fuhr sich mit der Zunge über die spröden Lippen.

»Nur, wenn ich diese Zusicherung nicht nur von Ihnen, sondern auch vom Staatsanwalt und dem Richter bekomme, und zwar schriftlich. Diese Zusicherung wird meinem Anwalt übergeben, der sie aufbewahrt, um bei einer eventuellen Nennung auch nur eines Namens entsprechende Schritte einzuleiten.«

»Diese Zusicherung garantiere ich Ihnen. Aber sagen Sie, Sie reden fast wie ein Anwalt, obwohl Sie erst zwanzig Jahre alt sind.«

»Wir haben uns lange unterhalten und alle Möglichkeiten in Betracht gezogen. Entschuldigen Sie, wenn ich Ihnen zu erwachsen klinge«, sagte sie kühl.

»Sie brauchen sich nicht zu entschuldigen, ich habe mich nur gewundert. Sie haben vorhin gesagt, die Initiative ging von Ihnen aus. Können Sie mir Gründe dafür nennen?«

Carmen veränderte ihre Haltung ein wenig, indem sie die Beine übereinander schlug und die Hände faltete.

»Ich habe meinen Vater geliebt, ich habe ihn verehrt, ich glaube, ich habe ihn sogar vergöttert. Er war für mich der beste Vater, den ich mir vorstellen konnte. Wir haben schon heiße Diskussionen über alle möglichen Dinge geführt, als ich noch ein Kind war, aber das habe ich Ihnen, glaube ich, schon gestern erzählt. Ist auch egal. Ich hatte jedenfalls Verständnis, dass er in den letzten Jahren mehrere Affären hatte, denn meine Mutter hatte sich völlig von ihm zurückgezogen. Aber Sie haben sie ja selbst kennen gelernt und wissen in etwa, aus was ihr Lebensinhalt besteht. Wenn man dann plötzlich erfährt, dass der Heiligenschein, den ich bei ihm immer gesehen habe, gar nicht existiert, sondern hinter seiner freundlichen, ich würde sogar behaupten menschenfreundlichen Fassade ein Teufel steckt, was glauben Sie, was dann in einem vorgeht? Natürlich wollte ich erst nicht glauben, dass ausgerechnet mein Vater sich an Schülerinnen vergangen haben soll, aber schließlich waren die Beweise so erdrückend, dass aus meiner tiefen Liebe und Verehrung nur noch abgrundtiefer Hass wurde. Ich habe ihn gehasst, und ich hasse ihn immer noch, auch wenn ich viel von ihm gelernt habe.«

»Gestern sagten Sie, Sie hätten die anderen Videos vernichtet. Bleiben Sie auch heute noch dabei?«

Carmens Blick war auf das Fenster gerichtet, er ging ins Leere. »Nein, ich habe diese Videos noch. Ich habe sie mir alle angesehen, um herauszufinden, was für ein Mensch mein Vater in Wirklichkeit war. Wenn Sie achtzehnmal Dinge sehen, die so abscheulich und grausam sind, dann verliert man den Glauben an alles. Als ich angefangen habe, Theologie zu studieren, wusste ich noch nichts von den Machenschaften meines Vaters. Ich glaubte an Gott, ich glaubte daran, dass er uns beschützt. Aber dann kamen die Zweifel. Ich weiß nicht, ob es Gott gibt oder ob wir ihn uns nur einbilden, wie mein Vater immer gesagt hat. Glauben Sie an Gott?«

»Ich weiß es nicht. Wo hat Ihr Vater die Videos gedreht, und wo hat er sie aufbewahrt?«

»Wo sie gedreht wurden, kann ich nicht sagen, ich weiß es wirklich nicht. Aber Sie kennen doch den Aktenschrank in seinem Arbeitszimmer. Die Videos lagen in der untersten Schublade.«

»Aber der Schrank war doch sicherlich abgeschlossen. Woher hatten Sie den Schlüssel, und wann haben Sie die Videos zum ersten Mal gesehen?«

»Als Maureen starb, wussten Anja und ich nicht, warum sie sich das Leben genommen hat. Anja ahnte es nur, ohne jedoch mir gegenüber etwas zu erwähnen. Aber am 12. Januar dieses Jahres hat Anja mir eine Geschichte erzählt, die so absurd klang, dass sie schon wieder wahr sein musste. Ich erinnerte mich daran, dass das Gerücht ging, er hätte was mit Schülerinnen gehabt. Na ja, ich dachte mir, wenn er schon mit seinen Schülerinnen schläft, warum nicht auch solche Sauereien. Vor gut drei Wochen hatte mein Vater eine Fortbildung, die drei Tage dauerte. Ich war zu Hause, meine Mutter hatte sich zum Mittagsschlaf hingelegt, und ich bin in das Arbeitszimmer meines Vaters gegangen. Dort habe ich nach Beweisen gesucht, nach Fotos oder Schriftstücken, aus denen hervorgeht, was er heimlich so alles treibt und ob unsere Vermutungen nicht nur Vermutungen sind. Ich habe die Schlüssel für den Schreibtisch und den Aktenschrank gefunden, wo er die Videos aufbewahrt hatte. Sie waren alle beschriftet mit ›Klassenfahrt 12 a, Berlin, Klassenfahrt 11 a, Meran‹ und so weiter. Bevor ich Ihnen das Video geschickt habe, habe ich den Aufkleber abgemacht. Jedenfalls hat eine innere Stimme mich dazu gedrängt, mir eines dieser Videos kurz anzusehen, dann habe ich wie in Trance alle eingepackt und bin zu Anja gefahren. Sie glauben gar nicht, wie aufgewühlt ich war. Dort haben wir sie uns alle angeschaut und sind dabei auch auf das Band mit Maureen gestoßen. Damit hatten wir den Grund für ihren Selbstmord. Aber wer würde auch schon auf die Idee kommen, auf einem Klassenfahrtvideo einen Porno zu finden?«

»Sie haben die Videos nicht bei Frau Russler gelassen, oder?«

»Nein, mein Vater hätte das ja bei seiner Rückkehr gemerkt. Ich habe sie ebenso heimlich wieder zurückgebracht und sie am vergangenen Mittwoch gleich nach meinem Kommen eingepackt und in mein Auto gelegt. Jetzt befinden sie sich an einem sicheren Ort.«

»Und wo?«

»Erst die schriftliche Zusicherung, dann die Videos«, sagte sie mit einem kaum merklichen Lächeln.

»Wie kam es eigentlich zu der Freundschaft zwischen Ihnen und Frau Russler?«

»Wir gehen seit drei Jahren regelmäßig Tennis spielen, bei uns in Oberlinden ist eine große Sportanlage, unter anderem mit Tennisplätzen. Anja ist aber auch des Öfteren bei mir zu Hause, seit ich in Frankfurt wohne. Wir sind zwar zwölf Jahre auseinander, aber wir verstehen uns blendend.«

»Und es hat Ihnen nichts ausgemacht, dass Ihr Vater ein Verhältnis mit Frau Russler hatte?«

»Nein. Außerdem war es eine rein sexuelle Beziehung, und Anja hat mir an diesem 12. Januar auch den Grund genannt, weshalb sie sich an meinen Vater und später auch an Teichmann rangemacht hat. Sie wollte aus ihm etwas rauskriegen, aber da war nichts zu machen. Nur Teichmann hat sich mal im Suff verplappert.«

Carmen drückte die mittlerweile fünfte Zigarette aus und steckte sich gleich eine weitere an. »Habe ich jetzt alles gesagt?«

»Weiß Ihre Mutter, dass Sie hier sind?«

Carmen lachte auf und schüttelte den Kopf. »Wo denken Sie hin! Nur ein Wort von mir, und die hätte mich gar nicht aus dem Haus gelassen. Sie tut mir irgendwie Leid, denn damit ist ihre kleine heile Welt endgültig kaputt. Ich hoffe, sie überlebt es«, sagte Carmen mit besorgter Miene. »Aber ehrlich, Herr Brandt, was hätten wir tun sollen? Ihnen die Videos übergeben? Was wäre damit passiert? Ich sage es Ihnen – nichts, aber auch rein gar nichts, denn diese Videos beweisen lediglich, dass zwei Männer Sex mit Mädchen haben. Nicht mehr und nicht weniger. Und jeder einigermaßen gewiefte Anwalt hätte es geschafft, dass es nicht einmal zu einem Prozess gekommen wäre. Das ist doch die bittere Realität in Deutschland. Wir hatten keine andere Wahl, und ich bereue nichts von dem, was ich getan habe. Und ganz gleich, für wie lange ich ins Gefängnis muss, ich werde es niemals bereuen, denn ich habe andere davor bewahrt, vielleicht eines Tages so zu enden wie Maureen!«, schrie sie erregt, ihr Atem ging schnell. Brandt wartete, bis sie sich beruhigt hatte, und wollte etwas erwidern, als sie erklärte: »Sie können das Band jetzt ausschalten, ich habe vorläufig nichts mehr zu sagen.«

Brandt drückte auf Stopp und meinte: »Ich denke auch, dass dies fürs Erste genügt. Nicole, würdest du bitte Frau Schirner in den Nebenraum führen und dann noch mal kurz herkommen?«

Eberl nickte und bat Carmen, ihr zu folgen. Kerstin und Silvia saßen auf der Schreibtischkante, der Beamte stand an der Tür. »Sie passen bitte weiter auf, ich hole gleich Frau Abele.«

Wieder in Brandts Büro, sagte sie: »Was wirst du jetzt tun?«

»Die andern beiden vernehmen, danach die Klein anrufen, die muss herkommen.« Er lehnte sich zurück, die Arme hinter dem Kopf verschränkt. »Die Geschichte klingt glaubwürdig, vor allem, wenn man bedenkt, dass die Russler und die Schirner keine Möglichkeit hatten, sich abzusprechen. Und vor allem hat sie Details genannt, die nur die Täter und wir wissen können. Aber gleich alle vier! Damit hätte ich nicht gerechnet. Holst du mir die Abele?«

»Du siehst mitgenommen aus …«

»Ich bin einfach fertig. Da bist du seit einem Vierteljahrhundert Polizist und denkst, alle Abgründe zu kennen, und dann musst du dir eingestehen, dass du nicht mal einen Bruchteil kennst. Weißt du, was ich an den Mädchen bewundere – da lässt keine die andere hängen. Da kneift keine, da schiebt keine die Schuld der andern in die Schuhe, die halten einfach zusammen. Schiller war schon ein weiser Mann.«

»Bitte?«

»Nichts weiter. Hol die Abele, es wird sonst immer später.«

Kerstin Abele nahm Platz, Brandt stellte das Band an und sprach den obligatorischen Einführungssatz drauf. Er beugte sich nach vorn und sagte: »Frau Abele, würden Sie mir bitte schildern, was sich am vergangenen Dienstag und am Donnerstag abgespielt hat?«

Sie wiederholte fast wörtlich das, was auch Carmen ausgesagt hatte, vor allem die Details stimmten fast haargenau überein, bis Brandt eine Frage stellte.

»Wer hat zuerst zugestochen?«

»Ich.«

Brandt schloss die Augen und holte tief Luft. Es war genau die Antwort, die er erwartet hatte. Jede behauptete, die Erste gewesen zu sein. Freundinnen.

»So, Sie haben also als Erste zugestochen. Wie Frau Russler und Frau Schirner. Jede hat also als Erste zugestochen.«

»Wenn ich es doch sage. Ich bin von hinten gekommen und habe mehrfach auf ihn eingestochen. Dann hat Frau Russler von vorne zugestochen. Danach waren Carmen und Silvia dran.«

»Also gut. Haben Schirner und Teichmann Sie ebenfalls zu sexuellen Handlungen genötigt und auf Video festgehalten?«

»Ja. Sie haben es mit mir genauso gemacht wie mit Maureen und den andern. Ich habe aber nicht darüber gesprochen, wie es auch die andern nicht getan haben.«

»Und warum nicht?«

»Wer hätte mir denn geglaubt? Mein Vater vielleicht? Der hätte mich höchstens angeschrien und gesagt, wie ich dazu käme, einen seiner besten Bekannten und verdienten Lehrer so zu diffamieren. Und meine Mutter ist so sehr mit sich selbst beschäftigt, die hätte nur gesagt, Kerstin, du solltest mal zum Arzt gehen. Es gab doch keinen, mit dem ich darüber sprechen konnte, weil ich ja nicht wusste, dass vor mir schon andere das Gleiche durchgemacht hatten.«

»Wem haben Sie Ihre Geschichte zuerst erzählt?«

»Frau Russler.«

»Und wann?«

»Am 11. Januar.«

»Und wie kam es dazu? Sind Sie freiwillig zu ihr gegangen, um diesen Ballast loszuwerden?«

»Nein, sie hat mich zu sich eingeladen und mir die Sache von einem andern Mädchen erzählt. Da wusste ich, dass ich nicht allein war, und habe mir diesen ganzen Scheiß von der Seele geredet.«

»Wann wurden Sie von Schirner und Teichmann zu sexuellen

Handlungen gezwungen beziehungsweise wann wurde das Video aufgenommen?«

»Am 11. April 2002. Das war ein Donnerstagabend. Sie haben es immer donnerstags gemacht.«

»Woher wissen Sie das?«

»Sie haben es mir gesagt.«

»Und wo wurde es aufgenommen?«

»In einem Haus, aber ich kann Ihnen nicht sagen, wo es sich befindet.«

»Das verstehe ich nicht. Wurden Ihnen die Augen verbunden?«

»Nein, es war schon dunkel. Ich weiß nur, dass wir in Richtung Dreieichenhain gefahren sind.«

»Haben sie Ihnen vorher etwas gegeben, Drogen, Alkohol, Tabletten?«

»Ich musste ein Glas Wein trinken, da muss aber noch was anderes drin gewesen sein. Ich war benebelt und high zugleich.«

»Hatten Sie Schmerzen?«

»Bestimmt, aber ich habe sie nicht gespürt, zumindest nicht in diesem Moment. Sie kamen erst, als die Wirkung dieses Mittels nachgelassen hat.«

»Existiert das Video noch, in dem Sie missbraucht werden?«

»Ja. Ich wollte es eigentlich verbrennen, aber Carmen und Anja haben gemeint, dass es besser wäre, wenn wir es behalten würden, für den Fall, dass man uns verhaftet.«

»Wann haben Sie es zum ersten Mal gesehen?«

»Vor gut drei Wochen.«

»Und wo?«

»Bei Frau Russler.«

»Sie sagen immer Frau Russler. Siezen oder duzen Sie sich?«

Kerstin zögerte mit der Antwort, sie blickte zu Boden, ihre Hände verkrampften sich ineinander. »Wir duzen uns. Aber erst seit ein paar Wochen. Es ist nicht üblich, dass Lehrer und Schüler sich duzen.«

»War auch nur eine Frage. Fühlen Sie sich jetzt erleichtert oder haben Sie Angst?«

»Beides.«

»Möchten Sie zu Ihrer Aussage noch etwas hinzufügen oder korrigieren?«

»Nein, ich habe die volle Wahrheit gesagt.«

»Gut, dann gehen Sie bitte wieder in den Nebenraum und schicken Sie mir Frau Esslinger herein.«

Silvia Esslinger kam herein, machte die Tür hinter sich zu und nahm auf dem Stuhl Platz. Auch ihre Aussage wich in keinem Detail von denen von Carmen und Kerstin ab, mit der Ausnahme, dass auch sie behauptete, die Erste gewesen zu sein, die zugestochen habe. Sie wirkte selbstsicher, mied weder den Blickkontakt mit Brandt noch mit Eberl, ihre Haltung drückte Stolz und Entschlossenheit aus. Keine Spur von Angst oder Nervosität.

»Wurden Sie auch zu sexuellen Handlungen gezwungen?«

»Nein. Ich habe von den Schweinereien erst durch Kerstin erfahren, nachdem sie mit Frau Russler gesprochen hat. Ich war total geschockt, denn ich hätte alles für möglich gehalten, aber so was nicht. Da machte auf einmal auch der Selbstmord von Maureen einen Sinn. Und als dann auch noch Carmen mit den Videos ankam … Maureen war so sensibel und fein, sie hatte so was nicht verdient. Und Kerstin haben Sie ja auch kennen gelernt. Sie ist so eine tolle Freundin, eine bessere kann man sich nicht wünschen. Ich war so voller Hass, das können Sie sich gar nicht vorstellen. Da sind bei mir alle Sicherungen durchgebrannt. Am liebsten hätte ich diese beiden Drecksäue gleich umgebracht, doch dann haben wir alle gemeinsam einen Plan geschmiedet.«

»Aber wenn Sie nicht direkt betroffen waren, warum haben Sie dann mitgemacht?«

»Es ging um meine Freundinnen. Und weil Carmen auch so gelitten hat. Für sie ist eine Welt zusammengebrochen, als sie …« Mit einem Mal vergrub Silvia, die sonst so stark und selbstsicher wirkte, ihr Gesicht in den Händen und fing an zu weinen. Eberl setzte sich neben sie und legte einen Arm um ihre Schulter. Sie hatte Mitleid mit dem Mädchen, eigentlich hatte sie Mitleid mit allen vieren. Unter Tränen fuhr Silvia fort: »Diese verdammten Dreckschweine haben den Tod verdient, denn sie haben Maureen auf dem Gewissen. Ich musste mitmachen, weil ich mir sonst für den Rest meines Lebens Vorwürfe gemacht hätte. Wir sind Freundinnen, und wir werden es auch immer bleiben.« Sie wischte sich die Tränen ab, schnäuzte sich und sagte mit erhobenem Haupt: »Ich weiß, dass wir richtig gehandelt haben. Wären Schirner und Teichmann noch am Leben, wer weiß, wie viele noch unter ihnen gelitten hätten. Es gibt nichts, wofür ich mich schämen müsste. Das wollte ich nur noch sagen.«

»Sie haben aber das Gesetz in die eigene Hand genommen, und das ist in unserem Land nun mal verboten.«

»Es ist vieles verboten, aber die wenigsten halten sich daran. Wie gesagt, ich schäme mich für nichts. Kann ich jetzt wieder rüber zu meinen Freundinnen?«

»Ja. Ich werde die Staatsanwältin anrufen, sie wird noch einige Fragen an Sie haben. Es wird also noch etwas länger dauern. Wenn Sie Hunger haben oder Durst, sagen Sie es einfach, wir lassen Ihnen etwas bringen.«

»Cola wäre gut. Wann gibt es denn im Gefängnis was zu essen?«, fragte sie emotionslos.

»Sie werden sich noch gedulden müssen, erst ist die Staatsanwältin dran. Vor zehn, elf sind Sie auf keinen Fall in Ihren Zellen.«

»Haben wir eine Gemeinschaftszelle?«

»Fragen Sie die Staatsanwältin, ob Sie eine bekommen können. Sie entscheidet ab sofort.«

»Dann hätten wir doch gerne was zu essen. Können wir Pizza bestellen? Wir haben auch Geld.«

»Kein Problem. Nicole, machst du das mal?«

Eberl begleitete Silvia in den Nebenraum und telefonierte von dort aus mit der Pizzeria. Gleich danach kam sie zurück.

»Auf diesen Prozess bin ich gespannt«, sagte sie. »Ich möchte da kein Richter sein.«

»Und ich möchte im Augenblick kein Bulle sein.«

Er nahm den Hörer ab und tippte die Nummer von Elvira Klein ein.

»Ja?«

»Brandt hier. Würden Sie bitte in mein Büro kommen, ich hab noch was für Sie.«

»Dürfte ich vorher erfahren, was?«

»Kommen Sie einfach her, Sie wollen doch immer auf dem neuesten Stand sein.« Er legte auf, ohne eine Erwiderung abzuwarten. Er war müde, erschöpft und ausgelaugt – und stinksauer. Die ganze Situation hatte ihn an seine Belastungsgrenze geführt.

»Wärst du zu einem Mord fähig, wenn man Sarah oder Michelle so was antun würde?«, fragte Eberl, die zwei Cola aus dem Automaten gezogen hatte und Brandt eine reichte.

»Diese Frage stelle ich mir die ganze Zeit. Ich habe es schon zweimal mit Kindesmördern zu tun gehabt, aber das war was ganz anderes. Der eine hat sein Baby aus lauter Wut, weil es zu lange geschrien hat, totgeschlagen, die andere hat ihr Kind einfach verhungern lassen, weil sie sich vergnügen wollte, du kannst dich bestimmt noch erinnern.«

»Aber die vier sind keine Kindesmörder.«

»Ich rede von Schirner und Teichmann, auch wenn die Opfer keine Kinder mehr waren. Für mich sind die beiden Mörder. Ich weiß nicht, ob ich zum Mörder werden könnte, aber soll ich dir was sagen, auch wenn du mich für verrückt hältst – ich kann die vier irgendwie verstehen. Jede Einzelne von ihnen. Die Russler von ihrem Vater missbraucht, die Schirner vergöttert ihren Vater und muss dann erfahren, was er so in seiner Freizeit treibt, die Abele …« Er zuckte hilflos mit den Schultern. »Und die Esslinger ist einfach nur eine beherzte Kämpferin für das Recht. Die haben sich gesucht und gefunden oder sind durch irgendwelche glücklichen und unglücklichen Umstände oder vom Schicksal zusammengeführt worden.«

Er hatte kaum ausgesprochen, als die Tür aufging und Elvira Klein hereingestürzt kam. Ihre Laune spiegelte sich auf ihrem Gesicht wider. Sie stützte sich mit beiden Händen auf den Schreibtisch und fuhr ihn an: »Warum heute schon wieder? Gönnen Sie mir kein Wochenende?«

»Sind Sie fertig mit Ihrem Selbstmitleid? Wenn ja, dann setzen Sie sich«, erwiderte Brandt mit kühler Gelassenheit. Elvira Klein zuckte für einen Moment zusammen, zog ihren Mantel aus und legte ihn über die Stuhllehne. »Sie können ab sofort den Fall übernehmen, wir haben unsere Arbeit getan.«

»Heißt das, Sie haben die zweite Person?«

»Ja und nein. Aber das können Sie sich in aller Ruhe selbst anhören, wir haben die vergangenen dreieinhalb Stunden mit Vernehmungen zugebracht. Ich werde jetzt aufstehen und nach Hause fahren, und Frau Eberl wird das Gleiche tun. Ich habe nämlich auch ein Privatleben.«

»Was heißt ja und nein?«, fragte sie schroff.

»Dort drüben sind drei junge Damen, die die Taten gestanden haben. Ich kann Ihnen nur viel Glück bei der Prozessvorbereitung wünschen.«

»Drei? Heißt das, Frau Russler eingeschlossen, vier Frauen haben die Morde begangen?«, fragte Elvira Klein fassungslos und nahm auf dem Stuhl Platz.

»Ich sehe, Sie haben in Mathe aufgepasst. Und um es Ihnen ein klein wenig leichter zu machen, jede von ihnen behauptet, die Haupttäterin zu sein. In beiden Fällen.« Er öffnete die Tür zum Nebenzimmer und sagte zu Carmen, Kerstin und Silvia, die gerade ihre letzten Stücke Pizza aßen: »Würden Sie bitte rüberkommen, die Staatsanwältin erwartet Sie.«

Sie standen auf und kamen in Brandts Büro, sahen Elvira Klein an und dann von Eberl zu Brandt.

»Das ist Staatsanwältin Klein, die Ihnen noch ein paar Fragen stellen wird. Ansonsten wünsche ich Ihnen alles Gute. Wissen übrigens Ihre Eltern Bescheid, wo Sie sind?«

»Nein«, antworteten Kerstin und Silvia wie aus einem Mund. »Wir rufen sie nachher an«, fügte Silvia hinzu.

»Die Damen sind im Besitz von achtzehn brisanten Videos. Sie sind aber nur bereit, sie uns zu übergeben, wenn Sie, der Richter und ich schriftlich versichern, dass keine der auf dem jeweiligen Video gezeigte Person öffentlich bekannt gemacht wird. Das lässt sich doch einrichten, oder?«, fragte Brandt.

Klein musterte die drei kritisch, bevor sie sich mit nachdenklicher Miene an Brandt wandte: »Wir stehen jetzt schon unter einem enormen Druck seitens der Medien. Die werden natürlich darauf beharren, mit so viel Informationen wie nur möglich gefüttert zu werden. Sie kennen ja diese Pressefritzen.«

»Dann lassen Sie sich etwas einfallen.« Er beugte sich zu ihr hinunter und flüsterte ihr ins Ohr: »Sie sind doch sonst so clever.«

Klein lächelte gequält, doch der Blick, den sie Brandt zuwarf, war so eisig wie die Temperaturen draußen. »Ich werde sehen, was ich tun kann. Aber ich bin ebenfalls der Ansicht, dass das Verfahren mit äußerster Diskretion durchgeführt werden sollte, das heißt unter Ausschluss der Öffentlichkeit. Die Presse bekommt nur die notwendigsten Informationen. Herr Brandt, können wir kurz unter vier Augen reden?«

Sie gingen in Spitzers Büro. Elvira Klein lehnte sich gegen die Zwischentür und zischte: »Wie kommen Sie eigentlich dazu, mir vor all den Leuten da draußen Vorschriften zu machen?! Was ich wie tue, ist ganz allein meine Angelegenheit. Sie tun Ihre Arbeit, ich meine …«

»Bevor Sie mich jetzt hier wieder anmachen …«

»Ich und Sie anmachen! Das …«

»Sie wissen genau, was ich meine. Bevor Sie mich jetzt also anmachen, will ich Ihnen sagen, dass ich mir das Wochenende um die Ohren geschlagen habe, obwohl ich keine Bereitschaft mehr habe. Ich habe die Verhöre durchgeführt und bin einfach erledigt, weil ich mit einem solchen Fall noch nie konfrontiert wurde und mir das alles, ehrlich gesagt, ziemlich an die Nieren gegangen ist. Wenn Sie lieber Dienst nach Plan schieben wollen, ist das Ihre Sache, aber da drüben sind drei junge Frauen, Freundinnen, wenn Ihnen dieser Begriff überhaupt etwas sagt, die dringend Ihre Unterstützung brauchen, auch wenn Sie auf der andern Seite stehen. Es geht schließlich auch um Ihre ehemalige … Freundin. Und jetzt tun Sie was, und zwar das Richtige!«

»In was für einem Ton sprechen Sie überhaupt mit mir?«

»Ich habe mich nur Ihrem Ton angepasst. Wenn Sie mich jetzt entschuldigen wollen, mein Tag ist beendet. Sollten Sie Hilfe brauchen, dann ziehen Sie einen Kollegen vom KDD hinzu oder von mir aus das ganze Präsidium. Guten Abend.«

»Ihnen auch«, erwiderte sie leise, als hätte sie gemerkt, dass sie zu weit gegangen war, und machte die Tür frei. Um einundzwanzig Uhr verließ Brandt zusammen mit Eberl das Präsidium. Er überlegte, ob er noch bei Andrea vorbeifahren sollte oder direkt nach Hause, um sich auszuschlafen. Am liebsten aber hätte er seine Töchter in den Arm genommen und nie mehr losgelassen.

»Nimm's nicht so schwer«, versuchte Eberl ihn aufzumuntern. »Die werden nicht für den Rest ihres Lebens hinter Gittern verschwinden. Keine von ihnen. Du hast fantastische Arbeit geleistet, das kann auch die Klein nicht ignorieren.«

»Mir ist scheißegal, was die Klein denkt oder macht.«

»Quatsch, ist es nicht, dafür kenne ich dich viel zu gut.«

»Die soll mir einfach den Buckel runterrutschen.«

»He, sie ist noch unerfahren, gib ihr eine Chance. Und jetzt komm gut heim.«

»Du auch«, sagte er mit müder Stimme. Er wartete, bis sie eingestiegen war, nahm sein Handy aus der Tasche und tippte die Nummer von Andrea ein.

»Hi, ich bin's. Es ist viel später geworden als geplant. Hast du überhaupt noch Bock auf mich, oder soll ich …?«

»Red nicht so viel, sieh lieber zu, dass du herkommst.«

»Bin schon unterwegs.«

Sonntag, 21.15 Uhr

Schön, dass du da bist«, wurde er von Andrea empfangen. »Was hat denn so lange gedauert?«

»Nachher. Ich möchte jetzt am liebsten ein heißes Bad nehmen, mir frische Klamotten anziehen und etwas essen.«

»Ich lass dir Wasser ein«, sagte sie und ging ins Bad. Er hörte das Rauschen des Wassers, machte die Augen zu und spürte das Pochen in seinen Schläfen. Den ganzen Tag über hatte er die leichten Kopfschmerzen kaum gemerkt, jetzt meldeten sie sich umso deutlicher. Andrea legte von hinten ihre Arme um seinen Hals und ihren Kopf an seinen.

»Möchtest du vorher etwas essen?«

»Nein. Ich fühl mich so mies wie ewig nicht mehr. Einfach Scheiße.« Er fasste sie bei den Händen, die warm und zärtlich waren.

»So schlimm?«, fragte sie mitfühlend.

»Schlimmer. Ich geh jetzt baden«, sagte er, stand auf und sah Andrea an. »Ist die Wanne groß genug für zwei?«

»Für uns beide allemal«, antwortete sie lächelnd.

»Dann komm mit.«

Sie zogen sich aus und ließen die Sachen einfach auf dem Boden vor dem Bad liegen. Das Wasser duftete nach Rosen, eine dicke Schaumkrone hatte sich gebildet.

»Ich setz mich auf den Stöpsel«, sagte er, doch sie winkte ab.

»Nein, du nimmst die bequeme Seite, darauf bestehe ich, sonst komm ich nicht mit rein.«

»Ich will mich nicht streiten, ich glaub, mit dir kann man gar nicht streiten«, erwiderte er und stieg ins Wasser, das ihm im ersten Moment heiß vorkam, aber schon nach wenigen Sekunden breitete sich eine wohlige Wärme in seinem Körper aus. Die Anspannung, die an seinen Nerven und seinem Körper gezerrt hatte, wich allmählich, und auch die Kopfschmerzen ließen wieder nach.

»Du glaubst allen Ernstes, mit mir könnte man nicht streiten? Da kennst du mich aber schlecht. Ich kann sogar richtig zickig sein.«

Er hatte den Kopf auf den Wannenrand gelegt, die Augen geschlossen und entgegnete: »Auch recht. Aber ich habe Zicken kennen gelernt, und mit keiner von denen kommst du mit. Außerdem gehören zum Streiten immer zwei.«

»Ich weiß, dass du die Ruhe in Person bist.«

»Das ist nur nach außen hin. Wie's drinnen aussieht, weiß keiner.«

»Und wie sieht's drinnen aus?«

»Unterschiedlich. Im Augenblick nicht so gut.«

»Und warum?«

»Es ist alles vorbei, wir haben die Täter, der Prozess kann beginnen.«

»Dann freu dich doch.«

»Wie kann ich mich freuen, wenn ich Sachen erfahre, wo nur noch blanke Wut in mir hochkommt?«

»Willst du drüber reden oder …«

Brandt setzte sich auf, wusch sich das Gesicht und sagte ernst: »Von wie vielen Tätern sind wir ausgegangen? Zwei, richtig?«

»Hm, es könnten aber auch drei gewesen sein.«

»Falsch, es waren vier. Russler, Schirner, Abele und Esslinger. Alle vier haben's getan.«

»Alle vier?«, fragte sie, und ihr Blick ähnelte dem von Elvira Klein vorhin im Präsidium. »Wie bist du draufgekommen?«

»Bin ich gar nicht, sie haben sich freiwillig gestellt. Ihre Aussagen sind derart deckungsgleich, dass überhaupt kein Zweifel besteht, dass eine von ihnen gelogen haben könnte. Ich hab sie einzeln vernommen, jede hat Details genannt, die nur wir oder die Täter wissen können.«

»Und warum bist du jetzt so down? Sei doch froh, dass alles vorbei ist.«

Er seufzte auf und sagte mit unüberhörbarem Sarkasmus: »Froh?! Nach dem Motto, halleluja, Klappe zu, Affe tot?! Weißt du, ich hab oftmals nicht sehr gut über die Jugend von heute gedacht, weil ich zu häufig mit jugendlichen Gewalttätern zu tun habe, aber diese vier jungen Frauen imponieren mir einfach. O Mann, Scheiße, ich buchte vier Mörderinnen ein und sage, sie würden mir imponieren. Ich darf so was nicht mal denken.«

»Doch, darfst du, und es tut mir Leid wegen eben. Wieso imponieren sie dir?«, fragte sie und legte eine Hand auf sein Knie.

»Die haben in ihrem Leben mehr durchgemacht als die meisten andern Jugendlichen in ihrem Alter. Kerstin wurde von Schirner und Teichmann auch zu diesen perversen Sexspielen gezwungen, Carmen erfuhr über die Russler von dem Treiben ihres Vaters und hat auch die Videos gefunden, und Silvia hat aus lauter Freundschaft und Solidarität mitgemacht. Ich habe heute jedenfalls drei junge Frauen erlebt, die auf mich einen solchen Eindruck gemacht haben, dass ich nur meinen Hut ziehen kann. Da haut keine die andere in die Pfanne, da steht jede eisern zu ihrem Wort. Aber frag mich jetzt bitte nicht, ob ich es gutheiße, was sie getan haben.«

»Die Antwort hast du doch eben selber schon gegeben.«

»Hab ich das? Bin ich deswegen ein schlechter Bulle?«

»Sieh's mal von der Warte – die vier haben nicht aus Habgier getötet oder aus anderen niederen Beweggründen, wie es so schön heißt. Sie haben auch nicht aus reiner Mordlust oder im Alkohol- oder Drogenrausch getötet. Sie haben es gemacht, weil sie keinen anderen Ausweg sahen. Sie haben im Prinzip ein gutes Werk getan, obwohl ich das eigentlich auch nicht sagen dürfte. Und außerdem bist du der beste Bulle, den ich kenne. Und weißt du, was dich so sympathisch macht? Wo andere einen Stein oder ein Loch haben, hast du noch ein Herz. Die meisten deiner Kollegen würden doch in die Hände klatschen und sagen ›Klasse, wir haben sie‹, aber was danach kommt, interessiert sie nicht mehr. Du bist halt anders.«

»Hör auf, ich kann mit so was nicht umgehen. Ich hoffe, sie finden milde Richter. Und ich hoffe auch, dass die Klein sich zurückhält und nicht zu hart vorgeht.«

»Wetten, dass sie ihre Sache gut macht?«

»Ich wette nicht, ich lass mich lieber überraschen. So, und jetzt lass uns über was anderes reden.«

»Einverstanden. Wie hast du morgen Dienst?«

»Von acht bis fünf, wenn nicht wieder was dazwischenkommt. Und du?«

»Auch von acht bis fünf. Aber morgen können wir uns nicht sehen, oder?«, fragte sie traurig.

»Doch, allerdings müsstest du zu mir kommen. Bei der Gelegenheit würdest du auch gleich Sarah und Michelle kennen lernen. Ich bin zwar nicht gerade der Spontanste, aber …«

»Aber was?«, fragte Andrea, als er nicht weitersprach.

»Nichts, vergiss es.«

»Ich will es aber wissen«, beharrte sie auf einer Antwort.

»Könntest du dir vorstellen, nach Offenbach zu ziehen?«

Andrea lachte auf. »In das Kuhdorf, wo die Bahnhofstraße nicht zum Bahnhof führt und die Stadträte oder wer immer im Suff eine Ruhezone im Verkehrskreisel planen? Wo es kein Theater gibt und auch sonst nichts, was zu sehen sich lohnt? In das Kaff soll ich ziehen?«

»War ja nur eine Frage.«

»Lass uns das ein andermal besprechen, wenn wir ausgeruht und entspannt sind. Aber ich hoffe, du hast gemerkt, dass ich nicht nein gesagt habe.«

»Schon gut, ich wollte dich auch nicht drängen.«

Sie stiegen aus der Wanne und trockneten sich gegenseitig

ab. Brandt rasierte sich noch und föhnte die Haare. Er fühlte sich wie neugeboren, die Müdigkeit war beinahe gänzlich verschwunden.

Sie aßen jeder zwei Scheiben Brot mit Wurst und Käse, tranken Tee und verbrachten den Rest des Abends bei leiser Musik auf der Couch, bevor sie um Mitternacht ins Bett gingen. Diesmal kuschelten sie nur. Andrea schlief wieder in seinem Arm ein, als wäre dies das Selbstverständlichste der Welt. Ihre Haare kitzelten in seiner Nase, aber es machte ihm nichts aus, denn es waren ja *ihre* Haare.

Der Wecker klingelte um halb sieben. Sie liebten sich kurz und innig, bevor sie aufstanden, frühstückten und eine Stunde später gemeinsam das Haus verließen.

»Bis heute Abend?«, fragte er zum Abschied.

»Bis heute Abend. Ich bin so gegen sieben bei dir.«

Sie fuhr in die Rechtsmedizin, er ins Präsidium. Auf der Fahrt dorthin hörte er laut die CD mit den größten Hits der Eagles.

Montag, 8.00 Uhr

Polizeipräsidium Offenbach, Mordkommission.

Bernhard Spitzer und Nicole Eberl sprachen über das vergangene Wochenende, als Brandt ins Büro kam.

»Hi, da bin ich«, sagte er gut gelaunt und zog seine Jacke aus. »Und, was Neues?«

»Einiges. Aber erst mal Gratulation zu dem raschen Erfolg«, wurde er von Spitzer begrüßt. »Ich frage mich, wie du das angestellt hast.«

»Glück«, antwortete Brandt nur und nahm sich einen Stuhl.

»Glück! Mann, jetzt sei doch nicht so bescheiden. Ohne dich …«

»Das Ding ist gelaufen und damit basta. Also, was gibt's Neues?«

»Die Eltern von der Abele und der Esslinger waren gestern Abend noch hier. Die müssen einen ziemlichen Rabatz gemacht haben. Sagt jedenfalls Meyer vom KDD. Der war mit der Klein bis Mitternacht hier.«

»Haben die Eltern mit ihren Töchtern sprechen können?«

»Ja, und auch da muss es richtig heiß zugegangen sein. Meyer musste noch einen Beamten bemühen, um den Vater von der Abele davor zurückzuhalten, seine Tochter zu verprügeln. Der Typ ist völlig ausgerastet.«

»Und die Eltern der Esslinger?«

»Die sollen ziemlich ruhig gewesen sein. Die Mutter hat gesagt, ihre Tochter habe eben schon immer einen ausgeprägten Gerechtigkeitssinn gehabt, und wenn das alles stimmen sollte, dann hat sie in ihren Augen richtig gehandelt. Sie haben gestern Abend noch ihren Anwalt eingeschaltet. Der Abele hat nur gemeint, seine Tochter soll zusehen, wie sie zurechtkommt, sie ist nicht länger seine Tochter. Wer jemanden umbringen kann, kann auch für sich selbst sorgen. Muss ein hammerharter Typ sein.«

»Das habe ich fast erwartet, der war mir vom ersten Moment an unsympathisch. Können die Eltern der Esslinger ihr vielleicht einen guten Anwalt besorgen?«

»Frag du sie oder sprich mit dem Vater der Abele. Du kannst das doch.«

»Ja, ja, ich kann das doch.« Brandt rollte mit den Augen. »Warum eigentlich immer ich?«

»Weil du unser bester Mann bist. Komm, gib dir einen Ruck. Nach dem, was mir Nicole berichtet hat, brauchen die Mädchen Hilfe.«

»Ausnahmsweise, obwohl das nicht meine Aufgabe ist. Was ist mit der Mutter der Schirner? Weiß die Bescheid?«

»Nein, ihre Tochter hat sich geweigert, sie anzurufen. Und zwingen können wir sie nicht, sie ist volljährig.«

»Wo sind die drei untergebracht?«

»Noch in unseren netten kleinen Zellen. Sie werden heute Mittag dem Haftrichter vorgeführt und danach in U-Haft kommen. Warum?«

»Ich will mit Carmen sprechen. Kannst du sie mal herbringen lassen? Ich rufe derweil bei ihrer Mutter an. Die beiden müssen miteinander reden, bevor die Mutter es von andern erfährt.«

»Okay.«

Brandt begab sich in sein Büro und tippte die Nummer von Helga Schirner ein. Sie meldete sich nach dem zweiten Klingeln.

»Hier Brandt. Frau Schirner, wäre es Ihnen möglich, in einer Stunde hier im Präsidium zu sein?«

»Weshalb sollte ich das tun?«

»Weil es um Ihre Tochter geht. Haben Sie sich noch gar nicht gewundert, dass sie nicht zu Hause ist?«

»Nein, mich wundert überhaupt nichts mehr. Ich habe nur gehört, dass sie meinen Mann und ihren Vater ermordet hat. Ich wüsste also nicht, was ich bei Ihnen soll.«

»Wie haben Sie es erfahren?«

»Herr Esslinger war so freundlich, es mir mitzuteilen.«

»Kommen Sie bitte trotzdem her. Ich kann Ihnen einen Streifenwagen schicken, der Sie herbringt und auch wieder nach Hause fährt. Sobald Sie hier sind, sagen Sie nur beim Pförtner Bescheid, ich hole sie dann ab.«

»Und wenn ich nicht will?«

»Es geht um Ihre Tochter, die Ihnen sicher eine Menge zu sagen hat. Haben Sie verstanden, es geht um Ihre Tochter.«

Einen Augenblick herrschte Stille, Brandt hörte nur das Atmen am andern Ende, bis Helga Schirner sagte: »Also gut, aber erwarten Sie nicht zu viel von mir.«

Brandt drückte auf die Gabel und rief in Langen an und bat darum, einen Streifenwagen zu Schirner zu schicken und die Frau so bald wie möglich ins Präsidium zu bringen. Als er zurück in Spitzers Büro ging, war Carmen bereits da. Sie wirkte übernächtigt. Kein Wunder, dachte Brandt, in diesen Zellen könnte ich auch kein Auge zumachen.

»Gehen wir in mein Büro«, sagte er. Carmen folgte ihm wortlos. Er machte die Tür hinter sich zu und bat sie, sich zu setzen.

»Was gibt's?«, fragte sie, und obgleich sie müde schien, war ihr Stolz dennoch ungebrochen.

»Sie wollten gestern nicht mehr Ihre Mutter anrufen. Weshalb nicht?«

»Mir war nicht danach. Ich mach es nachher.«

»Ich habe sie bereits informiert, sie wird in einer Stunde hier sein. Ist Ihnen das recht?«

»Von mir aus. Sie wird zwar nicht begreifen, was ich ihr zu sagen habe, aber ich muss es trotzdem versuchen.«

»Wie war es denn gestern Abend mit Frau Klein?«, wollte Brandt wissen.

»Sie hat viele Fragen gestellt, und wir haben sie beantwortet. Sie ist ganz nett, ganz anders, als ich mir Staatsanwälte immer vorgestellt habe. Es gibt doch diese Gerichtssendungen im Fernsehen. Ich habe zwar nur sehr selten Gelegenheit, mir so was anzuschauen, aber die Staatsanwälte dort sind immer ziemlich hart.«

»Hat sie Ihnen Anonymität zugesichert?«

»Ja. Sie will alles dafür tun, dass der Prozess unter Ausschluss der Öffentlichkeit stattfindet. Sie bekommen die Videos aber trotzdem erst, wenn ich die schriftliche Zusicherung habe«, betonte sie noch einmal.

»Was ist mit einem Anwalt?«

Über Carmens Lippen huschte ein Lächeln, als sie antwortete: »Mir ist ein sehr guter empfohlen worden, den ich auch gleich anrufen wollte.«

»Ihnen ist einer empfohlen worden? Von wem, wenn ich fragen darf?« Brandt ahnte es, aber er wollte es aus Carmens Mund hören.

»Das kann ich nicht sagen.«

»Möchten Sie Ihre Aussage von gestern in irgendeiner Form revidieren?«

»Nein, weshalb sollte ich? Glauben Sie etwa, eine Nacht in einer dieser jämmerlichen Zellen würde mich plötzlich dazu bringen zu lügen? Das tun vielleicht andere, ich nicht. Wenn ich überhaupt etwas Gutes von meinem Vater geerbt habe, dann …« Sie hielt inne und verbesserte sich: »Nein, das war falsch. Mein Vater hat Grundsätze gelehrt, aber selbst keine gehabt. Ich stehe zu dem, was ich getan habe. War's das?«

»Vorerst ja. Ich lasse Sie in Ihre Zelle zurückbringen, und sobald Ihre Mutter hier ist, können Sie sich in aller Ruhe mit ihr unterhalten. Wir haben extra einen Raum dafür. Haben Sie gefrühstückt?«

»Diesen Fraß?«, sagte sie verächtlich. »Ich bin ja einiges gewöhnt, doch so was rühre ich nicht an. Aber ich habe schon des Öfteren gefastet, ich werde es schon noch eine Weile aushalten.«

»Ich könnte Ihnen etwas Anständiges bringen lassen«, sagte Brandt.

»Das würden Sie für mich tun? Mir würde schon ein belegtes Brötchen und eine Tasse Kaffee reichen.«

»Dürfen es auch zwei Brötchen sein?«

»Aber nur, wenn Kerstin und Silvia auch was bekommen.«

»Versprochen.«

Brandt rief den Beamten herein und ließ Carmen in ihre Zelle zurückbringen. Wieder in Spitzers Büro sagte er: »Nicole, sorg doch mal dafür, dass die Mädchen was Ordentliches zu essen bekommen. Für jede zwei belegte Brötchen und Kaffee oder Tee. Und sollten sie sonst noch Wünsche haben, sofern sie machbar sind … Du weißt schon. Oder nein, besorg die Sachen nur, ich bring sie ihnen dann.«

»Klar, du Menschenfreund.«

Brandt grinste, Spitzer auch.

»Weißt du, was die Klein gemacht hat?«

»Sie hat mit allen gesprochen. Meyer sagt, sie hat sich sehr fair verhalten. Du sollst um halb eins in ihr Büro kommen, weil sie vorher noch einen Gerichtstermin hat.«

»Was kann die denn schon wieder wollen?«

»Vielleicht will sie dir eine Medaille um den Hals hängen«, meinte Spitzer mit einem breiten Grinsen.

»Haha, verarschen kann ich mich auch allein. Weiß die Russler eigentlich schon von gestern?«

»Kann ich mir nicht vorstellen. Von wem auch?«

»Dann werde ich mich mal zu ihr begeben und ihr die Neuigkeit überbringen. Bin gespannt, wie die reagiert. Aber vorher werde ich noch den Kellner spielen.«

»Sag mal, was ist eigentlich los mit dir? Du bist irgendwie anders.«

»So? Muss wohl am Wetter liegen.«

Eberl, die gerade die Essensbestellung aufgegeben hatte, grinste bei der Antwort still vor sich hin.

»Wieso grinst du?«, fragte Spitzer.

»Nichts, gar nichts.«

»Ihr verheimlicht mir etwas. Was?«

»Was sollen wir dir verheimlichen?« Brandt spielte den Ahnungslosen. »Es ist alles in Butter.«

»Ich krieg's schon noch raus. Aber gut, gehen wir zur Tagesordnung über. Du fährst gleich zur Russler, dann hast du den Termin mit der Klein, und ansonsten liegt nichts weiter an, oder?«

»Doch. Ich will wissen, wo die Videos gedreht wurden. Die Abele hat ausgesagt, dass sie in Richtung Dreieichenhain gefahren sind, aber sie kann keine genauen Angaben machen. Die Schirner hätte es uns gesagt, wenn sie es wüsste. Mir bleibt deshalb nur die Teichmann. Vielleicht haben die ja irgendwo in der Ecke noch ein Häuschen oder eine Wohnung. Ansonsten kriegen wir das wohl nie raus.«

Es klopfte an der Tür, ein junger Mann aus der Kantine kam herein und brachte ein großes Tablett mit belegten Brötchen, einer Kanne Kaffee, Pappbechern und drei Snickers.

»Vielen Dank, das ging ja fix«, sagte Brandt, der das Tablett übernahm und sich in den Zellentrakt begab. Carmen, Kerstin und Silvia hatten drei nebeneinander liegende Zellen, er bat einen Wärter, die erste aufzuschließen.

Silvia saß auf der Pritsche, die Beine angezogen, die Arme um sie geschlungen. Ihre Augen leuchteten auf, als sie Brandt mit dem Essen hereinkommen sah.

»Hallo«, sagte er. »Ich habe gehört, dass Sie nichts Gescheites zu essen bekommen haben. Suchen Sie sich zwei Brötchen aus, Kaffee ist auch genügend da und noch etwas zu naschen.«

»Danke, ich bin fast am Verhungern. Wie lange müssen wir noch hier bleiben?« Sie biss in ein Brötchen und schenkte sich den Becher bis zum Rand voll.

»Nur noch bis heute Mittag. Nach dem Haftprüfungstermin kommen Sie in normale U-Haft, wo die Zellen um einiges wohnlicher sind.«

»Frau Klein hat aber gesagt, dass wir in eine Zelle kommen.«

»So, hat sie das gesagt? Wenn das so ist, umso besser. Ansonsten geht es Ihnen gut?«

»Ist schon okay. Ich warte auf meinen Anwalt, er müsste eigentlich jeden Moment da sein.«

»Machen Sie's gut.«

»Sie auch.«

Kerstin Abele lag auf der Pritsche, die Arme hinter dem Kopf verschränkt. Sie hatte ein verheultes Gesicht, setzte sich aber auf, als sie Brandt mit dem Tablett erblickte.

»Zwei Brötchen, Kaffee und ein Schokoriegel. Mehr kann ich nicht für Sie tun.«

»Brauchen Sie auch nicht. Eigentlich habe ich gar keinen Hunger.«

Brandt stellte das Tablett auf den Boden und setzte sich zu ihr. »Es ist wegen gestern Abend. Ich habe das mit Ihrem Vater gehört. Tut mir Leid. Wie sieht es denn mit einem Anwalt aus?«

»Ich habe einen«, sagte sie mit einem Lächeln, das den inneren Aufruhr nicht überdecken konnte.

»Ich dachte, Ihr Vater hätte sich geweigert, Ihnen einen zu besorgen.«

»Ich hab trotzdem einen.«

Brandt hakte nicht weiter nach, woher sie so schnell einen Anwalt hatte, er konnte es sich aber denken. »Nehmen Sie sich bitte die Brötchen und trinken Sie was, damit Sie nachher fit sind, wenn Sie dem Haftrichter vorgeführt werden.«

»Wie geht es Carmen und Silvia?«, fragte Kerstin, die das Essen neben sich legte und sich Kaffee einschenkte.

»Es geht ihnen gut. Sie sehen sich ja nachher wieder. Ich muss weiter.«

Carmens Zelle war verraucht, die Kippen lagen auf dem Boden, sie hatte seit dem vergangenen Abend mindestens zwei Schachteln geraucht. Sie sah Brandt dankbar an, nahm sich die letzten beiden Brötchen, Kaffee und den Schokoriegel.

»Beeilen Sie sich mit dem Essen, Ihre Mutter müsste bald kommen.«

»Was ist mit Kerstin und Silvia?«

»Machen Sie sich keine Sorgen, sie sind okay.«

»Danke für alles«, sagte Carmen.

»Ich habe nur meine Pflicht getan«, erwiderte Brandt.

»Sie haben viel mehr getan. Wissen Sie, woran ich gemerkt habe, dass Sie anders sind als die meisten Menschen?«

»Nein.«

»Es war das Gedicht. Es gehört auch zu meinen Lieblingsgedichten.«

Brandt nickte nur, ging nach draußen, und die Tür wurde hinter ihm abgeschlossen. Wieder im Büro, zog er seine Jacke über und sagte, er fahre zu Anja Russler, sobald Helga Schirner eingetroffen sei, und sei spätestens um zwölf wieder zurück. Er blieb noch fünf Minuten, bis das Telefon klingelte und der Pförtner die Ankunft von Carmens Mutter meldete. Brandt rannte nach unten. Er reichte ihr die Hand, Helga Schirner schlug sie aus.

»Wo ist Carmen?«, fragte sie stattdessen kühl.

»Ich bringe Sie zu ihr. Wenn Sie mir bitte folgen möchten.«

Sie gingen schweigend zu dem Raum, wo Angehörige oder Anwälte mit den Verhafteten sprechen konnten. Er bat sie, Platz zu nehmen, und ließ Carmen aus ihrer Zelle holen. Sie wirkte sehr selbstsicher und nickte Brandt lächelnd zu, bevor ein Beamter die Tür hinter sich schloss und sich in die Ecke setzte.

Montag, 9.35 Uhr

Du wolltest mich sprechen?«, sagte Helga Schirner kühl.

»Ja, das wollte ich.« Carmen hatte die Arme auf dem Tisch liegen und die Hände wieder gefaltet. Sie sah ihre Mutter lange an, bevor sie fortfuhr: »Mutti, du weißt, warum ich hier bin, oder?«

»Du hast deinen Vater wie ein Stück Vieh abgeschlachtet! Pfui Teufel! Er hat dir immer jeden Wunsch erfüllt, und was war der Dank?!«

»Stopp!«, unterbrach Carmen ihre Mutter mit energischer Stimme. »Du hast vollkommen Recht, ich habe immer alles bekommen, zumindest fast alles. Aber du hast ja keine Ahnung, wer mir das gegeben hat. Mein Vater war nicht der Mann, als den du ihn siehst, er war ein Monster. Weißt du eigentlich, was er getan hat?«

»Nichts hat er getan! Er hat für uns gesorgt, er …«

»Ja, ja, klar, er hat für uns gesorgt!«, spie sie höhnisch aus. »Mutti, ich sag dir, was er getan hat. Er hat mindestens achtzehn Schülerinnen dazu gezwungen, mit ihm widerliche Pornofilme zu drehen. Du weißt doch, was Pornofilme sind, oder? Da wird die ganze Zeit nur gefickt! Dein Mann, mein Vater hat sie erpresst, und zwar ganz hinterhältig, sodass sie sich nicht einmal gegen ihn wehren konnten. Darunter sind Mädchen, die ich selber gut kenne, zum Beispiel Maureen Neihuus, die sich letzten

November das Leben genommen hat, du erinnerst dich bestimmt daran …«

»Du lügst, du bist eine verkommene Lügnerin! Du ziehst den guten Namen unserer Familie in den Schmutz!«

»Nein, Mutti, ich ziehe den Namen nicht in den Schmutz, das hat Papa schon lange vor mir gemacht. Ich habe die Videos in seinem Büro gefunden, eins davon liegt schon hier bei der Polizei. Dein Mann war nicht der Mensch, als den wir ihn kannten. Vielleicht früher einmal, aber das ist lange her. Er hat sich verändert, du hast dich verändert.«

»Inwiefern habe ich mich verändert?«

Carmen sah ihre Mutter mitleidig an und sagte: »Schau dich doch an. Aus was besteht denn dein Leben? Wenn es deine Berufung ist, den ganzen Tag nur zu putzen, bitte, ich kann dich nicht daran hindern, aber Papa hatte unzählige Affären mit andern Frauen. Das wusste ich schon lange, habe aber geschwiegen, um dir nicht wehzutun. Ich hätte auch weiter geschwiegen, ihr wart für eure Ehe allein verantwortlich, aber als ich das mit den Schülerinnen erfuhr, da ist für mich eine Welt zusammengebrochen, nämlich *meine* heile Welt! Hörst du, meine heile Welt ist zusammengebrochen. Er und Eberhard haben solche unsäglichen Schweinereien begangen, nein, Mutti, das konnte ich beim besten Willen nicht dulden.«

»Sonst noch etwas?«

»Ist das alles, was du dazu zu sagen hast? Sonst noch etwas?«

»Dein Vater war ein guter Mann, und er wird es in meinem Herzen immer bleiben. Ich verachte dich und diese Kerstin und wie sie nicht alle heißen. Ich wusste, dass du ein verlogenes Miststück bist und dass du dich nur rausreden willst. Dein Vater hätte niemals einem andern Menschen wehgetan. Niemals, hörst du!«

»Also gut«, entgegnete Carmen zynisch, »leb doch weiter in *deiner* kleinen heilen Welt, putz jeden Tag schön die Fenster, achte darauf, dass auch kein Krümel auf dem Boden liegt, wasch die Wäsche und bügel die Wischtücher … Mein Gott, ich hätte wirklich mit mehr Verständnis von dir gerechnet. Aber ich habe mich getäuscht, so wie ich mich in Papa getäuscht habe. Ich habe dich immer sehr lieb gehabt, aber ich denke, du solltest jetzt besser gehen.«

»Das wollte ich sowieso«, sagte Helga Schirner, die ihre Handtasche fest umklammert hielt und so abrupt aufstand, dass der Stuhl umfiel. »Du bist für mich tot, so tot wie dein Vater jetzt ist. Ich will nie wieder etwas mit dir zu tun haben, du Heuchlerin! Studierst Theologie und bringst Menschen um! Was bist du doch schäbig!«

»Bringen Sie mich bitte zurück in meine Zelle, meine Mutter möchte gehen«, sagte sie zu dem Beamten, der sich erhob und auf Carmen zukam.

»Moment, ich habe doch noch etwas zu sagen. Verschließ weiter die Augen vor der Realität, denk weiter, dass dein Mann so toll war. Werd einfach glücklich mit deiner rosaroten Brille. Ich habe jedenfalls eben gemerkt, dass ich auch ohne dich auskomme. So, ich bin bereit.«

Montag, 10.05 Uhr

Nachdem Brandt seine Pistole, seine Geldbörse, selbst die Uhr in die Schale gelegt und die Schleuse passiert hatte, wurde er von einer Schließerin zu Anja Russlers Zelle geführt. Sie lag auf dem Bett, in der einen Hand eine Zigarette, in der andern ein Buch.

»Hallo«, wurde er von ihr begrüßt, »das ist aber eine Überraschung. Was verschafft mir die Ehre?«

»Ich wollte sehen, wie es Ihnen geht, und ich wollte Ihnen auch etwas mitteilen.« Er sah um sich und sagte: »Sie haben eine schöne Zelle.«

»Auf jeden Fall bequemer als die im Präsidium. Aber Sie sind bestimmt nicht gekommen, um sich mit mir über meine … neue Wohnung zu unterhalten.«

»Nein, natürlich nicht.« Er setzte sich verkehrt herum auf den Holzstuhl, die Arme auf der Lehne. »Ich bin hier, um Ihnen zu sagen, dass Sie bald Gesellschaft bekommen werden. Sie können sich denken, von wem ich spreche, oder?«

Anja Russlers Gesicht wurde zu Stein, als sie mit belegter Stimme sagte: »Wer?«

»Drei junge Damen, die sich gestern freiwillig gestellt haben. Sie haben alle unabhängig voneinander zugegeben, an den Morden beteiligt gewesen zu sein.«

»Sie lügen, ich war es allein.«

»Wer lügt, ich oder Ihre Freundinnen?«

»Alle.« Sie drückte mit fahrigen Bewegungen ihre Zigarette aus und steckte sich gleich eine neue an.

»Frau Russler, ich kann mir in etwa vorstellen, was in Ihnen vorgeht, aber Carmen, Kerstin und Silvia wurden getrennt verhört. Die Aussagen sind absolut identisch, und es wurden Details genannt, die nur wir und die Täter wissen können. Es hat also keinen Sinn, weiter die ganze Schuld auf sich zu nehmen. Ihr Anwalt wird Sie auch dementsprechend beraten.«

»Sie sind wirklich freiwillig zu Ihnen gekommen?«

»Ja, ich hatte doch keine Handhabe, sie zu verhaften. Es gab bisher nur Sie und die Tatwaffen.«

»Wo sind sie jetzt?«

»Noch im Präsidium. Sie werden bald dem Haftrichter vorgeführt.«

Anja Russler nahm einen tiefen Zug von ihrer Zigarette. »Ich wollte nie, dass eine von ihnen ins Gefängnis geht. Es war alles mein Plan, ich habe sie manipuliert …«

»Hören Sie bitte auf, es ist vorbei. Carmen und Silvia lassen sich nicht manipulieren, das wissen Sie so gut wie ich. Und über Kerstin brauche ich wohl nicht viele Worte zu verlieren.«

»Sie sind doch noch so jung!«

»Das sind Sie auch. Aber wahre Freundinnen halten zusammen, das habe ich auch erkannt. Ich hätte niemals für möglich gehalten, dass es so etwas heute noch gibt. Sagen Sie mir nur, wann Kerstin mit Ihnen über die Sache gesprochen hat.«

»Am 11. Januar.«

»Das deckt sich mit ihrer Aussage.«

»Wer hat zuerst zugestochen?«

»Ich.«

»Sehen Sie«, sagte Brandt lächelnd, »jede behauptet, als Erste das Messer geführt zu haben. Und so, wie ich die drei einschätze, werden sie auch bei dieser Version bleiben. Und lassen Sie mich Ihnen einen Rat geben, versuchen Sie nicht sie dazu zu bringen, ihre Aussage zu ändern. Sie fühlen sich in der Märtyrerrolle, was ich Ihnen auch nicht verdenken kann, nach dem, was Sie durchgemacht haben. Aber Sie sind keine Märtyrerin. Sie waren es alle vier, und Sie werden dafür ins Gefängnis gehen. Aber wie heißt es doch so schön, geteiltes Leid ist halbes Leid, oder wenn ich es abwandle, Schuld geteilt durch vier ist nur ein Viertel Schuld. Ich hoffe, Sie haben mich verstanden.«

»Ich denke schon. Warum sind Sie eigentlich so nett zu mir?«

»Vielleicht, weil ich zwei Töchter habe, die in einem schwierigen Alter sind.«

»Das ist ein Argument. Lassen Sie niemals zu, dass ihnen jemand wehtut. Sie wissen nicht, wie ein Mädchen oder eine Frau sich dann fühlt. Gedemütigt, missbraucht, wie tot. Passen Sie auf sie auf.«

»Wir sehen uns spätestens vor Gericht. Alles Gute, und sprechen Sie mit Ihrem Anwalt. Wer ist überhaupt Ihr Anwalt?«

»Dr. Mertens.«

»Mertens?! Wie sind Sie denn an den gekommen?« Er wusste, dass Elvira Klein ihr einen Anwalt empfohlen hatte, aber sie hatte seinen Namen am Samstag aufgeschrieben und nicht genannt.

»Ich habe mal von ihm gehört, er soll ganz gut sein …«

»Ganz gut? Er ist einer der besten Strafverteidiger in Deutschland.«

»Ich weiß. Er meint, ich hätte ganz gute Chancen, bei meiner Vergangenheit.«

»Das sehe ich auch so, vor allem, wenn Mertens Sie vertritt. Haben Sie jemanden, der Ihnen Sachen zum Wechseln bringt? Und Sie brauchen doch auch Geld und Kosmetikartikel, und Ihre Zigaretten werden nicht mehr lange reichen.«

Anja Russler lächelte, als sie antwortete: »Es ist alles geregelt. Aber danke für die Nachfrage.«

»Keine Ursache. Machen Sie's gut.« Er wollte gar nicht wissen, wie alles geregelt wurde, aber er hatte einen Verdacht, und sollte sich dieser bestätigen …

»Sie auch.«

Brandt klopfte an die Zellentür, und von draußen wurde aufgeschlossen. Er hasste Krankenhäuser, in denen er jedes Mal das Gefühl hatte, todkrank zu sein, auch wenn er nur jemanden besuchte, aber noch viel mehr hasste er Gefängnisse, von deren Gittern und Mauern er meinte gleich erschlagen zu werden. Er atmete erleichtert auf, als er wieder draußen war. Fünf nach halb elf. Wenn er sich beeilte, würde er den Besuch bei Natalia Teichmann noch vor seinem Gespräch mit Elvira Klein schaffen.

Montag, 11.10 Uhr

Natalia Teichmann stand am Tresen und besprach etwas mit ihrer Sprechstundenhilfe. Als sie Brandt erblickte, wurde ihre Miene schlagartig ernst. Sie reichte ihm die Hand.

»Sie kommen etwas ungünstig, ich habe noch fünf Patienten im Wartezimmer sitzen.«

»Wenn es keine Notfälle sind, dann sollen sie ein andermal wiederkommen. Es ist wichtig, dass wir uns jetzt gleich unterhalten.«

Natalia Teichmann überlegte kurz und sagte: »Marina, würdest du bitte Bescheid geben, dass die Praxis für heute Vormittag geschlossen ist, und mach gleich neue Termine aus. Du kannst dann auch nach Hause gehen, heute Nachmittag habe ich sowieso nur Herrn Müller und Frau Tessien. Mach dir einen schönen Tag. Wenn Sie mir bitte folgen wollen.«

Sie begaben sich in den ersten Stock ins Wohnzimmer. Alles war picobello aufgeräumt und sauber, doch es wirkte weder steril noch unpersönlich wie bei Schirners.

Nachdem sie sich gesetzt hatten, sagte Brandt: »Frau Teichmann, ich bin gekommen, um Ihnen mitzuteilen, dass wir die Mörderinnen Ihres Mannes festgenommen haben.«

Sie neigte den Kopf zur Seite und sah Brandt mit seltsamem Blick an. »Die Mörderinnen?«

»Sie haben also noch nicht davon gehört?«

»Nein, woher denn? Und wer ist es?«

»Ich kann mich auf Ihre Diskretion verlassen?«

»Natürlich, ich bin schließlich Ärztin. Sagen Sie schon, ich will es wissen.«

»Es handelt sich um vier junge Damen, von denen Sie mit Sicherheit eine kennen.«

Natalias Blick durchbohrte Brandt. Sie kniff die Lippen zusammen, bis sie nur noch ein Strich waren, und fragte: »Carmen?«

»Wie kommen Sie ausgerechnet auf sie?«

»Nennen Sie es Intuition. Ich habe es die ganze Zeit gespürt, aber ich konnte es unmöglich aussprechen. Und wer sind die andern drei?«

»Kerstin Abele, Silvia Esslinger …«

»Silvia.« Sie zeigte kaum eine Gefühlsregung. »Und wer noch?«

»Anja Russler.«

»Frau Russler auch? Aber gut, ich nehme an, sie werden einen Grund gehabt haben, meinen Mann und Herrn Schirner zu töten.« Sie machte eine Pause und wirkte nachdenklich. Brandt merkte, dass es nicht die Zeit war, ihre Gedanken zu stören. »Ich hätte wissen müssen, dass es eines Tages so weit kommt. Mein Mann hatte Geheimnisse vor mir, aber er war ein miserabler Schauspieler. Und Schirner hatte einen schlechten Einfluss auf ihn. Ich habe Schirner nie gemocht, er hatte eine schlechte Aura. Was haben sie angestellt, dass man sie so furchtbar zugerichtet hat?«

»Das ist eine lange Geschichte. Nur so viel, sie haben Schülerinnen erpresst, sexuell genötigt und die sexuellen Handlungen gefilmt. Eines dieser Mädchen hat sich im November das Leben genommen. Weitere Details möchte ich Ihnen ersparen.«

Natalia nickte, zog die Stirn in Falten und sagte: »Wenn sie das getan haben, dann haben sie den Tod verdient. Es tut mir Leid, so über meinen Mann sprechen zu müssen, aber ich finde es abscheulich, wenn man zu etwas gezwungen wird, das man nicht will. Als ich nach Deutschland kam, landete ich gleich in einem Bordell, obwohl man mir etwas anderes versprochen hatte. Sie haben mir meine Papiere weggenommen, ich hatte nur ein kleines Zimmer, kein Geld und jeden Tag mindestens fünf Freier, die sich den Luxus erlauben konnten, mich zu kaufen. Ich musste alle Wünsche erfüllen und jedes noch so perverse Spiel mitmachen. Es waren viele darunter, denen ich die Pest oder den Tod gewünscht habe. Mein Mann war auch mein Kunde, bevor er mich freikaufte. Aber ich habe damals schon gemerkt, dass Eberhard nicht wirklich ehrlich zu mir war … Nur einmal war er es, das war am Mittwoch, als ich ihm gesagt habe, dass ich schwanger bin. Diese Freude war echt.«

Brandt erinnerte sich an die Nacht, kurz nachdem er vom Leichenfundort zu Natalia Teichmann gefahren war. Sie hatte in den höchsten Tönen von ihrem Mann geschwärmt, wie liebevoll und uneigennützig er war. Und plötzlich sagte sie fast das Gegenteil. Nein, dachte er, sie war doch schon in der Nacht so komisch. Die muss irgendwas geahnt haben. Ich muss sie darauf ansprechen.

»Am Freitag haben Sie noch ganz anders über Ihren Mann geredet. Wie soll ich jetzt diesen Sinneswandel verstehen?«

»Weil ich mich zu diesem Zeitpunkt noch selbst belogen habe und natürlich schockiert war. Es tut mir Leid, ich entschuldige mich dafür. Eberhard hat sich mir gegenüber immer korrekt verhalten, wir haben uns so gut wie nie gestritten, er hat mich sehr gut behandelt, aber ich glaube, für ihn war ich all die Jahre über immer noch die Hure aus dem Luxusbordell. Deshalb hatte er während unserer Ehe auch mehrere Geliebte, doch ich habe ihn nie darauf angesprochen.«

»Warum nicht?«

»Ich hatte doch nicht das Recht dazu, auch wenn ich seine Frau war. Aber dass er sich an seinen Schülerinnen vergreifen würde, damit hätte ich natürlich niemals gerechnet. Nun gut, er hat seine Strafe erhalten, früher wäre er in der Sowjetunion möglicherweise dafür zum Tode verurteilt worden.«

»Wie gut kennen Sie Carmen und die andern drei?«

»Carmen ist meine Patientin, ich habe ein sehr gutes Verhältnis zu ihr. Sie ist, wenn ich es so sagen darf, die einzig Normale in ihrer Familie. Wenn sie ihren Vater umgebracht hat, dann muss sie einen sehr triftigen Grund gehabt haben, denn sie ist die Liebenswürdigkeit in Person und hat eine sehr kräftige, positive Aura. Genau wie Frau Russler, die ich auch einmal kennen lernen durfte, aber sie ist innerlich zerrissen und hat große persönliche Probleme, die sie jedoch gut überspielen kann. Und Silvia gehörte seit einem guten halben Jahr zu meinen Patientinnen. Sie kam auf Empfehlung von Carmen. Ich würde sagen, sie ist von allen die Charismatischste und gleichzeitig die Sensibelste. Kerstin kenne ich leider nicht.«

»Woher wissen Sie so viel über diese Frauen?«

Natalia lächelte verständnisvoll. »Ich sehe einen Menschen für eine Sekunde und kann Ihnen fast immer sagen, wie es in ihm aussieht. Es ist eine Gabe, die über Generationen in unserer Familie weitergegeben wurde. Ich habe sie einfach.«

»Und was sehen Sie bei mir? Oh, Entschuldigung, ich wollte das nicht fragen …«

»Nicht so aufgeregt, bitte«, sagte sie mit verzeihendem Lächeln und sah ihn an. »Sie sind sehr aufgeregt und angespannt, im positiven Sinn. Ich nehme an, Sie stehen an einem Wendepunkt in Ihrem Leben. Ihre Anspannung wird aufhören, wenn Sie eine Entscheidung treffen. Aber noch sind Sie sehr unsicher, was Ihre Gefühle angeht. Körperlich sind Sie gesund, emotional eher unausgeglichen. Sie haben schlechte Erfahrungen gemacht, nehme ich an. Doch das wird sich ändern. Es könnte sein, dass bald Ruhe in Ihr Leben kommt.«

»Ich hab zwar keine Ahnung, wie Sie das machen, doch Sie haben vollkommen Recht. Mehr will ich aber gar nicht wissen. Ich hätte noch eine Frage, die für mich äußerst wichtig ist. Dieses Haus gehörte doch Ihrem Mann und jetzt Ihnen, zumindest gehe ich davon aus.«

»Ja, es gehört jetzt alles mir, da mein Mann keine weiteren Verwandten hat.«

»Gibt es außer diesem Haus noch eins, das ihm gehört?«

»Ja, in Götzenhain. Aber es ist nur ein winziges Haus mit drei Zimmern, hat nicht mal ein Bad, sondern nur eine Dusche, und steht seit Jahren leer, weil man für die Renovierungskosten gleich ein neues Häuschen kaufen könnte.«

Brandt war wie elektrisiert. »Würden Sie mir bitte die Adresse geben?«

»Gerne, aber warum interessieren Sie sich für diese Bruchbude?«

»Weil dort möglicherweise die Filme gedreht wurden.«

»Das ist natürlich etwas anderes.« Sie schrieb die Adresse auf und reichte Brandt den Zettel. »Wenn alles stimmt, was Sie sagen, dann werde ich auch nicht länger um meinen Mann trauern. Er hatte gute Seiten, aber wenn die dunklen Seiten die Oberhand gewinnen, kann man einem Menschen kaum noch helfen, es sei denn, er hilft sich selbst. Es kann sein, dass Eberhard vorhatte, sein Leben zu ändern, ich könnte es mir sogar vorstellen, aber es ändert nichts daran, dass er schweres Unrecht begangen hat.«

»Haben Sie denn bei ihm nie etwas gesehen? So wie bei mir?«

»Nur manchmal, doch wenn man mit jemandem verheiratet ist, ist man befangen, man will nur das Gute sehen. Ich hätte jedenfalls niemals für möglich gehalten, dass er zu solchen Dingen fähig sein könnte.«

»Wann waren Sie zuletzt in dem Haus?«

»Ich habe es nur einmal gesehen, das liegt aber schon viele Jahre zurück. Es hat eine negative Ausstrahlung.«

»Haben Sie einen Schlüssel, sonst müssen wir die Tür aufbrechen.«

»Ich müsste suchen. Aber brechen Sie ruhig die Tür auf, das Haus sollte sowieso am besten abgerissen werden.«

»Danke für Ihre Hilfe. Sie werden vermutlich gebeten werden, als Nebenklägerin aufzutreten, müssen dies aber nicht tun. Wie werden Sie sich entscheiden?«

»Würde das bedeuten, dass ich Carmen und die andern belasten müsste?«

»Grob ausgedrückt, ja.«

»Nein, das werde ich nicht tun, denn dazu mag ich Carmen viel zu sehr. Ich würde höchstens etwas zu ihrer Verteidigung aussagen.«

Brandt bewunderte diese Frau. Er musste noch lange an sie denken, als er zurück nach Offenbach fuhr. Um kurz nach zwölf kam er an und ging direkt in Spitzers Büro. Er legte den Zettel auf den Tisch. »Hier, diese Adresse hab ich von Frau Teichmann. Ein leer stehendes Haus, das Teichmann gehörte. Jemand soll sich das mal anschauen. Schlüssel hab ich aber keinen, die Tür muss also gewaltsam geöffnet werden.«

»Die Filme?«

Brandt nickte. »Ich nehme an, dass die beiden dort ihr Unwesen getrieben haben. Wer interessiert sich schon für ein Haus, das unbewohnbar ist? Sie selbst sagt, es ist eine Bruchbude.«

»Ich schick Nicole und Werner hin. Sonst noch was?«

»Ich hab gleich ein Tête-à-Tête mit meiner herzallerliebsten Staatsanwältin. Den Bericht kriegst du nachher. Wo ist übrigens Greulich?«

»Ewald hat ihn gleich genommen. Die beiden liegen offenbar auf einer Wellenlänge. Es findet sich eben doch für jeden das Passende.«

»Wünsch mir Glück, wenn ich bei der Klein bin. Bis nachher.«

»Toi, toi, toi, wird schon nicht so schlimm werden.«

Montag, 12.30 Uhr

Er klopfte an, von drinnen kam ein deutliches »Herein«. Elvira Klein stand mit dem Rücken zu ihm am Fenster und goss ihre Blumen. Sie trug einen Hosenanzug und hohe Schuhe, die sie fast einen Kopf größer als Brandt machten.

»Nehmen Sie Platz«, sagte sie, stellte die Messingkanne auf die Fensterbank und drehte sich um. Sie setzte sich hinter ihren Schreibtisch, die Hände gefaltet.

»Ich habe Sie hergebeten, um Ihnen zu Ihrem Erfolg zu gratulieren. Sie haben hervorragende Arbeit geleistet.«

Brandt war völlig überrascht von diesen Worten aus ihrem Mund, überwogen doch sonst eher die spitzen Bemerkungen.

»Danke, aber ich habe nur meine Arbeit getan. Ich meine und Sie Ihre«, konnte er sich nicht verkneifen hinzuzufügen.

»Wie soll ich das verstehen?«, fragte sie mit unergründlichem Lächeln.

»Ich habe heute Morgen noch mal mit den drei jungen Damen gesprochen …«

»Sie haben Ihnen auch etwas zu Essen gebracht. Sehr lobenswert, ich könnte diesen Schlangenfraß auch nicht runterkriegen. Aber fahren Sie fort, ich habe Sie unterbrochen.«

»Die Russler hat einen guten Anwalt. Ich denke, das wird eine harte Nuss für Sie, oder glauben Sie, Sie bestehen gegen Mertens?«, fragte Brandt grinsend.

»Wir werden sehen. Dass Frau Russler ausgerechnet auf Mertens gekommen ist … Na ja, das war wohl eine intuitive Entscheidung, eben die typische Entscheidung einer Frau.«

»Sicher, habe ich nicht bedacht. Wer sind denn die Anwälte von Frau Schirner, Frau Abele und Frau Esslinger?«

»Steiner, Jürgens und Kolb.«

»Na, sieh mal einer an. Auch nicht gerade das, was man Pflichtverteidiger nennt. Die Damen haben eine sehr gute Wahl getroffen.«

»Das denke ich auch.«

»Haben Sie das Schriftstück vorbereitet, wie von Frau Schirner gefordert?«

»Liegt vor Ihnen auf dem Tisch. Ich habe bereits unterschrieben, es fehlt noch Ihre Unterschrift und die des Richters. Zufrieden?«

Brandt las es durch, nickte anerkennend und setzte seinen Namen in das dafür vorgesehene Feld.

»Sobald der Richter unterschrieben hat, werde ich es Frau Schirner aushändigen, damit sie es ihrem Anwalt geben kann. Wir wollen doch schließlich die Videos haben.«

»Wird ihnen allen gemeinsam der Prozess gemacht?«

Klein zuckte mit den Schultern und sagte: »Normalerweise müssten Frau Abele und Frau Esslinger vor ein Jugendgericht gestellt werden und Frau Schirner und Frau Russler vors Schwurgericht. Es gibt aber Gesetzeslücken, weshalb es unter Umständen möglich ist, dass allen vier gemeinsam der Prozess gemacht wird. Doch das hat letztendlich der Richter zu entscheiden. Ich werde mich aber dafür einsetzen.«

»Weshalb?«

»Darauf möchte ich nicht antworten, es wäre aber besser für alle Beteiligten, glauben Sie mir.«

»Sie wollen auch nicht, dass sie hohe Haftstrafen bekommen, stimmt's?«

»Ich werde die Anklage so vertreten, wie es in solchen Fällen angemessen ist«, antwortete sie wieder mit diesem seltsamen Lächeln. »Haben Sie sonst noch Neuigkeiten für mich?«

Brandt berichtete von seinem Besuch bei Natalia Teichmann und dem Haus, Klein hörte aufmerksam zu. Als er geendet hatte, sagte sie: »Das klingt vielversprechend. Wann kann ich Ihren ausführlichen Bericht erwarten?«

»Übermorgen.«

»In Ordnung. Und lassen Sie bitte alle persönlichen Gefühle außen vor. Oder formulieren Sie es so, dass man nicht gleich merkt, dass Sie mit den Täterinnen … mitfühlen.«

»Das tun Sie ja auch nicht, hoffe ich zumindest. Mord bleibt schließlich Mord, ganz gleich, aus welchen Beweggründen er begangen wurde. Habe ich Recht?«

»Ich sehe, wir verstehen uns. Ausnahmsweise. Ja, dann will ich Sie nicht länger aufhalten, Sie haben sicherlich noch zu tun.«

»Ich hatte ein verdammt langes Wochenende und habe meine Töchter seit drei Tagen kaum gesehen. Ich werde bald nach Hause fahren, damit ich morgen frisch und ausgeruht den Bericht schreiben kann.«

Brandt stand auf und ging zur Tür, als ihre Stimme ihn zurückhielt. »Ich wollte Ihnen noch etwas sagen. Sie haben bei den vier Damen großen Eindruck hinterlassen. Wie Sie das geschafft haben, ist mir allerdings ein Rätsel. Auf Wiedersehen.«

»Wiedersehen.«

Brandt war mehr als nur verwundert über das Gespräch mit Elvira Klein. Und ihm fielen die Worte von Andrea ein – sie ist nicht so übel, wie du denkst. Aber vielleicht war sie es nur nicht in diesem Fall, weil eine ehemalige Schulkameradin darin involviert war. Er würde sich überraschen lassen.

Er fuhr zurück ins Präsidium und erzählte Spitzer von seiner außergewöhnlichen Unterredung mit Elvira Klein, der nur ungläubig den Kopf schüttelte.

»Die Klein ist auf deren Seite? Willst du mich verarschen?«

»Du hättest dabei sein müssen. He, ich hab selber gedacht, mich laust der Affe. Auf den Prozess bin ich echt gespannt. Die Russler hat doch tatsächlich den Mertens als Anwalt. Und Steiner, Jürgens und Kolb sind auch mit von der Partie. Das wird heiß, kann ich dir sagen.«

»Was, Mertens, Steiner, Jürgens und Kolb? Das ist mir zu hoch.«

»Jemand muss sie empfohlen haben, und da kommt nur eine Person infrage«, sagte Brandt grinsend.

»Die Klein? Natürlich, die Klein! Zeigt die auf einmal menschliche Züge?«

»Das Leben steckt voller Überraschungen. So, wenn's dir nichts ausmacht, würde ich mich jetzt gerne vom Acker machen. Mir hat das Wochenende gereicht. Wir sehen uns morgen in alter Frische.«

»Mach's gut, alter Haudegen. Aber irgendwann müssen wir mal wieder ein Bier trinken gehen.«

»Klar. Bis dann.«

Montag, 14.30 Uhr

Brandt hielt vor dem Haus seiner Eltern, doch bevor er ausstieg, rief er bei Andrea in der Rechtsmedizin an.

»Hi, ich bin's. Bleibt's bei heute Abend?«

»Ich habe nichts anderes vor. Wo bist du?«

»Ich hole gerade meine Mädchen ab, dann räum ich ein bisschen auf und warte, dass es Abend wird.«

»Ich stehe um Punkt sieben auf der Matte. Ich freu mich schon drauf.«

»Ich auch, ehrlich. Ciao.«

Obwohl er einen Schlüssel besaß, klingelte er. Er wollte nicht einfach in die Wohnung seiner Eltern platzen, auch wenn sie ihm immer wieder sagten, er solle einfach kommen. An der Tür wurde er von seiner Mutter empfangen, die ihm wie immer einen Kuss rechts und links auf die Wange gab und ihm tief in die Augen schaute, um zu sehen, ob es ihrem Sohn auch gut ging. Sie machte ein zufriedenes Gesicht.

»Hattest du ein schönes Wochenende?«, fragte sie.

»Ich hab gearbeitet«, antwortete er ausweichend.

»Wie ist sie?«

»Mama, sei bitte leise«, quetschte er durch die Lippen.

»Also?«

»Großartig, fantastisch, wundervoll. Zufrieden?«

»Wann lerne ich sie kennen?«

»Ich sag dir Bescheid, wenn wir heiraten«, antwortete er breit grinsend. »Wo sind meine Süßen?«

»Wo schon. Vor dem Fernseher. Als ich ein Kind war, gab es noch nicht einmal Fernsehen, und heute … Hunderttausend Programme, die kein Mensch braucht. Mamma mia, wo soll das bloß hinführen!«

»Jetzt übertreib mal nicht. Die Zeiten haben sich eben geändert.« Er ging ins Wohnzimmer, wo sich auch sein Vater aufhielt und mit seiner Münzsammlung beschäftigt war.

»Du bist ja schon da«, sagte er. »Früher Schluss gemacht?«

»Ich hab das ganze Wochenende geschafft wie ein Brunnenputzer. Na, ihr beiden, da bin ich. Kommt, packt eure Sachen, wir fahren heim.«

»Das wurde aber auch Zeit«, erwiderte Sarah und streckte sich. »Aber ich hab mich für halb vier mit Jessica verabredet.«

»Und wann kommst du nach Hause?«

»Sechs.«

»Aber keine Minute später.«

»Sie wohnt doch gleich um die Ecke.«

»Und was ist mit dir?«, sagte er zu Michelle, die nach wie vor auf den Bildschirm stierte. »Kannst du dich vielleicht mal von der Glotze lösen? Hallo, ich bin's, dein Papa.«

Michelle drehte ihren Kopf und kam dann auf ihn zu. »Lasst euch umarmen«, sagte er. »Schön, dass es euch gut geht.«

»Hast du deinen Fall gelöst?«, fragte sein Vater, ohne von seiner Münzsammlung aufzusehen.

»Ja, alles fertig.«

»Hat dich wohl ziemlich mitgenommen, was?«

»Wie kommst du denn darauf?«

»Nur so. Wird auch Zeit, dass ihr verschwindet, damit deine Mutter und ich mal wieder Ruhe haben.«

»Habt ihr das gehört, Opa und Oma wollen euch nicht mehr hier haben.«

»So, meinst du?«, sagte Erwin Brandt. »Na ja, eigentlich war's ja ganz schön mit euch«, wobei er Michelle vielsagend zuzwinkerte. Michelle zwinkerte zurück.

»Also, wo sind die Sachen, wir hauen ab. Ich muss noch was einkaufen und die Wohnung aufräumen, ich bekomme heute Abend Besuch.«

»Wer denn?«

»Dienstlich, eine Kollegin«, antwortete er. »Die soll aber nicht denken, dass wir wie die Schweine hausen.«

»Dienstlich«, sagte Sarah und schüttelte verständnislos den Kopf, »immer nur dienstlich, dienstlich, dienstlich! Ich kann's schon bald nicht mehr hören. Ich glaub, ich nehm mir bald ein eigenes Zimmer.«

»Ja, klar, mit vierzehn. Ab jetzt, die Zeit drängt.«

Sein Vater war aufgestanden und sagte: »Wann erstattest du mir Bericht?«

»Irgendwann in den nächsten Tagen. Ist 'ne üble Sache, aber nicht zwischen Tür und Angel.«

»Mach's gut, Junge, und wenn was ist, du weißt, wo du uns findest. Wir haben ja sonst nichts zu tun. Und das meine ich auch so.«

Brandt wurde von seinem Vater umarmt, der ihm ein paarmal auf die Schulter klopfte und ihm ins Ohr flüsterte: »Ist sie hübsch?«

»Also gut, gehen wir beide doch mal kurz in die Küche.« Sie machten die Tür hinter sich zu. »Ihr nervt, wisst ihr das. Mann, ich habe gerade mal einen Teil des Wochenendes mit ihr verbracht. Aber sie wird dir gefallen, das weiß ich. Hoffentlich machen mir die Mädchen nicht einen Strich durch die Rechnung.«

»Blödsinn, Junge. Die würden sich sogar freuen, glaub mir.«

»Woher willst du das denn wissen?«

»Wir haben mal drüber gesprochen, so ganz beiläufig.«

»Wann?«

»Weiß nicht, ich glaub am Samstagabend beim Essen«, antwortete Erwin Brandt und fasste sich ans linke Ohrläppchen, was er immer dann machte, wenn ihm etwas unangenehm war.

»So, so, am Samstag, so ganz beiläufig. Und was haben sie gesagt?«, fragte Brandt gespannt.

»Lass dich überraschen. Deine Mutter ist eine wahre Künstlerin, wenn es darum geht, jemandem etwas schmackhaft zu machen.«

»Aber ihr kennt Andrea doch gar nicht.«

»Ah, Andrea heißt sie also. Hübscher Name. Passt bestimmt zu ihr. Und jetzt hau ab und mach deine Bude sauber, nicht dass sie gleich wieder an der Tür kehrtmacht.«

Brandt setzte Sarah bei ihrer Freundin Jessica ab und ging mit Michelle noch einkaufen, denn im Kühlschrank hatte schon am Freitag gähnende Leere geherrscht. Sein Handy klingelte, als er gerade die Treppen hochstieg. Bernhard Spitzer.

»Die Videos sind da.«

»Klasse. Hast du schon mal reingeguckt?«

»Nur in zwei. Es ist eine verfluchte Sauerei. Die haben sich offenbar immer wieder was Neues einfallen lassen. Wir werfen morgen mal zusammen einen Blick drauf.«

»Ich muss den Bericht schreiben.«

»Nur im Schnelldurchgang, ist vielleicht auch hilfreich für deinen Bericht. Mir leuchtet jedenfalls immer mehr ein, warum die Mädchen das getan haben. Mach's gut und schlaf dich aus.«

Zu Hause packte Brandt die Sachen weg, saugte den Boden und wischte Staub, putzte das Badezimmer und bezog zuletzt noch das Bett. Etwas fehlt, dachte er, aber was? Er fand die Lösung auf dem kahlen Wohnzimmertisch, halb sechs, rannte zum Blumenladen und holte einen großen bunten Strauß. Dann duschte er, rasierte sich und zog sich um. Er machte ein großes Glas Würstchen auf und ließ sie auf kleiner Flamme vor sich hin köcheln. Dazu schmierte er ein paar Butterbrote und stellte ein Glas Gurken auf den Essenstisch, den er für vier Personen gedeckt hatte. Sarah war pünktlich nach Hause gekommen. Sie wunderte sich über die Aktivitäten, die ihr Vater entwickelte, warf einen Blick auf den Tisch, sagte aber nichts, doch ihr Gesicht sprach Bände.

Er ging zu ihr und bat sie, sich zu setzen. Danach holte er Michelle.

»Ich muss euch etwas sagen. Ich will auch nicht lange drum herum reden. Ich habe vorhin geschwindelt, als ich sagte, das Treffen heute Abend wäre dienstlich.«

»Du hast dich verliebt?«, fragte Sarah mit verhaltenem Lächeln. »Echt?«

»Cool«, sagte Michelle.

»Ihr habt nichts dagegen?«

»Nee, warum? Wann kommt sie denn?«

»In einer halben Stunde etwa. Sie ist eine ganz tolle Frau.«

Sarah sprang auf, umarmte ihren Vater und sagte: »Das find ich echt geil. Ehrlich.«

Brandt war sichtlich überrascht von dieser Reaktion und dachte an die Worte seines Vaters. Um sieben klingelte es. Andrea.

Montag, 19.00 Uhr

Sarah und Michelle waren wieder auf ihren Zimmern, als Brandt Andrea mit einem Kuss empfing.

»Schön, dass du da bist«, sagte er leise. Er half ihr aus dem Mantel und hängte ihn an die Garderobe. »Ich hab eine Kleinigkeit zu essen gemacht, nichts Besonderes, nur Würstchen und Brot.«

»Ich liebe Würstchen und Brot«, sagte sie mit diesem umwerfenden Lachen, bei dem sich zarte Grübchen um die Mundwinkel bildeten. »Du hast nicht übertrieben, deine Wohnung ist wirklich ganz schön groß.«

»Ich übertreibe nie.«

»Wo sind deine Töchter?«

»Ich hole sie.«

Kurz darauf kam er mit ihnen ins Wohnzimmer und stellte vor: »Das ist Dr. Sievers, Sarah und Michelle.«

»Hallo, ich bin Andrea, das Dr. Sievers lassen wir einfach weg«, sagte sie mit natürlicher Offenheit und reichte erst Sarah, dann Michelle die Hand. »Ihr könnt mich ruhig duzen, ich mag dieses Sie nicht.«

»Papa hat uns schon von dir erzählt«, verkündete Michelle.

»Was hat er erzählt?«

»Dies und das«, sagte Sarah grinsend. »Ich find's super.«

»Das haut mich jetzt ein bisschen um. Aber gut, wenn ihr Bescheid wisst, umso besser.«

»Arbeitest du mit meinem Vater zusammen?«, wollte Michelle wissen.

»Kann man so sagen.«

»Hast du auch mit Leichen zu tun?«

Andrea musste lachen, als sie antwortete: »Ja, ich habe mit Leichen zu tun, aber anders als euer Vater.«

»Wie anders?«

»Kommt, wir setzen uns jetzt erst mal an den Tisch und essen.

Dabei können wir uns in aller Ruhe unterhalten«, mischte sich Brandt ein.

»Hm, Würstchen«, sagte Michelle. »Lecker.«

»Was hast du denn mit Leichen zu tun?«, fragte Sarah.

»Ich arbeite in der Rechtsmedizin, da hab ich sehr viel mit Toten zu tun.«

»Iiih, das wär nichts für mich«, sagte Sarah. »Schneidest du die alle auf?«

»Das ist mein Job. Aber in der Rechtsmedizin müssen auch andere Sachen gemacht werden. Es ist nicht so, dass ich jeden Tag nur rumschneiden würde, das wär ein bisschen langweilig.«

»Schluss jetzt, wir wollen doch essen«, unterbrach Brandt die unappetitliche Unterhaltung.

»Ich kann euch ja bei einer anderen Gelegenheit mal erzählen, was ich so alles mache.«

»Cool«, sagte Michelle und biss von ihrem Würstchen ab. »Kann ich da mal mit hinkommen?«

»Haha, cool«, lästerte Sarah. »Du würdest doch gleich kotzen, wenn du eine Leiche nur sehen würdest.«

»Glaubst aber auch nur du. Kann ich mal mit?«

»Das geht leider nicht. Da dürfen nur autorisierte Personen rein wie dein Vater oder Staatsanwälte oder Leute, die einen Angehörigen identifizieren müssen. Aber vielleicht lässt sich ja doch mal was machen. Irgendwie krieg ich das schon hin.«

Sie unterhielten sich, bis Brandt um neun sagte, dass Sarah und Michelle sich allmählich fürs Bett fertig machen sollten. Eine halbe Stunde später erschienen sie im Wohnzimmer, gaben ihrem Vater einen Kuss, Sarah sagte zu Andrea »Herzlich willkommen« und machte Michelle ein Zeichen, mit ins Bett zu gehen.

»Du hast bei ihnen ein Stein im Brett. Ich hätte nicht für möglich gehalten, dass es so einfach sein würde«, sagte er, während sie auf der Couch saßen und sie sich an ihn schmiegte und im Hintergrund die CD der Eagles spielte.

»Und ich hätte dir nicht zugetraut, dass du schon mit ihnen gesprochen hast. Sie sind übrigens sehr hübsch. Pass bloß gut auf sie auf.«

»Du kannst mir ja dabei helfen.«

»Ist das ein Angebot?«

»Ich könnte Hilfe gebrauchen. Alleinsein ist Scheiße«, sagte er lachend.

»Meine Worte. Wie groß ist die Wohnung?«

»Hundertfünfzig Quadratmeter.«

»Hört sich gut an. Wo ist das Schlafzimmer?«

»Willst du hier übernachten?«

»Hättest du was dagegen?«

»Ganz und gar nicht.«

»Und was würden Sarah und Michelle sagen, wenn ich morgen früh immer noch da wäre?«

»Gar nichts. Die sehnen sich nämlich auch wieder nach einer Familie, das haben sie dir doch wohl ziemlich eindeutig zu verstehen gegeben.«

»Nicht so schnell. Lass uns die Sache langsam angehen, wir laufen uns doch nicht weg.«

»War blöd von mir, ich weiß. Vergiss es gleich wieder.«

»Nee, nee, so einfach geht das nicht. Ich denke drüber nach.«

»Tu das. Ihr müsstet euch nur mit dem Bad einig werden.«

»Ich bin bescheiden. Dann zeig mir mal dein Schlafzimmer.«

Brandt legte sich mit Andrea ins Bett und erzählte ihr von seinem Tag. Vor allem ließ er kein Detail des Gesprächs mit Elvira Klein aus.

»Hab ich's nicht gesagt, harte Schale, weicher Kern. Man muss sie einfach nehmen, wie sie ist. Wie sieht das noch mal morgens mit dem Bad aus?«

Epilog

Der Prozess begann am 1. April 2003 und dauerte vier Verhandlungstage. Er war für die Öffentlichkeit zugänglich, allerdings wurden die Zuschauer und die Presse ausgeschlossen, als einige der Videobänder gezeigt und die Namen der beteiligten jungen Damen genannt wurden. Anja Russler, Kerstin Abele, Carmen Schirner und Silvia Esslinger wurde aufgrund mehrerer unabhängig erstellter psychologischer Gutachten verminderte Schuldfähigkeit attestiert.

Elvira Klein hatte durchgesetzt, dass der Prozess allen vier Angeklagten in einem Verfahren gemacht wurde. Ihre Anklage war hart, aber fair. Einige Male musste Brandt schmunzeln, als Klein den Angeklagten Fragen stellte, die ein gefundenes Fressen für die jeweiligen Verteidiger waren, denn keiner wusste besser als die Klein, dass Carmen, Kerstin, Silvia und Anja die besten Verteidiger hatten. Am Ende ihres ausgefeilten und rhetorisch hervorragenden Schlussplädoyers betonte sie, dass die traumatischen Erlebnisse aller vier Beteiligten als strafmildernd zu werten seien, und forderte Haftstrafen zwischen zwei Jahren für Kerstin Abele und Silvia Esslinger, drei Jahren für Carmen Schirner und fünf Jahren für Anja Russler. Die Verteidiger, allen voran Dr. Mertens, hielten feurige Plädoyers, in denen sie deutlich machten, welches unsägliche Leid ihren Mandanten direkt beziehungsweise indirekt zugefügt worden sei. Jeder Zuschauer, die Vertreter der Medien, die Vertreter der Staatsanwaltschaft sowie der Richter höchstpersönlich sollten sich vorstellen, das, was mit Kerstin Abele und vor allem Maureen Neihuus passiert war, würde mit ihren Töchtern geschehen, sofern sie welche hätten. Würden sie dann noch die Grenze zwischen Recht und Unrecht erkennen? Es gehe nicht darum, harte Strafen für die Angeklagten, die sowohl Täter als auch Opfer seien, zu verhängen, sondern die Öffentlichkeit müsse vielmehr dahingehend sensibilisiert werden, dass man das Übel erkennt und im Keim erstickt, indem man sich zum Beispiel mehr um die Belange, Sorgen und Nöte der Kinder und Jugendlichen in diesem Land kümmert. Schirner und Teichmann, so die Verteidiger, hätten damit rechnen müssen, aufgrund ihrer widerwärtigen und perversen Taten eines Tages so zu enden. Den Angeklagten könne nur der Vorwurf gemacht werden, dass sie zwei Männer getötet haben, aber sie hätten nicht aus niederen Beweggründen gehandelt, sondern lediglich, um andere Mädchen und junge Frauen vor dem gleichen Schicksal wie Maureen Neihuus und Kerstin Abele sowie sechzehn weiteren Opfern zu bewahren. Keiner, sagten sie, könne sich die seelischen und körperlichen Qualen der Opfer auch nur im Geringsten vorstellen, aber wer die Videobänder gesehen habe, wisse, wie groß diese Qualen nicht nur physisch, sondern vor allem psychisch gewesen sein mussten.

Als der Richter die Urteilssprüche verlas, ging ein Raunen durch den Saal. Es war ein von keinem erwartetes Sensationsurteil. Jeweils zwei Jahre Haft auf Bewährung für Kerstin Abele und Silvia Esslinger, zweieinhalb Jahre auf Bewährung für Carmen Schirner und Anja Russler, da nicht nachgewiesen werden konnte, wer die Taten geplant und wer den ersten Todesstoß geführt hatte, denn die angeklagten Frauen blieben standhaft bei ihrer Version, als Erste das Messer geführt zu haben. Allerdings wurde ihnen vom Gericht zur Auflage gemacht, dass alle vier sich mit sofortiger Wirkung für ein Jahr einer Therapie in einer geschlossenen psychiatrischen Klinik zu unterziehen hätten.

Das Urteil führte in der Öffentlichkeit und in den Medien zu heftigen Diskussionen, die fast zwei Wochen lang währten, bevor der ganz normale Alltag wieder Einzug hielt.

Einige Eltern nahmen, nachdem sie erfuhren, was am Georg-Büchner-Gymnasium jahrelang vorgegangen war, ihre Kinder von der Schule, um sie auf eine andere zu schicken. Ob der einst so gute Ruf des Gymnasiums jemals wiederhergestellt werden kann, weiß keiner.

Anja, Carmen, Kerstin und Silvia fielen sich nach dem Urteil weinend vor Freude in die Arme.

Blieben noch Andrea Sievers und Peter Brandt. Sie mochten sich vom ersten Moment an, aber es brauchte fast drei Jahre, bevor Andrea den ersten Schritt machte. Sie trafen sich regelmäßig entweder bei ihr oder bei ihm, doch von Heirat wollten sie vorläufig nicht mehr sprechen. Sie hatten sich gefunden, und irgendwann würde die Zeit kommen … Irgendwann. Nicht heute, nicht morgen, vielleicht in ein paar Monaten, vielleicht in einem Jahr …

Andreas Franz

Mord auf Raten

Kriminalroman

Als der Arzt Jürgen Kaufung erstochen in seiner Praxis aufgefunden wird, hat seine Umgebung keine Erklärung für den Mord, denn Kaufung war allseits beliebt - vor allem bei den Frauen. Hauptkommissar Peter Brandt von der Offenbacher Kripo übernimmt die Ermittlungen und hat bald einen ersten Verdächtigen: Kaufungs bester Freund, der Galeriebesitzer Klaus Wedel. Doch Brandt kann ihm nichts beweisen. Da wird kurze Zeit später auch Klaus Wedel umgebracht. Besteht ein Zusammenhang zwischen den beiden Morden?

Knaur Taschenbuchverlag